# Falso amor

STEPHANIE ARCHER

# Falso amor

CROSS BOOKS

Obra editada en colaboración con Editorial Planeta – España

Título original: *The Fake Out*


Publicado de acuerdo con Triada US Literary Agency a través de IMC, Agencia Literaria S. L.


Bajo el sello editorial CROSSBOOKS M.R.
Avenida Presidente Masarik núm. 111,
Piso 2, Polanco V Sección, Miguel Hidalgo
C.P. 11560, Ciudad de México
www.planetadelibros.com.mx

Primera edición impresa en España: noviembre de 2024
ISBN: 978-84-08-29427-6

Primera edición impresa en México: abril de 2025
ISBN: 978-607-39-2651-5



Impreso en los talleres de Corporación en Servicios
Integrales de Asesoría Profesional, S.A. de C.V.,
Calle E # 6, Parque Industrial
Puebla 2000, C.P. 72225, Puebla, Pue.
Impreso y hecho en México / *Printed in Mexico*

*Para Helen Camisa, que cree que todo el mundo se merece moverse y sentirse bien con su cuerpo*

# Capítulo 1
# Rory

Siento los latidos en las orejas mientras patino hacia la portería durante mi primer partido en el Vancouver Storm. Estamos empatados en la prórroga y el ruido de las gradas es cada vez mayor cuando me coloco y disparo el disco a la portería.

Golpea contra el larguero y los aficionados del Vancouver gritan decepcionados.

«Las estrellas marcan goles». Mi padre, la leyenda del hockey canadiense, Rick Miller, no ha parado de repetírmelo durante años, y es lo que me digo a mí mismo cuando le quito el disco a algún jugador inútil y patino hacia atrás hasta que estoy solo.

Suena el silbato, se detiene el juego y miro a una chica guapísima que lleva toda la noche llamando mi atención.

Hazel Hartley, una de las fisioterapeutas del equipo —preciosa y con la lengua bien afilada, unas pestañas largas y oscuras, una boca jugosa con el tono de rosa perfecto y los ojos azules más increíbles que he visto en mi vida—, sentada detrás de la portería con su hermana, Pippa, con cara de querer estar en otro sitio.

Hazel Hartley, mi profesora particular en la escuela que tenía novio, que no me soporta y que ya no sale con jugadores de hockey. Pese a que Pippa lleva una camiseta del Storm con el nombre de su prometido en la espalda, el portero Jamie Streicher; y a pesar de que Hartley trabaja para el equipo, no la veo con una camiseta de hockey desde la escuela. Esta noche, mis ojos se van a su pelo castaño recogido en una cola de caballo y a su abrigo morado pastel. Seguro que lleva esas mallas negras que le hacen ver un trasero increíble.

Le guiño un ojo; ella pone los ojos en blanco.

Sonrío; ella finge un bostezo.

Algo eléctrico y adictivo me recorre las venas con este coqueteo. Siempre ha sido así, desde la escuela.

Los jugadores se colocan para un saque neutral y vuelvo a centrarme en el partido. En el estadio, los aficionados están cada vez más nerviosos, ansiosos por ganar. Suena el silbato y empiezo a patinar, dirigiendo de nuevo el disco hacia la portería.

—¡Vamos, Miller! —grita el entrenador Ward desde la banca.

La determinación me recorre todo el cuerpo. Tate Ward quería al mayor goleador de la liga, así que tengo que demostrar que valgo lo que pagó. Es mi ídolo desde que él jugaba.

Jugar para él esta temporada solucionará lo que sea que me está pasando en la cabeza. Tiene que hacerlo.

Hayden Owens, un defensa del Vancouver, está solo. Tiene un tiro limpio a la portería, pero las estrellas marcan goles, y no estoy aquí para pasar el disco.

Le lanzo el disco al portero, golpea la red y el estadio estalla por mi gol de la victoria. Suena la bocina, las luces del estadio parpadean y mis compañeros de equipo me rodean. En la banca, todo el mundo está gritando. Hasta el tranquilo y callado entrenador Ward está aplaudiendo. Espero a que llegue esa sensación abrumadora de orgullo en el pecho que debería darme este momento.

Nada. Los aficionados golpean el cristal y el equipo me rodea, pero yo no siento nada. Un vacío silencioso.

Mierda.

Antes me importaba. Marcar goles hacía que me sintiera en lo más alto, que nadie podía tocarme. Ahora, no siento nada. Como si estuviera marcando una casilla. Jugar al hockey profesional, ser el mejor de la liga era mi sueño, pero ahora solo me parece un trabajo.

Venir a Vancouver a jugar para Ward, a jugar con Jamie Streicher, mi mejor amigo, se suponía que debía cambiar eso.

—Alégrate un poco, Miller. —Owens me agarra por los hombros e intenta hacerme una llave—. ¡Acabas de ganar el partido!

Me río, lo empujo y aparto los pensamientos intrusivos mientras patinamos hacia la banca. Cuando pasamos por delante de Hazel, le sonrío de esa forma engreída y presumida que sé que le molesta.

Los aficionados me observan cuando golpeo el cristal con el stick y ella levanta la mirada en busca de la mía, arqueando una ceja como si dijera: «¿Qué, idiota?».

«¿Quieres un autógrafo?», vocalizo, haciendo como si firmara en el aire.

Miro cómo se le curvan los labios en una sonrisa fría. «Qué más quisieras», me responde, también vocalizando, mientras se levanta.

Se me hincha el pecho con una sensación tensa y nerviosa. Nadie me habla como Hartley. Siempre me ha gustado eso de ella.

Y ahora, ¿las discusiones que tengo con ella? Son el único momento en el que siento algo de verdad.

A su lado, Pippa me sonríe y me saluda con la mano.

—¡Vaya golazo, Rory! —grita por encima del cristal.

Owens golpea el cristal y la saluda, y ella se ríe, con los ojos brillantes cuando Streicher, su prometido, se acerca a saludarla con una sonrisa discreta.

Algo me aprieta el corazón cuando veo a Pippa lanzarle un beso. Detrás de ella, Hartley ya ha subido la mitad de los escalones del estadio, con la cola de caballo balanceándose a cada paso.

Lleva esas mallas y tiene un trasero increíble.

—Creo que le gusto a Hartley —le digo a los chicos por encima de la música que suena en el estadio, sin apartar la vista de ella.

Owens se ríe, e incluso Streicher, que siempre está de malhumor, resopla.

—Ni de broma, hermano —se jacta Owens, dándome una palmada en la espalda mientras salimos de la pista.

Mis instintos competitivos y determinados vuelven a cobrar vida, perfeccionados por años de hockey y entrenamiento. Se me dan bien los retos y odio perder.

Que Hartley no me dé ni la hora se me queda clavado en la cabeza como una espina. Me gusta, pero no sé cómo hacer que pase algo con ella. Creo que, en el fondo, yo también le gusto a ella.

«El hockey lo es todo», dice mi padre siempre. «El hockey es lo primero».

Enamorarme de una chica es peligroso, pero no soy capaz de sacarme de la cabeza a Hazel Hartley.

—¡Miller! —grita el entrenador Ward mientras cruzo el pasillo hacia el vestidor—. Pásate por mi despacho después de la rueda de prensa.

Asiento y me voy a la ducha, todavía pensando en Hazel.

Después de hablar con Ward, vuelvo al vestidor con la cabeza baja. Streicher sigue ahí, recogiendo sus cosas.

—Has jugado muy bien esta noche —dice asintiendo.

Me muerdo las mejillas por dentro mientras los pensamientos extraños sobre sentirme vacío y que las victorias ya no me emocionen amenazan con derramarse. Streicher y yo jugamos juntos al hockey desde que teníamos cinco años, y confío en él más que en nadie, pero después de lo que me ha dicho Ward arriba, sé que tengo que reservarme eso para mí.

—¿Vas a ver a Pippa? —pregunto mientras tomamos nuestras maletas y salimos.

Normalmente lo espera en el palco privado de arriba con otros compañeros y familiares. A lo mejor su hermana está con ella.

—Se ha ido a casa, no quería quedarse hasta tarde porque mañana es la fiesta de compromiso.

—Es verdad. —Es mañana por la noche en un restaurante en Gastown, cerca de donde viven.

Recorremos el pasillo y nos despedimos del personal del estadio.

—¿Qué quería Ward?

Me aumenta la ansiedad en el estómago.

—Me ha ofrecido ser capitán.

Streicher me mira con los ojos brillantes, con la misma sorpresa que he sentido yo.

—¿En serio?

—Ward sabe reconocer el talento cuando lo ve. —Pongo mi sonrisa más burlona, pero la inseguridad me sigue apretando el pecho.

«Limpia tu reputación esta temporada. Gánate tu puesto, Miller», dijo Ward. «Sé el capitán que necesita este equipo».

El año pasado, cuando jugaba en el Calgary, y antes de remendar las cosas, me peleé con Streicher en la pista. En otro partido, me enojé con los aficionados y les pinté el dedo, ganándome un penalti y un lugar privilegiado en la prensa deportiva el resto de la semana. Hoy, cuando ha sonado la bocina y el resto del equipo ha venido a felicitarme, me ha dado igual.

Nada de esto es propio de un buen capitán. No soy un líder. Soy un idiota. La superestrella. El tipo al que todo el mundo le encanta odiar.

—¿Vas a aceptar?

—No me queda otra. —Tengo la garganta cerrada—. Mi contrato es de un año.

Cuando él llegó al equipo la temporada pasada, Ward lo cambió por un montón de jugadores independientes, a los que firmaba por temporadas cortas, afirmando a la prensa que no estaba comprando jugadores, que estaba creando un equipo. Al final de la temporada, cambió prácticamente a la mitad de esos jugadores.

—Si quiero quedarme en Vancouver —añado—, debo tener contento a Ward. —Me paso una mano por el pelo—. Y Ward es el único para el que quiero jugar.

Hace una década, Tate Ward era uno de los jugadores más prometedores en la historia del hockey profesional, hasta que se lesionó la rodilla y su carrera se acabó. Mi habitación estaba cubierta de pósteres suyos. Aparte de mí, es el único que ha superado las estadísticas de mi padre.

—Ward es diferente —le digo a Jamie.

Todos los entrenadores para los que he jugado, incluido mi padre cuando se encargó del equipo infantil en el que Streicher y yo jugábamos, utilizaban la agresividad y la intimidación para motivar a los jugadores. Ward no grita. Apenas ha hablado durante los entrenamientos de esta semana, maldición. Explicó las jugadas y observó. De vez en cuando, llama a algún jugador y le hace algún comentario sin que se enteren los demás.

Siempre he buscado la aprobación paternal, y quiero que Ward esté orgulloso de mí.

Jamie hace un ruido con la garganta cuando llegamos a los ascensores para el estacionamiento.

—Y, bueno, ahora que tú y yo volvemos a llevarnos bien —oprimo el botón del ascensor—, me gusta que juguemos en el mismo equipo.

No hablamos de lo que pasó: ese periodo de siete años en el que Streicher y yo no nos hablamos porque fui lo bastante estúpido como para hacerle caso al consejo de mi padre. «No seas amigo de tus contrincantes», dijo cuando nos ficharon. Rick Miller nunca ha sido experto en ningún tipo de relación, pero tardé en darme cuenta de eso.

Escuchamos el ruido del ascensor acercándose y Streicher asiente.

—Yo también me alegro de que estés aquí, hermano. Y Pippa.

Se le tuerce la comisura de los labios con la versión gruñona de una sonrisa, y un peso se aligera dentro de mí.

Puede que esto de ser capitán sea el impulso que necesito. Puede que sea lo que por fin solucione lo que sea que me pasa en la cabeza. Un nuevo reto.

—Pensaba que solo habías aceptado para poder molestar a Hartley todo el año —añade.

Lo miro con una sonrisa traviesa, pensando en el bostezo fingido de antes. Qué niña más inmadura.

—Puede que un poco sí.

Pienso en jugar en otro equipo y no tener a nadie a quien molestar, y tengo la sensación sosa y poco inspirada que he tenido después de marcar el gol esta noche.

—Yo lo veo. Que seas capitán, digo. —Oprime otra vez el botón, impaciente.

Sé que no soy el adecuado, pero ha vuelto a encender esa llama de competitividad y desafío en mi interior. Tengo que intentarlo.

Suenan los dos teléfonos a la vez.

—Será el anuncio —le digo mientras saca su teléfono.

—Sí. —Desliza la pantalla para leer el email—. Rory Miller, nuevo capitán del Vancouver Storm.

Por fin llega el ascensor y entramos. Streicher sigue leyendo cuando oprimo el botón que nos lleva al estacionamiento.

—Hay un fichaje nuevo —murmura.

—¿Quién? —Entre los juveniles y nuestros años en la liga, hemos jugado con o contra prácticamente todo el mundo.

—Connor McKinnon.

Me quedo inmóvil, mirando fijamente a Streicher mientras un mal presentimiento se mueve dentro de mi estómago.

—Ese es...

—Sí. —Sigue leyendo en el teléfono—. El ex de Hazel.

Se me tensan los hombros. Odio a ese imbécil.

Sí, soy un idiota engreído que necesita ser siempre el centro de atención. Pero ¿McKinnon? McKinnon es escoria. Iba a nuestra escuela. Durante dos años, vi cómo Hazel le ponía ojitos y a él le importaba una mierda. Le hablaba mal. La despreciaba. Tanto dentro como fuera de la pista es un tipo agresivo y caprichoso.

Pippa me dijo que terminaron hacia el final del primer año de universidad de Hazel. No sé qué pasó, pero Hazel ya no sale con jugadores de hockey.

Los instintos protectores me recorren el cuerpo con rabia. No quiero que se acerque a ella.

—¿Quién es su fisio? —pregunto, carraspeando e intentando mantener un tono despreocupado.

Streicher suspira, y yo ya estoy negando con la cabeza.

—Hazel —dice.

Mierda. Tengo que hacer algo.

Mañana, en la fiesta de compromiso de Streicher y Pippa, hablaré con ella.

# Capítulo 2
# Hazel

—¡Enhorabuena! —le digo a Pippa al oído cuando nos abrazamos en su fiesta de compromiso la noche siguiente—. Te quiero y me alegro muchísimo por ustedes, pero si te rompe el corazón, editaré fotos suyas en pañales con una dominatrix y las publicaré en internet.

Nos separamos y me sonríe. En el restaurante íntimo que reservé para el evento están nuestra familia, los jugadores del Vancouver Storm y sus parejas, y algunos amigos de la gira en la que Pippa ha sido telonera este verano como cantautora durante la promoción de su nuevo disco.

—Es broma —le digo, cogiéndole un mechón de su pelo rubio miel, largo y ondulado.

Ella se ríe.

—Ya lo sé.

Bajo la iluminación tenue y suave del restaurante, ella está radiante. Puede que eso sea lo que le pasa a la gente cuando se enamora perdidamente, como le ha pasado a mi hermana. Jamie necesitaba una asistente cuando se mudó a Vancouver; lo que no sabía es que iba a ser la chica de la que estaba enamorado en la escuela y con la que terminaría prometiéndose.

Detrás de ella, Jamie nos mira con una pequeña sonrisa, y se agacha para darme un abrazo.

—No es broma —susurro, y él se ríe.

—Gracias por organizar esto. —Mira a Pippa, que está sumergida en una conversación con nuestros padres y la madre de Jamie—. Significa mucho para nosotros.

La emoción me sube por la garganta.

—No hay de qué. De verdad que me alegro por ustedes. —Pongo una sonrisa incierta—. Sé que ella lo es todo para ti y que la vas a cuidar, y me alegro de que vayas a ser mi cuñado.

Él arquea una ceja, pero tiene un brillo travieso en los ojos.

—¿Aunque sea jugador de hockey?

Resoplo con una risa. Cuando empezaron a salir, dejé muy claro lo que pienso de los jugadores de hockey: que se los trata como dioses y se creen que tienen derecho a cualquier cosa que se les antoje.

—Tú eres la excepción. No permitiría que mi hermana pequeña se casara con cualquiera.

Esa emoción cálida y líquida vuelve a subirme por la garganta y me pica en los ojos cuando Jamie me aprieta el hombro.

—Vamos a tomar alguna foto antes de la cena —dice mi madre, haciendo un gesto a Pippa y a Jamie.

—Un momento. —Pippa me toma de la mano y me aparta—. Necesito que Hazel me ayude con... una cosa.

—¿Qué cosa? —pregunto mientras me jala por todo el restaurante—. Yo me encargo, tú dedícate a disfrutar.

En el vestíbulo del restaurante, una zona más tranquila, alejada de los invitados que están en el comedor, me da la vuelta.

—Me has estado evitando.

—Eh... —Intento buscar una excusa por no haberle respondido a los últimos tres mensajes que me ha mandado sobre el nuevo miembro del equipo.

—Connor está en el equipo, Hazel.

Por décima vez en las últimas veinticuatro horas, se me hunde el estómago a los pies.

—Ya lo sé.

No he estado pensando en otra cosa. El mentiroso, infiel, manipulador y narcisista de mi ex está en el equipo de hockey para el que trabajo, y me han asignado como su fisioterapeuta.

No he pegado ojo en toda la noche.

—¿Qué vamos a hacer? —pregunta.

No puedo renunciar porque trabajar para el equipo es una experiencia increíble, y me encanta. Los demás fisios tienen muchísima experiencia y son muy lindos. Trabajar para el Storm es una oportunidad única. Irme sería una estupidez.

—Nada —le digo, con una sonrisa neutral, como si no me importara—. No vamos a hacer nada.

—Te puso los cuernos.

Se me tensa el estómago y pienso en aquella fiesta en la universidad, con todo el mundo mirándonos y cuchicheando. Lo que me dijo se me quedó grabado durante años.

—Soy consciente. —Mantengo la voz baja y una expresión agradable por si alguien nos mira—. Todo el mundo ha visto que soy su fisio. Él también. Si lo cambiamos ahora, todos sabrán...

Las palabras se quedan colgando en el aire cuando me interrumpo a mí misma. Cuanto más indagamos en el tema, más errático me late el corazón. Ni siquiera Pippa sabe toda la verdad.

No quiero que él sepa que me destrozó y que todavía me afecta lo que ocurrió. No quiero que Pippa lo sepa, aunque sea mi hermana y mi mejor amiga.

Yo la cuido a ella, no al revés.

—Me pasé dos años en la escuela adelantando materias para que... —Estoy a punto de profundizar en mi arsenal de insultos, pero tengo que convencer a Pippa de que estoy bien—. Para que pudiéramos ir juntos a la universidad. —Connor es un año más grande que yo. Me esforcé demasiado estudiando para que no nos separásemos. Me pasé el verano estudiando para adelantar un curso.

Pippa suaviza la mirada, y lo odio. Odio que se sienta mal por mí.

—No voy a huir. —Me enderezo, echo los hombros hacia atrás y finjo toda la resistencia y fuerza que necesito ahora mismo—. Yo llegué primero, y no pienso irme a ningún sitio.

Pippa abre la boca para decir algo, pero la interrumpo.

—Esta es tu fiesta de compromiso. Por favor, por favor no

me conviertas en la protagonista o te organizaré otra. —Me llevo el dedo a los labios y entrecierro los ojos—. Estoy pensando en fotos tuyas de gira pegadas por todas partes. A Jamie le encantaría.

Ella se ríe.

—Eres un peligro. —Su expresión se vuelve reacia mientras analiza mi cara—. ¿Seguro que estás bien?

—Cien por ciento. —Pongo una sonrisa alegre. Por su forma de fruncir el ceño, creo que he exagerado, pero le doy un empujoncito hacia el restaurante—. Ve. Socializa. Presume de tu enorme anillo de compromiso.

Ella me saca la lengua y yo le respondo de la misma forma antes de que vuelva al restaurante. Jamie le extiende la mano mientras ella se acerca y los observo durante un segundo. La mano de él agarrándola por la cintura, manteniéndola cerca. La sonrisa suave y cariñosa de ella cuando lo mira.

«¿Cómo es ser todo para alguien, confiar así en otra persona?», me pregunto.

Siento un pinchazo afilado en el corazón. Las chicas como Pippa reciben ese amor. ¿Las chicas como yo? Preferimos relaciones sin compromiso. Solo me acuesto con un tipo una vez. Es más seguro. Nadie se hace ilusiones y nadie resulta herido.

Vuelvo a entrar en el restaurante, pero choco con un pecho duro y ancho.

—Perdona...

Rory Miller me mira con esa sonrisa arrogante y divertida. Desaparece todo el aire de la habitación y mi estómago vuelve a dar un vuelco de esa forma que tanto me molesta.

—Por fin te encuentro, Hartley.

¿Esta reacción? No es culpa mía. Es su maldito carisma. Parpadeo mirándole esos profundos ojos azules del color de un mar embravecido. Es unos treinta centímetros más alto que yo, con el pelo rubio oscuro un poco demasiado largo. Pelo de hockey, lo llaman los chicos. Con su seguridad exagerada, le queda bien.

Pero jamás lo admitiré.

Es su sonrisa lo que me irrita. Los labios torcidos permanentemente de forma traviesa y juguetona, como si supiera que puede conseguir cualquier cosa.

Odio la sonrisa arrogante de Rory Miller. La odio tanto que no paro de pensar en ella.

Da un paso atrás, mira mi atuendo de arriba abajo —un vestido rojo oscuro con el cuello en forma de corazón y una falda ajustada que me hace ver un trasero increíble— y silba.

—Estás muy guapa —dice.

Vuelve a sonreírme y me pongo nerviosa. Estoy tranquila, relajada y completamente desinteresada en Rory Miller, y me lo digo tantas veces que a lo mejor se hace realidad.

Se me calientan las mejillas y carraspeo.

—Gracias. Perdona. —Lo voy a rodear, pero él me bloquea el camino.

—Admítelo. Te has puesto ese vestido para mí.

—¡Guau, Miller! —Mi risa es ligera—. Con ese ego tuyo casi no cabemos aquí.

Me mira con el ceño fruncido, pero bromeando.

—Vamos, Hartley. Sígueme la corriente y dime que yo también estoy guapo.

Miro su traje. Confeccionado a la perfección para su cuerpo ancho y alto. Grita «hecho a medida» y «caro», y no puedo apartar los ojos de la tela azul marino. Es exactamente del mismo color que sus ojos.

—No necesitas que te suban el ego. —Debería irme, pero me doy un manotazo en la cabeza, fingiendo decepción—. Ay, no. Se me ha olvidado reservarle un asiento a tu muñeca inflable.

Se le ensancha la sonrisa y una chispa empieza a bailar en mi estómago. No tiene una muñeca inflable —no creo—, pero es una de mis bromas favoritas.

—Le he dado la noche libre —dice en voz baja, inclinándose con una sonrisa viciosa y los ojos brillantes—. Se lo ha ganado.

Siento cómo se me forma una carcajada en la garganta, pero consigo retenerla. No pienso reírme de las bromas de Rory Miller. Es un inmaduro y eso solo le daría más confianza.

—Rory. —Donna, la madre de Jamie, aparece con el fotógrafo que he contratado—. Por fin te encuentro. —Nos hace un gesto a los dos—. Vamos a tomarnos una foto.

Antes de que me dé tiempo a decir que no estamos juntos, me pasa una mano por la cintura y me atrae hacia él. Su olor me envuelve: cálido, especiado y silvestre, como a sándalo y clavo. No sé si es su intenso olor masculino o la forma en la que el calor de su cuerpo me envuelve, pero me da un vuelco el estómago.

—Relájate —me murmura al oído, apretándome la cintura—. Estás muy tensa.

El fotógrafo enfoca y yo cuento los segundos que quedan para la cena, porque he puesto a Rory en el extremo opuesto al mío en la mesa. —Sal conmigo —dice en voz baja justo cuando la cámara hace clic.

Yo resoplo, aunque una sensación maravillosa me recorre todo el cuerpo.

—Estás bromeando. Tu muñeca inflable se pondría muy celosa.

Su risa tranquila me hace cosquillas en la mejilla.

—Para nada, la traeré conmigo.

Esta vez sí que me río, y salta el *flash*. El destello me ciega durante un momento.

—Perfecta —dice el fotógrafo chasqueando los dedos—. Qué pareja más bonita.

Abro y cierro la boca como un pez. La cámara vuelve a hacer clic y me aparto de él, poniendo distancia entre nosotros.

Se mete las manos en bolsas mientras me mira, deslizando los ojos hasta el escote, tan rápido que apenas me doy cuenta.

—Vamos, Hartley.

—No salgo con jugadores de hockey, y estoy bastante segura de que ni siquiera sabes cómo me llamo.

Se le agudiza la mirada y pone una sonrisa coqueta.

—¿Quieres que diga más tu nombre, Hazel?

Siento un extraño escalofrío por la espalda. Lo último que necesito ahora es que vuelva a hablar con esa voz tan grave y seductora.

—No.

—Pues vamos a ser amigos.

La inclinación de su boca y la forma en la que sus ojos se arrastran sobre mí hacen que sacuda la cabeza. No quiere que seamos amigos. Le encanta el coqueteo. Una persona no llega donde está él en su carrera deportiva sin ser increíblemente competitivo, y mi rechazo es como una droga.

Con los tipos como Rory y Connor, es solo cuestión de tiempo que se aburran y pasen a la siguiente.

—En la escuela, Miller, me chantajeaste para que fuera tu profesora particular. Utilizaste tu estatus de jugador de hockey guapo para conseguir lo que querías. —Habló con el entrenador, que habló con el director, que habló con los profesores—. Durante los dos últimos cursos, te aprovechaste de dos de mis tardes a la semana. —Me quedo mirándolo, ignorando el mechón de pelo que se le ha caído a los ojos—. Los amigos no hacen eso.

No es toda la verdad de por qué no quiero tener nada que ver con él, pero es todo lo que admitiré en voz alta, sobre todo a él.

Hay una pausa y arquea una ceja.

—¿Crees que estoy guapo?

Me arde la cara.

—¿Eso es lo único que has escuchado?

Levanta los hombros, desconcertado.

—Me aseguré de que te dieran créditos extra por las clases particulares.

Busco algo que decir, confusa, porque no sabía que había sido cosa suya. Pensaba que solo lo hicieron para que aceptara.

Miro a mi alrededor, buscando a Pippa, Jamie, Hayden, Alexei, a quien sea. Están sentándose para cenar.

—Voy a la mesa.

Me agarra el brazo para detenerme.

—Espera. —La sonrisa engreída desaparece, dejando algo serio y sincero en sus ojos—. ¿Has visto el email que envió anoche Ward?

—Sí. Ahora eres el capitán. Felicidades.

Él frunce el ceño y sacude la cabeza.

—Lo de McKinnon —dice, mirándome con atención.

—Vamos, no me molestes. —Suspiro, exasperada—. ¿Tengo un cartel en la frente que diga: «Pregúntame por el idiota de mi exnovio»? Estoy bien. No pasa nada. —Doy una palmada—. Todo está bien.

Se cruza de brazos.

—Has dicho «bien» demasiadas veces.

Resoplo una risa.

Sus ojos buscan los míos, el corazón me da un salto al ver la preocupación en su cara. Está muy cerca de ver la realidad: que no estoy bien, que estoy acobardada.

—¿Todavía sientes algo por él?

Hago un ruido gutural de incredulidad, y la gente nos mira.

—Por supuesto que no. No quiero nada de esto.

La humillación me revuelve el estómago. ¿Es lo que cree todo el mundo? ¿Que llevo años enamorada de Connor?

—Hablaré con Ward —dice tranquilamente, dulce y prudente, nada que ver con la personalidad arrogante a la que me tiene acostumbrada—. McKinnon puede trabajar con cualquier otro fisio. Yo me encargo.

Si no lo conociera, me creería que la preocupación en sus ojos es de verdad. Se me acelera el pulso al pensar en Rory Miller cuidándome como Jamie cuida de Pippa, pero me recompongo.

Quiere lo que no puede tener. No es más que otra jugada en un juego en el que yo no quiero participar.

—No necesito tu ayuda —le digo—. No necesito guardaespaldas, y no quiero que te entrometas en mi trabajo.

Hace un ruido frustrado y se pasa la mano por el pelo. La determinación en sus ojos me da la sensación de que va a rebatirme, pero la nuez se le mueve al tragar saliva y hunde la barbilla al asentir.

—Okey —dice—. No me entrometeré.

—Gracias.

Durante el resto de la noche estoy ocupada con Pippa, Jamie y nuestra familia, pero cada vez que miro al otro extremo de la mesa, sorprendo a Rory mirándome con preocupación.

# Capítulo 3
# Rory

—Hartley.

Tres días después, estoy en el gimnasio del equipo observando cómo se prepara para su primera sesión de fisio con McKinnon.

Pone una pesa en el suelo, evitando mi mirada.

Entra mi entrenador y le saludo, haciéndole un gesto de «Un momento» antes de girarme hacia Hazel y bajar la voz.

—Solo quería preguntarte si has reconsiderado mi oferta de hablar con Ward.

Se le tensan los hombros.

—Dijiste que no te entrometerías.

—Te apoyaré. Seguramente te escuche, aunque yo no esté presente.

Suspira con fuerza. Tiene el labio inferior metido entre los dientes y un fruncido se acomoda entre sus cejas. Está nerviosa.

Aprieto las manos. No he parado de darle vueltas a este tema, pensando en cómo se le tensó la cara cuando nombré a McKinnon en la fiesta de compromiso, pensando en la protección inédita que surgió en mí ante la idea de que ella tuviera que trabajar con él.

—Sé que eres una tipa fuerte, Hartley —le digo, sonriéndole para disimular la preocupación y los celos—. Solo quiero evitar que te cargues la nueva incorporación al equipo.

No se ríe y se me aprieta el pecho. ¿Por qué no me deja que la ayude?

Me fijo en la bonita cola de caballo que se agita detrás de su cabeza. El abanico de pestañas larguísimas alrededor de los preciosos ojos azul grisáceo. La suntuosa curvatura de su boca.

—Paso.

Es más terca que una mula. Si no me frustrara tanto, pensaría que es adorable.

—Me pedirá perdón —dice, mientras coloca pesas en el suelo delante del espejo.

—¿Perdona? —Hace años que no veo a ese tipo, pero lo conozco. ¿Los tipos como él? Nunca piden perdón. Mi padre es igual.

Ella se incorpora y me mira a los ojos.

—Me ha escrito un email. Dice que quiere que hablemos.

En mi cabeza empieza a sonar una alarma.

—Seguramente quiera volver contigo.

—No lo creo —dice, poniendo una mueca—. Y, aunque fuera así, no va a pasar.

La alarma se relaja. Bueno, algo es algo.

—Se disculpará —continúa— y yo podré pasar página.

¿Va a aguantarlo toda la temporada?

—Es un idiota.

—Pues como tú.

No le falta razón. Disimulo una sensación muy desagradable con una sonrisa engreída.

—Ya, pero yo soy de los que te gustan.

Está a punto de darme otra respuesta ingeniosa que no podré quitarme de la cabeza en todo el día, pero entonces entra McKinnon y cambia su comportamiento. Se tensa cuando él la ve, con una sonrisa enfermiza y depredadora en la cara. Odio esta situación. Ella tiene que aguantarlo y no puedo hacer nada.

—Rory. —Ella se gira con los ojos suplicantes.

Se me hunde el estómago. Nunca nos llamamos por el nombre de pila. Nunca. Ni en la escuela.

—Por favor —dice, sosteniéndome la mirada con cara de preocupación. Esta versión suya es tan diferente de la mujer segura y competitiva a la que me encanta tomar el pelo—. Ahora mismo solo quiero hacer mi trabajo.

McKinnon viene hacia nosotros, pero tengo la mirada fija en su cara, buscando sus ojos. Podríamos solucionar esto muy fácilmente si me dejara ayudarla. Siento la necesidad de cargármela al hombro y caminar directo al despacho de Ward, pero seguramente ella me mordería, y a mí seguramente me gustaría.

Pensamientos intrusivos, creo que se llaman así. Y le he dicho que no me voy a entrometer, aunque tenga razón.

—Okey. —Respiro hondo y noto cómo aprieto los dientes.

—¡Cuánto tiempo!

McKinnon le sonríe como a una vieja amiga, pero a ella se le tensan los hombros. Vuelven a surgir los instintos protectores, estiro la espalda por completo y pongo mi sonrisa engreída.

Él me mira y se le agria la sonrisa. Siempre he sido un poco más alto que él, y sé que es una estupidez, pero es algo que me da mucha satisfacción.

—McKinnon. —Lo miro e inclino la barbilla.

Puede que Hartley haya dicho que no necesita mi ayuda, pero mi cuerpo palpita con posesión. De pronto entiendo cómo debía sentirse Streicher el año pasado cuando yo estaba con Pippa.

Su fría mirada se encuentra con la mía, retándome.

—Miller. Todavía rondas a Hazel, ¿eh? Hay cosas que no cambian nunca.

Cuánto odio al tipo este. Una sensación de competitividad se me enreda en el estómago, enrollándose y expandiéndose por todo mi cuerpo, y aprieto la mandíbula. Miro a Hartley y le doy pie por última vez para que acepte mi oferta.

Su mirada destella con insistencia, y mira intencionadamente hacia donde me espera mi entrenador.

—Rory ya se iba a entrenar.

Todos mis instintos me están gritando para que me quede aquí, a su lado, por si este idiota dice o hace algo que le moleste, pero me contento con mirar a McKinnon con mi sonrisa más irritante.

Ya me encargaré de bloquearlo en los entrenamientos.

—Hasta luego, Hartley —digo mirando fijamente a McKinnon.

Me paso el entrenamiento escuchando solo a medias, pendiente de Hartley y McKinnon en el otro extremo del gimnasio, esperando un conflicto, observando su lenguaje corporal para asegurarme de que está bien.

No confío en absoluto en ese tipo.

# Capítulo 4
# Hazel

Afortunadamente, ya no me siento atraída por Connor McKinnon.

Siempre ha sido guapo, pero me he dado cuenta de que es atractivo en el mal sentido, como un villano de *Juego de tronos*. Y al lado de Rory, todo el mundo es menos atractivo.

Noto los latidos en la garganta mientras hago con él los ejercicios de fisioterapia, y nunca me he sentido tan cohibida.

Si soy antipática con él, quedaré como la ex amargada y hastiada. Es exactamente lo que soy, pero no quiero que él lo sepa. Lo que más miedo me da es que sepa que puede afectarme.

Si soy demasiado simpática, él pensará que quiero que volvamos. Otra movida con la que no quiero lidiar.

Así que estoy siendo profesional, como lo sería con cualquier otro jugador, pero por dentro estoy muy nerviosa. Da zancadas hacia delante, mirándose en el espejo. Ni siquiera tiene en cuenta la postura; simplemente está mirándose esa cara guapa pero horrible.

—Cuidado con la rodilla —digo cuando hunde la articulación.

Él hace un ajuste y vuelve a mirarse en el espejo con esa sonrisa estúpida.

Todavía no ha mencionado el email que me envió esta mañana: «Espero con ganas nuestra sesión de fisio. Me gustaría comentarte una cosa». A lo mejor está esperando a que terminemos.

Va a disculparse. ¿Qué otra cosa querría comentarme, si no? Voy a conseguir el cierre que necesito para dejar atrás por fin todo esto. Lo que hizo y dijo fue horrible, pero ¿y si está arrepentido? Eso lo cambia todo.

Reproduzco mentalmente las palabras que me dijo en mitad de aquella fiesta mientras rodeaba con el brazo a otra chica.

«Nunca dije que fuera una relación cerrada. Fue cosa tuya».

«Estoy aburrido».

«Las chicas como tú no terminan con chicos como yo».

Respiro hondo para calmarme las náuseas. Fue hace años. Ya no soy esa chica, la que se diluyó en la vida de su novio.

Echo un vistazo a Rory y a su entrenador, y lo miro a los ojos. Él arquea una ceja como si me dijera: «¿Va todo bien?», pero yo aparto la mirada.

Rory solo se preocupa por sí mismo, así que no sé por qué está tan empeñado en ayudarme. He sido testigo de la facilidad que tiene para romperle el corazón a una chica.

Mientras va haciendo los ejercicios, Connor arruga la cara y mueve el muslo de adelante hacia atrás, y se me viene a la cabeza un recuerdo amargo masajeando ese músculo hace unos años. Ha tenido problemas en la ingle desde que se lesionó en el primer año de la universidad.

—¿Tenemos tiempo para que me des un masaje? —pregunta—. Me molesta la ingle después de que ayer me pasara el día en el avión.

Tengo que hacer un esfuerzo muy grande para que no se me note el asco.

La terapia de masaje es algo normal en mi trabajo. Si fuera cualquier otro jugador, no lo dudaría. Estos tipos se dan una paliza en el hielo y quiero hacer todo lo posible para que se encuentren bien y puedan jugar más tiempo.

Pero estamos hablando de Connor. No quiero respirar el mismo aire que él, y mucho menos tocarlo, pero si lo trato de forma diferente a los demás, significará que me afecta.

«Acaba con esto», me digo.

—Nos quedan unos minutos, vamos —le digo, señalándole una de las camillas de masaje.

Me sigue y se tumba en la camilla, subiéndose los pantalones mientras yo saco el aceite de masaje del armario.

No es la primera vez que hace esto. Ni yo tampoco. Es algo normal. No va a ser incómodo.

Me echo el aceite en las palmas de las manos y, cuando lo toco, intento concentrarme en sus músculos tensos debajo de mis dedos mientras los aprieto y los deslizo, pero se me calienta la cara.

Ya le he dado masajes, hace años. Cuando nos acostábamos...

Ay, Dios. Se me pone la piel de gallina.

Él se ponía cachondo y terminábamos cogiendo.

Ugh. El estómago se me retuerce, incómodo. Odio todo esto, pero también odio lo avergonzada que estoy. Este sería un momento perfecto para que se disculpara.

Me pregunto si las otras chicas con las que se acostó mientras estábamos juntos también le hacían esto.

Nuestras miradas se cruzan, y el corazón se me sube a la garganta en cuanto él ve cómo me arde la cara. Pone una sonrisita, como si me hubiera descubierto haciendo algo que no debería hacer.

—Bueno —empieza a decir, colocándose las manos en la nuca—. Es un buen momento para charlar un poco.

Se me retuerce el estómago de los nervios, pero mantengo una expresión neutral. Debajo de mis manos, el músculo se está aflojando, menos mal.

—Adelante.

Cuando se disculpe, seré amable. No me pondré prepotente. Lo único que quiero es pasar página.

Él se ríe un poco, mirando mis manos en el interior de su muslo con una sonrisa retorcida.

—Teniendo en cuenta nuestro historial, ¿podrás ser profesional esta temporada?

Me quedo quieta. Sí, acaba de decir eso. En mi estómago, las náuseas empiezan a hervir, y aparto las manos de sus piernas.

—¿Cómo?

Me mira con complicidad, como si estuviéramos compartiendo un secreto.

—Vamos. Que seas mi fisio este año ya es una casualidad demasiado grande, ¿y encima esto? —Se señala el interior del muslo.

Una sensación extraña me recorre el cuerpo, ganando fuerza con cada latido. Creo que me estoy cayendo, siento el contenido del estómago en la garganta.

Él pone una mueca.

—Solo quiero asegurarme de que no va a ser raro.

«Ay, Hazel, te has vuelto a equivocar». Es casi de chiste lo mal que se me da leer a los tipos.

No va a disculparse. Cree que estoy intentando recuperarle. Después de lo que hizo y de lo que dijo, cree que me interesa. Para él, soy la chica que se fue llorando de esa fiesta mientras todo el mundo cuchicheaba sobre ella. Soy la chica que dio clases de verano para poder ir con él a la universidad, como una estúpida locamente enamorada.

Ya no soy esa persona.

La rabia me inunda la sangre, seguida de una gran necesidad de demostrar que se equivoca.

—Yo no pedí ser tu fisio. —Mi voz suena extraña. Tensa.

Él arquea una ceja.

—¿No? —Es evidente que no me cree.

—No. —La humillación me aprieta la garganta. «Dependiente», recuerdo que él dijo eso de mí.

«Las chicas como tú no terminan con chicos como yo». Maldición, incluso ahora esas palabras me atraviesan.

Deseo tanto demostrar que se equivoca.

Al otro lado del gimnasio, Rory nos observa. Lleva toda la sesión vigilándome. Sus ganas de ayudarme antes se cuelan en mis pensamientos.

Levanta una pesa, sosteniéndome la mirada y flexionando el bíceps y el tríceps. Se me tambalea el pulso, porque aunque sea un imbécil engreído, Rory Miller es salvajemente guapo. Entiendo que las mujeres se queden prendadas de él, aunque yo jamás vaya a ser una de ellas.

Un momento.

Rory y Connor se odian. Nunca se han llevado bien. Van a pasarse toda la temporada discutiendo. Rory es mejor jugador que Connor, y aunque Connor nunca lo ha admitido, por eso le cae tan mal Rory.

Y Connor dejó claro que yo jamás encontraría a alguien mejor que él.

Rory es el único jugador del equipo cuyo ego es más grande que el de Connor. Es engreído, arrogante y extraordinariamente competitivo, y lo mejor de todo: odia a Connor casi tanto como yo. Como si pudiera leer mis pensamientos, la boca de Rory se tuerce en una sonrisa mientras levanta una ceja.

Tan orgulloso y seguro.

Se me erizan los pelos de la nuca mientras le sostengo la mirada en el espejo. Estoy a punto de hacer una estupidez, pero me da igual. Haría lo que fuera para deshacerme de esta sensación de vergüenza e impotencia. El deseo de molestar a mi ex me tiene agarrada por la garganta.

Invoco a la zorra despiadada de mi interior y miro a Connor con una sonrisa desconcertada.

—Sabes que Rory y yo estamos juntos, ¿no?

El corazón me late con fuerza mientras espero su reacción. Puede que merezca la pena ver cómo su expresión va cambiando de presumida a confundida y a sorprendida hasta que finalmente mira a Rory y se enoja.

—¿En serio? —pregunta Connor, mirando a Rory al otro lado del gimnasio—. ¿Miller?

Soy un huracán de rabia femenina y venganza, y pienso seguir con esto.

El entrenador de Rory le dice algo, pero este no le escucha; no puede parar de mirarnos a Connor y a mí.

Le saludo con un gesto coqueto. Se le iluminan los ojos con un sentimiento de éxito y diversión, y yo me esfuerzo mucho por no poner los ojos en blanco mientras mira a Connor con esa sonrisa.

Maldición, Rory va a ser pesadísimo con esto.

—Ajá. —Reproduzco la pregunta que me hizo antes, la de ser profesional, y la rabia me inunda las venas otra vez, pero yo sigo sonriendo.

Siento cómo la preocupación se me arremolina en el pecho. Rory está buenísimo, y hasta ahora he conseguido mantener las distancias con comentarios antipáticos y una ligera atracción, pero ahora se me tirará encima, susurrándome al oído y agarrándome por la cintura con ese encanto tan intenso, y hará todo lo que pueda para molestar a Connor.

A mi yo suave y vulnerable le preocupa que termine mal. Que me enamore de él.

Rozo las yemas de los dedos y, cuando siento el aceite de masajes en mi piel, otra ración de rabia derretida se vierte en mi sangre.

Rory también es un jugador de hockey mimado a quien se lo han dado todo en bandeja de plata. No voy a enamorarme. Connor me sirve de recordatorio de lo que pasaría si dejo que esa línea se emborrone.

Con la ayuda de Rory, conseguiré que Connor se arrepienta de lo que hizo.

# Capítulo 5
# Rory

—Vaya, vaya. —Me siento en el banco al lado de Hartley cuando McKinnon se va—. Parece que alguien ha cambiado de idea. —Pongo una sonrisilla y me meto un mechón de pelo detrás de la oreja con un movimiento coqueto y femenino.

A ella se le tensa la boca, como si quisiera reírse. Es un respiro de la versión tensa y nerviosa que he estado observando en la última hora.

—¿Te refieres a mí?

—Sospecho que la disculpa de McKinnon no ha sido lo que esperabas.

Desaparece cualquier resquicio de humor de su cara.

—Ha dicho... —Aletea la nariz y toma aire, como si se estuviera conteniendo para no prenderle fuego a este sitio.

—¿Qué?

—Ha dejado caer que he sido yo la que pidió ser su fisio. —Se le pone la cara roja—. Como si siguiera enamorada de él.

Voy a matarlo.

—No me digas.

Se estremece durante un momento, pero se recompone enseguida.

—Y luego lo de la ingle.

Ah, sí. Casi enloquezco al ver lo incómoda que estaba mientras trabajaba con él. Al ver cómo la miraba. Incluso ahora se me retuerce el estómago por los celos.

Se pasa la lengua por el labio de arriba y me mira reacia.

—Le he dicho que estábamos juntos.

Mis pensamientos se detienen y se me dibuja una sonrisa en la cara.

—No me digas.

Vaya. Sí que ha mejorado de pronto el día de hoy. Cuanto más se sonroja, más crece mi sonrisa. Qué linda se pone cuando está avergonzada.

Baja la mirada y mueve nerviosa los dedos.

—Quería... Quería vengarme de él, y te odia. —Levanta la mirada y se encuentra con la mía.

—Ya lo sé. —El corazón me late en el pecho como un ruiseñor. Me gusta muchísimo este giro de los acontecimientos.

—Si no quieres hacerlo...

—Claro que lo haré. —Le sonrío como si estuviera en un maldito anuncio de dentífrico—. Lo haré encantado, Hartley.

Cierra los ojos y sacude la cabeza.

—Sabía que te ibas a poner arrogante con todo esto. A ver, tenemos que poner unas reglas. —Pone la cara que pone siempre cuando reflexiona—. Estaremos juntos media temporada. Hasta enero, para empezar. —Me recorre con la mirada, como si me evaluara—. O antes, si a alguno les ficha otro equipo.

Siento un peso en el estómago. Da igual si soy el capitán, si a Ward no le gusta lo que ve, estoy fuera.

—Hasta enero, para empezar. Trato hecho.

—No puedes coquetear con otras chicas mientras fingimos que estamos juntos. Lo nuestro no sería creíble.

—Por supuesto que no. —No me supone ningún problema actualmente.

Entrecierra los ojos.

—¿Por qué lo estás aceptando con tanta facilidad?

Nos imagino revolcándonos mientras McKinnon nos mira enojado y se me va toda la sangre a la verga. Se me van los ojos a su boca. Seguro que tiene los labios muy suaves. Parecen suaves.

Aparece una alerta en sus ojos. Mierda. Me ha hecho una pregunta, y si le digo que me gusta va a salir corriendo.

—Oh. —A Hazel se le cae la cara—. Entiendo.

El pánico me aprieta el estómago.

—Quieres quedar bien como capitán —dice.

—Sí —digo apresuradamente, aliviado—. Eso es.

Ella hace un ruidito mientras piensa.

—Los aficionados se volvieron locos el año pasado cuan do Jamie y Pippa empezaron a salir.

«Limpia tu reputación esta temporada», dijo Ward en su despacho.

Un jugador de hockey con una buena chica agarrada del brazo es la forma más rápida de limpiar la reputación.

No diría que Hartley es exactamente una buena chica, pero cae bien a los jugadores y a la organización. Ward quiere a un tipo responsable y Hartley es mi forma de demostrarlo.

—Fingiré ser tu novio devoto y haré todo lo posible para enojar a McKinnon —le digo— si tú me ayudas a quedar como el capitán que necesita el equipo. Ward quiere a un tipo con una imagen impoluta. Tú eres buenísima en tu trabajo y les caes bien a todos.

Se le separan los labios, sorprendida.

—Gracias.

—Es la verdad.

Levanto los hombros y carraspeo. Nos hacemos rabiar, pero no nos hacemos cumplidos de esa forma. No sé por qué se me ha escapado.

—Tendrás que venir conmigo a eventos y cosas de esas. En diciembre hay una gala benéfica, y luego el Clásico de Invierno el día de Año Nuevo.

Es en un resort de esquí local y no cuenta para la clasificación, pero los equipos llevan la equipación original y jugamos en una pista exterior. Es muy nostálgico todo.

—Le contaré lo nuestro a Ward —añado—, pero no creo que sea un problema. —Pippa y Streicher empezaron a salir el año pasado, cuando Pippa todavía trabajaba para el equipo.

—Gracias. —Se pone a jugar con las puntas del pelo, enrollándolas entre los dedos—. Iré el viernes al partido. Connor jugará, ¿no?

Asiento, y noto cómo se le mueven los engranajes en la cabeza.

—Me sentaré con Pippa y saldremos con el equipo después del partido. Seguro que él también va. Entonces podremos... —Nos miramos a los ojos y parece que se le olvida lo que quería decir—. Todo el mundo nos verá juntos.

—Y tú te pondrás mi camiseta. —Siento una oleada de orgullo al imaginármelo.

—Eh... No. —Pone una mueca—. No me pongo la camiseta de nadie.

Sí que se ponía la de McKinnon, pero no le digo nada.

—Si quieres enojar a McKinnon, tienes que ir con todo. Te la pondrás.

Me sostiene la mirada durante un buen rato, pero al final accede.

—Y le contaré todo el plan a Pippa. No se lo creería, si no.

—¿No crees que puedo ser convincente? —Pienso en cómo me hizo sentir el tacto de su cintura bajo mi mano, en lo increíblemente bien que le olía el pelo—. Creo que deberíamos establecer unos límites, por si acaso me paso de la raya. Acordar una palabra de seguridad y todo eso.

La determinación y la furia destellan en sus preciosos ojos.

—Quiero molestarle de verdad. —Una pausa—. No hay ninguna raya.

Por el amor de Dios, qué buena está Hartley cuando está tan enojada. Estoy teniendo una erección. Se me vuelven a ir los ojos a su boca.

—Sin palabra de seguridad. Entendido.

—Miller.

—¿Qué? —Sigo mirándole la boca.

—Todo esto es falso.

—Ya lo sé.

—No te enamores.

—No lo haré. —Me pregunto si me dejará besarla enfrente de McKinnon.

Agacha la cabeza para mirarme a los ojos.

—Ahora repítelo sin babear mientras me miras la boca.

Se me escapa una risa y le guiño un ojo.

—No estaba babeando.

Pone los ojos en blanco, pero está sonriendo. Carraspea.

—Lo digo en serio. No te enamores, porque yo no me voy a enamorar.

Qué peligro. Jugar a este juego con ella es muy peligroso. Va a conocerme y saldrá corriendo en dirección contraria. Eso es lo que nos pasa a los tipos como mi padre y como yo.

Aun así, extiendo la mano para apretar la suya. Siento el pulso en los oídos.

—Solo vamos a aparentar. —Me encanta cómo brillan sus ojos con algo interesante cuando invado su espacio—. No hace falta que me lo digas dos veces.

Mi mano envuelve la suya, y me concentro en la zona en la que nos tocamos. Tiene una mano delicada y suave, y encaja perfectamente en la mía. Es tan guapa, tan cruel, tan perfecta, y esto va a arruinarme la vida.

—Ay, Hartley. —La miro con mi típica sonrisa engreída—. Esto va a ser muy pero que muy divertido.

# Capítulo 6
# Hazel

Pippa ya está en su asiento cuando llego antes del partido el viernes por la noche. El estadio está lleno de aficionados emocionados, una marea de camisetas gris y azul del Storm. Suena música rock por los altavoces, animando a todo el mundo. Tengo el cuerpo rebosante de energía al acercarme a nuestros asientos detrás de la portería, con un *pretzel* en una mano y una cerveza en la otra.

—Hola. —Me dejo caer en el asiento—. Perdona que haya tardado tanto. Había una fila interminable para entrar.

Mentira. Estaba dándole vueltas al estadio antes de decidirme a ponerme en la fila.

Sin decir nada, Pippa me mira la camiseta y levanta las cejas.

Me la he encontrado esta tarde en mi escritorio dentro de una caja de regalo. A pesar de mi aversión a llevar el nombre de un deportista sobre mí, como si fuera su propiedad, Rory tiene razón. Tengo que ponerme su camiseta si queremos que esto sea creíble.

Pippa sigue mirándome.

—Llevas una camiseta del equipo.

Le doy un buen mordisco a mi *pretzel* para elegir bien las palabras. Va a sonar muy estúpido cuando lo diga en voz alta.

—Hazel. —Ahora sí que siente curiosidad de verdad—. Inclínate hacia delante.

Me trago el mordisco.

—¿Cuándo empiezas a trabajar en tu próximo disco?

Maldición, estoy hecha una niña malcriada. El nombre de Miller está prácticamente quemándome en la espalda.

—Hazel. ¿Qué nombre tienes en la espalda?

Tengo la boca seca y este *pretzel* sabe a pegamento. ¿Qué pretendo? ¿Quedarme aquí quieta hasta que ella se vaya?

Parpadea despacio.

—¿Me he perdido algo?

Se atenúan las luces del estadio y un rugido de vítores y aplausos estalla en cuanto los jugadores salen al hielo. Al pasar por delante de mí, Rory me guiña un ojo con una sonrisa engreída y vaga. Connor va detrás de él.

Ya está. Ahora viene la parte de fingir. Aunque no quiera hacerlo, hicimos un trato, y tengo que participar tanto como Miller.

Sonrío a Rory con mi típica sonrisa fría y le devuelvo el guiño. Sonríe más y se marcha. Cuando Connor tiene que mirarme dos veces, siento una gran satisfacción en el pecho.

«Púdrete, Connor».

Pippa me mira confusa mientras suenan los himnos nacionales, y cuando nos sentamos, bajo la voz mientras los jugadores se preparan para sacar.

—No estamos juntos de verdad. —Me agarro las manos. Esto va a sonar muy estúpido en voz alta. Se me retuerce el estómago al ver a Connor en la banca, y lo escupo todo. Le cuento a Pippa lo del email de Connor del otro día, que pensaba que se iba a disculpar, y lo que me dijo en realidad.

—Grandísimo idiota —dice, mirándome fijamente, y siento cómo el pánico va aumentando.

No quiero que Pippa sepa el efecto que tenía Connor en mí. Es mi hermana pequeña y ella siempre me ha visto como la más fuerte de las dos. Cuando nuestros padres querían que la música solo fuera una afición para ella, le insistí para que persiguiera sus sueños. Acude a mí con dudas vitales; siempre hemos sido así. Yo soy la que la cuida, no al revés.

No quiero que sepa cuánto daño me han hecho. No quiero que se preocupe por mí.

—Miller y yo hemos llegado a un acuerdo. —Le explico que él quiere quedar como un buen capitán para Ward y que está más que encantado de ayudarme a devolvérsela a Connor.

Ella me analiza con los ojos entrecerrados.

—Odias a Rory. ¿Qué más te da que sea capitán?

Abro la boca para rebatirle. Después de lo que le hizo a mi amiga en la escuela, sé que es igual que cualquier otro deportista que puede conseguir lo que quiera sin ningún tipo de consecuencia.

Pero no lo odio.

Miramos a los jugadores pelear por el disco al otro extremo de la pista.

—Pues me da porque hemos hecho un trato. Solo será hasta enero, de todos modos. Díselo a Jamie, pero, por favor, que no diga nada.

Pippa entrecierra los ojos como si no me creyera, pero luego sonríe y señala con la barbilla mi camiseta.

—Te queda bien. —Sube y baja las cejas—. Estás muy linda.

—Cállate.

—Ha acertado con la talla y todo.

—Te lo he contado para que seas mi apoyo. —Le lanzo una mirada mordaz—. No para que te metas conmigo.

—Y soy tu apoyo. —Saca el teléfono y abre la cámara—. Pero también me gusta meterme contigo. Sonríe como si estuvieras tirándote a Rory Miller.

Me río ante semejante locura, y ella hace varias fotos borrosas.

—Dios mío. Qué más quisiera él.

Cuando Rory pasa por delante, nos miramos a los ojos. Sonríe y vocaliza: «Hola», antes de volver a irse.

—¡Qué fuerte! —dice una mujer detrás de nosotras—. ¿Me lo ha dicho a mí?

—No —le contesta su amiga—. Se lo ha dicho a ella.

Se me erizan los pelos de la nuca.

—La que está a su lado es la prometida de Jamie Streicher —susurra la mujer, y Pippa me sonríe. No tienen ni idea de que nos estamos enterando de todo lo que dicen.

—Papá se va a poner contentísimo —añade Pippa, mirando a Jamie, al otro lado de la pista. En la segunda parte, estará en la portería enfrente de nosotras—. Le cae bien Rory.

Yo gruño. A nuestro padre le encanta el hockey. Ni se me pasó eso por la cabeza cuando hicimos este trato.

—Si mamá y papá sacan el tema, diles que no es nada serio.

—No has vuelto a tener novio desde Connor. —Me mira—. Se van a poner muy contentos.

Empieza a haber actividad en la pista delante de nosotras. Rory golpea el disco y el sonido estalla en el estadio. Los aficionados se ponen de pie, gritando, mientras las luces parpadean y los jugadores del Vancouver rodean a Rory. Pippa me agarra del codo y abre mucho los ojos, instándome para que me levante.

—Aplaude —susurra—. Compórtate como si te alegrara que haya marcado.

Empiezo a aplaudir de forma extraña y Pippa se ríe, lo que me hace reír a mí.

—No quiero que mamá y papá le tomen cariño —le digo cuando nos volvemos a sentar—. Él ya tiene a sus padres.

El ceño fruncido de Pippa hace que me calle.

—¿Qué? —insisto.

—Rory necesita a más gente buena en su vida.

Resoplo.

—¿Con el ego que tiene? Seguramente de pequeño le daban la merienda en bandeja de plata. —Lo busco a través del cristal y lo veo acelerando a lo largo de la pista arrastrando el disco—. No conoce la palabra *no*. Seguro que fue un niño mimado.

Pippa tuerce la boca.

—No habla mucho con su madre, y dudo que su padre sea como el nuestro. ¿Has visto a Rick Miller en la tele?

No veo los programas deportivos. Pero Rick Miller es una leyenda del hockey canadiense. Todo el mundo lo conoce.

—¿Sinceramente? —Pone una mueca—. Es bastante idiota. Es el agente de Rory primero, y su padre después.

Siento un dolor por todo el cuerpo.

—El mes pasado, cuando fui a casa —continúa—, papá había enmarcado la entrada de mi primer concierto en Vancouver.

Pippa y yo crecimos en North Vancouver, y cuando nos fuimos de casa, nuestros padres se jubilaron y se fueron a vivir a Silver Falls, un pueblecito de montaña en el interior de Columbia Británica.

Siento un pellizco en el corazón.

—Ken Hartley es el mejor.

Ella asiente, con una sonrisa nostálgica.

—Sí. Totalmente.

Mis ojos encuentran a Rory en la pista, y siento una presión en el pecho. Pippa y yo tenemos el mejor padre, y puede que no me caiga bien Rory, pero no se merece tener un mal padre.

—Han dicho que iban a venir el mes que viene. ¿Por qué no invitamos a mamá a una de tus clases? —Pippa sube y baja las cejas. Además de ser la fisioterapeuta del equipo, doy clases de yoga, tanto online como presenciales—. Sería divertido.

Se me hunde el estómago y presto atención al partido. Hayden bloquea a un tipo del otro equipo contra la valla frente a nosotras.

—Pero no creo que acepte.

—¿Y si se lo ponemos fácil? No hace falta que empiece con una clase de Bikram.

El árbitro pita un penalti y la gente a nuestro alrededor grita en desacuerdo. Suelto aire por la nariz, preparando la respuesta a mi hermana mientras se me tensa el estómago con la frustración.

—No está cómoda con la ropa de yoga —le explico—. Estar en un estudio de yoga le recuerda cuánto ha cambiado su cuerpo desde que bailaba. —Nuestra madre fue bailarina de joven—. No va a querer.

Me froto el pecho, arrastrando la palma de la mano por la camiseta mientras pienso en ella.

—¿Cuántas veces se faltó al respeto a sí misma cuando estuviste allí? —pregunto—. ¿Cuántas veces hizo algún comentario negativo sobre su cuerpo o dijo que estaba a dieta?

Pippa traga saliva.

—Muchas.

—Exacto. —Nos quedamos mirando el hielo y sé que Pippa está pensando lo mismo que yo.

Queremos más para nuestra madre. Queremos que se quiera. Por eso pienso abrir mi propio estudio de fitness algún día. Todo el mundo se merece moverse y sentirse bien en su cuerpo. Todo el mundo merece quererse.

Los aficionados rugen y vuelvo a prestarle atención al partido. Rory golpea el disco, alejándose del caos del resto de los jugadores como una bala. Está solo y va directo hacia la portería delante de nosotras. Se mueve tan rápido que los patines apenas tocan el hielo, con habilidad y con control absoluto. Se me tambalea el pulso al ver su expresión, tan potente y concentrada, y a mi alrededor, los espectadores se agarran.

No veo el disco hasta que ya está dentro.

Estalla el ruido, los aficionados gritan, la música resuena y empieza a pitar la bocina que suena cada vez que marcan un gol, y las luces parpadean alrededor de la portería.

Un extraño sentimiento de orgullo me recorre todo el cuerpo cuando los jugadores rodean a Rory para celebrarlo.

—Admítelo —dice Pippa por encima del ruido—. Eso ha sido increíble.

Resoplo, y me río a pesar de todo.

—No se lo digas a Miller.

Los jugadores se separan y se preparan para otro saque. Cuando Rory vuelve, me preparo para ponerle los ojos en blanco ante su sonrisa engreída.

Pero tiene una expresión plana, poco impresionada y cansada. Ese tipo de cansancio emocional, el que te agota y te hace sentir que la situación no mejorará jamás. Tiene el mismo agotamiento que yo siento después de escuchar la lista de defectos de mi madre y todos los motivos por los que su cuerpo no es suficientemente bueno. Una sensación de amenaza se acumula dentro de mí, y siento un pinchazo de arrepentimiento.

Se supone que Rory Miller es un idiota engreído que puede conseguir lo que quiera, no un jugador de hockey quemado con un padre de mierda.

Antes de que pueda seguir pensándolo, el disco vuelve a estar en movimiento y Rory lo toma. Justo cuando está rodeando la portería, un jugador del otro equipo se le cruza y lo empuja, aplastándole la cara y el casco contra el cristal.

Los aficionados exigen a gritos un penalti y el árbitro sopla el silbato. Rory hace una mueca y se frota el labio. Tiene sangre.

—Mierda —susurro con un nudo en el estómago—. ¿Está bien?

Pippa me mira.

—¿Qué más te da?

Pienso en lo cálida que era su mano sobre la mía el otro día, y el rastro de chispas que dejó su tacto sobre mi piel.

—Me da igual. —Levanto los hombros—. Pero no quiero que se haga daño.

Ella entrecierra los ojos, pero tuerce la boca en una sonrisa.

—Interesante.

Un golpe en el cristal nos saca de nuestra conversación. Rory está en el otro lado, con el labio ya hinchado. Siento miles de ojos sobre nosotros. Me señala y luego se señala la barbilla. Le brillan los ojos, divertidos y coquetos.

—Ay, Dios. —Me arde la cara y quiero desaparecer.

—Cúralo con un besito —dice a través del cristal.

Me arde toda la piel.

—No. —Le lanzo una mirada severa.

—Lo necesito —insiste, todavía sonriendo—. Y tiene que ser un beso tuyo.

Estoy sudando debajo de esta estúpida camiseta. Mi cara aparece en la pantalla. O sea, que también estoy saliendo en la tele. Ay, Dios.

—¡Hazlo! —grita alguien detrás de mí, y Pippa se muere de risa.

—¡Que lo bese, que lo bese! —Los aficionados detrás de mí empiezan a cantar y me quedo boquiabierta.

Esto no puede ser verdad.

—¡Hartley! —grita Rory con los ojos brillantes, golpeando el cristal con el stick—. Están todos esperando.

No va a parar. Detrás de él, Connor me mira, esperando con los demás jugadores con una expresión desinteresada, como si le diera igual, pero luego recuerdo el golpazo que me dio porque Rory captaba mucha atención en el hielo.

Pienso en cómo me sonrió cuando le masajeé el muslo, y siento una rabia furiosa en mi interior, afilada y ardiente.

Luego me encargaré de Rory, pero, de momento, me inclino hacia delante. Él inclina la barbilla para apretarla contra el cristal. La gente empieza a vitorear y a silbar cuando me pongo de puntillas y aprieto los labios en mi lado del cristal, rezando porque esté limpio.

El estadio estalla en gritos y Rory se lleva las manos al corazón. Me guiña un ojo y se va.

Qué arrogante, por Dios.

Todo el equipo del Vancouver me mira con caras confundidas y divertidas. A Hayden se le salen los ojos de las cuencas. Connor pasa por delante con el ceño fruncido.

Ha sido horrible, pero ha funcionado.

—Ahora ya lo sabe todo el mundo —dice Pippa, sonriendo.

Se reinicia el partido, pero a mí se me va la cabeza a cuando nos veamos todos en el bar.

Rory es impredecible. Los nervios me retuercen el estómago. Es un sinvergüenza y hará lo que sea necesario para ganar.

La noche acaba de empezar, y creo que sí que voy a necesitar la palabra de seguridad.

# Capítulo 7
# Hazel

—¡Lo sabía! —grita Hayden al entrar por la puerta del bar.

Pippa y yo estamos sentadas en una mesa del Filthy Flamingo, esperando a Jamie y a Rory. Al pequeño y anticuado bar de Gastown se entra por una puerta escondida en un callejón, con un cartel sucio encima. Desde fuera, el sitio es bastante modesto y apenas se ve, pero por dentro está recubierto de cálidos paneles de madera, tiras de luces destellantes por todo el techo, música rock clásica a todo volumen y pósteres de grupos musicales enmarcados en las paredes. Pinchadas con chinchetas detrás de las botellas alineadas al fondo de la barra hay un montón de fotos Polaroid de los clientes habituales. Al fondo hay un pequeño escenario en el que Pippa toca para nosotros de vez en cuando.

Hayden está justo enfrente de mí, mirándome con una sonrisa burlona.

—¿Miller y tú? Lo sabía.

—Tú no sabías nada. —Miro a los chicos que acaban de entrar. Connor ya está en una mesa con algunos otros jugadores—. No lo sabía nadie.

Rory no ha llegado todavía. A lo mejor están aún atorados con la rueda de prensa.

Hayden se señala el pecho, sonriendo. Con el pelo rubio,

los ojos azul intenso y esa sonrisa permanente, Hayden Owens es como un golden retriever con forma de persona.

—Lo sabía —le dice a Pippa, también sentada enfrente de mí—. No paran de tontear.

Pippa me sonríe, con los ojos repletos de diversión, pero yo resoplo y le doy un sorbo a mi bebida.

—No te pongas arrogante, Owens, o me vengaré en la sesión de fisio.

Se ríe y se va a la barra a pedir algo de beber.

Jamie se desliza en el banco al lado de Pippa y le da un beso.

—Hola —le dice ella, sonriendo contra su boca.

—Hola —murmura él antes de besarla otra vez.

Yo aparto la mirada. Empiezo a notar un nudo en el pecho mientras ellos se susurran cosas al oído, e intento ignorarlo dándole sorbos a mi bebida.

Por fin se separan y Jamie me mira y asiente.

—Hazel. Pippa me ha dicho que estamos de celebración.

En su típica expresión seria aparece un ligero brillo de provocación, así que sé que ella ya se lo ha contado todo.

Le sonrío con sarcasmo.

—No empieces.

Su mirada se mueve detrás de mí y la provocación desaparece.

—Si te da algún problema —dice en voz baja para que solo lo oigamos Pippa y yo—, avísame.

—Puedo manejar bien a Miller.

—No me refiero a Miller. —Frunce el ceño—. McKinnon. Si te hace cualquier cosa, quiero que me lo digas. Y seguro que Miller también.

Me sorprende esta protección de Jamie. No sabe todo lo que hizo Connor —nadie lo sabe, ni siquiera Pippa—, pero aquí está, listo para saltar por mí.

Antes de que pueda decir nada, se abre la puerta del bar. Al verme con su camiseta, Rory sonríe con esa seguridad arrogante tan masculina. Clava su mirada en la mía mientras cruza el bar, con el labio de abajo hinchado y amoratado del golpe de esta noche. Un cosquilleo en la nuca me dice que Connor nos está mirando, como todos los demás. Cuando Rory se desliza en el banco, en mi espacio, todavía sonriéndome, me doy cuenta de que todavía tiene el pelo húmedo de la ducha. Su olor me envuelve, limpio y punzante.

Los jugadores de hockey deberían apestar, pero el olor de Rory hace que se me tambalee la cabeza.

—Hola, cariño. —Se inclina y me da un beso en la sien, como si nada.

Se me dispara el pulso y me quedo inmóvil cuando me roza con la barba de varios días. Creo que no estoy respirando. Desliza la mano sobre mi cintura, tirando de mí hacia él en el banco. Al otro lado de la mesa, a Pippa le brillan los ojos y Jamie vuelve a tener esa media sonrisa.

—Hola. —Mi voz suena tirante.

Me recorre la cara con los ojos, brillantes y curiosos, que luego se hunden en mi torso.

—Me gusta cómo te queda mi camiseta.

Se me calienta la cara con ese tono que pone.

—No te acostumbres. —Me salen las palabras antes de que pueda impedirlo.

Él sacude la cabeza, sonriendo.

—Vas a ponértela para todos los partidos a partir de ahora. —Su mano me aprieta la cintura y se me tensa el abdomen. Es muy cálido y sólido contra mi brazo—. Vamos, Hartley, finge que te gusto.

Pippa mira alrededor y luego se inclina hacia delante.

—Que se besen, que se besen, que se besen —canturrea en un susurro.

Yo le lanzo una mirada con la cara cada vez más roja.

—Pippa.

Empieza a reírse. Hasta Jamie sonríe.

—Los voy a matar a los dos —les susurro, pero yo también me río, aunque Rory siga agarrándome por la cintura.

Jamie se pone blanco.

—¿Qué he hecho yo?

—La estás animando. Lo noto. Es que... —Sacudo la cabeza, nerviosa. Tengo la cara muy caliente—. Relájense. —No puedo evitar sonreírle a Rory—. Si estuviéramos juntos de verdad, me comportaría exactamente así.

Le destellan los ojos.

—¿Sí?

—Sí. Sería supercruel contigo.

Desvía la mirada a mi boca. No irá a besarme aquí, ¿verdad?

No había pensado en la parte de los besos de este trato. Claro que vamos a tener que besarnos en algún momento. Las parejas se besan.

Siento burbujas en el estómago. Sus ojos cálidos reposan en mí. Se le empieza a rizar un poco el pelo por arriba, y resaltan los reflejos dorados entre el resto del cabello de color ceniza, seguramente porque le habrá dado el sol este verano. Le recorro la mandíbula afilada con la mirada, la barba incipiente, la nariz, con un aspecto tan delicado para una cara masculina.

Es muy guapo.

La mirada se me va ahora al hematoma morado que tiene en el labio de abajo y parpadeo, despejándome la mente.

—Con un poco de hielo te encontrarás mejor.

—Ya me encuentro mejor. —Pone una sonrisa vaga.

Yo le hago una mueca.

—Qué cursi. —Con su mano todavía en mi cintura, me giro para buscar a Jordan, la dueña y mesera. Connor está sentado con otros jugadores unas mesas más allá, y se me hunde el estómago cuando sus ojos se encuentran con los míos.

Al principio aparta la mirada, y vuelvo a sentir esa satisfacción que sentí durante el partido. Rory mira por encima del hombro, con los ojos fijos en la mesa de Connor, pero este no nos mira.

Rory me acerca la boca a la oreja y siento un escalofrío desde donde sus labios me rozan el lóbulo.

—No lo mires. Mírame a mí. —Su mano se desliza desde mi cintura hasta la nuca, cálida y sólida, y extrañamente relajante—. Déjame a mí, ¿okey?

—¿En serio? —Jordan está de pie en el extremo de la mesa con cara de incredulidad. Apoya las palmas de las manos sobre la mesa y el pelo largo y negro le cae sobre los hombros—. En serio —repite, señalándonos a Rory y a mí—. ¿Están juntos?

Aprieto la boca para evitar reírme. Jordan tiene más o menos mi edad y detesta todo lo relacionado con el hockey. Me sorprende que nos deje venir al bar después de los partidos.

Levanto los hombros y pongo cara de culpabilidad.

—Mierda. —Se va a la caja, la abre y saca un fajo de billetes.

—¡Demonios! —dice Pippa—. ¡Se me había ol vidado!

Yo me pongo rígida.

—¿Qué se te había olvidado?

Jordan tira el dinero en la mesa de Hayden, al lado de la nuestra.

—Toma —le dice, y luego me mira con desdén—. Se supone que tenías que aguantar un poco más.

Hayden parece confuso durante unos segundos, hasta que se da cuenta.

—¿Tienes la lista? —le pregunta a Alexei Volkov, un antiguo defensa.

Miro a Pippa, a Jamie y a Rory.

—¿Qué pasa?

Rory hace una mueca, pero sonríe.

—Hartley, esto no te va a gustar, pero es importante que tengas claro que no fue idea mía.

Tengo un mal presentimiento.

—Que alguien me diga que está pasando. Ya.

Hayden silba para llamar la atención del bar.

—Los que votaron en contra de que Miller y Hazel se fueran a juntar esta temporada, vayan pagando.

# Capítulo 8
# Hazel

Todos sacan sus carteras. Se me cae la mandíbula al suelo. Se me hunde el estómago. Todo en mi interior se hunde, porque... ¿qué diablos?

Miro a Rory y abro mucho los ojos.

—¿En serio?

—Ya te lo he dicho —dice como si nada—, no fue idea mía.

—Eisner, Volkov, Chopra —Hayden lee una lista en su teléfono—, Jordan y Streicher, deben cien dólares.

Lanzo una mirada acusadora a Jamie, pero está muy concentrado en la cerveza para evitar mi mirada.

—Pippa, tú también —continúa Hayden.

Me quedo boquiabierta, incrédula.

—Pippa.

Ella hace una mueca y se ríe.

—Lo siento. Si te sirve de consuelo, pensaba que aguantarías hasta el final de la temporada.

La miro sacudiendo la cabeza mientras Hayden sigue enumerando las apuestas, pero empiezo a reírme.

—Traidora —digo, pero sin ningún rencor.

—Y, por último —dice Hayden, y todo el mundo empieza a chistar—, el ganador es... —se gira hacia Rory—: Miller, que ha ganado dos mil dólares.

Los vítores y aplausos empiezan a elevarse y me quedo mirándolo sin molestarme en disimular la sorpresa.

—Gracias, gracias —dice mientras empiezan a pasarle el dinero. Se levanta y deja los billetes en la barra, haciéndole a Jordan un gesto con la cabeza—. El prepago de todo lo que rompamos esta temporada.

Todo el mundo se ríe y yo lo miro negando con la cabeza mientras vuelve a deslizarse en el banco.

—¿Apostaste que nos revolcaríamos el primer mes de la temporada?

Tiene una expresión de pura inocencia y le brillan los ojos.

—Siempre apuesto por mí.

—Ooooh. —Hayden me da un empujón, pero yo lo aparto de una nalgada—. Le gustas.

Todo esto es una estupidez, pero no puedo parar de sonreír. Con la seguridad que tiene Rory, no sé de qué me sorprendo.

Me pasa su enorme brazo por encima de los hombros y me empuja a su pecho. Se me retuerce el estómago.

—Ven aquí, mi pequeño dragón escupefuego.

Pippa suelta una carcajada y se atraganta con la bebida.

—No me llames así —le digo clavándole el codo.

Rory sonríe, luego me agarra por la cintura y me sienta en su regazo.

—¿En serio? —le murmuro por encima del hombro, rezando para que no vea que me estoy sonrojando con las luces tan tenues que hay en el bar. Maldición, incluso estando sentada encima de él, me sigue pareciendo altísimo. Siento sus muslos fuertes y cálidos debajo de mí, y...

Esto es demasiado. Lo siento muy cerca de mí. Se me acelera el pulso. Es mucho más intenso de lo que me imaginaba.

Como si pudiera leerme el pensamiento, la mano de Rory me acaricia la espalda para tranquilizarme.

—Sigue la corriente, escupefuego.

Otra risa tensa se aloja en mi garganta, y odio que me guste ese mote, pero alguien diciendo mi nombre llama mi atención. Pippa me está mirando con una pregunta en los ojos.

—Estamos hablando del evento de patinaje en diciembre —me explica—. Es para los jugadores y sus parejas. —Su sonrisa se vuelve pícara, y me estremezco, porque ya sé dónde está yendo esto. Mira a Rory—. Hazel no sabe patinar.

—¿Perdona? —Está perplejo—. ¿Trabajas para un equipo de hockey y no sabes patinar?

—Las sesiones de fisio no son en la pista.

—Tienes que saber patinar —dice.

—Tú tienes que saber patinar. Yo no necesito hacer equilibrios sobre unas cuchillas en una superficie resbaladiza. El suelo normal y unos tenis me van bien.

—Es que se cayó de pequeña —añade Pippa.

—Pippa. —Me quedo mirándola con mi cara de «Cierra la boca». Ella sube y baja las cejas. «Oblígame», me dice su cara.

Rory hace un ruido divertido y empático, y me pasa la mano por la espalda.

—Pobre Hazel. ¿Te da miedo patinar?

—No me da miedo. —Mi voz sale demasiado aguda—. No me da miedo —repito con mi voz normal—. Tengo mucho que hacer y no quiero hacerme daño.

—Yo te enseño —interrumpe Connor, que se sienta a nuestra mesa con su estúpida sonrisa. Me mira sentada encima de Rory y hay algo oscuro en su mirada, como si no le gustara lo que ve.

Rory se tensa y aprieta las manos sobre mi cintura.

—Yo te enseño —dice Rory, rodeándome por la barriga y retándome con la mirada. Está sacando la competitividad de la pista. «Sígueme la corriente», me dicen sus ojos—. No dejaré que te caigas.

Mi instinto es negarme, pero se supone que estamos fingiendo para volver loco de celos a Connor, así que fuerzo una sonrisa y lo miro como si estuviera enamorada.

—Me encantaría —digo suavemente.

Jamás he usado esta voz con un tipo, y por la forma en la que le brillan los ojos a Rory, creo que igual es consciente de ello.

—Genial. —Se le acentúa más la curva de la boca, como si hubiera ganado algo—. A mí también.

El calor aumenta en mis mejillas. Nuestras bocas están tan solo a unos centímetros. Aparto la mirada, tomo mi bebida y doy un sorbo simplemente por hacer algo con las manos.

—Qué pareja más linda. —Connor tiene una voz suave, pero noto la punzada de sus palabras—. Si llevas la camiseta de tu novio y todo.

Se me tensa todo el cuerpo ante su escrutinio, pero Rory me da un beso rápido y cálido en la sien y todos mis pensamientos se desvanecen.

—Casi he tenido que batirme en duelo con ella para conseguirlo —dice sin levantar la boca de mi sien.

Esto no es real, porque es imposible que Rory me esté acariciando con los labios de esa forma tan dulce y embriagante. ¿Dónde demonios ha aprendido a comportarse así?

—Pero no pasa nada. No me importa pelearme con Hazel. De hecho —tiene una voz íntima y suave al mirarme, con los ojos ardientes de deseo—, me gusta.

Se me calienta el cuerpo y tengo que pensar para respirar. Necesito que me llegue más oxígeno al cerebro porque no soy capaz de pensar en nada. Estoy mirando fijamente a Rory, reproduciendo sus palabras, derritiéndome encima de él.

Connor se frota la mandíbula.

—Fue tu profesora particular en la escuela, ¿no?

—Claro que sí. —Una de las manos de Rory se me desliza al muslo—. Por suerte.

En mi cabeza empiezan a sonar las señales de alarma. ¿Adónde quiere llegar Connor? La mano enorme que me acaricia lenta y suavemente la espalda me distrae. Es extraño cómo el tacto de Rory consigue calmarme.

Connor tuerce la boca con una sonrisa burlona.

—¿Le coqueteabas a mi chica en la escuela? Debería darte vergüenza, Miller.

Cuando Rory me sonríe, me resulta íntimo, no engreído ni arrogante, sino más bien dulce y reconfortante. Siento que, por una vez, estamos en el mismo equipo.

—No le coqueteaba.

Pongo una mueca.

—Claro que sí.

De broma, durante nuestras clases en la escuela, sacó un folio en blanco y escribió «Hazel Hartley» con un montón de corazones alrededor.

Rory sonríe avergonzado. Me pregunto en qué recuerdo estará pensando.

—Igual un poco sí. Pero, por lo general, solo pensaba en ti.

Se me dispara el pulso. Está haciendo un papel, y está jugando con Connor como un gato con estambre, pero eso ha sonado sincero.

Se le da muy bien esto.

Rory levanta una ceja.

—Lo único que he tenido que hacer ha sido esperar.

No me quita los ojos de encima y, de reojo, veo a Connor moverse, cruzando los brazos sobre el pecho. Rory agacha la nariz para apretarla contra mi cuello e inhala profundamente. Unas chispas estallan contra mi piel.

—Qué bien hueles —murmura, como si Connor no estuviera allí.

Me estremezco, y Pippa y yo intercambiamos una mirada. Se le abren mucho los ojos, es su forma de decirme sin palabras: «Sí que se lo está tomando en serio», y yo le respondo abriendo también mucho los ojos: «Ya lo sé».

—¿Sabes lo más interesante de todo? —pregunta Rory con una mirada traviesa—. Por lo visto, Hartley lleva años enamorada de mí.

Se me sube el estómago a la garganta, y tengo ganas de reírme y de retorcerle los pezones a Rory. Él me sostiene la mirada con esa sonrisa provocadora.

—¿Verdad, cariño?

Casi me da una náusea cuando me llama «cariño», pero, al otro lado de la mesa, Connor tiene una mirada asesina.

Perfecto.

—Sí —le digo a Rory con una sonrisa.

—Le gustaba incluso cuando ustedes estaban juntos —le dice Rory a Connor—. Me dijiste eso, ¿no, Hartley?

Rory es un maestro en complicar las cosas. Por la mirada que tiene Connor, sé que eso ha herido su orgullo de machito.

Miro a Rory con los ojos entrecerrados, fingiendo regañarle.

—Eso era un secreto.

—Voy por una cerveza. —Connor se levanta de la mesa sin decir nada más.

Una sensación de victoria me recorre el cuerpo, y tengo ganas de reírme.

—¿Qué te había dicho? —murmura Rory, y se me erizan los pelos de la nuca cuando su aliento me roza la oreja—. Confía en mí.

Volvemos a prestar atención a la mesa, donde están todos discutiendo acaloradamente.

—Nadie lleva ropa interior para hacer yoga —dice Hayden.

Alexei se queda mirando a Hayden horrorizado.

—¿Qué carajo dices?

Pippa se está riendo tanto que no puede respirar. Jamie mira a Hayden sacudiendo la cabeza.

Hayden mira a su alrededor.

—¿Verdad?

Todo el mundo mira al enorme defensa rubio riéndose y sacudiendo la cabeza.

—Me lo ha dicho mi amiga de Pittsburgh. Es profesora de yoga. —Hayden frunce el ceño, pensativo—. Victoria.

—Verónica —lo corrige Alexei, sacudiendo la cabeza—. Dijiste que se llamaba Verónica.

Arrugo la nariz. Hayden es un bobalicón adorable con un corazón de oro y seguramente mi jugador favorito del equipo, pero tiene una amiguita en todas partes. Su tipo son altas, de pelo oscuro y con curvas, y estoy bastante segura de que por *amiga* quiere decir *amiga con derechos*.

Así son los jugadores de hockey. Incluso los buenos saben que tienen opciones ilimitadas.

Hayden me mira con ojos suplicantes.

—Hazel. Vamos. La gente no lleva ropa interior en tus clases, ¿verdad?

Suelto una carcajada.

—No me he puesto a comprobarlo nunca. —Rory se ríe, agitándome, y yo sonrío de oreja a oreja a Hayden—. Qué raro eres.

La conversación continúa y, aunque intento escuchar, Rory no para de mover la mano por mi muslo, firme sobre mis mallas. Me estoy acalorando. Me arde la cara. Doy un sorbo largo de cerveza para refrescarme.

Dios, me encanta la cerveza. Me encanta su sabor fresco y amargo. Me encantan las burbujas, e incluso me encanta lo saciante que es. Cuando dejo el vaso sobre la mesa, los ojos de Rory planean sobre mi boca mientras me chupo la espuma de los labios.

—¿Qué? —pregunto despreocupada.

—Nada, solo te miro disfrutar de esa cerveza.

El calor florece entre mis piernas y me muevo en su regazo. Aprieta más las manos en mi cintura, como si fuera un reflejo para evitar que me levante.

—No tienes que sujetarme, no voy a salir flotando.

Levanta una ceja y me clava la mirada de una forma insistente e interesada.

—No tengo que sujetarte, pero ¿y si quiero sujetarte?

Resoplo, con la cara cada vez más caliente por las imágenes que se están reproduciendo en mi cabeza. Su mano en mi cintura. Sus labios sobre mi sien, pero su torso sujetándome en su cama mientras me susurra todas las obsenidades que va a hacerme.

Maldición. Sexi. Eso sería muy sexi.

No. Estamos hablando de Rory. Es un conquistador empedernido, como Hayden. La palabra *monogamia* no forma parte de su vocabulario. No voy a pensar así en él.

—¿Qué es eso de que no llevas ropa interior en yoga?

Me aguanto la risa.

—Extremadamente inapropiado, Miller.

—Dímelo. —Su voz es un murmullo grave en mi oído, y siento un escalofrío en la nuca—. Vamos, Hartley. Me muero por saberlo.

Me roza con los labios el lóbulo de la oreja, y me cuesta encontrar una burla con la que responderle.

—Ven y lo averiguarás.

Me sostiene la mirada, levantando ligeramente la comisura de la boca, y siento una pulsación entre las piernas, pero me convenzo de que no tiene nada que ver con él.

—Pues a lo mejor lo hago.

Se me desvían los ojos hasta su boca, ligeramente curvada a un lado. Tiene más barba que cuando lo vi el otro día, y me pongo a pensar en cómo sería sentir eso contra mi piel, bajo mis dedos. Entre mis piernas.

Carraspeo y aparto la mirada.

—Vaya golazo el de esta noche.

—Gracias. —Cambia el tono, y cuando vuelvo a mirarlo, me ofrece una versión más ligera de su sonrisa vaga. No tiene los ojos divertidos que me miran cuando me provoca.

Si el Rory Miller que me llama escupefuego y me provoca para llevar camisetas con su nombre es a todo color, esta versión es en blanco y negro, plana, de dos dimensiones. Es la misma expresión de agotamiento emocional que le he visto durante el partido.

No me gusta.

Le doy un golpecito con el codo.

—¿Qué pasa?

—¿Por qué?

—Han ganado el partido. El equipo está encantado, pero tú no pareces muy emocionado.

Levanta los hombros.

—Estoy contento.

No me convence, y siento una extraña necesidad de provocarlo. Por una vez, quiero que vuelva la versión arrogante, provocadora y engreída de Miller.

—Hayden tiene razón —digo sin pensármelo dos veces.

Rory me mira desconcertado, y me inclino hacia su oreja. No sé por qué estoy haciendo esto.

—Lo de la ropa interior con la ropa de yoga —susurro.

Se le calientan los ojos y nos sostenemos la mirada mientras desliza la mano por mi cadera, acariciándome por encima de las mallas en busca de pruebas.

Esta noche no las encontrará. Una voz en mi cabeza me pregunta qué demonios estoy haciendo, pero solo estamos jugando. No va a pasar nada.

Cierra los ojos.

—Maldición. Qué sexi.

Siento una enorme satisfacción y sonrío para mis adentros.

En la mesa, el teléfono de Rory se ilumina con un mensaje, y su fondo de pantalla me llama la atención.

—¡Qué fuerte! —dice Pippa, riéndose y estirándose para tomarlo, pero yo llego antes y me quedo horrorizada al ver una foto de Rory y yo cuando éramos adolescentes.

—No —le digo a Rory, sacudiendo la cabeza, mirándolo a él y de nuevo a la foto.

Él sonríe.

—Sí.

Me estremezco. Estamos en la biblioteca después de clase, hay papeles y libros por toda la mesa. Está un poco pixelada. Yo esbozo una sonrisa tímida mientras él me muestra la suya de oreja a oreja, con el brazo por encima del respaldo de mi silla.

—¿De dónde has sacado esto?

—Del anuario.

—Hacía años que no veía esta foto.

Rory llegó a nuestra escuela cuando estaba empezando el penúltimo curso. Se sentaba detrás de mí en Geografía y me llenaba el pelo de trocitos de papel para conseguir que hablara con él.

Yo acababa de empezar a salir con Connor cuando hicieron esta foto.

A veces me gustaría retroceder en el tiempo y advertirle sobre él a mi yo del pasado, pero entonces le habría hecho daño a otra persona.

Suelto el teléfono.

—No puedes tener esta foto de fondo de pantalla.

—Claro que sí. Es adorable. —Inclina el teléfono para ver la foto y sonríe.

—Te voy a enviar otra.

—No. —Vuelve a envolverme con los brazos—. Voy a dejar esta. Me gusta.

# Capítulo 9
# Hazel

Más tarde, saliendo del baño, me choco con Connor.

—Uy. —Parece que las paredes están encogiendo—. Hola.

Sigo caminando, pero él carraspea.

—Hazel.

No quiero, pero tengo que trabajar con él todo el año.

—¿Qué pasa?

—¿Y bien? —Me mira expectante—. ¿Qué es eso de que te gustaba Miller cuando estábamos juntos?

Tengo que usar toda mi energía para no sonreír con satisfacción.

—¿Qué quieres que te diga?

La inocencia en mi tono es digna de un Oscar, y me siento la reina del mundo. Por la forma en la que se le ensombrece la mirada, sé que Connor está furioso. Puede que no me guste Rory, pero sabe muy bien cómo enojar a la gente.

Connor aprieta la mandíbula.

—¿Es verdad?

—Connor, fue hace años. ¿Qué más da?

—¿Piensas alguna vez en nosotros? —pregunta, mirándome fijamente.

Putos jugadores de hockey. Son increíblemente competitivos.

—No —miento.

Sigue mirándome. Siento náuseas y un nudo en el estómago. Rezo para que no sepa la verdad.

—Hartley. —Rory está delante de nosotros y me relajo.

Me pasa el brazo por los hombros, me atrae hacia él y, sin quererlo, inhalo con fuerza su olor fresco.

—Vámonos a casa. —Usa una voz grave y seductora, y me habla al oído. Siento la sangre moviéndose despacio y densa, como miel, cada vez que pone ese tono—. Te haré eso que tanto te gusta.

Un calor se me extiende por todo el cuerpo y me provoca un pinchazo entre las piernas al imaginarme a qué podría referirse si esto fuera real.

Tengo que salir del bar, de la zona donde salpica el carisma de Rory, para pensar con claridad.

—Sí. Vámonos. Tengo sueño.

Desliza la mano entre la mía y me jala para sacarme del pasillo sin volver a mirar a Connor.

Después de despedirnos de los demás, salimos y silba.

—¿Has visto su cara, Hartley?

—Sí. Estaba enojadísimo.

Salimos del callejón y él empieza a caminar en dirección a mi apartamento.

—Vives en el West End, ¿no?

¿Cómo lo sabe?

—No necesito guardaespaldas.

Él sonríe por encima del hombro, metiéndose las manos en las bolsas mientras yo me pongo a su lado.

—En un combate entre tú y el mayor delincuente de la ciudad, yo apostaría siempre por ti. Eres un dragón pequeñito pero aterrador.

—No soy pequeñita. —Mido uno setenta.

—Podría tomarte y cargarte al hombro.

—No lo vas a hacer.

Levanta una ceja, desafiante, y vuelvo a sentir esa necesidad de reírme.

—Igual sí.

Le lanzo una mirada furiosa, pero se me está torciendo la comisura de los labios.

—Pues acompáñame a casa. No estamos lejos, de todos modos. —Lo digo de forma despreocupada, casual e indiferente.

Mientras caminamos, respira hondo y saca el aire despacio. Está mirando al cielo, a las estrellas que flotan en la oscuridad, apenas visibles con las luces de la ciudad.

—Has estado toda la noche bebiendo agua —digo para rellenar el silencio.

—Sí.

—¿No bebes alcohol? —Como su novia falsa, tengo que saber estas cosas.

—Sí. A veces. No muy a menudo. Durante la temporada, no bebo demasiado. —Se pasa la mano por la nuca—. El alcohol es inflamatorio.

—Ah. —Tiene sentido, supongo.

—Solo valgo lo que mi cuerpo sea capaz de hacer. —Se da una palmada en la barriga—. Estos abdominales no se mantienen solos.

Esas palabras me pellizcan justo en el pecho. Me recuerda a mi madre cada vez que habla de comida.

—Una cerveza no va a arruinar tu físico perfecto, Miller. Y no tienes tantos abdominales.

Me mira con provocación y una chispa empieza a saltar en mi estómago.

—¿Quieres que te los enseñe? Parece que sí. ¿Qué es lo que acabas de decir de mi cuerpo? ¿Físico perfecto?

—Cállate, vamos. —Resoplo con una risa—. Y no te desnudes.

Él se ríe.

—Pero me encanta la cerveza. A lo mejor no tanto como a ti, pero... —Su mirada se va a otro sitio, con una expresión nostálgica y feliz que quiero capturar inmediatamente—. Sueño con beberme una cerveza bien fría en verano, en un patio, con una buena cena.

Me sonríe, una sonrisa de verdad, sin rastro de arrogancia. Disfrute puro y duro. No sé qué hacer.

Llegamos a mi edificio.

—Es aquí.

Mientras busco las llaves en mi bolso, él mira con curiosidad el edificio de tres plantas sin ascensor.

—Gracias por lo de esta noche. —Trago saliva pensando en Connor en el pasillo de los baños—. Lo de que me gustabas en la escuela le ha enojado mucho. Esta temporada sería más complicada si no estuviéramos haciendo esto, así que... —Miro a la acera—. Gracias, Miller.

Nos quedamos en silencio y, cuando levanto la mirada, lo veo mirándome con una sonrisa cálida y ligeramente coqueta.

—Puedes llamarme Rory, eh.

—Ya lo sé. —Sonrío mirando las llaves—. Pero Miller me gusta.

—Muy bien, Hartley.

Vuelvo a sonreír y noto algo extraño en el ambiente entre nosotros. Un poco como si fuéramos amigos.

Rory se mete las manos en las bolsas y me mira.

—Invítame a subir.

Suelto una carcajada. Se acabó la amistad.

—No.

—Vamos, anda. —Me regala su sonrisa más seductora y, aunque mi cara está diciendo «Ni de broma», ese punto de mi entrepierna palpita con ansia—. Quiero ver dónde vives.

¿Con este coqueteo que nos traemos? Acabaríamos directamente en mi dormitorio. Me imagino tirando a Rory en la cama de un empujón y a él agarrándome, peleando por dominarme.

—No —repito, riéndome por su poca vergüenza—. ¿Y esa sonrisa? ¿Intentas seducirme?

—¿Funciona?

—No. —Sí.

Me mira con una sonrisa menos arrogante de lo normal, menos divertida. Se le van los ojos a mi boca y la sonrisa desaparece. Su cara destella con anhelo y deseo. Durante un instante, quiero que me bese.

Vuelve a mirarme la boca con los ojos inundados de determinación. Se me acelera el pulso. Dios mío. La excitación empieza a emerger en mi interior. Debería enojarme a medida que se acerca a mí, volviendo a invadir mi espacio personal. Pero no lo hago.

Se abre la puerta del edificio. Alguien sale y nos apartamos rápidamente. Me lleno los pulmones de aire para intentar calmarme.

Rory va a estar tres meses sin parar de tocarme, y no puedo perder la cabeza cada vez que pase.

Mueve las cejas.

—Vamos a estar una semana de viaje, así que no nos veremos.

—Okey. Buen viaje. —Me detengo en el quicio de la puerta—. Buenas noches.

—Buenas noches, Hartley.

Más tarde, en la cama, empiezo a pensar en sus manos sobre mi cintura, su mano contra mi cuello. «Invítame a subir». Resoplo. En la vida.

Seguro que en la cama es igual de competitivo y decidido que sobre la pista. Me llamaría Hartley con esa voz grave y provocadora mientras arrastra la lengua por mi piel, observando mi reacción.

Eso no va a pasar ni en un millón de años. Ni una vez. Porque estaría muy bien, lo sé, y todo esto que estamos haciendo es falso.

# Capítulo 10
# Rory

Al día siguiente, sentado en el avión, esperando a que embarquen el resto de los jugadores, observo la foto que he publicado en mis redes sociales. Es una foto mía con Hazel en la fiesta de compromiso de Streicher y Pippa. Estoy agarrando a Hazel por la cintura, y ella tiene la boca torcida en una preciosa sonrisa por algo que yo dije y que le hizo reír genuinamente, y yo la estoy mirando.

Lo que siento por ella es tan obvio que no me hace ni gracia.

El teléfono vibra con una llamada entrante: mi padre. Se me tensan los hombros, pero respondo. Si lo ignoro, seguirá llamando.

—Ey.

—Rory. —Lo dice con un tono muy serio, como siempre—. He enviado el resto de los contratos esta mañana.

Además de ser uno de los mejores jugadores de hockey de Canadá, estar en el Salón de la Fama y ser comentarista en programas deportivos, mi padre también es mi agente. Siempre ha sido mi agente. Se conoce el mundo del hockey como la palma de su mano, y era lo más fácil.

—Ya. Los he visto.

—Bien. He hablado con la nutricionista. Va a hacer algunos cambios en los macros.

Me quedo mirando por la ventana mientras cargan nuestro equipaje en el avión. Mi padre ha organizado que la nutricionista trabaje con un servicio de comida a domicilio, porque me cuesta comer proteína suficiente.

—Perfecto.

—¿Estás registrando todo lo que comes?

—Sí, claro.

—Nada de alcohol, ni de carne roja, ni azúcar, ni grasas saturadas —enuncia.

Pienso en la cara de placer de Hazel mientras se bebía su cerveza la otra noche y me pregunto cómo sería disfrutar así de la comida.

—Lo recuerdo.

—Muy bien. Si quieres ser el mejor, tienes que comer como el mejor. La comida es combustible. Basura que entra, basura que sale. Tienes que ser rápido y avispado en la pista, Rory. La otra noche fallaste un tiro en la segunda parte. Podrías haberlo conseguido.

Mi padre sigue hablando de todas las oportunidades que he perdido y yo solo escucho a medias. Aunque sea el mejor de la liga, siempre puedo mejorar. Aunque sea el más rápido, siempre hay algún muchacho en la liga menor que está deseoso de hacerse con mi puesto. Solo con mirar el azúcar, la inflamación me ralentizaría.

—Estoy pensando en ir para allá —dice. Vive en Toronto con su novia. Se me tensan más los hombros. Ya hizo lo mismo cuando jugaba en el Calgary—. Puede que me quede unos meses.

—¿Unos meses? —Frunzo el ceño—. ¿Tu novia está de acuerdo? —Ella trabaja allí, pero no recuerdo de qué. Solo la he visto algunas veces.

Hay una pausa al otro lado del teléfono.

—Terminamos.

Cómo no. Mi padre tiene algo que hace que las mujeres se vayan. ¿Obsesión? ¿Competitividad incansable? ¿Que nunca nada es suficiente? No quiero fijarme demasiado, porque, sea lo que sea, yo lo he heredado.

Carraspeo.

—Lo siento.

—No pasa nada. —Otra pausa incómoda.

¿Quiere quedarse unos meses porque se siente solo? Maldición. Ese pensamiento me rompe el corazón, y estoy a punto de decir que sí, pero este año tiene que ser diferente.

Ward me ha hecho capitán, y quiero que esté orgulloso de mí sin la voz de mi padre en la cabeza diciéndome cómo tengo que estar. ¿Irme al bar con mis compañeros después de los partidos? Cuando mi padre está aquí, no puedo hacerlo.

¿Y pasar tiempo con Hazel? Jamás me lo permitiría.

—No es un buen momento —le digo a mi padre con la garganta cerrada—. Tengo... Todavía tengo que acostumbrarme al equipo.

—Necesitas a alguien que te presione, Rory.

Él lleva toda mi vida presionándome, pero ya no sirve de nada. Ya no siento ese deseo ardiente de ser el mejor, porque da igual lo que haga, el listón no va a dejar de subir. Pero ¿cómo le digo eso? No lo entendería.

—Ahora que eres el capitán, tú creas las jugadas —continúa—. Es tu oportunidad de dar una buena imagen.

Se me retuerce el estómago ante la idea de elegir jugadas que me beneficien. Me invento la excusa de que vamos a despegar para colgar y, un segundo después, Streicher se sienta a mi lado.

—Hola, hermano. —Me relajo un poco—. ¿Listo para Columbus?

Tienen un portero de mierda, pero una defensa fuerte. Va a tener que pasarse todo el partido evitando tiros.

—Estoy listo. —Saca su teléfono. El fondo de pantalla es una foto de Pippa y *Daisy*, su perra.

Me pregunto si Hazel querrá tener un perro alguna vez. Pippa y ella sacan a *Daisy* a pasear continuamente por Vancouver.

McKinnon entra en el avión y, al pasar, le da un golpe a Streicher con su maleta con la fuerza suficiente por la que, una persona normal, se disculparía. Pero McKinnon sigue caminando sin más.

Streicher aprieta la mano y me mira de reojo.

—Me han dicho que comparten habitación.

A veces, los entrenadores obligan a los jugadores a compartir habitación durante la gira.

—Le he preguntado a Ward si podía compartirla contigo, pero me ha dicho que no. No sé si es una maldición porque voy a tener que ver su cara todas las mañanas, o una bendición porque voy a poder fastidiarlo.

Streicher se ríe.

—La otra noche le molestó mucho verte con Hazel.

Sonrío al recordar su cara durante el partido, cuando obligué a Hazel a darme un beso por el cristal. La sonrisa desaparece ante la imagen de ella en el pasillo. Estaba muy tensa por estar tan cerca de él.

Qué puto idiota. Pienso en lo que metí en la maleta después de saber que McKinnon y yo íbamos a compartir habitación y un entusiasmo repentino me recorre todo el cuerpo. Me muero de ganas de fastidiarlo.

—Bueno, esto que te traes con Hazel... —dice Jamie.

Siento la ansiedad aferrándose a mi pecho. Últimamente nos llevamos mejor, pero soy consciente de que lo dejé tirado en cuanto nos ficharon. Fui un auténtico idiota durante todos esos años. Reproduzco mentalmente las imágenes de la pelea que tuvimos el año pasado en la pista: el golpe húmedo de su puño contra mi pómulo, la sangre derramándose por su labio partido.

—No me digas que vas a darme el sermón de «Como le hagas daño, te mato», Streicher.

Los últimos jugadores entran en el avión y se sientan.

—Sé que no le harás daño.

Se me viene a la cabeza una imagen de los cuatro: Jamie, Pippa, Hazel y yo. Estamos en un asado, charlando. Pippa está acurrucada con Jamie, y Hazel está a mi lado. Le paso el brazo sobre los hombros y ella me sonríe.

—¿Sabes lo que estás haciendo?

—¿Lo dices por lo de fingir? —pregunto en voz baja, y él asiente.

Frunzo el ceño y miro por la ventana mientras se me acumula en el estómago una mala sensación. Ella piensa que es mentira. ¿Y si llega enero y sigue sin querer nada de verdad? Soy el hijo de Rick Miller, al fin y al cabo. Su calco. Cuando las mujeres conocen de verdad a mi padre, no tardan en hacer las maletas.

—Claro —respondo, carraspeando y acomodándome en el asiento.

Esa sensación competitiva que tan bien conozco, y que es lo que me ha impulsado toda mi vida, se me extiende por todo el cuerpo. No mentía cuando le dije a Hartley que siempre apuesto por mí.

—¿Qué les pasó? —le pregunto—. ¿Por qué terminaron?

—Pippa dice que él le puso los cuernos, pero no sabe nada más.

Vuelvo a mirar por la ventana, pensando en ella, antes de desbloquear el teléfono y abrir nuestro chat.

Lo de enseñarte a patinar iba en serio.

Su respuesta aparece un instante después.

Ni de broma. Solo lo dije porque Connor intentó enseñarme y no quise.

No me tenía que haber dicho eso, porque ahora tengo aún más ganas de enseñarle. Mi teléfono vibra con un mensaje de Streicher. Lo miro con curiosidad, pero abro el enlace que me ha mandado.

«Bikram Yoga. Activa tu amor por el movimiento».

—¿Las clases online de Hartley?

Me mira de reojo.

—No le digas que te lo he mandado yo.

«El yoga proporciona un entorno inclusivo y motivador. Acogemos a todos los tipos de cuerpos, edades, etnias, nacionalidades, religiones, géneros y orientaciones sexuales».

Tengo clarísimo lo que voy a hacer esta noche.

# Capítulo 11
# Rory

Estoy deshaciendo la maleta en la habitación del hotel después de cenar y entra McKinnon. Saco la foto enmarcada con Hartley de la maleta y la pongo en la mesita de noche. Es una versión ampliada de la foto de la fiesta de compromiso, y yo estoy fuera de plano.

—No te importa, ¿verdad? —le pregunto a McKinnon.

Se le tuerce la boca y estoy segurísimo de que está pensando en la otra noche en el bar, cuando les dije a todos que yo le gustaba a Hartley cuando ellos todavía estaban juntos.

—Me importa una mierda. —Me da la espalda, saca un bote de proteínas de su maleta y echa una cucharada en una coctelera.

—Genial. —Me siento en el escritorio y me balanceo en la silla mientras él mezcla su bebida.

—Más que nada —añade—, porque cuando tú la cagues yo estaré ahí. —Me mira por encima del hombro con una sonrisa engreída, y la mía se desploma un poco.

Un sentimiento posesivo me rebota por todo el cuerpo.

—¿Qué diablos insinúas con eso?

Se inclina sobre la barra y se toma su bebida.

—¿Crees que no sé que siempre has estado enamorado de Hartley? Puede que ahora se lo esté pasando bien contigo —deja que la última palabra se quede planeando en el ambiente—, pero yo la tuve primero. —Su sonrisa se vuelve cruel y fría, y me inunda la rabia cuando levanta los hombros—. Lo mío con Hazel aún no ha acabado.

—McKinnon, eres patético. —Tengo un tono condescendiente, pero el corazón me late con una rabia protectora.

—Ya veremos.

Nos quedamos mirándonos fijamente, pero la alarma de mi teléfono nos interrumpe. Pulso el botón para silenciarlo y lo miro con un arrepentimiento evidentemente falso.

—Ahora que sé que vas detrás de mi novia, esto va a ser un poco incómodo. —Enciendo mi laptop, me pongo los auriculares y entro en una llamada de Zoom.

Un segundo después, la cara de Hartley llena la pantalla.

—Hola —dice por los auriculares, con una sonrisa acogedora que desaparece de pronto—. ¿Tú eres Bert Randy? Ya decía yo que ese nombre parecía falso.

Me río, inclinándome hacia atrás en la silla, consciente de que McKinnon está mirando la pantalla por encima de mi hombro.

—Yo también te echo de menos. Mándame más fotos desnuda como la que me enviaste anoche.

—Miller —dice, espantada—, estoy trabajando. Déjame.

—Me voy a portar muy bien, cariño. —Muevo la laptop para que pueda ver a McKinnon detrás de mí—. Y no me voy a quitar la camiseta para que no te distraigas.

Entonces entiende lo que está pasando.

—¿Me está escuchando?

—No. —Me señalo los auriculares.

—Okey. No me llames cariño. —Aletea la nariz, y yo sonrío aún más ante su enojo. Es como una droga para mí. Me encanta jugar con ella, hacerla rabiar—. ¿Tienes una foto mía en la mesita de noche?

Detrás de mí, McKinnon empieza a moverse por toda la habitación, haciendo mucho ruido.

—Ya sabes cuánto te echo de menos cuando estoy de gira.

Se lleva la mano a la boca como si intentara ocultar una risa.

—¿La ha visto?

—Sí. —Sonrío, y ella suelta una carcajada.

—Si van a hablar toda la noche, vete al pasillo —dice McKinnon.

Lo miro con desinterés por encima del hombro y me señalo los auriculares.

—No te escucho. Estoy en la clase de yoga de Hartley.

—Ni de broma —dice Hartley en mis oídos.

La ignoro y levanto los hombros mirando a McKinnon.

—Puedes unirte, si quieres —miento. No queremos que se una—. Para trabajar en tu flexibilidad.

—No, gracias —dice con el ceño fruncido mientras toma su teléfono y su cartera.

Giro la silla para volver a mirar a la laptop y sonrío a Hartley mientras la puerta de la habitación se cierra tras McKinnon.

—Ha sido divertido.

Se le levanta la comisura de los labios.

—Admítelo.

Se le curva aún más la boca y empiezo a mover la rodilla.

—Okey, sí. Ha sido divertido. Buenas noches.

—Voy a quedarme a la clase.

—Miller. Es mi trabajo. Ya hemos fastidiado a Connor, y ahora tengo que dar una clase.

Una sensación muy desagradable se me clava en el estómago. No soy como McKinnon. No voy a complicarle las cosas si quiere trabajar.

—Oye. —Mi tono se vuelve sincero y persuasivo, y relajo un poco la provocación—. Solo quiero estirar, en serio. No voy a quedarme para fastidiarte.

No parece convencida.

—Me fastidias lo intentes o no.

Me río.

—No te falta razón, pero voy a silenciar mi micro. No sabrás que estoy aquí. —Levanto las cejas—. Tu web dice que todo el mundo es bienvenido. No puedes echarme solo porque tenga un físico perfecto.

Juraría que se está sonrojando.

—No vas a dejar de recordármelo nunca, ¿verdad?

—No. —Se está sonrojando, sin duda.

—Puedes quedarte con una condición. —Se pone muy seria—. Estos alumnos no son atletas profesionales. Son gente normal. Tienen cuerpos normales. Mi trabajo es hacer que todos se sientan acogidos, sin importar cuáles sean su apariencia o sus habilidades. —Me mira fijamente, pero no hay rastro de irritación ni de frustración en su cara—. Doy clases para cuerpos más grandes, más pequeños, para gente joven, para gente vieja, para discapacitados... para todos. Todo el mundo se merece disfrutar del movimiento y sentirse bien en su cuerpo.

Me arrolla una sensación desagradable. ¿De verdad cree que soy tan idiota como para reírme de la gente porque no son atletas profesionales?

—Si haces que alguien se sienta incómodo —dice con voz firme—, te echo de la clase.

Yo la miro, parpadeando.

—Nunca haría eso, Hartley. Nunca.

Ella mira hacia abajo y asiente.

—Okey. Bien.

Junto las cejas y la estudio. Acabo de descubrir una parte muy interesante de Hartley y quiero conocer muchas más. Y, al mismo tiempo, no me gusta que haya tenido la necesidad de exponerme estas reglas. Tratar a la gente con respeto es algo de sentido común. Jamás...

Me acuerdo del año pasado, de la pelea que tuve con Streicher. De cómo hostigo a la gente en la pista. De cómo me compara todo el mundo con mi padre.

Al cabo de un instante, aparecen seis pantallas de video más.

—¡Anda, qué bien! ¡Carne fresca! —dice una mujer de unos sesenta años en cuanto me ve. Tiene el pelo corto, canoso y peinado de punta, los ojos muy grandes, y está sentada en su tapete de yoga en su salón, dando saltitos como una niña pequeña.

Yo sonrío.

—Hola. Soy Rory.

—Yo soy Elaine —dice la mujer, y aparece un gato naranja de fondo—. Y este es *Archie*.

Se presentan los demás. Clarence, un hombre de unos ochenta años que me cuenta que le acaban de poner una cadera nueva; Laura, una chica de mi edad, más callada y con un cuerpo muy grande; Vatsi, que parece estar en los últimos meses de su embarazo; y Hyung, que tendrá unos veinte años y parece estar en una residencia de estudiantes.

—¿Por qué te has unido a la clase, Rory? —pregunta Clarence.

Miro la pantalla de Hartley, que está sentada en su tapete.

—Soy el novio de Hartley.

Elaine ahoga un grito, encantada.

—Hazel, no me habías dicho que tenías novio.

—Está sobrepasada por lo que siente por mí. —Una sensación divertida me sube por la espalda cuando Hartley mira a la cámara, clavándome puñales con los ojos—. Hacía mucho que no se enamoraba tanto de alguien.

Hartley se queda mirando a la cámara, y puedo sentir su atención sobre mí, moviéndose por toda mi cara.

Elaine levanta la mano.

—Tengo un millón de preguntas.

—Te ibas a silenciar el micrófono —me dice Hartley, levantando una ceja.

Hago clic en el botón de silenciar y levanto las manos, sonriendo, y haciendo un gesto para decir que no hablaré más.

—Vamos a empezar —dice Hazel, y ajusto la configuración de la llamada para ver su video en pantalla completa—. Siéntense donde estén más cómodos.

Me siento en el suelo e inclino la pantalla de la laptop para verla bien, observando sus movimientos mientras se cruza de piernas sobre el tapete.

—Tomen aire despacio por la nariz, expandan los pulmones, expandan el estómago, siéntense en el suelo o con el tapete debajo de ustedes. Si quieren, cierren los ojos.

Tomo aire varias veces y lo suelto sin apartar la mirada de ella.

—Encuentren su ritmo de respiración.

Su voz se derrite en algo suave y relajado. Se me relaja el pulso mientras cuento las respiraciones. Tomo aire durante cinco segundos, lo suelto en otros cinco segundos. Tiene los ojos cerrados. Lleva una camiseta en la que pone: «No me toques» y unas mallas azul oscuro con constelaciones.

Esa parte de mí deplorable y excitada piensa en cuando me dijo que no lleva calzones debajo de las mallas.

—Pueden hacer la clase como quieran —añade—. Son los dueños de sus cuerpos. Sean buenos jefes y escúchenlos.

La forma autoritaria pero amable en la que habla me hace sonreír.

Me fijo en el fondo del video de Hazel. Detrás de ella, hay una mininevera sobre una barra, junto a un horno muy estrecho y una cocina. Tiene la laptop en el suelo, así que no veo mucho más que una tetera de agua rosa en la barra. A la izquierda de la pantalla veo una mesita de café de madera de caoba que ha apartado al lado de un sofá, y a la derecha, parece que se ve el borde de la cama.

Maldición. La casa de Hartley es enana.

—Tengan una intención —continúa, con los ojos todavía cerrados—. Mi intención es sentirme bien en mi cuerpo, tranquilizar mi mente y estirarme bien antes de dormir.

En un partido, mi intención sería marcar más goles que nadie. Impresionar a los entrenadores. Trabajar hasta que me quemen los músculos y me ardan los pulmones.

Hartley nos da indicaciones para las poses yin, y cuando nos colocamos en la de la mariposa reclinada, se me escapa un gruñido grave. Menos mal que tengo el micro silenciado. La extensión me jala de los hombros tensos y hasta el interior de los muslos. Esa neblina perezosa y cálida de la relajación me recorre todo el cuerpo, me pesan las extremidades y se me ralentizan los pensamientos.

—Controlen la respiración —murmura. Tomo aire durante cinco segundos, lo suelto durante otros cinco—. Relajen la mandíbula.

Aflojo la mandíbula. Hazel está acostada bocarriba, el vientre le sube y le baja al ritmo de su respiración.

«Ya te relajarás cuando te mueras», escucho decir a mi padre. Su enfoque brutal del deporte no se parece en nada a esto.

—No pasa nada si se les va la mente a otra cosa —dice, como si me lo dijera directamente a mí. Siento un escalofrío por la espalda—. Invítenla a volver. Controlen la respiración.

Para terminar, nos tumbamos bocarriba con las palmas de las manos hacia arriba. Tengo el cuerpo relajado y mi mente tararea con una quietud satisfecha mientras escucho su voz suave.

—Para terminar la clase de hoy, quiero que piensen en lo que les hace valiosos.

Estoy confundido. Valioso. Repito la palabra mentalmente. ¿Valioso en qué sentido?

—En mi caso —dice, sonriendo para sí—, es pasar tiempo con mi hermana. Pippa saca lo mejor de mí y siempre me regreso a casa muy feliz y agradecida.

Estoy fascinado. Es preciosa. Me encantaría poder grabar esto para escucharlo una y otra vez.

—Me encanta correr —continúa—. Aunque termine exhausta, se me meta el sudor en los ojos y se me ponga la cara roja como un tomate. Me encanta sentirme fuerte en mi cuerpo. Me encanta lo que mi cuerpo es capaz de hacer por mí.

»Y, por último, mi trabajo hace que me sienta valiosa. Me encanta ver de lo que es capaz el cuerpo humano. Podemos hacer cosas increíbles, independientemente del tipo de cuerpo que estemos moviendo. Me encanta formar parte de eso. —Hace una pausa—. Ahora les toca a ustedes. ¿Dónde encuentran un propósito? ¿Qué les hace sonreír? ¿Qué les hace sentiros queridos?

Valioso. La palabra empieza a volar por mi cabeza, buscando dónde dejarse caer. Mi objetivo es ser el mejor jugador de hockey, y cualquier cosa inferior a eso es un fracaso.

«¿Qué les hace sentirse queridos?».

Entra un recuerdo en mi mente. Tenía once años y era el verano antes de que mi madre se fuera. Estábamos paseando por los senderos que había cerca de nuestra casa en North Vancouver. Nos paramos en un río y ella se agachó para salpicarme agua, sonriendo. Sus profundos ojos azules, iguales que los míos, brillaban con la luz del bosque. Yo me reí y la salpiqué.

«Te quiero. Espero que lo sepas».

Un dolor nostálgico me llena el pecho. No he vuelto a escuchar esas palabras desde que era pequeño, cuando ella todavía vivía con nosotros.

Y fui yo el que no quiso vivir con ella. Fui yo el que eligió quedarse con papá porque no paraba de buscar su aprobación.

Cuando termina la clase, todo el mundo se despide y se desconecta.

—Miller —dice ella. Los otros ya han salido de la sala virtual y estamos solos. Hay algo diferente en su voz cuando me analiza a través de la cámara—. ¿Estás bien?

Fuerzo una sonrisa.

—¿Tan poco en forma crees que estoy para no soportar unos pocos estiramientos, Hartley?

No responde enseguida, y empiezo a temer que no me siga el juego.

—No pienso eso, para nada. Simplemente creo que para alguien que viene del mundo de los machotes y de las flexiones, una de mis clases puede resultar un poco chocante.

—¿Machotes y flexiones? —repito, sonriendo.

Ella sonríe.

—No es mentira.

—No es mentira. —Su sonrisa hace que esa sensación tensa y desagradable que tenía en la garganta se disipe—. Gracias por dejar que me quede.

Ella asiente.

—Buenas noches.

—Buenas noches, Hartley.

Finaliza la llamada y me quedo ahí sentado, girando en la silla, absorto.

Mi padre afronta la incomodidad entrenando. Entrenando hasta no poder más. Aplacarla de frente. Golpear para sacarlo todo. No huyas: conquístalo. Aplástalo. Sé el más fuerte y el más rápido. Todo lo que no sea ser el mejor es un fracaso.

Abro la web de Hartley y me apunto para las diez clases de esta sesión.

Estamos recorriendo la terminal para embarcar en nuestro vuelo de vuelta a casa cuando algo brillante en un escaparate me llama la atención.

Me inclino para analizar el pequeño dragón de cristales. Es azul pálido, lindo y rollizo, como un dibujo animado, pero con unos ojos rojos que brillan bajo la luz.

Se me dibuja una enorme sonrisa en la cara.

—¡Miller! —grita Owens—. Vamos.

—Enseguida voy. —Me giro de nuevo hacia el dragón y entro en la tienda.

Ya va siendo hora de que le compre un regalo a Hartley.

# Capítulo 12
# Hazel

Estoy en mi despacho, atareada con el plan de recuperación de un jugador, cuando Rory coloca un dragoncito de cristal delante de mí.

Me sonríe, apoyado en el marco de la puerta, con una mirada cálida y suave, y se me retuerce el estómago.

—Hartley —me saluda.

Maldición, qué guapo está. Hoy ha sido el entrenamiento más duro de toda la semana, pero Rory no parece cansado y sus ojos brillan con energía.

Odio lo atlético que es. Odio que sea uno de los mejores atletas de su generación. Lo odio y, aun así, no puedo evitar maravillarme con él.

Miro el dragoncito brillante sobre mi mesa.

—¿Qué es esto?

—Tú.

Abro la boca para negarlo.

—No.

—Claro que sí. Eres mi dragoncito escupefuego. —Lo miro enojada y él asiente, señalándome—. Exactamente igual. Con los ojos rojos y todo.

Se me escapa una carcajada y tomo el maldito dragón para mirarlo bien de cerca.

Es lindo.

—Qué tontería —le digo mientras el calor se expande por mi pecho.

—Oye, Hazel. —Aparece Hayden en la puerta—. ¿Me dejas una de esas bandas?

—Claro. —Rebusco entre las cosas de mi escritorio y le aviento una liga extra para que pueda hacer ejercicios en casa—. ¿Quieres que repasemos otra vez los ejercicios?

—No hace falta. —Hayden se fija en el dragón que tengo en la mano y sonríe—. ¿Te gusta? Miller se ha gastado tres mil dólares en eso.

Me quedo boquiabierta y miro a Rory.

—¿Tres mil dólares?

Levanta los hombros, como si nada.

—Miller, es muchísimo dinero.

Hayden se ríe.

—Ya te dije que le gustas. Adiós, tortolitos.

Cuando se marcha, Rory me mira extrañado.

—Sabes lo que gano, ¿verdad?

Solo Rory sería tan franco con lo de ser el jugador mejor pagado de la liga.

Parpadeo ante el pequeño dragón.

—Esto es más caro que mi renta. No puedes gastarte tanto dinero en mí. —Bajo la voz—. Sobre todo porque... —Le hago un gesto de «Ya sabes».

Él arquea una ceja, sonriendo.

—¿Porque qué?

—Porque no soy tu novia, en realidad.

Nuestra foto de la fiesta de compromiso de Pippa ha estado circulando por internet y nos ha dado más credibilidad, porque se tomó antes de que hiciéramos pública nuestra relación. En la foto, Rory me está sonriendo con una mirada muy suave, como si no quisiera soltarme. «Está loquito por ella», decía alguien en un comentario.

Rory afila la mirada.

—Pero si fueras mi novia, ¿no pasaría nada?

¿Qué? Tiene unos profundos ojos azules, hechizantes, y no me gusta este sentimiento burbujeante y descontrolado.

Estoy trabajando. Debería tener el control. Debería tener el control siempre.

Pero vino a mi clase de yoga y le dijo a todo el mundo que era mi novio, y me dio la sensación de que había disfrutado la clase hasta que les pedí que pensaran en algo que les hiciera sentirse queridos, y se quedó afligido y perdido.

Llevo toda la semana pensando en eso.

—No te gastes tanto dinero en mí.

Él hace un ruido gutural y me mira con los ojos entrecerrados.

—Eso suena a desafío.

—No lo es. —Me estoy riendo otra vez—. Me sacas de quicio, Miller.

Se inclina hacia delante, coloca las manos en los reposabrazos de mi silla y acerca la boca a mi oreja de esa forma que hace que se me dispare el pulso.

—Si fueras mi novia de verdad, Hartley —susurra. Su aliento me provoca corrientes eléctricas por toda la piel—, me gastaría dinero en ti sin límite, así que si quieres que la gente se crea esto, déjame.

Trago saliva sin saber muy bien qué decir.

—He estado pensando en ti —añade, estirándose, y se me tambalea el pulso.

—Lo que hagas por la noche en tu habitación de hotel no es asunto mío, Miller. —Lo miro con una sonrisa tranquila y desinteresada, a pesar de que el estómago me está dando vuelcos.

¿Ha estado pensando en mí? ¿Cómo? ¿En plan sexi? ¿Me gusta que haga eso?

Creo que me gusta.

Arqueo una ceja.

—O en los baños del McDonald's.

Suelta una carcajada.

—Nunca he ido a un McDonald's.

La sorpresa me borra el desinterés de la cara.

—¿Cómo? ¿Ni cuando eras pequeño? ¿Ni cuando has estado borracho?

—No me emborracho, Hartley.

Me quedo mirándolo, confusa.

—¿Y a la piscina de bolas?

Se le agita el pecho por la risa y sus ojos bailan con diversión, y yo vuelvo a sentir esa sensación extraña de sobresalto en el estómago.

—La piscina de bolas parece repugnante.

Lo miro como diciendo: «Obviamente».

—Claro que lo es, pero eso da igual cuando tienes seis años.

—O cuando estás borracho. —Me provoca con la mirada.

—O cuando estás borracho —coincido.

Me pregunto cómo será borracho, o un poco achispado. Seguro que se pone tontuelo, tentón y cariñoso. Se me acumula un calor en el pecho, pero lo aparto.

No puedo pensar esas cosas sobre él.

Me muerdo el labio inferior y se le desvía la mirada a mi boca.

—¿Querías algo? —pregunto con la cara cada vez más roja.

Él parpadea para volver a enfocar la mirada.

—Han organizado una patinada pública esta noche en el estadio y Ward va a enseñar a patinar a varios niños.

—Okey. Muy bien.

Rory sonríe y se me hunde el estómago. Su sonrisa se levanta aún más y está guapísimo. Es fuerte, ancho y muy muy alto, tiene el pelo denso y un poco ondulado, y siento la necesidad de enredarlo entre mis dedos; y, además, es guapo.

—Y sabes que quiero quedar como un capitán responsable y en el que se puede confiar.

Ya sé por dónde va.

—No entiendo qué tiene que ver eso conmigo.

—Hartley, voy a enseñarte a patinar.

# Capítulo 13
# Rory

—Ponte de rodillas.

—Me voy a caer.

—No te vas a caer. —La sujeto por la cintura, guiándola desde atrás mientras ella patina muy despacio y tambaleándose—. No te voy a soltar.

A nuestro alrededor, la gente patina en círculos en el centro comunitario mientras suena la música. Hay una bola de discoteca que ilumina el pelo de Hazel.

—¿Crees que nos ha visto? —pregunta.

Le huele bien el pelo. Ligero y agradable, como vainilla o galletas o algo así.

—¿Quién?

—Ward.

Claro. Es el único motivo por el que estamos aquí. Al otro extremo del estadio, Ward está en una sección separada con un montón de niños, enseñándoles a patinar. Son todos más rápidos que Hartley.

—Me ha visto haciéndome fotos con gente cuando llegamos.

Hace un ruido de reconocimiento y sigue arrastrándose por el hielo.

Se me van los ojos a su trasero. Maldita sea, las mallas de yoga. Pienso en que no lleva calzones debajo de la ropa de yoga y la excitación me aprieta la entrepierna.

Soy un maldito idiota, pero me la he imaginado varias veces viniéndose. Cambiaría mi vida por ver cómo se derrite gracias a mí. Es muy controladora, y hacer que se retuerza y se derrita y grite de placer me haría inmensamente feliz.

—Miller. —Mi cabeza vuelve al presente, y me está mirando por encima del hombro con una sonrisa engreída—. ¿Me estabas mirando el trasero?

—Sí. —Sonrío—. Es por las mallas.

Se ríe y sacude la cabeza.

—Eres un obsceno. —Le suelto la cintura y abre mucho los ojos, aterrada—. ¡No! —Abalanza las manos sobre las mías y me aprieta fuerte. La sangre me late con orgullo—. No estoy preparada.

Qué linda es.

—Hartley, lo estás haciendo muy bien. Voy a patinar a tu lado un poco.

Ella hace un ruido gutural, pero me suelta, y me pongo a su lado. Somos los más lentos de la pista, pero parece que ella no se da cuenta.

Levanta los ojos y me mira.

—No hace falta que estés tan encantado.

Levanto las manos, riéndome.

—No lo estoy.

—Estás alardeando.

—Me la estoy pasando bien contigo.

Es la verdad. Estar así con Hartley me relaja. Ella aparta la mirada, pero está sonriendo. Con el siguiente paso hacia delante, se le resbala el patín y ahoga un grito mientras se recompone.

—Tú puedes —le digo.

Desliza la mano enguantada dentro de la mía y el corazón se me sube a la garganta cuando miro la unión de nuestras manos. Se me acumulan los nervios en el pecho.

—Se supone que somos pareja —dice sin mirarme—. Y no quiero caerme.

—Ya lo sé. —Se me dispara el pulso.

Es guapísima. Tiene el pelo suelto sobre los hombros. El otro día, en la ducha, me masturbé pensando en acariciarle el cuello con la nariz, pasándole las manos por las caderas para comprobar si llevaba algo debajo de las mallas.

Un escalofrío me recorre la espalda y trago saliva mirando su boca acolchada. ¿Pasaría algo si la beso? Ward ni siquiera está mirando.

Mientras patinamos, ella me lanza una mirada extraña.

—¿Qué?

Abro mucho los ojos.

—¿Qué?

—Estás raro.

—Para nada.

—Sí. —Me analiza con la cabeza inclinada, y vuelvo a sentir otro salto nervioso en el estómago—. ¡Qué fuerte! ¿Te pongo nervioso?

Me río y aparto la mirada.

—No.

Pierde el equilibrio y la agarro por la cintura para que no se caiga.

—Sí. Estás nervioso.

Aparece una sonrisa en mi cara.

—Y tú estás acobardada.

Resopla y me encanta la forma en la que se le inclinan los labios.

—Sabes que no soy un dragón de verdad, ¿no? —Lo dice con un tono suave y bromista, cálido como la miel, y se me erizan los pelos de la nuca.

Seguimos patinando y vuelvo a entrelazar mi mano con la suya.

—¿Por qué das clases por Zoom? Pensaba que lo hacías en un estudio.

—A veces. Los estudios valoran la antigüedad, así que es complicado conseguir clases. —Se le tuerce la boca—. Y también es por accesibilidad. Para la gente es más fácil conectarse a internet que llegar a un estudio. A Elaine le gusta viajar, pero no quiere perderse ninguna clase. El ascensor de Clarence siempre está roto y, con sus problemas de cadera, le cuesta subir las escaleras. Vatsi está a punto de ser madre, así que estará muy ocupada. A Hyung le gusta no tener que trasladarse de la universidad, que es como una hora de ida y otra de vuelta. Y Laura... —Se calla de pronto. Me fijo en la furia con la que destellan sus ojos durante un instante—. Bueno, Laura no ha tenido muy buenas experiencias en los estudios. El yoga por Zoom es la mejor opción para mucha gente.

Me encanta ver ese fuego en sus ojos.

—Te gusta mucho, ¿no?

—Es mi objetivo —responde rápido, sin esfuerzo—. Me gustaría abrir un estudio fitness algún día. Con yoga, Pilates, clases de baile, incluso fisioterapia y masajes. En Estados Unidos, una mujer ha abierto un estudio *body-positive*. En Nueva York. —Le brillan los ojos—. Tienen clases de baile de Beyoncé. Me encanta ver los videos de todas esas personas bailando. De todas las edades, de todos los géneros, de todos los tipos de cuerpo. —Levanta los hombros—. Quiero crear algo así aquí.

Algo tenso se me aferra al pecho. El hockey debería hacerme sentir así, pero no es el caso.

Nos miramos a los ojos y su expresión es firme.

—No sé por qué te he contado todo esto.

Odio que haya vuelto a crear ese muro.

—Me alegro de que lo hayas hecho.

Quiero quedarme aquí para siempre con ella, escuchándola hablar sobre las cosas que la apasionan.

—Doy por hecho que no pasó nada cuando compartiste habitación con Connor —dice.

En mi cabeza se reproduce lo que dijo de estar esperando a que yo la cagase para meter la cabeza.

—Todo bien, sí.

Si se lo cuento, se enojaría.

—Intentó fastidiarme, pero le respondí con todo lo que tenía. —Le guiño un ojo.

—Si hay alguien que puede molestarle, ese eres tú. Están cortados por el mismo patrón.

Frunzo el ceño. Lo dice en broma, pero no es broma.

—¿A qué te refieres?

—Ya sabes. —Levanta los hombros—. Son iguales.

Frunzo aún más el ceño.

—No es verdad.

Me pone una mirada burlona, como si dijera: «¿A quién quieres engañar?», y una sensación muy desagradable se acomoda en mi interior.

—Hartley. —Mi voz suena grave—. No somos iguales.

—Son jugadores de hockey. —En su mirada hay algo honesto y enojado—. Lo tienen todo. No se tienen que preocupar por los demás. Las mujeres se derriten por ustedes y nunca les han dicho que no.

—Yo me preocupo por los demás. —Suena más brusco de lo que pretendía, e intento forzar una sonrisa, pero no me sale. Odio que piense que somos iguales—. No soy McKinnon, y no me gusta que me comparen con él. Nunca he engañado a nadie. Yo no soy así.

—A lo mejor nunca has engañado a nadie, pero te conozco. —Tiene una cara muy triste que me rompe el corazón, maldición. Como si esperara que me diera cuenta de lo que sabe.

Odio esa mirada. Mi madre tenía esa mirada cuando dejó a mi padre.

—Las mujeres son puro entretenimiento para ti. —Traga saliva—. Somos desechables.

—No. —Dejo de patinar y no presto atención a la gente que pasa por nuestro lado—. ¿Por qué carajo piensas eso, Hazel?

Me suelta la mano.

—Ashley —dice, como si yo debiera saber a qué se refiere.

—¿Qué Ashley? —La frustración me tensa el cuerpo y odio que se haya hecho esa imagen de mí.

—Ashley Peterson, de la escuela. —Ante mi mirada perpleja, dice—: Saliste con ella y la hiciste sentir muy especial, estaba loca por ti.

Sacudo la cabeza, porque ni siquiera me acuerdo de esa chica. La escuela para mí era un periodo borroso entre el entrenamiento de las cinco de la mañana, intentar estar al día en las clases para graduarme y las sesiones interminables en el gimnasio con entrenadores personales que me llevaban hasta el límite. Lo único que importaba era que me ficharan, y jamás se me permitía olvidarme de eso. Las clases particulares con Hartley eran lo único bueno.

—¿Rubia? —pregunto cuando el remoto recuerdo de la tal Ashley empieza a aparecer en mi cabeza.

Hartley me mira como si no se lo pudiera creer.

—Sí.

Me paso la mano por la cara cuando empiezo a recordarlo todo. La tal Ashley y yo nos revolcamos, creo.

—Hartley, eso fue hace como diez años. No recuerdo qué pasó.

Ella parpadea, enojada y triste al mismo tiempo.

—Yo te lo recuerdo. La dejaste el día antes del baile.

En la escuela salí con alguna chica, pero nada serio. No podía tener novia. Sacaba adelante a duras penas el hockey y las clases.

Y ninguna me parecía tan buena como Hartley.

No me acuerdo de pedirle a Ashley que viniera conmigo al baile. Miro a Hazel con un gesto de «¿Y qué?».

—¿Okey?

Ella respira frustrada.

—La convencí para que fuera al baile igualmente. Entramos y te vimos con la lengua metida en la boca de otra chica.

Entonces me acuerdo. Tiene razón. Lo hice, y me dio bastante igual cómo pudiera afectarle a la tal Ashley. Siento un duro pellizco de autodesprecio en el pecho. Soy un idiota, igual que Rick Miller.

—Se fue a llorar al baño. Hiciste que pensara que tenía algún problema. La hiciste sentir pequeña, insignificante, que no valía nada.

La intensidad de la voz de Hazel me atraviesa. Sus palabras tienen un trasfondo de emoción que me retuerce el estómago.

—¿Sabes lo horrible que es eso? —continúa, con dolor en los ojos—. ¿Sabes lo dañino y traumático que es eso? —Se señala la cabeza.

En mi mente se reproduce el ruido de la puerta cerrándose cuando se marchó mi madre. Y otra vez cuando Lauren, la novia que tuvo luego mi padre, se fue unos años después. Escucho la forma fría en la que me dijo que él y su nueva novia ya no están juntos.

Mi vida va a ser como la suya. Ya lo es. Tendré cincuenta y cinco años y estaré esperando a que mi novia actual me deje, como hicieron las demás. Un sentimiento de pena y frustración me envuelve el pecho, y lo aprieta como una goma.

—Hartley, eso fue hace diez años. Seguro que lo ha superado.

Tiene cada vez más ira en los ojos, y le veo las pulsaciones en el cuello.

—¿Estás seguro?

Levanto los hombros, sin darle importancia. Por favor. Por favor, ¿podemos acabar con esta conversación?

—Pues espero que sí. —Las palabras se tambalean en mi boca, alimentadas por esta sensación fría y aplastante del pecho—. Sería muy patético seguir lloriqueando diez años después por un tipo al que ni siquiera le importabas. Dudo que siga pensando en mí, y si lo hace, es porque tiene una vida muy aburrida.

Escucho las palabras, pero no puedo detenerlas. La vergüenza me agarra por la garganta y me ahoga. Hazel tiene cara de acabar de recibir una bofetada, y me mira perpleja, herida y sorprendida, antes de soltar una risa tranquila.

—No sé por qué accedí a esto. Eres justo quien pensaba que eras.

Se me hunde el estómago.

—No sé por qué pensaba... —Deja de hablar y sacude la cabeza mientras se va hacia la entrada de la pista—. Se acabó.

# Capítulo 14
# Rory

Reproduzco el final de su frase de un millón de formas.

«No sé por qué pensaba que podía pasar tiempo contigo».

«No sé por qué pensaba que nuestro acuerdo podría funcionar».

«No sé por qué pensaba que eras diferente».

Entonces caigo en la cuenta: la reacción de Hazel no era solo por su amiga. También es por lo que Connor le hizo a ella.

Dije que daba igual. Que ya debería haberlo superado. La llamé patética. ¿Cómo he podido ser tan desconsiderado? No me extraña que no quiera saber nada de mí.

Mi padre ni se inmutaría. Rick Miller siempre deja que se vayan. Quiso ir detrás de mi madre —todavía recuerdo su cara cuando ella se fue—, pero no lo hizo.

—¡Hartley! —grito, patinando detrás de ella. Me voy acercando a ella, pero me ignora—. No lo decía en serio. Lo siento.

Se estira hacia los tablones, pierde el equilibrio y llego justo a tiempo para sujetarla.

—No me toques —dice—. Estoy enojada contigo.

—Ya lo sé. —Espero a que recupere el equilibrio antes de apartarme—. Y tienes todo el derecho a estarlo.

Tiene la mandíbula apretada y los ojos le destellan con un montón de emociones negativas que no quiero volver a ver ahí. Se cruza de brazos, sin apartar la mirada de mí.

Me paso una mano por el pelo con el pulso acelerado.

—No me gusta haberle hecho daño a tu amiga, así que no le he dado importancia para sentirme mejor. Creo que pensaba... —Tomo aire y busco cualquier tipo de reacción en su cara, alguna pista—. Pensaba que si hacía como que no pasaba nada, no me sentiría así.

—¿Así cómo?

—Como un maldito idiota. —Busco sus ojos—. No quiero hacerle daño así a la gente. Eso es lo que hace mi padre. Siento haberle hecho daño a tu amiga. Era joven y estúpido, pero no es una excusa. —Ella me observa y memorizo los hilos grises de sus iris, enmarcados en unas pestañas largas y densas. La gente pasa a nuestro alrededor, pero la ignoramos.

Se le llenan los ojos de comprensión, tristeza y dolor. Su garganta se mueve otra vez y frunce el ceño antes de apartar la mirada.

—Me puso los cuernos todo el tiempo —dice en voz baja, mirando el hielo.

Streicher ya me lo había contado, pero, aun así, me pongo tenso con una furia protectora. ¿Cómo se atreve a hacerle daño?

—Adelanté cursos en la escuela para que fuéramos juntos a la universidad. —Levanta la mirada hacia la mía, pero vuelve a bajarla al hielo—. Me enteré al final del primer curso de universidad. Todos lo sabían menos yo.

La rabia me palpita por todo el cuerpo, cada vez más fuerte. McKinnon es un puto imbécil y, si es posible, lo odio todavía más. Aprieto las manos en un puño para evitar tocarla. No me extraña que no aguante tonterías de nadie.

Se toca las uñas.

—Me dijo... —Se calla y se pasa la lengua por el labio de arriba.

Le coloco las manos en los hombros y me agacho para mirarla a los ojos.

—¿Qué te dijo?

Ella sacude la cabeza.

—Dímelo, por favor —le ruego.

Vuelve a sacudir la cabeza.

—Quiero olvidarlo.

Aprieto los dientes y vuelve a aparecer ese pellizco de autodesprecio en mi pecho. No confía en mí lo suficiente para decírmelo. Cree que soy como McKinnon.

A lo mejor tengo que solucionar eso. A lo mejor, si quiero que esto con Hartley sea real, tengo que demostrarle que no tengo nada que ver con él ni con mi padre.

—Lo odio por lo que te hizo. —¿Sabe lo rápido que me late el corazón, la presión que siento ahora mismo en el pecho?—. No lo odio solo porque sea un idiota; lo odio porque no te valoró. Te mintió y no cuidó de ti. No quiero parecerme a él ni lo más mínimo.

Veo todas las tonalidades de gris y azul en sus ojos, y dejo que esos colores se me claven, me distraigan de la inminente consciencia de que nunca he hecho esto antes, esta disculpa intensa y sincera.

Rick Miller no se disculpa. No le pareció necesario enseñarme esa habilidad, y ni siquiera recuerdo la última vez que lo hice. El año pasado, cuando sentí la necesidad incómoda de arreglar las cosas con Streicher, nos peleamos en la pista.

—Lo siento —repito, esta vez para escucharme, para saber que es de verdad.

No soy como él.

—Okey. —Ella aparta la mirada.

—¿Okey? —Me agacho para mirarla a los ojos—. ¿Me perdonas? ¿Estamos bien?

Asiente despacio. Todavía no confía del todo en mí, pero la rabia ha desaparecido de sus ojos.

Me paso una mano por el pelo, permitiendo que mi pulso vuelva a la normalidad, y le lanzo una mirada incierta.

—Vamos a seguir patinando.

Ella se muerde el labio inferior. Está a punto de decir que no, pero no puedo permitir que nos vayamos así.

—Tú no te rindes —le digo con una sonrisa—. Y piensa en cuánto le va a molestar a Connor enterarse de que te he enseñado.

Sonríe como un demonio.

—Okey.

—Enhorabuena, cariño —le digo mientras patinamos de nuevo por la pista, y se le tuerce la boca con un gesto divertido, pero molesto—. Acabamos de tener nuestra primera discusión.

—No me llames cariño —dice, pero está sonriendo.

# Capítulo 15
# Rory

Media hora después, salimos de la pista y un tipo con uniforme de hockey se para delante de mí.

—Tú eres Rory Miller.

Tengo una sonrisa relajada y amable.

—Hola, amigo.

Señala la pista con una mirada confusa.

—¿Estabas patinando?

—Estaba enseñando a mi novia. —Le paso el brazo a Hazel por los hombros.

Cada vez me resulta más fácil decir esas palabras. «Mi novia».

—Jugamos aquí una vez a la semana. —Señala el hielo, donde unos chicos han empezado a calentar—. ¿Te unes?

Lo miro con una sonrisa pesarosa.

—Gracias, amigo, pero tengo que irme a casa.

El chico levanta los hombros.

—Como quieras. Solo quería preguntar.

Entra en la pista y se aleja patinando, y yo llevo a Hazel a un banco para que pueda quitarse los patines.

—Espera. —Me pone la mano cálida en el brazo, mirando a los chicos que están dando vueltas por la pista, y me mira—. Deberías jugar.

—¿Por qué?

—Porque... —Hace una pausa. Hay algo dulce en su mirada. Afecto, creo—. Hoy te lo has pasado bien patinando conmigo.

—Sí. —Sonrío—. Contigo. No con un cuarentón que se llama Steve.

Ella se ríe y memorizo este momento.

—Lo digo en serio. Creo que te lo pasarías bien.

En la pista se están pasando el disco, dándose golpes con buena actitud. Uno de ellos falla un gol y otro se ríe, pero no de forma cruel. Algo me rasga el pecho.

—He dejado que me enseñes a patinar —dice Hazel—. Me lo debes.

—Ah, ¿sí? —La miro con una ceja arqueada.

Creo que está intentando no sonreír, por cómo le brillan los ojos.

—Sí. No todo es una competición —añade, más suave—. Algunas cosas son solo para pasarlo bien.

Pienso en lo que decidí antes, en que no quiero parecerme en nada a McKinnon. Quiero ser alguien de quien Hazel se enorgullezca como novia, aunque sea de mentira.

Veinte minutos después, marco otro gol en un silencio total. Se me eriza la nuca mientras Hazel me mira desde las gradas, y patino con los chicos al centro de la pista para el siguiente saque.

—¿Cuánto vamos ya? —pregunta uno de los otros chicos al árbitro.

—Doce a cero.

—Increíble —murmura otro, y se me tensa el estómago—. Vaya paliza nos estás dando, Miller.

Está bromeando, pero sus palabras van con intención. Estos tipos no juegan como yo acostumbro. No son tan competitivos ni tan despiadados, y noto una energía de abatimiento a su alrededor. Se me forma un nudo en el pecho. Esto no me divierte, y no sé qué estoy haciendo mal. Estoy marcando goles. Estoy jugando como juego siempre. No sé por qué pensaba que esto iba a ser diferente.

Miro a Hazel, que está observando. A unos metros, Ward vigila la pista con los brazos cruzados, inclinado sobre la pared con una cara ilegible. Nuestros ojos se encuentran antes de que él se dé la vuelta y se marche.

Maldición. Vaya capitán de mierda estoy hecho.

—Chicos, me tengo que ir —les digo—. Gracias por dejarme jugar.

El ambiente se relaja de inmediato, y todos se despiden mientras me alejo patinando, suelto en la banca el stick que me han dejado y voy con Hazel.

—Hola. —Sus ojos buscan mi cara mientras me acerco—. ¿Ya has acabado?

—Sí. —Ese pellizco de vergüenza y humillación que sentí antes en nuestra discusión se acomoda en el centro de mi pecho. Me pongo de rodillas y le desato los patines, consciente de que me está mirando.

—¿Sigue en pie la cena con el equipo el viernes? —pregunto.

—Oh. —Parpadea como si se le hubiera olvidado—. Sí, claro.

—Okey. —Le quito el otro patín. La presión avergonzada del pecho se desvanece cuanto más hablo con ella—. La estilista se iba a poner en contacto contigo.

—¿Cómo que la estilista?

—Necesitas un vestido. Es una cena de gala.

Le agarro los pies. Ella me mira las manos, distraída, y cuando le aprieto la planta del pie con el pulgar, se le suelta la mandíbula.

Sonrío. Le gusta.

—Tengo un vestido —dice, todavía con el ceño fruncido mientras le froto el pie.

—No puedes llevar un vestido viejo, Hartley. —Le masajeo el talón y se le cierran los ojos—. ¿Recuerdas lo que dije? Si fueras mi novia de verdad, me gastaría dinero a diestro y siniestro en ti. Es lo que hace Streicher con Pippa.

Empiezo con el otro pie y hace un ruido que es mitad protesta, mitad suspiro de placer.

—Hmm —dice, parpadeando mientras clavo aún más el pulgar—. Guau.

—Di que sí, Hartley. —Su mirada es brumosa y suave—. Déjame comprarte un vestido bonito para que te sientas bien.

La zona que le estoy masajeando debe dolerle mucho, porque cuando aprieto cierra los ojos.

—No vas a obligarme a llevar algo transparente, ¿verdad?

Me río.

—No. No creo que pudiera obligarte a nada. —Me la imagino con algo ligero y transparente, está buenísima y dolorosamente cogible ante la mirada lasciva de McKinnon, y los celos me retuercen el estómago—. Me gusta presumir de ti, Hartley, pero el único que puede verte los pechos soy yo.

Abre los ojos. ¿Acaso se está sonrojando?

—Ya quisieras.

Me late la sangre con orgullo y placer al verla sonrojada. Ya te digo si quiero.

—Lo organizaré todo. Solo tienes que ir. —Pongo una cara traviesa—. Y estarte quietecita cuando me revuelque contigo.

Pone los ojos en blanco, pero tiene las mejillas completamente rosas.

# Capítulo 16
# Rory

Cuando llego a la cena del equipo en la antigua mansión en Shaughnessy, un barrio de familias adineradas de Vancouver, me doy cuenta de dos cosas.

La primera es que Hartley está increíblemente hermosa.

Estoy de pie en el vestíbulo, con la boca abierta y sin quitarle el ojo de encima con ese vestido azul oscuro mientras se me dispara el pulso. Hazel Hartley es la mujer más preciosa que conozco. Se me forma un nudo en la garganta cuando intento tragar.

Entre el dragón de cristal que evidentemente le gustó, pero que no lo admitirá, el vestido y el sobre que tengo guardado en el saco del esmoquin, creo que me estoy volviendo adicto a gastar dinero en ella.

Lo segundo de lo que me doy cuenta es de que ese cabrón, McKinnon, está rondándola como un buitre. Está a unos seis metros, hablando con ella, aunque Hazel parece no estar interesada. La recorre con la mirada, deteniéndose en el perfecto bulto de su escote.

«Me puso los cuernos todo el tiempo. Todos lo sabían menos yo».

Me paso la lengua por el labio superior mientras el sentimiento de celos y posesión carga contra mí. Los jugadores me saludan cuando avanzo hacia ella, pero apenas me doy cuenta.

La discusión que tuvimos el miércoles me demostró todo lo que tengo que perder con ella, y no voy a rendirme.

—Hazel. —Mi voz suena grave. Se le abren los ojos, ya sea porque la estoy llamando por su nombre de pila o porque ahora he colocado la mano en su espalda de una forma que deja ver a todo el mundo que es mía—. Estás preciosa —le digo, y me late el corazón con fuerza al bajar la boca hacia la suya.

Ella toma aire y, durante el instante más largo de mi vida, me preocupa que vaya a rechazarme, pero se derrite contra mí devolviéndome el beso y, en mi pecho, algo encaja en su sitio.

# Capítulo 17
# Hazel

Rory Miller me besa y el mundo se inclina a mis pies. Su barba de varios días me araña la piel y me cuesta respirar. Besarlo es muy diferente de lo que esperaba.

Su boca ejerce una ligera presión contra la mía, su respiración es suave contra mi piel, y sus dedos me recorren la barbilla antes de hundirse en mi pelo. Sus movimientos son lentos, sin prisa. Diría que está reacio, de no ser por la forma en la que su lengua pasa por mis labios y acaricia la mía.

Su aliento me vacía los pulmones y me doy cuenta de que lo estoy agarrando por la camisa. Flexiona los dedos durante un segundo en mi nuca y cubre mi mano sobre su pecho, aplastándola contra él. Todo él es cálido, tentador y reconfortante.

Ahora mismo nada tiene sentido, pero huele muy bien —a sándalo y a algo limpio, como gel de baño— y la sensación de su barba incipiente acariciándome la barbilla es tan agradable que dejo de intentar comprender este momento. Su olor me activa un músculo en el bajo vientre.

—Maldición —murmura para sí, sin apartar la boca de mis labios, antes de volver a deslizar la lengua contra la mía.

Me agarra por la nuca —todavía amable, con cuidado— y me jala. Rory me besa como si llevara mucho tiempo pensando en ello, y unas chispas se me encienden por toda la piel al sentir su mano en mi pelo. Hago un ruido silencioso de placer contra sus labios.

Él resopla.

—Te ha gustado, ¿eh?

Sus palabras vibran en mi mano sobre su pecho. Abro la boca para decir algo inteligente e ingenioso, pero vuelve a entrar y me lame.

Esto no es solo un beso. Me da vueltas la cabeza por el placer de sus labios contra los míos, su sabor, su tacto y su olor.

En una esquina oscura de mi cabeza, me pregunto si usaría así la lengua entre mis piernas. Los músculos de esa zona se me tensan y le muerdo el labio inferior. Bajo la palma de mi mano, se le acelera el pulso.

Me aparto para mirarlo y el estómago me da un vuelco en cuanto nuestros ojos se encuentran. Está salvajemente guapo. Es muy injusto cómo le resaltan los ojos azules contra el negro profundo y el blanco impoluto del esmoquin, y es injusto que tenga una belleza tan inmadura al mismo tiempo que poderosa y masculina. Está despeinado en la medida perfecta, como si acabara de coger, y le queda genial. Tiene los bordes recortados, como si se hubiera pasado por la peluquería esta tarde, y mis dedos están ansiosos por recorrer los pelos cortos y sentirlos bajo las uñas.

Alguien carraspea y me trae de vuelta a la realidad.

Pippa y Jamie nos miran con la misma expresión divertida, y no hay ni rastro de Connor. Me arde la cara y me paso un dedo por la línea de los labios para asegurarme de que no se me ha corrido el labial. A mi lado, Rory se mueve y respira con dificultad. Nos miramos a los ojos y me palpita la entrepierna ante sus ojos vidriosos. Volvemos a apartar la mirada.

—Estás muy guapa —dice, sin mirarme.

—Gracias. —Tengo la mirada perdida en una zona al otro extremo de la habitación.

Nos volvemos a mirar durante un instante. Está sonrojado. Creo.

—Voy por algo de beber —dice, mirándome otra vez el vestido antes de irse.

El esmoquin está hecho a medida y le queda como un guante. Observar a Rory Miller alejarse con un esmoquin como ese, con esos hombros anchos y sus movimientos fuertes y elegantes, es todo un regalo. No estoy preparada para lo bueno que está, y sé que llevo demasiado tiempo mirándolo, pero no puedo apartar la vista.

—Hmmm. —Pippa me está sonriendo y siento un calor que me sube por el cuello.

—No empieces. —Me coloco el pelo por detrás de los hombros para recomponerme.

La preocupación se abre camino y me muerdo el labio. No deberíamos haber hecho eso. Me ha gustado demasiado.

Me he pasado días reproduciendo mentalmente nuestra discusión, esa sensación devastadora en mi pecho cuando básicamente me dijo que estaba rota y era patética, y luego su cara desesperada y de dolor mientras me pedía disculpas. Parecía que se iba a morir si no le perdonaba.

He pensado en él atándome los patines. La paciencia con la que me enseñó a patinar. En la pista, cuando me miraba la boca fijamente, pensé que igual intentaba besarme, pero no lo hizo.

Tengo ese dragón idiota y adorable en la mesita de noche, mirándome mientras me duermo todas las noches.

Observo otra vez a Rory. Nuestros ojos se encuentran y aparto la mirada, analizando la habitación, los cuadros en las paredes, los muebles de cuero, las mesitas con antigüedades. Cerca de la barra está Ward con un grupo de jugadores, con una bebida en la mano, escuchando a Alexei. Los entrenadores suelen ser viejos, tienen la cara roja y están enojados, pero Ward parece James Bond con ese esmoquin, muy guapo y seguro, pero sin alardear.

Rory vuelve con una bebida para mí y le doy un sorbo, agradecida por tener algo entre las manos.

—Me alegro de que hayas venido —murmura, y me roza la oreja con la boca antes de darme un beso rápido en la sien.

Siento un escalofrío por la espalda. Cada vez está más lanzado con toda esta pantomima de la relación falsa, y me encantaría decir que me molesta, pero... no es así.

Pongo una sonrisa un poco tímida.

—¿Pensabas que no vendría?

—Bueno, después de lo del otro día... —Me mira y se frota la nuca—. Te he comprado una cosa. Para disculparme.

—Ya te disculpaste.

—Ya lo sé. —Se le arruga la frente con un ligero fruncido mientras se mete la mano en el saco y saca un sobre—. Quería demostrarte que lo decía en serio.

Tiene esa misma expresión que tenía en la pista, como si le doliera algo. Se le ha caído un mechón de pelo sobre la frente y atrae mi mirada.

—Ábrelo —dice, inclinando la barbilla hacia el sobre que está ahora en mi mano.

Saco un email de confirmación. Es para un fin de semana en un destino vacacional cercano. Harrison Hot Springs: una *suite* de lujo en un hotel muy bueno y dos días enteros en el *spa*.

—Es para Pippa y para ti —se apresura a decir—. Pueden ir cuando quieran. —Me ofrece una sonrisa apretada y vulnerable que hace que me duela el corazón—. Dijiste que pasar tiempo con Pippa te hacía sentir valiosa.

En mi cabeza, el cartel de neón que dice «Rory Miller es un jugador de hockey malvado y egoísta» empieza a parpadear y a perder fuerza.

—Se supone que tienes que ser un idiota. —Mantengo un tono ligero y divertido mientras miro el papel, y él resopla una risa.

El tipo con el que acordé todo esto lo era. No era este Rory. No era el chico dulce, serio y sincero que se disculpa de verdad.

Empiezo a pensar que me equivocaba. A lo mejor no conozco en absoluto a Rory Miller.

—No mentía —dice Rory en voz baja, mirándome fijamente.

¿Se refiere al... beso? Busco en su profunda mirada azul, como mi vestido, y de pronto me falta el aire.

—Sobre el vestido. —La boca de Rory se tuerce en una sonrisa de cariño—. Estás preciosa.

Unos sentimientos cálidos y líquidos se acumulan en mi interior, girando y dando vueltas.

—El vestido cuesta más de lo que gano en un mes —admito, riéndome un poco.

—¿Cuántas veces te lo tengo que repetir? —Tiene un tono grave y me sonríe, posando la mirada en mi pelo, luego en el vestido, y su sonrisa cambia a esa típica engreída y astuta—. Voy a gastarme dinero en ti.

El deseo me aprieta el pecho. No es el dinero, es el gesto. Siempre he sido independiente y obstinada. Nadie me cuida. Me gusta. Rory me está sonriendo como si me adorara, ¿y esa forma de besarme, hambriento, demandante y desesperado, como si no pudiera esperar ni un segundo más?

Todo eso también me ha gustado.

Siento una preocupación en el pecho. En principio tenemos hasta enero, después todo esto terminará, así que no voy a acostumbrarme.

—Además —dice, llevándose las manos a las bolsas— no me refiero al vestido. Me refiero a ti. Estás increíble.

—Gracias. —El corazón me golpea las costillas. Nadie me había dicho que era preciosa de esa forma, tan de verdad—. Por todo. Por el vestido, por esto. —Saco el sobre—. Empiezo a pensar que, en el fondo, eres lindo.

Me sonríe y ya estoy atrapada, porque siento algo extraño e intenso rodeándome el corazón, algo que no había sentido nunca.

Alguien golpetea suavemente una copa y Ward espera a que las conversaciones se desvanezcan.

—Tu muñeca inflable es la más afortunada del mundo —le susurro a Rory sonriendo, y él se ríe.

# Capítulo 18
# Rory

—Gracias a todos por venir esta noche. —A Ward le destellan los ojos—. He pensado que podríamos comenzar esta velada con una pequeña competición sana.

El interés recorre toda la sala y los jugadores se enderezan y escuchan atentamente. Al otro lado, McKinnon me mira.

Me acerco más a Hartley y la agarro por la cintura.

Maldición. El beso. Me ha derretido el cerebro, ha sido increíble. En mi vida me había besado así con alguien.

—El juego se llama Assassin —continúa Ward—. Les van a dar una Polaroid suya. Si otro participante les deja KO, están muertos y tienen que entregarle la foto.

La energía en la sala estalla con emoción y la gente empieza a murmurar entre sí. Jugadores de hockey. Somos muy competitivos, incluso con un juego estúpido como este. A Hazel le brillan los ojos con interés cuando intercambiamos miradas.

—La partida empieza fuera de esta sala. —Ward toma un arma de juguete. Con un crujido, le dispara una bala de gomaespuma a Owens, y varias personas se ríen.

—Hay más de estas escondidas por toda la mansión. Si les dan, mueren.

McKinnon se cruza de brazos y vuelve a mirarme. Pienso en lo que le hizo a Hartley. En todo lo que le dijo, incluso en lo que no me ha contado.

—Hartley —le suspiro al oído—. Tenemos que ganar.

Le brillan los ojos con determinación.

—Pues vamos a ganar.

Maldición, qué sexi. La miro y le sonrío. Me gusta esa mirada en sus ojos.

Ward nos cuenta las demás reglas y empiezan a saltar *flashes* de cámaras a medida que los trabajadores van haciendo las fotos y entregándolas.

Siento cómo la presión se expande en mi pecho, y se me empiezan a retorcer los músculos de esta forma ansiosa y emocionada, como un saque en la pista. Es como ver al árbitro sujetar el disco. Todos los músculos están preparados para salir disparados a toda velocidad mientras esperamos a que lo suelte y empiece el partido.

Pero, no sé por qué, esto es mejor.

Cuando todos tenemos nuestras fotos, miramos a Ward.

—¿Qué esperan? ¿El silbato? —Levanta los hombros, sonriendo—. ¡Vamos!

La sala explota en caos, agarro a Hazel de la mano y tiro de ella hacia el vestíbulo.

—Tenemos que encontrar una de esas armas —dice mientras corremos, poniendo distancia entre nosotros y los demás.

Escuchamos un crujido en una habitación detrás de nosotros, seguido de una risa delirante.

—Vamos a la segunda planta —sugiero—. Vamos a dejar que se peleen aquí abajo. Igual hay más armas arriba.

Subimos las escaleras y esa sensación tensa de emoción salta como loca en mi pecho, como si intentara salir. Me paso la mano por el pecho. «Esto es divertido», pienso. Es... muy divertido. Hacía años que no me divertía tanto.

¿Por qué este juego idiota, que nos hace correr como si fuéramos niños en un cumpleaños, es más divertido que el hockey?

En un partido de hockey jamás me río como me estoy riendo ahora. Nunca siento esta sensación chispeante que se expande por todas las extremidades.

Agarro a Hazel por la mano mientras corremos escaleras arriba, saltando los escalones de dos en dos, y me sorprende por lo fuerte y rápida que es, incluso con tacones. La excitación empieza a correr por mi sangre cuando nuestros ojos se encuentran, y le sonrío vagamente, sin ser capaz de apartar la mirada de sus preciosos ojos azul grisáceo.

Se escucha otro crujido y una bala de gomaespuma pasa por nuestro lado, aterrizando en el marco de un cuadro. McKinnon está corriendo en dirección a las escaleras.

Me agacho, la agarro y me la pongo encima del hombro.

—¡Miller, suéltame! —me ordena mientras subo corriendo las escaleras—. ¡Voy a vomitar!

—Vas a tropezarte y a hacerte daño con esos tacones, Hartley. Cuando nos alejemos de los demás, te suelto. —Sonrío cuando me da un golpe en el muslo—. No pesas nada. Podría ganar el juego cargando contigo.

—Qué bravucón y arrogante eres. —Me da otra palmada y, cuando alcanzamos el final de la escalera, me río y la suelto al entrar en una habitación.

—¡No me azotes, Hartley! Me pone cachondo.

Le sale un ruido ahogado que parece una risa. Cuando se endereza, tiene la cara roja.

—Ugh. Qué asco.

Los pasos de McKinnon suenan en las escaleras y se escucha otro crujido.

—¡Mierda! —dice.

Estamos en una biblioteca llena de estanterías que llegan hasta el techo, sofás rígidos y una chimenea. Los pasos de McKinnon se aproximan, así que hago lo primero que se me ocurre: empujo a Hartley al sofá y me pongo encima de ella. El respaldo del sofá da hacia la puerta, así que, a no ser que se acerque, no nos verá.

Mi cara está a escasos centímetros de la de Hartley, y abre mucho los ojos.

—¿Qué estás...?

Le tapo la boca con una mano y señalo la puerta con la cabeza. Le late el corazón contra mi pecho mientras nos miramos. En la puerta se oyen unos pasos. Tiene las mejillas rojas.

«¿Te estás sonrojando?», vocalizo con una mirada divertida y con la mano aún sobre su boca. Su mirada furiosa casi hace que me ría demasiado fuerte.

Nos quedamos mirándonos en silencio, sin apenas respirar mientras esperamos. Él debe de estar en el marco de la puerta, pero no estoy prestando atención, porque soy demasiado consciente de que cada centímetro de mi cuerpo está rozando el suyo. Sus pechos se aprietan contra el mío mientras suben y bajan con cada respiración, y me pregunto si estará notando los latidos de mi corazón. A la parte masculina y posesiva de mi cerebro le gusta estar encima de ella: inmovilizándola debajo de mí y mirándola a los ojos.

Por fin McKinnon se marcha y, pese a desear pasarme el resto de la noche encima de Hartley, me aparto. Ella se quita los zapatos antes de que volvamos al juego.

Diez minutos después, tras encontrar una pistola en una estantería, Hartley y yo ya tenemos un montón de Polaroids de los jugadores a los que hemos matado.

Se escucha un ruido al final del pasillo, doblando la esquina. Rápido como un rayo, tiro de ella y entramos por una puerta cercana.

Es un armario, un espacio muy reducido. Le estoy rozando el pecho. La mitad superior de la puerta es de cristal traslúcido, y cuando se cuela la luz del pasillo la cara de Hazel se llena de color.

Se me acelera el pulso cuando pienso en el beso que hemos compartido antes. Se me van los ojos a sus labios, tan blandos y suaves. Con el tono perfecto de rosa.

Me pregunto si tendrá los pezones del mismo color. Me pregunto si tendrán un sabor tan suave y dulce bajo mi lengua. Si se le cortaría igual la respiración o se convertiría más en un grito ahogado. O quizás en un gemido.

Recorro las líneas del vestido con los ojos, la curva de la tela oscura sobre cada uno de los pechos, y el ligero bulto del escote. Apoyo una mano en un estante sobre su cabeza, respirando hondo. Este espacio tan pequeño huele a ella: a sus productos del pelo, a su perfume, a toda ella... y está provocándome un deseo líquido en la entrepierna.

Maldición. Cómo la deseo.

—¿Y esa mirada?

Me saca de mis pensamientos y la veo sonriendo divertida. Trago saliva y cierro los puños para no volver a pasar las manos por sus curvas. A la mierda el juego. Podríamos quedarnos en este armario el resto de la noche.

—Estaba pensando en lo alto que soy.

Ella resopla y se le levanta la comisura de los labios.

A la mierda la sutileza.

—¿Estás pensando en eso? —pregunto.

Se le agita la respiración.

—¿En qué?

—En el beso.

—No. —En su costado, se frota las yemas de los dedos—. No he pensado ni una vez en eso.

—Mentirosa —susurro.

Le destellan los ojos.

—Rory —dice en un aliento. Lo dice como si dijera: «No podemos», pero sus ojos buscan los míos.

Ella también quiere besarme otra vez. Lo sé.

—¿No me llamas Miller?

En la penumbra, con la luz de un arcoíris entrando por la puerta, miro cómo se le mueve la garganta.

—Bueno, ya somos amigos, ¿no? —Me mira a los ojos, curiosa—. Desde el miércoles.

Amigos es un paso más hacia lo que en realidad quiero con ella, y no voy a cagarla.

—Sí. —Mi voz apenas es un susurro—. Amigos.

Relaja la boca en una sonrisa de alivio, y quiero volver a besarla. Una vez no ha sido suficiente. No sé si diez veces serán suficientes. Da igual cuánto la toque, cuánto tiempo pasemos juntos, nunca es suficiente.

Se escucha un ruido estrepitoso y despertamos de lo que sea que esté pasando.

—¡Salgan, salgan! —grita Owens, y Hartley abre los ojos mientras escuchamos el ruido de puertas abriéndose y cerrándose. Está abriendo todas las puertas del pasillo y va a encontrarnos.

—Rory —susurra Hazel, levantando la pistola—. No tenemos munición.

—Mierda. —Nos quedamos mirándonos—. Tenemos que salir corriendo.

Ella asiente y se muerde el labio de abajo, empezando a reírse.

—¿Te lo estás pasando bien? —pregunto sonriendo, y ella vuelve a esbozar una sonrisa más amplia—. Bien. —Le tomo la mano, tan suave y delicada sobre la mía—. ¿Lista?

—Lista.

# Capítulo 19
# Rory

Abro la puerta y salimos corriendo por el pasillo, lejos de Owens.

—¡Jo, jo, jo! —grita detrás de nosotros, y Hazel suelta una carcajada escandalosa que me hace sentir felicidad y alegría.

Estoy volando. Me siento el rey del mundo con ella riéndose así conmigo. Me está agarrando la mano tan fuerte como yo a ella mientras doblamos la esquina, y siento que es todo lo que me ha faltado en la vida. Noto el pulso en las orejas cuando miro los ojos azules de Hartley y su cara sonrojada por el esfuerzo. El pecho le sube y baja rápido. La delgada línea de su garganta se mueve cuando traga, sin apartar la mirada de mí.

—Hartley —susurro, tomando una pistola completamente cargada de una mesa.

Ella ahoga un grito de sorpresa, y me siento el rey del universo. Se la doy. Ella apunta y Owens aparece en la esquina. Hartley dispara y la bala sale volando hasta golpearle en el pecho.

Él se desinfla, decepcionado.

—¡No me molestes!

Hartley levanta los hombros, sonriendo.

—Paga, Owens.

Él se saca la Polaroid de la bolsa y se la entrega, luego le envuelve el brazo en el cuello y hace como que la ahoga mientras ella se ríe.

—Nos vemos abajo —dice. La suelta y me da su pistola. Baja la voz y se inclina hacia delante—. McKinnon está en la tercera planta.

A Hartley se le iluminan los ojos con competitividad, y subimos a la tercera planta, en silencio, como ladrones, escuchando con mucha atención mientras nos movemos por todas las habitaciones.

Suena un teléfono en la siguiente habitación, y nos quedamos quietos.

—Tiene que ser él —dice ella, mirando a la puerta que lleva a esa habitación. Se muerde el labio, probablemente pensando lo mismo que yo: podría estar esperando al otro lado.

—Hay otra puerta —le susurro al oído, y sonrío cuando se estremece.

—Es demasiado arriesgado. —Se le inclina la boca—. Qué tontería.

—Ya. —Asiento—. Pero es divertido.

Ella asiente, sonriéndome.

—Voy a hacer que salga.

Abre mucho los ojos.

—¿Qué? No.

—Sí. —Quiero que gane. Que le den al tipo ese—. Quieres ganar, ¿no?

—Quiero que ganemos. —Parpadea—. Juntos.

La cosa es que verla ganar ya sería ganar.

—Somos un equipo —añade, y no hace falta que diga nada más.

—Pues deja que sea un miembro del equipo.

Pese a su mirada reacia, me aparto y recorro el pasillo con las manos en las bolsas, silbando una melodía alegre. Cuando paso por la habitación en la que está él escondido en un sofá, escribiendo un mensaje, levanta la cabeza. Un segundo después, una bala de gomaespuma me golpea en la espalda.

Suspiro y, cuando me giro, aletea la nariz con irritación ante mi sonrisa estúpida.

—Maldita sea. Me has dado, McKinnon.

Detrás de él, Hazel entra en el pasillo, de pie con los ojos ardientes. Lo más sexi que he visto.

McKinnon me mira enojado.

—¿Qué diablos te pasa? Te he ganado, cabrón.

El crujido hace eco en el pasillo cuando Hartley dispara la bala de gomaespuma. McKinnon se estremece y se da la vuelta.

—¿Qué dia...?

Hartley tiene una sonrisa de oreja a oreja, y yo la imito.

—Estás muerto —le dice.

¿La mirada que pone cuando se da cuenta de que se la hemos jugado? Absolutamente alucinante.

—Mierda —dice—. Puto juego de mierda.

Hazel extiende la mano.

—La foto.

Él se arranca la cadena que tenía en el cuello y se la avienta. Ella la toma y la mira con una sonrisa felina mientras él se marcha furioso.

—Siempre ha sido un mal perdedor —dice Hazel en voz baja, y se le arruga la nariz.

Maldición, cómo me gusta verla ganar.

—Eres despiadada.

Me está sonriendo y podría quedarme en este instante para siempre.

—Soy un dragón, ¿no? —Me mira a los ojos, poniéndome a prueba, incendiándome la sangre.

Mira hacia atrás por encima del hombro para ver cómo se aleja McKinnon antes de rodearme el cuello con un brazo y lanzarse sobre mi boca.

Se escapa un gruñido desde lo más profundo de mi pecho cuando sus labios se encuentran con los míos. Su boca está caliente, suave, dócil, dulce y entregada. Yo me hundo en ella. Le agarro la mandíbula para que la abra aún más y, cuando le chupo la punta de la lengua, ella suelta un gemido sorprendido y demandante que se me va directamente a la verga.

Me lleva el diablo. Maldición. Hartley me está besando y no hay ningún testigo.

—Maldición, Hartley —digo con voz ronca entre besos—. Qué bien besas, maldición.

Su risa es ligera y susurrante contra mi piel y le muerdo el labio de abajo, observando cómo bate las pestañas.

—Lo mismo digo —dice, y vuelvo a comerle la boca.

Mientras la pruebo una y otra vez, como si no fuera a tener más oportunidades, mi mano se desliza sobre ella, tocando la fina tela, acariciándole la garganta con los dedos, la clavícula, la curva de sus pechos.

Más abajo. Por encima de esos arcos de tela que le cubren el escote. Se estremece mientras recorro la costura y me paro en el hueco entre los pechos. Ella se arquea hacia mí, y algo engreído y encantado se retuerce en lo más profundo de mi ser.

—Dios mío.

Sus palabras son un susurro desesperado, y me gusta pensar que susurraría esas mismas palabras exactamente igual segundos antes de hacer que se venga. Hacerla reaccionar así es como una victoria. Finge que me odia, pero se aprieta contra mí en busca de más. Se supone que todo esto es falso, pero ha sido ella la que me ha besado.

Dios, qué dulce está. Tan caliente y suave y demandante. Me estoy muriendo, la verga me aprieta los pantalones mientras saboreo cada centímetro de su boca.

—Estoy haciendo un esfuerzo inmenso para no girarte y cogerte aquí ahora mismo. —Mi voz suena ronca cuando apoyo la frente contra la suya y respiro hondo.

Ella me mira y parpadea, con la boca hinchada y caliente, una mirada vidriosa en sus ojos que me la pone aún más dura, y le paso el pulgar por la boca. Vuelve a batir las pestañas, y siento un golpe agudo de deseo.

—Y si no paramos ya, es posible que lo haga.

Se tensa antes de dar un paso hacia atrás, alejándose de mi tacto. Parpadea, limpiando la lujuria que había visto en sus ojos.

—Nada de esto es real. No sé por qué he hecho eso.

Me hundo, recordando lo que me dijo en el gimnasio cuando establecimos las normas. No nos podemos enamorar.

—Sí. —Asiento de forma estúpida.

Ella aparta la mirada.

—Perdona.

—No. Simplemente nos hemos... —carraspeo— dejado llevar por el momento. Por haber ganado.

—Sí. —Asiente y juguetea con el montón de fotos—. Eso es.

Me meto las manos en las bolsas, buscando mi pose habitual. Si sigo comportándome como un adolescente rarito, se va a dar cuenta de cuánto me altera.

Y, por primera vez, la idea de algo real con Hartley me aterra. Ver cómo se aleja de mí me destrozaría.

—No pasa nada, Hartley. —Mi boca se levanta con una sonrisa maliciosa y le guiño un ojo—. Tengo ese efecto en las mujeres.

Ella resopla, y se me tranquiliza el pulso.

—Vamos, anda —dice, sonriendo—. Cuanto antes terminemos de cenar, antes podrás irte a casa a masturbarte con tu propio reflejo.

Y sin más, volvemos a la normalidad, al coqueteo continuo de siempre.

# Capítulo 20
# Hazel

Después de cenar, unos cuantos nos vamos al Filthy Flamingo. Estoy sentada a una mesa entre Rory y Hayden, frente a Jamie, Pippa y Alexei. Rory pasa el brazo por el respaldo del banco, sobre mis hombros, y siento su calor a mi lado.

Lo he besado. Ni siquiera sabía si Connor estaba mirando, pero me dio igual. Simplemente tenía muchísimas ganas de volver a besar a Rory.

En la mesa, en medio del grupo, está el trofeo. Cada vez que Connor lo miraba durante la cena, apretaba la mandíbula, irritado. En cuanto terminamos de cenar, se marchó, murmurando algo de que tenía que entrenar por la mañana temprano. Yo sonreí para mí.

—¿Qué te hace tanta gracia, Hartley? —me murmura Rory al oído.

—Estaba pensando en la paliza que le hemos dado a Connor. —Vuelvo a reproducir en mi cabeza la risa de Rory mientras corríamos escaleras arriba. Tenía una sonrisa de oreja a oreja e irradiaba un encanto infantil.

Me encantó, y estoy deseando volver a verlo así.

Respiro hondo. Esto es falso. Los tipos como Rory y Connor pueden tener lo que quieran y a quien quieran. No voy a enamorarme.

Aunque con Rory tengo una sensación diferente, y no logro averiguar qué es. A lo mejor es porque tengo toda su atención, mientras que con Connor, siempre era secundaria. Se me va la cabeza al armario, con el cristal traslúcido, cuando le pregunté si éramos amigos.

Rory me acaricia y juega con mi pelo. Siento un escalofrío por la espalda cuando me roza el hombro.

—¿Ya tienen fecha? —Hayden pregunta a Pippa y a Jamie por la boda.

Pippa sonríe y se mueve el anillo de compromiso. Luego mira a Jamie. Se le levanta la comisura de la boca y pasa de agarrarla por el hombro a tomarla de la cintura.

—Todavía no —dice Pippa, aún sonriendo a Jamie—. En primavera, seguramente.

Ese extraño dolor agudo me golpea el pecho, el que siento a veces cuando los veo, y mi mente se vuelve a ir a Rory, sentado a mi lado. Al regalo que me hizo. A cómo me besó cuando me vio anoche. A cómo me besó arriba, en el pasillo, con tanta devoción, como si me necesitara muchísimo.

El corazón vuelve a darme un vuelco y me froto el pecho para relajarlo.

Pippa arquea una ceja a Hayden.

—¿Vas a traer a alguien?

Le crece la sonrisa.

—No. Estaba pensando en tirarle ficha a alguna de tus amigas músicas.

Ella pone los ojos en blanco.

—Qué perro eres.

—No soy un perro —protesta Hayden, riéndose—. Nunca engaño a las chicas. Saben perfectamente que no quiero nada serio. —Levanta un hombro—. Es más fácil así, con los horarios que tenemos y los traslados a otros equipos y toda la pesca.

Levanto una ceja. Siempre lo he metido en el mismo saco que al resto de los jugadores de hockey que tienen un ligue nuevo todas las semanas porque se lo pueden permitir.

Aunque «No quiero nada serio» y «Es más fácil así» es lo que digo yo de las relaciones, y ahora me pregunto cuál es su intención.

Con mi regla de solo acostarme una vez con un tipo, si yo fuera un tipo, seguramente también me llamarían mujeriego.

—Oye, ustedes dos, una pregunta —nos dice Pippa a Rory y a mí, y vuelvo a prestar atención a la conversación. Retuerce las manos sobre el regazo—. Hazel, ¿quieres ser mi dama de honor?

Me arden los ojos de la emoción, afilada y dulce, y parpadeo rápido. Soy consciente por primera vez: mi hermana pequeña se va a casar. Se ha enamorado de un chico increíble que la quiere más que a nada. Un hombre que me gusta y en el que puedo confiar, y con el que es completamente feliz.

Todo lo que quiero es que ella sea feliz.

—¡Claro que sí! —le digo con la voz densa—. La duda ofende.

Ella levanta los hombros, sonriendo. Tiene las mejillas sonrojadas.

—Ya. Es que va a ser un día muy importante y te necesito.

Se me encoge el corazón de amor.

—Ven aquí —le digo, y Hayden y Alexei se apartan para que podamos salir de la mesa.

Me aprieta en un abrazo y casi se tropieza con su vestido. Yo me río sobre su pelo, apretándola tan fuerte como ella me aprieta a mí. Desde que éramos pequeñas, siempre nos hemos abrazado así. Lo más fuerte que podamos.

—Te quiero —me dice contra el pelo.

—Yo también te quiero.

Nos volvemos a sentar y Rory me acaricia los hombros. Me está mirando con una pequeña sonrisa, y se me calienta la piel. Lo ha visto todo. No estoy acostumbrada a que me vea tan cariñosa. Aparto la mirada, avergonzada.

Al otro lado de la mesa, Pippa mira a Jamie. Él carraspea y mira a Rory.

—Yo necesito un padrino.

La mano de Rory se paraliza sobre mi hombro.

—Sí, probablemente.

Jamie levanta la ceja.

—¿Te apuntas?

Pasa un instante.

—Solo si estás seguro. —Hay un tono dubitativo en sus palabras.

Es como si no pensara que se lo merece. Se me encoge el corazón.

—Estoy seguro. —Jamie asiente—. Quiero que seas tú.

Rory se relaja y vuelve a hacer movimientos largos y distraídos sobre mi piel.

—Pues no se hable más.

Jamie se echa hacia atrás.

—Genial.

—Sí. Genial. —Me fijo en la media sonrisa de Rory.

Nos quedamos un instante todos en silencio, hasta que Pippa les hace un gesto.

—Dense un abrazo.

Rory se ríe y Jamie sonríe mientras todos nos movemos para que puedan salir. Se quedan de pie y se dan un abrazo masculino, con palmadas en la espalda. Cuando Rory vuelve a sentarse a mi lado, soy yo ahora la que lo mira con una sonrisa. Me guiña un ojo y se acerca más, colocando la mano donde mi hombro se une al cuello. Un segundo más tarde, sus dedos toquetean el cuello del vestido, y siento un escalofrío por la espalda.

Los chicos hablan de los próximos partidos, pero yo solo escucho a medias, porque estoy concentrada en el cosquilleo de sus dedos sobre mí y pensando en lo bien que nos lo pasamos antes, corriendo por las escaleras y riéndonos como niños. No tenía nada que ver con el Rory plano y poco impresionable que veo en la pista de hielo. Estaba iluminado, brillando desde dentro.

Quiero volver a ver esa versión de Rory Miller.

# Capítulo 21
# Hazel

Cuando nos marchamos del bar, hace fresco y parece que ha llovido. Me estremezco bajo el aire de la noche, y Rory me pasa un brazo por los hombros, empujándome contra él. Está caliente y huele injustamente delicioso.

—Aquí no hace falta que finjamos —le recuerdo, pero no me aparto.

—Tienes frío —dice, como si no hubiera más que hablar.

Caminamos en silencio, escuchando los sonidos de la ciudad a nuestro alrededor. La música se escapa de los bares y restaurantes. Un coche toca el claxon. Dos chicas borrachas dan tumbos, agarrándose la una a la otra y riéndose histéricas, y Rory me guía para que las rodeemos con una sonrisa. Un grupo de chicos pasan por nuestro lado y miran a Rory con los ojos muy abiertos. «¡Es Rory Miller!», dice uno de ellos.

—Me la he pasado bien esta noche, Hartley —dice, con una sonrisa engreída y salvaje—. ¿La cara de McKinnon cuando le disparaste? —Sacude la cabeza, mirándome con admiración—. Estaba enojadísimo.

Yo me río.

—Sabía que le sentaría fatal. Siempre ha sido así. Siempre tenía que ser el mejor. Estar por encima de todo el mundo.

Se me pasa un pensamiento desagradable por la cabeza.

—¿Lo sabías? —Mi voz suena débil—. En la escuela, lo que estaba haciendo Connor.

—No. —Le destellan los ojos, clavados en mí—. Hazel, no lo sabía.

Antes, yo lo llamé Rory. Se me escapó, pero me pareció muy natural. Ahora él me llama Hazel y me encanta cómo dice mi nombre, incluso aunque me esfuerce en que no me guste. El sonido de mi nombre con su voz grave hace que lo quiera volver a oír.

Él sacude la cabeza, sin apartar la mirada de mí, y dice con tono firme:

—Si alguna vez le escucho decir alguna de esas mierdas, tú serías la primera en saberlo. —Inclina la boca—. Si hubiera notado que había problemas en el paraíso, lo habría aprovechado.

Se me retuerce el estómago. Por raro que parezca, lo creo.

Mierda. Eso no me gusta.

Por fin llegamos a mi casa. Debajo del arce que hay en la puerta, busco las llaves en el bolso.

—Gracias por acompañarme.

Rory se mete las manos en las bolsas, recorriendo el edificio con la mirada.

—Invítame a subir.

El placer y los nervios giran juntos en mi estómago.

—¿Otra vez con lo mismo?

—Hartley —me provoca cuando pongo los ojos en blanco, sonriendo—. ¿Es que no tienes educación? Te dije que te acompañaría a casa sana y salva, y me tomo esto muy en serio. —Su sonrisa se torna pícara—. Además, quiero ver dónde vives.

—Estás tramando algo.

Se pone serio, con cara de ofensa extrema.

—Jamás.

Sacudo la cabeza para mí mientras abro la puerta. ¿Por qué le estoy dejando entrar? Debería irse a casa.

—Claro que sí.

Aunque esta noche ha sonreído. Mucho. Y se ha reído y parecía feliz. Nos hemos reído juntos. Así que, por algún motivo, sujeto la puerta abierta y entramos.

Mientras subimos por las escaleras al segundo piso, él olfatea y pone una mueca.

—Huele raro.

Levanto los hombros.

—Hay alguien que cocina mucha col.

Seguimos subiendo las escaleras y él analiza la alfombra manchada y andrajosa con los ojos crispados.

—Este sitio es viejísimo.

—Es barato y el dueño no da mala espina. —Le sonrío y lo guío por el pasillo hasta mi puerta—. Bueno, pues esta es mi puerta, así que... gracias. Buenas noches.

Inclina la cabeza mirando la puerta.

—Enséñame tu casa.

El estómago se me tensa con una sensación nerviosa. Rory viene de una familia de dinero, y ya piensa que el edificio es raro y asqueroso.

—Vete a casa, Rory.

—Odio mi casa. Quiero ver la tuya.

—Tu casa es mil veces más bonita y más grande que la mía —digo mientras abro la puerta—. Y estoy segura de que huele mil veces mejor. —La puerta cruje cuando la abro y le señalo mi estudio—. ¡Qué tal!

Rory entra y mira a su alrededor mientras yo me quito los tacones.

Se quita el saco.

—¿Dónde está el resto de tu casa?

Se queda mirando la mesa con dos sillas en la cocina, el sofá y la cama. Luego estira los brazos y mira entre las dos paredes.

—Casi puedo tocar las dos paredes a la vez.

—No puedes. —Sí, casi puede. Me estoy poniendo roja de vergüenza—. Tienes los brazos muy largos. Debes de tener una verga enorme. Bueno, ya has visto mi casa. Ya te puedes ir.

Me mira como si tuviera dos cabezas, pero los ojos le brillan con una alegría divertida.

—¿Qué acabas de decir de mi verga?

Mierda. Me he puesto nerviosa. ¿Por qué digo cosas tan incómodas cuando está él?

Me compadece y se da la vuelta para analizar una foto en la estantería de Pippa y yo hace unos años. Ella tiene la misma en su casa.

—¿El equipo no te paga lo suficiente?

—Me pagan bien. —Por encima de la media, que es el otro motivo por el que quiero mantener este trabajo todo el tiempo que pueda—. No me gusta malgastar dinero en la renta.

Inclina la cabeza para leer los títulos de los libros de la estantería.

—¿Eres tacaña?

Me río con frustración.

—No. Estoy ahorrando para abrir mi propio estudio.

Pone una expresión comprensiva y mira alrededor de mi departamento otra vez, caminando hacia la mesita de noche.

—Tiene sentido. —Toma el dragón de cristal sobre la cómoda, y me sonríe por encima del hombro. Luego toma un bote de perfume, le quita el tapón y lo olfatea mientras mira una foto enmarcada.

—Es tu madre, ¿no?

Es una foto de cuando era bailarina, antes de casarse. En la foto está impecable. Con unas extremidades fuertes y elegantes, extendidas con una sonrisa tranquila y orgullosa en la cara. El atrevido maquillaje para el escenario y un moño apretado y muy repeinado.

Mi madre quería tirarla porque le recuerda cuánto ha cambiado su cuerpo, pero yo se la robé porque está preciosa. No está preciosa por estar más delgada, lo está porque está feliz y segura.

La foto es un recuerdo para mí también. Cuando se me cuela en la cabeza un pensamiento intrusivo sobre mi cuerpo o mi cara, cuando me preocupa empezar a tener arrugas o me pregunto si mis pechos son de un buen tamaño, o si mi trasero es demasiado grande, pienso en esta foto. No está preciosa por su apariencia física, está preciosa por quien es. Y pensaría eso independientemente del aspecto que tuviera.

La foto me recuerda que me quiera tal y como soy. Aunque mi cuerpo y mi cara no sean perfectos. No voy a permitirme odiar mi cuerpo como mi madre odia el suyo.

—Se parece a ti.

Hago un ruido gutural, sonriendo para mí. Todo el mundo lo dice, y me enorgullece ser su viva imagen. Pippa ha heredado la piel más clara de papá, pero a mí me encanta parecerme a mi madre.

Rory me mira como si intentara descifrarme, y empieza a sonar una alarma en mi cabeza. Rory está aquí, en mi departamento, viendo mis cosas, viendo quién soy.

—Sí, claro, fisgonea todo lo que quieras. —Mi tono suena seco mientras me acerco y pongo la foto bocabajo. Abro el segundo cajón para tomar mi camiseta favorita para dormir.

Se escucha un crujido detrás de mí

—Rory.

Está acostado en mi cama con las manos detrás de la cabeza. Se le arruga la cara, incómodo.

—Increíble, Hartley, vaya cama. Parece que hay una roca aquí dentro. —Se mueve, intentando ponerse cómodo—. Pero también es... No sé, ¿demasiado suave? ¿De dónde has sacado este trasto? ¿De la basura?

Echo la cabeza hacia atrás, pero me estoy riendo. Sí, es un colchón viejo y, sí, esto es muy humillante.

—El suelo sería más cómodo. —Mueve las caderas de arriba abajo, y la cama cruje violentamente—. ¿Cómo coges aquí?

—No traigo a chicos...

—Mejor. —Me veo feo.

—...porque cuando vienen —me pongo una mano en la cadera—, ya no se van.

Él sonríe y exhala para sacar toda la tensión de su cuerpo. Tiene las piernas cruzadas por los tobillos y unos calcetines con Bigfoots montando en bici. Qué raro.

Y ahora ha cerrado los ojos.

—Rory.

—Mmm. —Sigue con los ojos cerrados.

—Me quiero ir a la cama. —Sigo aquí parada, con el vestido de fiesta puesto.

—Pues vete a la cama —murmura.

Parece estar comodísimo, como si viniera todos los días. Como si esta fuera su segunda casa.

Se me tensa algo en el estómago. Mi novio de mentira se está quedando dormido en mi cama, y no tengo ni maldita idea de qué hacer al respecto.

—Buenas noches, corazón —murmura con los ojos cerrados.

—No te vas a quedar. —Me paro delante de la puerta del baño— Y no me llames así.

—Escupefuego.

Me río, muy a mi pesar.

—Cuando salga, más te vale tener los zapatos puestos. —Se lo he dicho, pero, en realidad, sé que no los tendrá.

—Descuida.

Mi camiseta de dormir apenas me cubre el trasero y una especie de sensación de advertencia me susurra en la nuca, me dice que me ponga unos pantalones cortos, pero a mí me gusta dormir en ropa interior con una camiseta. Odio sentirme cohibida, y me entra mucho calor.

A la mierda. Rory quiere dormir aquí, pues va a tener que lidiar con lo que vea.

Obviamente, cuando salgo, él ya está profundamente dormido, o lo está fingiendo de maravilla. Le levanto un brazo y lo dejo caer otra vez. Recuerdo haber escuchado que esta es la forma en la que los médicos saben si un paciente se ha desmayado o está fingiendo.

Le cae el brazo en la cara, pero no se despierta. Suena a que está dormido.

# Capítulo 22
# Hazel

A la mañana siguiente, estoy deliciosamente a gusto. Todo es perfecto, estoy increíblemente cómoda. La lluvia golpea sobre el tejado. Estoy en mi lado de la cama, con la almohada perfectamente moldeada al peso de mi cabeza y hombros, y estoy en ese limbo difuso entre estar dormida y despierta.

Suspiro, acomodándome en el pecho cálido que hay detrás de mí. Entonces la claridad me golpea y abro los ojos de inmediato.

Rory me está haciendo la cucharita. Es su pecho cálido y duro el que está apretado contra mí, subiendo y bajando suavemente al ritmo de su respiración. Es su respiración la que me hace cosquillas en la nuca.

Es su erección, dura y densa, la que se aprieta contra mi trasero.

Me envuelve la parte delantera con la mano, con los dedos ligeramente metidos por la cintura de mis calzones.

Entre mis piernas, deseo y una piscina líquida, y una excitación familiar se me revuelve en el bajo vientre. Estoy muy cachonda.

Se me tensan todos los músculos del cuerpo y tengo los ojos como platos, ahí acostada, escuchando su respiración. Por el ritmo regular, estoy convencida de que sigue dormido.

Se mueve, frotando la erección contra mí, y el deseo se

arremolina aún más dentro de mí. Sus dedos me rozan unos centímetros más abajo. Todavía tiene una respiración constante, todavía está dormido.

Giro la cabeza con cuidado. Se ha quitado la camiseta. Y los calcetines y los pantalones. Solo tiene unos calzones negros ajustados.

¿Y mi camiseta? Arrugada hasta la cintura, y los calzones rosas están completamente a la vista, aunque eso no importa cuando la mano de Rory está casi dentro de ellas.

Siento una palpitación entre las piernas. Maldición, tiene una mano enorme, con los dedos dentro, descansando justo encima de la zona sensible. Aprieto los labios. Me estoy poniendo más cachonda por momentos.

El sexo sería muy sexi, lo sé. Se despierta algo dentro de mí que me demanda atención.

Por una vez no pasaría nada, siempre que solo sea una vez.

Aprieto las caderas hacia atrás, contra la verga de Rory, y él respira profundamente. Lo noto muy duro contra mi trasero. La tiene gigantesca. Podría pasarme días así.

La excitación se tensa entre mis piernas. Me encanta esa idea.

Entonces, entra en mi cabeza un recuerdo: Jamie preguntándole a Rory que fuera su padrino; y se me paralizan los pensamientos. Están volviendo a ser amigos. Estarán en la vida del otro durante años. Y Jamie está en las nubes con Pippa, jamás la dejará escapar.

Me imagino su boda, y Rory y yo estamos sentados juntos. Los imagino celebrando cenas y Rory y yo charlamos incómodos. Fiestas de cumpleaños infantiles. Navidades. Año Nuevo. Vacaciones en grupo.

Siento un escalofrío por todo el cuerpo. Rory va a estar para siempre en mi vida, y estoy aquí acurrucada con él. Esta relación falsa tiene fecha de caducidad y, aun así, me estoy acomodando demasiado.

Las horribles palabras que me dijo Connor hace años merodean por mi cabeza, y salgo de la cama de un salto.

—Buenos días. —Tiene la voz grave por el sueño, mientras me mira con los ojos entrecerrados por la luz de la mañana.

—Buenos días. —Me doy la vuelta y busco ropa en mi cajonera.

—A pesar de tu incomodísimo colchón, Hartley, he dormido increíble. —Se estira con un gruñido grave y ronco, y se me van los ojos a sus brazos definidos y musculosos, las líneas de sus pectorales y abdominales y...

Se me tensan los muslos. Esa erección densa, apretada contra mí antes, ahora estira la tela de sus calzones.

Lo miro y me guiña un ojo. Sabe muy bien lo que estaba mirando, y creo que no le importa ni un poquito.

Me palpita el clítoris.

Tengo que irme de aquí antes de hacer alguna estupidez, como quitarme la ropa interior y sentarme encima de él.

—Voy a darme un regaderazo —consigo decir, caminando deprisa por la habitación hacia el baño.

Él me mira con esa sonrisa vaga y mojacalzones, se le van los ojos a mis piernas desnudas y probablemente a mi trasero, visible por debajo de mi camiseta, y siento otra palpitación cálida entre las piernas.

—¿Quieres que te acompañe?

¿En mi baño? ¿Con lo alto que es?

—No cabemos.

Su sonrisa se vuelve salvaje y engreída.

—Nos las ingeniaremos.

Me recorre el cuerpo con los ojos y mi cabeza me susurra «Solo una vez» mientras la mirada se va directa a su erección otra vez.

Sería increíble acostarme con él. Lo sé.

Pero no me acuesto con tipos que conozco. Me los tiro una vez y no vuelvo a saber nada de ellos. Y, desde luego, no me acuesto con tipos con los que finjo salir o a los que veo de forma habitual o que vayan a ser los padrinos en la boda de mi hermana.

Cierro la puerta de un portazo y me apoyo sobre ella dentro del baño para recuperar el sentido común.

La sangre me late con fuerza mientras subo a mi casa, recuperando el aliento después de correr. El movimiento suele aclararme las ideas, pero hoy mis pensamientos siguen moviéndose sin control en el cerebro.

Todo esto con Rory se me está yendo de las manos. Podemos ser amigos, pero nada más, da igual cómo responda mi cuerpo ante él o cómo me sienta cuando se le ilumina la cara como si se lo pasara bien por fin.

Tengo que recordarme qué es esto para él: una caza. Quiere lo que no puede tener y, en cuanto lo consiga, se olvidará de mí.

—¿Hazel Hartley?

Dos tipos están esperándome en mi edificio. Hay una furgoneta de mensajería estacionada en la calle.

—Soy yo.

—Tenemos un paquete para ti. —Me da una tablet—. Firma aquí.

Entrecierro los ojos.

—No he pedido nada.

El chico mira la tablet.

—Lo ha pagado Rory Miller.

Obviamente. Firmo en la tablet y, mientras los mensajeros descargan un nuevo colchón y su base del camión, saco el teléfono y lo llamo.

Rory responde al teléfono rápidamente, mientras les sujeto la puerta a los mensajeros.

—¿En serio? —pregunto, en lugar de saludar.

—De nada.

No sé si gritar o reírme mientras subo las escaleras detrás de ellos. No parece incómodo por lo de esta mañana, así que ni tan mal. Puedo fingir si él lo hace.

—Puedo escuchar tu estúpida sonrisa engreída por el teléfono.

—No pienso volver a dormir en ese viejo colchón lleno de bultos.

Se me abre la boca, impactada.

—Tampoco vas a dormir en el nuevo.

Y menos después de esta mañana.

—Hartley, tengo que colgar. El avión está a punto de despegar.

—¿Qué se supone que...?

—Los chicos se llevarán el colchón viejo. —Se escucha un anuncio de fondo—. Te llamo cuando aterrice.

Me quedo mirando la llamada terminada. El muy idiota me ha colgado.

# Capítulo 23
# Rory

—¿Qué haces?

Esa noche, en la habitación del hotel, giro en la silla sonriendo a McKinnon con inocencia.

—Comprar regalos para mi novia. —Se me inclina la comisura de los labios—. No te importa, ¿no?

Se le tuerce la boca mirando la página web de lencería que hay en mi laptop.

—Nunca tuve que comprarle nada de eso.

—No es lo que me han dicho.

Desaparece la sonrisa de su cara, y sé que he tocado un punto delicado. Aumenta mi curiosidad, pero vuelvo hacia la laptop, deslizando la pantalla y añadiendo artículos al carrito.

Pienso en McKinnon tocando a Hartley y me dan náuseas. Pienso en él despertándose abrazado a ella, tocándola por todas partes, y me dan ganas de darle un puñetazo a algo.

Ella quería hacer más esta mañana, pero algo la detuvo.

Me froto la cara con la mano y tomo el pequeño dragón de cristal que me he estado trayendo conmigo a la gira. Es exactamente igual que el suyo, solo que el suyo es azul y el mío verde. Si ella supiera que lo tengo, diría que es una pérdida de dinero, pero lo tengo en la mano continuamente mientras pienso en ella. Me gusta que los dos tengamos uno, como unas pulseras de la amistad o unos *walkie-talkies*, o algo así.

Otra cosa más que no puedo decirle.

Antes de pararme a pensarlo, estoy haciendo una videollamada con ella, apartando el dragón de la vista.

—No me lo voy a quedar —responde en mis auriculares en lugar de saludarme.

Nunca he comprado lencería para una mujer, pero imaginarme a Hartley en esos retales de encaje es el combustible para mis fantasías. Jamás se pondría algo así, pero eso no va a impedir que se lo compre.

Se escucha un ruido en su línea y sonrío aún más.

—Enciende la cámara, Hartley.

—Hummm. No.

Ya me estoy riendo. Tiene voz de culpabilidad.

—Enciende la cámara ahora mismo.

Aparece su video y me río a carcajadas.

—Lo sabía.

Está acostada contra las almohadas, sonriendo, y yo le sonrío mientras un líquido cálido fluye por todo mi cuerpo.

—Okey. Me gusta. Estoy acostada en una nube del paraíso. ¿Contento?

—Muchísimo.

Le brillan los ojos.

—Gracias —dice en voz baja.

Yo sacudo la cabeza y me muevo en la silla, sonriéndole. El pelo castaño está extendido sobre la almohada y me acuerdo de esta mañana, cuando me desperté con ella acurrucada contra mí.

Dios, qué a gusto estaba contra su cuerpo cálido y suave.

—De nada.

—Tengo la sensación de que no me esfuerzo tanto en este acuerdo, teniendo en cuenta cuánto te doy las gracias.

—Me gusta hacer cosas por ti.

Hay una pausa larga en la que simplemente nos quedamos mirándonos, y se me acelera el pulso con la preocupación de haber mostrado mis cartas. Le recorro la cara con la mirada, sus labios curvados en una leve sonrisa, los ojos brillantes en la luz tenue de su departamento.

¿Siente ella lo mismo?

—Bueno, ¿qué vamos a hacer esta noche para enojarlo? —pregunta.

Me acuerdo de anoche, de la forma en que se moría de risa mientras huíamos de Owens. Tengo una idea.

—Hartley —digo con un tono de reprimenda, mirando por encima del hombro a McKinnon, que está acostado en su cama—. No podemos. No estoy solo.

—Rory. —Maldición, me encanta cuando nos llamamos por los nombres de pila—. ¿Qué haces?

La miro con los ojos muy abiertos, «Sígueme la corriente», y ella suspira, sin dejar de sonreír.

—Ponte los videos que nos grabamos cogiendo. Tendrás que conformarte con eso hasta que llegue a casa.

—¡Maldición! —Sacude la cabeza, pero se le está poniendo la cara roja—. Yo alucino.

—Okey —cedo—. No puedo decirte que no. —Tomo la computadora y voy al baño, haciendo una pausa en la puerta—. Igual te apetece irte, McKinnon. Hartley y yo necesitamos un poco de intimidad.

Me lanza una mirada de desprecio.

—Eh. ¿Miller? ¿Qué haces? —pregunta Hazel en mi oído.

Cierro la puerta del baño y la miro, subiendo y bajando las cejas. «Sexo por FaceTime», le susurro.

Abre mucho los ojos.

—Estás de broma.

Le hago un gesto para decirle que voy a desconectar los auriculares y ella aprieta la boca hasta convertirla en una fina línea, aguantándose la risa.

—Quítate la camiseta —digo en voz alta mientras ella me mira furiosa, intentando no reírse. Se me acelera el pulso. Al cabo de un momento, gruño—. Dios, cómo echo de menos esos pechos.

Ella resopla, incrédula, pero la señalo. Ella me hace un gesto de «¿Qué diablos?».

«Te toca», vocalizo.

—Mmm —gime con cara de estar comiendo comida en mal estado—. Sí. —Se lleva una mano a la boca, riéndose en silencio mientras le sonrío.

«¿Y eso?», vocalizo.

Ella me mira frenética, con los ojos brillantes. «¡Y yo qué carajo sé!».

—Quítatelo todo. —Mi voz es grave y suave, pero con el volumen justo para que McKinnon me oiga—. Todo. Eso es. A ver, deja que te vea.

—¿Así? —dice con una voz casi sin aliento que no suena para nada a ella. Se sonroja avergonzada.

Se me mueve la verga, despertándose.

—Sí. —Mi voz suena densa—. Así. Justo así.

—¿Y esto? —Su voz suena provocadora. Segura. Como si supiera exactamente lo que me provoca—. ¿Te gusta que haga esto?

Maldita sea.

—Sí. —¿Qué se está imaginando?—. Me encanta. Muchísimo. Hazlo otra vez. —Me paso la lengua por el labio—. Y deberías tocarte mientras lo haces.

Sus ojos destellan con deseo. Menos mal que la cámara no me toma de cintura para abajo, porque la tengo durísima.

—¿Te estás tocando para mí, nena? —pregunto.

—Ajá. —Se enreda el pelo en los dedos, pero sus ojos tienen un brillo que me hace pensar si mentalmente estará en el mismo sitio que yo.

—¿Te imaginas que soy yo?

—Sí.

—Bien. —Se me tuerce la boca en una sonrisa complacida. Se está sonrojando. Interesante. Le ha gustado.

—¿Qué quieres ahora? —pregunto.

—Más fuerte —dice en un aliento, y siento un cosquilleo en la espalda—. Quiero hacerlo más fuerte. Siempre me haces sentir genial.

Se me erizan los pelos de la nuca cuando un escalofrío me recorre todo el cuerpo.

—Sabes perfectamente cómo hacer que me venga muchísimo —me susurra, y se me tensan los huevos.

Hay algo en su tono de aprobación que me la está poniendo tan dura que no puedo pensar con claridad.

—Maldición, qué sexi. —Trago saliva y me quedo mirando la cara sonrojada de Hartley mientras hace como que se le agita la respiración.

Si estuviéramos haciendo esto de verdad, tendría la mano sobre esos calzoncitos rosas que le vi esta mañana, girando sobre el clítoris mojado. Estaría empapada, lo sé.

—Vente y haz como si fuera yo el que lo ha hecho. —Tengo los ojos pegados a la pantalla, y se me entrecorta la respiración—. Tócate como te toco yo.

Ella asiente, con los ojos medio cerrados, y gime a través de los altavoces de mi laptop.

Santo Dios. Me paso la mano por el pelo. Me pregunto si seguiría mis instrucciones así en la vida real. Si se rendiría ante mí o si me rebatiría constantemente.

No sé qué me gustaría más.

—Tú también —dice con la voz ahogada—. Acaríciate, quiero verlo.

Me palpita la verga. Y una necesidad imperiosa me fluye por la sangre.

—No voy a durar mucho si sigues haciendo esos ruidos, Hazel. —Soy adicto a la lujuria de sus ojos—. Estás buenísima. Vas a hacer que pierda la cabeza.

No sé qué es falso y qué es real en todo esto. Estoy tan erecto que me duele, y en cuanto terminemos esta llamada, voy a reproducir cada ruidito que ha hecho mientras me masturbo.

Se muerde el labio.

—Mmm.

—¿Te queda poco?

—Ajá.

Tengo los calzones mojados.

—Bien. Sigue así. Más rápido.

Necesito escuchar cómo suena un orgasmo de Hazel.

# Capítulo 24
# Hazel

—Maldición, ¡qué bien! —gimo.

¿Quién soy? El dragón de cristal me juzga desde la cómoda. No ha cambiado nada desde esta mañana y seguimos fingiendo.

Creo.

—¿En qué estás pensando? —dice con voz ronca, mirándome muy de cerca.

Maldición, Rory finge muy bien estar cachondo. Su tono grave se me va directo a la vulva palpitante. Tiene los ojos oscuros, medio cerrados, clavados en mí, y pienso en nosotros haciendo todo esto de verdad.

Así es.

Estoy pensando en ese mástil grueso apretado contra mi trasero esta mañana y cómo sería tenerlo encima de mí, empujando contra mí. Mi cabeza se imagina cómo sería tener ese dulce ardor suyo dentro de mí.

Tengo los calzones empapados.

—En ti —admito—. Dentro de mí. La tienes muy grande. La más grande que he visto.

Pone la sonrisa más vaga y engreída que he visto jamás, el muy cabrón.

—¿Cómo es posible que se te dé tan bien cogerme, Rory?

Sus ojos brillan con más deseo todavía. Le gusta que le diga cosas así, o lo finge, al menos. Ya no lo sé.

—Dime cuánto te gusta —me insiste, con la respiración acelerada y una cara de determinación.

—Cuando me coges, llegas a sitios dentro de mí a los que ni siquiera yo llego.

—Seguro que estás mojadísima ahora mismo.

Su expresión dolorida hace que me palpite la entrepierna. Maldición, acabo de gemir. Qué desastre. Aunque no me importa. Esto es lo más sexi que he hecho nunca y ni siquiera es real. Ni siquiera me estoy tocando. La excitación se acumula en mi bajo vientre y aprieto los muslos, deseosa de fricción.

Un estallido de placer se dispara por todo mi cuerpo y separo los labios. Tenemos que terminar con esto antes de que me venga de verdad.

—Ya casi estoy —digo jadeante.

—Eso es. —Se inclina hacia delante y mira fijamente la pantalla—. Eso es, nena, sigue. Necesito ver cómo te vienes.

—Vente conmigo.

—Estoy a punto —gruñe—. Ahora, nena.

Suelto un grito de placer, jadeando y agarrándome al edredón, como si fuera real, y un gruñido irregular le rasga la garganta.

—Maldición —digo, porque me lo imagino con esa expresión agonizante, viniéndose dentro de mí.

—Maldita sea. —Parpadea, respirando con fuerza para recuperar el aliento.

Nos quedamos mirándonos. ¿Qué diablos acaba de pasar?

Por la puerta del baño, escuchamos a Connor marcharse.

—Se ha ido. —Una ligera sonrisa le tuerce la boca—. Bien hecho.

—Lo mismo digo. —Todavía estoy hinchada, mojada y palpitante. Necesito lidiar con esto. No puedo hablar con Rory estando tan cachonda—. Me tengo que ir.

Él asiente.

—Yo también. —Carraspea otra vez—. Buenas noches, Hartley.

—Buenas noches —digo con un tono extraño antes de finalizar la llamada.

Tiro el teléfono a un lado y hundo los dedos por debajo de la cintura de las mallas. En cuanto me toco el clítoris, se me arquea la espalda sobre la cama.

—Maldición —jadeo, haciendo círculos en la zona húmeda—. Maldición, maldición, maldición.

El orgasmo se acumula, me llena, se expande por cada extremidad antes de estallar, irradiando calor y un placer intenso desde mi centro, mientras yo jadeo en busca de aire, imaginándome su cara intensa y concentrada. Me aferro a la nada, agarrándome a donde debería estar la verga de Rory, donde me la imagino, gimiendo mientras mis dedos se mueven rápido sobre mi piel suave y sensible.

Es increíble, muy agradable, pero no es suficiente.

Cuando por fin dejo de tocarme, me late el pulso en los oídos y se me ralentizan los pensamientos. Suelto una respiración larga, me pongo bocarriba y me quedo mirando al techo.

Ha sido el orgasmo más fuerte que he tenido nunca.

Esto va a ser un problema.

# Capítulo 25
# Rory

—¡Pero bueno, Hartley! —Arrastro las palabras mientras ella se desliza hacia mí con los patines—. ¡Le estás dando una paliza a esos niños!

Ella resopla y se ríe, y yo sonrío, patinando hacia atrás delante de ella. Estamos otra vez en la pista de hielo municipal, recorriéndola junto a las vallas mientras la bola de discoteca gira y la música de principios de los 2000 suena en los altavoces. Después del FaceTime, me vine tantísimo que se me nubló la vista, y ahora que la tengo delante, solo quiero tocarla.

Ward nos mira y me sirve de excusa para tomar a Hazel de la mano. Ella mira nuestras manos unidas con una pequeña sonrisa, y luego mira a Ward.

—¿Te ha dicho algo? —pregunta—. Sobre tu liderazgo como capitán.

Sacudo la cabeza.

—Ward es una fortaleza. No tengo ni idea de si estoy cumpliendo con sus expectativas.

Un sentimiento que no consigo descifrar se me retuerce por todo el cuerpo, agarrándose y agobiándome. Odio fracasar. Los retos me motivan, pero ni siquiera sé lo que quiere Ward de mí. Ni siquiera este acuerdo con Hartley me parece suficiente para hacer que Ward esté orgulloso.

Ella frunce el ceño.

—Igual por eso te puso con Connor.

—No sé si ha sido la mejor idea. —Mi sonrisa se vuelve retorcida—. Hartley, estuvo de un humor de perros después de nuestra llamada.

Ella se ríe, pero se le pone la cara rosa, como si le diera vergüenza.

—¿Te pareció bien todo eso? —pregunto.

La larga línea de su cuello se mueve al tragar, sin mirarme.

—Sí.

Junto las cejas.

—Hartley, si alguna vez me paso de la raya, dímelo y me relajaré.

Ella sacude rápido la cabeza.

—No lo hiciste. —Todavía está sonrojada—. Me lo pasé bien. —Pone una sonrisa reservada y contenta. Me mira a los ojos y su cara se vuelve inocente.

El instinto masculino posesivo asoma la cabeza, interesado, y me pregunto qué hizo Hartley después de esa llamada.

—Lo pasaste bien —repito, imaginándomela acostada en esa cama tan grande que le he comprado, haciendo los ruidos que llevo días escuchando.

Carraspea y vuelve a mirar a Ward, que está animando a un niño a que patine hacia él.

—Eres un buen profesor de patinaje. Eso tiene que contar para algo con Ward.

—¿En serio? —Levanto una ceja y tiro de ella hacia mí—. ¿Crees que soy un buen profesor?

—Estás disfrutando. —Se le curvan los labios y volvemos a estar en un territorio familiar.

—Claro que sí. —Saco pecho y ella pone los ojos en blanco—. McKinnon no consiguió que entraras al hielo.

Ward nos mira y le paso un brazo sobre los hombros.

—Me gusta patinar contigo —admito antes de darle un beso en la sien.

Su aroma alcanza mi nariz y se me escurre por todo el cuerpo. Sus ojos se encuentran con los míos y sus labios se levantan en una pequeña sonrisa cautelosa.

—A mí también me gusta patinar contigo.

Cuando terminamos de patinar, me tomo unas fotos con los niños y los padres del grupo de Ward antes de volver con Hazel, que está sentada en un lateral con una sonrisa tranquila.

—Oye, Miller. —Uno de los chicos del grupo con el que estuve jugando la semana pasada, Ed, se acerca a la pista. El resto ya está allí, calentando.

Yo me pongo recto.

—Hola. —Me saludan más jugadores mientras van saliendo a la pista, y vuelvo a sentir esa sensación agobiante de la que no me puedo deshacer.

Pero no puedo renunciar. No soy así. Me late la sangre con la necesidad de averiguar todo esto.

—¿Nos podemos quedar aquí un rato? —le pregunto, observando cómo calientan los chicos.

Su sonrisa se agranda, con los ojos llenos de un brillo de apoyo.

—Juega todo lo que quieras.

Salgo a la pista y patino hacia Ed.

—¿Hay hueco para uno más?

Estoy completamente preparado para que me diga que no después del partido de la semana pasada, pero asiente y me sonríe.

—Por supuesto. —Señala a un banco—. Hay sticks de sobra en la banca.

Diez minutos después, ya hemos calentado y nos hemos dividido en equipos. Suena el silbato. Mantengo la distancia del disco y juego con menos agresividad, luchando contra todos los instintos que mi padre me ha taladrado en la cabeza, pero la sensación desagradable persiste, como si no estuviera haciendo lo que debería hacer. El tipo al que estoy cubriendo va hacia el disco, pero yo lo golpeo y se lo lanzo a uno de mis compañeros.

Esto no está bien. No soy la estrella, pero ni siquiera me lo estoy pasando bien. Es como si me estuviera escondiendo. No tiene sentido que esté aquí si voy a quedarme en los laterales.

Un recuerdo de la cena del equipo se cuela en mi cabeza. Veo a Hazel entrar en el vestíbulo y disparar a McKinnon el tiro de la victoria, y la satisfacción en su mirada. Y un orgullo intenso se expande en mi pecho.

Verla a ella ganar fue una sensación increíble.

El otro equipo tiene el disco, pero yo paso de largo, lo golpeo y se lo paso a Ed, que está solo. Luego voy hacia la portería.

—¡Solo! —grito, y me lo vuelve a pasar.

Los jugadores se acumulan alrededor de la portería, bloqueando mi tiro.

En una situación normal, ahora sería cuando marco. Para eso me pagan, para eso entreno. Pero Ward no está y mi padre no me está viendo en la tele. No hay prensa. Solo está Hazel y le importa una mierda si marco goles o no.

Le paso el disco a Ed. Pone cara de sorpresa y golpea el disco hacia la portería. El portero se lanza por él, pero pasa.

Nuestro equipo grita y Ed me sonríe triunfante. Se me abre algo en el pecho. Orgullo, recompensa, deleite. Felicidad. Es la misma sensación que subir las escaleras corriendo con Hazel. Es la tensa espiral de alegría en mi pecho cuando chilló, y cuando se llevó una mano a la boca durante nuestra videollamada para amortiguar su risa.

Ella me mira desde la grada con una sonrisa orgullosa y contenta, y creo que acabo de entender cuál es mi problema.

# Capítulo 26
# Hazel

Cuando vuelvo a casa después de patinar con Rory, me encuentro un paquete en mi puerta.

Entro, suelto el bolso, me quito los zapatos y abro la caja. Dentro hay otra caja de color rosa pálido y con un lazo blanco. Frunzo el ceño. Quedan meses para mi cumpleaños, y Pippa normalmente me avisa si me ha mandado algo.

El lazo es suave al tacto. Cuando quito la tapadera de la caja y muevo el papel del interior, me quedo boquiabierta.

Hay tres sujetadores y tres pares de calzoncitos de encaje muy bien doblados en el interior. Los conjuntos, en color crema, azul cielo y lavanda pálido, son preciosos, de alta calidad y fabricados con cuidado. Una fina tela rodea las copas del sujetador, y los tirantes son de satén, suaves y delicados.

Se me acelera el corazón de la emoción. La culpa nunca me deja comprarme cosas bonitas, pero estas piezas son preciosas y tan femeninas que me muero por usarlas.

Frunzo el ceño. ¿Quién me ha enviado lencería? En un lateral de la caja hay una nota pegada.

Ahogo un grito. «Con cariño, Rory», reza la carta.

Sin pensarlo ni un instante, ya lo estoy llamando.

—¿Ya me echas de menos? Okey —suspira, fingiendo que le molesta—. Enseguida voy.

—Rory, ¿qué diablos? ¿Me has enviado lencería?

¿Pensó en mí con los conjuntos puestos mientras los compraba? Me sonrojo.

—La compré en la habitación del hotel, delante de McKinnon. Le molestó muchísimo, Hartley.

Los sujetadores son prácticamente transparentes; se me van a ver los pezones. El deseo me palpita entre las piernas. Me imagino cómo se oscurecerían los ojos de Rory y cómo se le separarían los labios al verme así.

Dios, sería muy divertido ponerle tan cachondo. Le provocaría hasta que me rogara.

¿Qué? Pero ¿qué estoy diciendo?

Me saco esos pensamientos de la cabeza.

—Okey, bien jugado. Pero no hacía falta que la compraras de verdad.

Paso los dedos por encima de la tela. Sería como un sueño ponerme esto, estoy segura.

—Hartley, ¿cuántas veces vamos a hablar de lo mismo? Me gusta comprarte cosas.

Se me van los ojos al dragón de cristal sobre la cómoda, destellando bajo la tenue luz de la lámpara.

—No me la voy a poner.

Sería raro si me la pusiera. Incluso aunque él no se enterase, sería raro.

—¿Qué pasa? ¿No te gusta?

—No es eso... —Me callo—. No es una cuestión de si me gusta o no.

—Entonces, te gusta. —Soy capaz de escuchar su sonrisa, y otra oleada de deseo me recorre el cuerpo—. ¿Quieres que te la envíe a la oficina, mejor?

Se me escapa una carcajada en contra de mi voluntad.

—No.

—Okey, okey. —Se ríe—. Seguiré mandándotela a tu casa, entonces.

—¿Va a haber más?

—Claro que sí. —Silba—. Mucha más.

Se me mueven los labios, pero no producen ningún sonido, porque ni siquiera sé qué decir.

—Tengo la sensación de que vas a rebatirme, así que me voy a despedir. Buenas noches, Hartley.

—Buenas noches.

—Intenta no pensar en mí cuando te la pruebes.

Cuelga y se me escapa otra risa incrédula mientras miro perpleja el teléfono, y luego a las prendas suaves de encaje de la caja.

No voy a ponerme la lencería que me envíe, por muchas ganas que tenga.

# Capítulo 27
# Rory

Los aficionados del Vancouver se agarran cuando el otro equipo intenta marcarle un gol a Streicher. Lo para y Volkov roba el disco, me lo pasa y lo llevo hasta el otro extremo de la pista.

Los aficionados empiezan a gritar y la energía en el estadio se intensifica a medida que me acerco a la portería con el disco.

Tengo un tiro limpio y debería aprovecharlo.

Pero Owens está solo. Nos miramos a los ojos y pienso en las pachangas con los otros chicos. Se lo paso. Me mira con la misma cara de sorpresa con la que me miró Ed, pero no pierde ni un segundo.

Dispara y marca.

El estadio estalla y el éxtasis me recorre las venas cuando suena la bocina de gol. Las luces parpadean, suenan las sirenas y los fans no paran de saltar.

—¡Así se hace, maldición! —Owens se jacta mientras lo rodeamos y me río por su emoción.

En el la banca, Ward asiente con firmeza, luego se me van los ojos a Hartley, que está sentada al lado de Pippa y me mira con cara de sorpresa agradable, como si acabara de descubrir una nueva faceta mía.

Y creo que yo también la he descubierto, y me gusta.

# Capítulo 28
# Hazel

Hay algo diferente en Rory cuando entra en el Filthy Flamingo después del partido.

Está más ligero, más relajado, y con la boca un poco torcida. Lo imito mientras viene hacia mí.

—Hola. —Se me van los ojos a su gorra negra puesta al revés. Tiene un efecto embriagador en contraste con el pelo rubio y los ojos azul brillante—. Buen partido.

—Gracias. —Entra en mi espacio personal—. Ahora sé una buena novia falsa, Hartley, y deja que te dé un beso.

Sus labios son amables, suaves y dulces, y se me relaja el cuerpo contra él. El bar se desvanece y siento el roce de su barba incipiente debajo de mis dedos y el cosquilleo de su aliento en mi mejilla. Tengo la otra mano abierta contra su pecho firme. Su sudadera es muy suave y me pregunto cómo sería llevarla. Cada respiración inunda mi cuerpo con ese olor a ropa limpia y gel de baño.

Se me olvida que estamos en el bar. Se me olvida que esto no es real.

Cuando Rory Miller me besa, se me olvida lo que es tener el corazón roto.

Me da un mordisquito en el labio superior y me aparto antes de que profundicemos el beso y me descoloque de verdad. Tengo la cara roja y, cuando desliza el dedo hasta la zona de pulso de mi cuello, le brillan los ojos con interés al sentir mis pulsaciones aceleradas.

Me gusta. Esto no está bien.

Además, me he puesto la lencería que me envió, aunque dije que no lo haría.

Mal. Muy mal. Muy muy mal.

—Hartley —murmura con tono provocador—. Hasta las monjas besan con más lengua. —Levanta una ceja, astuto.

Me está provocando y está funcionando, lo agarro por la sudadera y lo atraigo hacia mí.

Esta vez no me contengo. Lo beso como si esa videollamada hubiera sido real. Apoya un brazo en el pilar que hay detrás de mí mientras lo saboreo, y cuando le succiono la punta de la lengua, le vibra el pecho con un gruñido grave y desesperado, y lo noto en el puño con el que todavía lo agarro por la sudadera. Una necesidad urgente e insistente me inunda la sangre cuando su mano libre me sujeta del pelo de la nuca. Me inclina la cabeza hacia atrás para abrirme más y se me acumula la excitación entre las piernas.

No me esperaba que me gustara tanto que me tire del pelo.

—¿Mejor? —susurro, mirándolo a los ojos.

—Sí. —Tiene la respiración entrecortada y las pupilas completamente dilatadas. Su mirada se desvía detrás de mí y pone una expresión traviesa—. McKinnon.

Me quedo paralizada. Se me había olvidado que estaba aquí.

Rory inclina la barbilla hacia Connor.

—Deberías pedirte otra cosa, esa bebida parece que no te gusta.

La cara de Connor parece un nubarrón de tormenta, pero Rory ya está tirando de mí para que vayamos a la mesa con los demás. Pippa y Jamie están en una mesa más grande de lo normal, sentados con Hayden y sus amigos, Kit y Darcy. Kit Driedger juega en el Calgary, el equipo contra el que ha jugado hoy el Vancouver, Darcy es su novia y fueron los tres juntos a la universidad.

—Hola —le dice Rory a Kit con una sonrisa divertida. Jugaron juntos la temporada pasada—. Aquí solo pueden sentarse jugadores del Vancouver.

Todo el mundo pone los ojos en blanco.

—Como si tú lo hubieras cumplido —le digo, y él se ríe y le da un apretón de manos a Kit.

—Has jugado bien esta noche, Driedger.

—Lo mismo digo —dice Kit asintiendo.

—Ya nos cuesta bastante sacar a este sin necesidad de tus tonterías, Miller —dice Hayden—. Darcy ha tenido que traerlo a rastras.

—A Kit le gusta irse a dormir pronto, como un abuelo —bromea Darcy, y Rory le da un fuerte abrazo de bienvenida antes de volver a mi lado. El pelo rubio platino prácticamente destella debajo de las luces tenues del bar.

—No sabía que estabas aquí —le digo mientras nos abrazamos. Hemos estado juntas algunas veces después de los partidos, pero nunca he hablado mucho con ella—. Te podrías haber sentado con Pippa y conmigo durante el partido.

—Es verdad, Darce. —Hayden le hace un gesto con la barbilla, con los ojos brillantes. Ella apenas le llega al hombro—. Así habrías visto mi golazo de cerca, como Driedger. —Le da un codazo a Kit, que se ríe, dándole un empujón.

—Para la próxima —dice Darcy con una sonrisa tímida, antes de mirarnos curiosa a Rory y a mí—. Me había enterado de esto, pero no me lo creía.

Rory tiene la mano en mi espalda y, cuando me mira, tiene una sonrisa amable y preciosa. Lleva un par de días sin afeitarse y tiene la mandíbula cubierta por una ligera barba rubia oscura.

—Pues es verdad. —Levanto la mirada hacia la gorra al revés de Rory. Tiene los ojos brillantes y las mejillas todavía ligeramente sonrojadas por el partido. Con esa gorra, no tengo nada que hacer contra Rory Miller.

La gente nos hace hueco y me muevo para sentarme, pero Rory me jala para que me siente sobre su regazo. Jordan se acerca a la mesa con un agua con gas para Rory y una bebida para mí y, mientras él le da las gracias, Pippa abre mucho los ojos dándole un sorbo a su bebida, observándonos con una sonrisa.

«Cállate», le digo con los ojos.

«Ni de broma», me dice ella con los suyos.

Intento bajarme de su regazo, pero me aprieta la mano en la cintura, manteniéndome cerca.

—No —me murmura en el oído—. Quédate donde estás, escupefuego.

Otra descarga de deseo se mueve por todo mi cuerpo, y me obligo a mantener el foco en la conversación que hay en la mesa.

—He leído una entrevista a un actor porno —dice Hayden—, y decía que si le cuesta que se le ponga dura, huele la nuca de su compañera. —Se señala la nuca—. Por lo visto es algo de feromonas o algo así.

—Vamos —resopla Rory—. No es verdad.

—Sí lo es —insiste Hayden, que me hace reír por lo serio que se ha puesto.

Rory me aparta el pelo del cuello y me lo coloca a un lado. Una sonrisa amenaza con salir cuando presiona los labios contra mi piel, y cuando inhala a fondo, me araña con la barba incipiente.

Un escalofrío me recorre la espalda cuando exhala sobre mi piel, y algo se retuerce entre mis piernas.

Rory se pone recto y me suelta el pelo.

—¿Y bien? —pregunta Hayden bajo la atenta mirada de los demás.

Rory levanta los hombros.

—No tengo ni idea de lo que estás hablando, hermano.

A Hayden se le hunde la cara.

—He estado contándole esta historia a todo el mundo.

Darcy empieza a reírse y él le hace un gesto con la barbilla, mirándola con una sonrisa coqueta.

—Ven aquí, Darce. Vamos a hacer la prueba.

Él hace un gesto como de agarrar con las manos y ella se ríe aún más, haciéndole un ademán despreocupado. Kit sacude la cabeza con una sonrisa.

Hayden se queda mirándola durante un momento demasiado largo, sonriéndole como si fuera lo mejor que ha visto jamás.

Son amigos. Los mejores amigos, le dice él a todo el mundo. Y ella está con Kit.

Pero Hayden no la mira como un amigo.

Darcy se sienta junto a Kit y le dice algo a Pippa, y Hayden se fija en el brazo de Kit alrededor de ella y aparta la mirada con una expresión tensa.

Ja.

Mis pensamientos se interrumpen cuando Rory se pone recto contra mí. Me giro para mirarlo, pero él me aprieta aún más fuerte contra su regazo, con la barbilla apretada.

—¿Qué pasa?

—¿Te puedes quedar quieta un segundo? —Tiene la voz tensa.

—Pero ¿qué pasa...?

Ah.

Hay una erección densa y dura contra mis lumbares. Me burbujea la cabeza y siento otra punzada cálida entre las piernas. Rory está erecto. Pero demasiado erecto. Apretado contra mí. Muy duro.

—Oh —digo, mirando hacia delante. Todas las células de mi cuerpo son muy conscientes de la insistente presión de su verga contra mí.

—Sí. —Hace un ruido gutural.

Un calor líquido se me acumula en el bajo vientre. Me imagino miles de cosas obscenas. ¿Cómo sería cogerse a Rory? Sentarse encima de él y cabalgarlo. Maldición. Se me cierran los ojos durante un instante y me lo imagino: él agarrándome, con las muñecas sujetas sobre mi cabeza mientras me coge despacio, mirándome a los ojos con esa sonrisa vaga y engreída, y yo me desarmo a su alrededor.

Muevo las caderas, buscando fricción instintivamente, y él aspira y me aprieta aún más por la cintura.

—No hagas eso, Hartley —gruñe, y le palpita la erección—. No estás ayudando.

Tengo la piel demasiado caliente, y aun así siento la necesidad de reírme.

Contra mi espalda, su pecho sube y baja mientras intenta recuperar el control.

—¿Por qué hueles tan bien? —Lo dice como si le molestara, y un rubor cálido me sube por el cuello.

—Huelo normal.

—No hueles normal, Hartley.

Su tono frustrado provoca cosas extrañas en mi cuerpo. Se me eriza la piel por la espalda y la excitación me estira el estómago.

Hacemos como que prestamos atención a la conversación mientras yo me quedo muy muy quieta. Jordan se acerca y le pido algo de comer, todavía muy consciente de la erección de Rory. En un momento dado, la vara densa contra mi espalda desaparece y puedo volver a pensar.

—¿Quieres una? —le pregunto cuando llegan mis papas.

Él sacude la cabeza, sin apartar la mirada de las papas.

—No, gracias.

—No bebes, no comes papas fritas —enumero y me llevo una a la boca. Es como mi madre, continuamente a dieta.

Se le van los ojos a mi boca.

—Mi carrera depende de mi cuerpo, y la comida basura no me va a hacer ningún favor.

La sal estalla en mi boca.

—Pero ¿una papa? ¿En serio supondría el fin de tu temporada? Sobre todo siendo tan bueno. —Gimo en silencio con las dos últimas palabras, poniendo los ojos en blanco como si fuera la mejor papa que me he comido en mi vida.

A Rory se le oscurecen los ojos.

—Hazlo otra vez.

Le sostengo la mirada mientras me como otra.

—Maldición. —Él aparta la mirada cuando me paso la lengua por el labio de abajo—. Qué sexi.

—¿Sabes qué va genial con las papas? La cerveza.

Él toma aire con fuerza.

—Hace una eternidad que no me tomo una.

—Has jugado muy bien esta noche. —Levanto las cejas—. Estoy orgullosa de ti. Deberías celebrarlo.

¿Estoy orgullosa de él?

Pues sí. Por primera vez en, no sé, muchísimo tiempo, parecía feliz en la pista, y sé que tiene algo que ver con la pachanga de ayer.

Pero no puedo decir esas cosas.

—Aunque tampoco es que importe. —Me apresuro a añadir.

—Sí. —Tiene una cara muy seria—. Importa.

Mi corazón da un salto de felicidad.

Se queda mirando las papas y le brillan los ojos.

—¿Estás intentando ser una mala influencia para mí, Hartley?

Levanto los hombros, sin dejar de sonreír.

—¿Está funcionando?

—Sí. —Vuelve a mirarme a los ojos—. Vamos, anda. Dame.

Mi sonrisa crece y le paso mi cerveza antes de avisar a Jordan para pedirle en silencio que me traiga otra. Cuando Rory da un sorbo, cierra los ojos y gime como si acabara de encontrar agua en mitad del desierto.

—Demonios —murmura.

Se me entrecorta la respiración, fascinada por la expresión de su cara.

—¿Buena?

Él asiente, da otro sorbo y suspira, y algo cálido y satisfecho me recorre el pecho.

# Capítulo 29
# Hazel

Una hora más tarde, Rory se ha tomado dos cervezas. Su sonrisa es ligeramente más brillante, su risa un poco más alta y sus manos se mueven con más libertad por todo mi cuerpo, acariciándome la espalda, descansando en mi cintura y apretándome el muslo.

Apoya la nariz contra mi sien e inhala profundamente.

—Santo Dios —murmura.

Hay algo en su tono grave que hace que mis hormonas se estrellen por todo mi sistema y exijan cosas sexis.

Pienso en él en calzones metido en mi cama.

—¿Estás borracho? —susurro, con una sonrisa traviesa.

—No. —Se ríe contra mi oreja—. Solo contentillo.

—Qué poco aguante. —Tengo una sonrisa estúpida—. Tienes la misma tolerancia al alcohol que un cachorrito.

—No te metas conmigo, Hartley. —Me muerde la oreja y se abre la boca—. Me la pone dura.

Me estoy riendo, pero también me sonrojo. Aprieta las manos sobre mi cintura y desliza una hasta la cadera. Luego más abajo, hasta descansar en el pliegue en el que la cadera se une al muslo. Me acaricia con el pulgar y me quedo sin respiración.

Qué. Sexi. Maldición.

—Estás borracho. —Apenas puedo pronunciar las palabras, estoy muy cachonda.

—No. —Me da un beso en la sien—. Simplemente creo que eres muy muy guapa.

Aparto la mirada, sonrojada y con una sonrisa.

—Y muy inteligente. —Me roza la mejilla con la barba al darme otro beso en la piel—. Y hueles bien. —Otro beso, este en la mandíbula—. Y me gusta la forma de tus labios. —Beso en el cuello—. Y tus pechos. —Me estremezco cuando él gruñe contra mi cuello—. Siempre has tenido unos pechos perfectos —me susurra al oído.

Estoy encantada, alborotada a medida que la excitación se acumula en la base de mi espalda.

—Deja de comportarte como un borracho o voy a aprovecharme de ti.

—¿Me lo prometes?

Yo me río.

—Voy a hacerte preguntas personales y a descubrir todos tus secretos.

Él se me queda mirando con esa sonrisa que quiero borrarle de un beso.

—¿Cuándo no te he contestado a alguna pregunta?

Parpadeo, pensando. Tiene razón, siempre responde a mis preguntas.

—¿Cuántas veces te has masturbado pensando en mí? —pregunto con una sonrisa desafiante. No va a...

—Demasiadas para contarlas. —El deseo le brilla en los ojos y levanta las cejas una vez. «¿Ves?», me dice con la mirada—. Después de la videollamada.

Nos quedamos mirándonos fijamente y, al cabo de un instante, yo aparto la mirada, con el estómago cayéndome hasta los pies. Noto su brazo pesado contra mis hombros, un peso cálido y reconfortante.

—No pude evitarlo, Hartley. —Se le caen los párpados y sonríe ante cualquier imagen que esté recordando—. Los ruidos que hiciste...

—Hamburguesa y aros de cebolla. —Jordan coloca un plato delante de él y yo me aparto y me aclaro la cabeza con una respiración profunda.

—¡Gracias, Jordan! —grita Rory a su espalda. Luego le da un

buen mordisco a la hamburguesa, con los ojos cerrados, y suelta un gemido gutural de placer—. Maldita sea —gruñe, y me pregunto si tendría el mismo aspecto si yo estuviera arrodillada entre sus piernas, pasándole la lengua arriba y abajo por la verga.

Aparto la mirada y me saco esa imagen de la cabeza, pero estoy obligada a quedarme aquí sentada, mirando y escuchando a Rory prácticamente venirse con esta hamburguesa.

—Aros de cebolla —dice con veneración después de comerse el primero, sacudiendo la cabeza.

—Sí. —Le robo uno y lo mojo en catsup—. Están ricos, ¿verdad?

—Mmm. —Mira al plato de comida y hace una pausa—. No debería estar comiendo todo esto. Es inflamatorio.

Me acuerdo de mi madre y de que nunca come postre. Es golosa, pero le aterra tanto engordar que ni siquiera se permite comer medio trozo de tarta en su cumpleaños.

Cierro los puños bajo la mesa al pensar en eso. En que ella piense que no lo tiene permitido, que no se lo merece.

—No pasa nada por disfrutar de la comida. —Pongo un codo sobre la mesa y me apoyo en la palma de la mano, observándolo—. Y una hamburguesa no va a acabar con tu carrera, Rory.

Él se queda mirando la hamburguesa como si no me creyera, como si pensara que esta hamburguesa va a hacer que lo expulsen del equipo, y me pregunto quién carajo le ha metido eso en la cabeza. La tristeza me pellizca las costillas y se me despierta en el pecho un sentimiento protector.

Se come otro aro de cebolla y vuelve a sonreír y a gruñir, y a mí se me calienta la cara.

—¿Puedes gruñir de forma menos sexual? —murmuro, y él se ríe.

—¿Qué serías si no fueras jugador de hockey?

Estamos caminando por mi calle, y Rory tiene un brazo sobre mis hombros, manteniéndome cerca. Darcy y Hayden han intentado que fuéramos a bailar, pero en cuanto salimos todos del bar, Rory me llevó en dirección contraria, hacia mi casa. Ya se le ha pasado el efecto del alcohol, pero hace una noche fría y él está caliente, así que le dejo que me apriete contra su cuerpo.

Caminamos media manzana antes de que responda.

—No sé. He querido ser jugador de hockey desde que tengo uso de razón.

Pasamos por debajo del arce enorme que hay fuera de mi edificio.

Pienso en su asistencia de esta noche y en su sonrisa exuberante.

—Esta noche has estado increíble.

Se le mueve la nuez cuando nos sostenemos la mirada.

—¿Lo pensarías también si no fuera el mayor goleador de la liga?

Algo en sus ojos me rompe el corazón.

—No me gustas por tus estadísticas.

—O sea, que te gusto. —Se le levanta la comisura de los labios y sus ojos pierden esa mirada vulnerable. Me coloca un mechón de pelo detrás de la oreja—. Invítame a subir.

Saltan chispas entre nosotros. Si Rory sube a casa, pasará algo.

Aunque me da igual. Si indago en lo más profundo, pasadas todas las heridas y arañazos que sufrí con Connor, quiero que Rory suba.

Me gusta. No quiero, pero es así. El pánico aumenta ante esa idea, pero lo ignoro.

—Okey —digo.

# Capítulo 30
# Hazel

Rory se quita los zapatos y va directo a mi nueva cama, dejándose caer con un gruñido grave y satisfactorio que me hace pensar en cosas obscenas.

—Esto está mucho mejor. —Vuelve a gruñir.

Que esté tan cómodo en mi casa me dan ganas de reír.

—Rory, cuando alguien viene a casa, normalmente se sienta en el sofá.

—La gente normalmente no tiene el dormitorio en el salón.

Me quedo boquiabierta, pero sigo sonriendo. Me duele la cara, estoy sonriendo muchísimo.

—Me gusta molestarte, Hartley. —Me guiña un ojo—. Sé que eres una ahorradora. Conseguirás tu estudio enseguida, ya verás.

Siento un golpe de felicidad en el pecho y me alegro de haberle dicho eso.

—Gracias otra vez por la cama —le digo, tumbándome a su lado en el colchón, cruzando las piernas.

En su cara aparece una ligera sonrisa.

—De nada. ¿Dormías bien con un montón de resortes clavados en la espalda?

Se me sacude todo el cuerpo de la risa.

—Púdrete. —Lo miro—. Pero sí.

Sigue sonriendo, mirándome. Las luces tenues y cálidas de mi casa están haciendo unas cosas increíbles con sus ojos y su piel.

—Me gusta comprarte cosas. Deberías dejarme hacerlo más a menudo. —Se apoya sobre un codo y me mira con el ceño fruncido—. ¿Por qué ya no te pones mi camiseta para los partidos?

—No sé. —Levanto los hombros—. La gente ya cree que estamos juntos.

—Te la compré para que te la pusieras.

Algo me golpea en el bajo vientre por ese tono tan territorial. Después de Connor, odio la idea de ponerme la camiseta de un tipo.

Pero es Rory. Todo el mundo se pone las camisetas del equipo para los partidos, pero yo tengo una sensación profunda y un hormigueo de que significaría algo que me la pusiera. Aparece en mi cabeza el recuerdo de su expresión afligida durante la clase de yoga, cuando pedí que pensaran qué les hacía sentirse valiosos.

Me importa, y creo que él lo sabe.

Y, lo peor de todo, es que creo que yo a él también le importo. Debería decirle que se fuera a casa.

«Solo una vez», me susurra el demonio sobre mi hombro. Esa es mi regla, al fin y al cabo. Una vez y no nos acostaremos nunca más.

Me pone una mano en el muslo, y sus dedos se mueven hacia la costura interior de mis mallas, jugando con ella.

—Y quiero que te la pongas. —Me sostiene la mirada—. Por favor.

Ese por favor me convence. Y a lo mejor también la forma en la que su mano descansa sobre mi pierna, grande y cálida.

—Okey. —Soy superconsciente de dónde me está tocando y su mirada planea sobre mi cara. Se me dispara el pulso porque parece que no soy capaz de controlarlo cuando estoy cerca de él.

—Cuando quieres, eres un encanto —digo, no sé por qué.

—Y tú también.

Tengo que acordarme de respirar cuando nos quedamos mirándonos a los ojos y el corazón se me va a la garganta. Analizo las líneas elegantes de su cara, su nariz robusta, sus cejas, la curva de sus labios. Está guapísimo con la barba de dos días, y se me retuercen las manos con la necesidad de pasar los dedos por ella.

—Además, enojará a McKinnon. —Sacude la cabeza—. Puto McKinnon —dice entre dientes—. Esta noche te ha estado mirando.

—Solo quiere jugar con tus juguetes. Siempre ha sido competitivo contigo.

Se cruza de brazos.

—Sigue sintiendo algo por ti y no me gusta. Sabe que estamos juntos. No debería mirarte así.

Mi estómago da un vuelco lento ante la forma en la que lo dice, como si fuera de verdad. ¿No es ese el objetivo de todo esto que estamos haciendo? ¿Enojar a Connor?

—Parece que estás celoso.

Aprieta la mandíbula y volvemos a mirarnos a los ojos.

—Porque lo estoy.

No debería gustarme que se sienta posesivo conmigo, pero me bajo de la cama y me voy hacia el armario. Tengo el estómago lleno de mariposas al sacar la camiseta del equipo de la percha y ponérmela.

—¿Mejor? —pregunto, girándome hacia él, estirando los brazos.

El fuego de sus ojos me provoca un escalofrío. Se le mueve la garganta mientras me recorre lentamente el cuerpo de arriba abajo con la mirada.

—Ven aquí —dice.

El aire cruje con la tensión. Ir a la cama va a ser un error.

Pero lo hago igualmente.

—Supongo que eso es un sí... —Se me escapa un chillido cuando me levanta para ponerme a horcajadas sobre él.

Se quita la gorra y la deja en mi mesita de noche y, no sé por qué, pero me resulta increíblemente sexi. Está despeinado y me permito pasarle los dedos por el pelo. También lo tiene muy suave.

Me estoy dando cuenta de que Rory tiene miles de sonrisas. Una para cada emoción, para cada situación posible en la vida, y la que tiene ahora mismo es una mezcla de comodidad y excitación. Me pone las manos sobre los muslos, acariciándolos de arriba abajo, apretando con firmeza los músculos.

—Hola —susurro, porque tengo la sensación de que hemos alcanzado un nivel nuevo en lo que sea que haya entre nosotros, y no sé muy bien qué decir.

—Hola, Hazel. —Pone esa sonrisa de «Qué linda es Hazel». Me acaricia un poco más arriba, acariciando con los pulgares el hueco entre la cadera y el muslo, y se me entrecorta la respiración. Él se da cuenta, porque le destellan los ojos.

Me jala para darme un beso, demandándome la boca con una urgencia y desesperación sexis. El deseo gruñe detrás de mi clítoris cuando su lengua indaga entre mis labios, acariciándome.

—Me pregunto a qué sabes —dice entre besos. Me agarra un pecho, presionando y buscando el pezón erecto a través de la camiseta del equipo.

Le brillan los ojos con deseo y algo dentro de mí salta por la excitación. Va a ver que llevo el conjunto azul cielo que me envió.

—Y el ruido que haces cuando te vienes —continúa, con la voz grave mientras me muerde el labio—. Llevo años pensándolo.

El deseo se me acumula entre las piernas, justo por donde están completamente abiertas sobre las caderas de Rory. Estoy empapando los calzones que me mandó.

Puede que todo esto sea más fácil cuando Rory consiga lo que ha estado buscando.

El corazón se me va a salir del pecho.

—Antes de hacer algo...

Me muevo para aliviar la presión, pero su densa erección se frota contra mí, y me provoca una descarga de necesidad que hace que se me olvide lo que iba a decir.

Me quita la camiseta del equipo y mi camiseta, y se queda muy quieto. El corazón me late con fuerza cuando se queda mirando fijamente el sujetador azul cielo, parpadea una vez, luego otra, hasta que levanta la mirada oscura hacia la mía.

—Hartley —dice, con la boca cada vez más curva—. ¿Es...?

—Sí —me apresuro a responder.

Empiezo a sentirme avergonzada por la forma en la que me provoca con la mirada, como si me hubiera pasado de la raya. A lo mejor resulta patético que me haya puesto algo que él me compró cuando, evidentemente, era una broma.

—¿Por qué? —Me sostiene la mirada, deslizando las manos por mis muslos.

—Porque... —Intento buscar algo coherente que decir y que no esté relacionado con lo mojada que estoy ni con lo cachonda que me está poniendo—. Porque es bonito, y quería sentirme linda.

—¿Y ha funcionado?

Su mirada me abrasa y asiento.

Es verdad: ponerme algo tan bonito y delicado me hace sentir sexi.

Debajo de mí palpita su erección, y suelta una respiración profunda.

—Eso es muy sexi, Hartley. —Se le mueve la garganta, sus manos cálidas vuelven a mis pechos, deslizándose por debajo de las copas del sostén para jugar con mis pezones. Cuando aprieta, lo siento en la vulva.

—Maldita sea —susurro, inclinándome hacia delante para volver a besarlo.

Me devora la boca, deslizando la lengua contra la mía, provocando que la cabeza me dé vueltas.

—¿Qué decías, Hartley?

Ah. Sí. Claro. Eso.

—Esta va a ser la primera y última vez que hagamos esto.

Se aparta para mirarme a los ojos.

—¿Cómo?

—Así es como lo hago yo. —Levanto los hombros de forma desenfadada, aunque esté cachondamente perdida—. Solo me acuesto una vez con los tipos. Es más fácil así.

Él frunce el ceño.

—¿Y luego?

—Luego los dos pasamos página.

Cuando le digo esto a la gente, normalmente se quedan aliviados, pero Rory frunce aún más el ceño y deja de tocarme. Se le vuelve a mover la garganta mientras busca mis ojos.

—Vamos a parar —dice.

La excitación de mi sangre se desvanece como si me acabaran de sumergir en una tina de agua helada.

Aprieta la mandíbula.

—Complicaría las cosas.

El rechazo me quema. Ha dicho que lleva años pensando en esto. Ha dormido en mi puta cama. Lo besé en la fiesta del equipo, y él me devolvió el beso. Ha dicho que le parecía sexi que me haya puesto la lencería que me mandó.

Me pidió salir al principio de la temporada, antes de hacer el trato.

Lleva años detrás de mí, ¿y ahora no me desea?

Tengo una piedra en el estómago. Nunca le había enseñado tanto de mi cuerpo. Nunca me había tocado así, no me había acariciado los pechos, el vientre, los muslos, el trasero.

La vergüenza me inunda mientras me bajo de encima de él, tomo la camiseta y me la vuelvo a poner.

No estoy molesta. Es falso. Es un trato. No es una relación. Aunque el sexo hubiera sido increíble. Aunque me hubiera venido muchísimo y me hubiera esforzado para que él se viniera aún más.

—Tienes razón. —Estoy canalizando a la misma mujer que le dijo a Connor que está saliendo con Rory, la mujer con la coraza fría, tranquila y robusta—. No sé en qué estaba pensando. Estaba cachonda, supongo.

—Hazel —dice.

—Creo que es mejor que te vayas. —Me cruzo de brazos—. Es tarde.

Le brillan los ojos con algo que parece arrepentimiento, y cuando nuestras miradas se encuentran, me da la impresión de que quiere decir algo, pero yo doy otro paso atrás, lejos de la zona de peligro de Rory Miller.

Él se sienta con una cara incómoda, como si lo estuviera matando.

—Hazel.

—No pasa nada, Rory.

Sí que pasa. Estoy completamente humillada. Nunca me habían rechazado de esta forma, pero Rory está acostumbrado a tirarse a modelos y actrices. Se me viene a la cabeza un recuerdo horrible de Connor, de hace años, preguntándome si alguna vez me plantearía operarme los pechos, y se me retuerce el estómago.

—Vamos a hacer como que no ha pasado.

# Capítulo 31
# Rory

Hazel tiene cara de que quiere que la trague la tierra cuando se acerca a la puerta, y yo estoy sentado en su cama, bien erecto y sin saber muy bien qué hacer.

Le he dicho: «Complicaría las cosas», pero quería decir: «Una vez no sería suficiente».

En cuanto nos acostemos, Hartley habrá acabado conmigo.

Entre nosotros hay algo. Lo sé. Pienso en cuando me ha dicho que estaba orgullosa de mí después del partido y en cómo nos reímos juntos en la fiesta del equipo.

Y ahora tiene puesta la lencería que le envié, como una diosa enviada para tentarme. Después de admitir que el regalo que le envié la hace sentir sexi, poner el freno es lo más difícil que he tenido que hacer en mi vida. Parecía mía, envuelta en los encajes azul cielo que le compré.

Un instinto posesivo me atraviesa. No vamos a pasar página tan pronto. Ni de broma.

Así que le he mentido. Y ahora ella está herida, y tengo un dolor en el pecho que crece por segundos. Abro la boca para decir algo, pero ella suspira con frustración.

—Rory, por favor. —Tiene una expresión vulnerable, como cuando estuvo con Connor en el gimnasio y me pidió que le diera espacio—. No quiero hablar del tema. No hagas que me sienta peor. Sé que sales con mujeres que tienen un aspecto diferente...

—¿Qué? —Estoy de pie y me acerco a ella—. ¿De qué hablas?

Aparecen dos parches rosas en sus mejillas y no me mira a los ojos.

—Solo digo que, en comparación con las mujeres que suelen salir con los jugadores de hockey —se señala el cuerpo con la mano—, yo tengo otro aspecto. Tengo un cuerpo normal. Estoy a gusto, me encanta mi cuerpo, pero no hace falta que metas el dedo en la llaga.

—Hazel. —Abre mucho los ojos cuando la acorralo contra la puerta y coloco una mano por encima de su cabeza. La sangre me late en los oídos.

¿Cómo puede pensar algo así? ¿Cómo puede pensar que no es absolutamente perfecta? ¿Cómo he podido dejar que piense eso? Desde que me encontré con ella el año pasado, no he vuelto a tocar a otra mujer. A su lado, ninguna es tan divertida ni sexi ni interesante ni entretenida.

Le tiento la cintura con los dedos y le agarro la mano para llevarla hasta mi erección, observando cómo le destella el deseo en los ojos.

—¿A ti te parece que esto es no estar interesado? —le pregunto, y aprieta la mano alrededor de mi verga, haciendo que me duelan los huevos con necesidad—. ¿Te parece esto que no pienso en tu cuerpo cien veces al día?

Se le separan los labios y le agarro la boca. Me devuelve el beso con pasión y siento un alivio inmenso por todo el cuerpo, seguido de una necesidad intensa.

Voy a demostrarle a Hazel cuánto se equivoca. Voy a idolatrar cada centímetro suyo.

Pero una vez nunca jamás será suficiente.

Así que igual es mejor no llegar hasta el final. A lo mejor lo prolongo, me lo tomo con calma y no le doy suficiente, para que cuando por fin cojamos le importe una mierda esa estúpida regla.

A lo mejor espero a que se enamore de mí.

—Estoy enojado contigo —le digo, rompiendo el beso, y abre mucho los ojos, confundida e indignada.

—¿Cómo? ¿Por qué?

—Porque has tenido mi lengua prácticamente hasta la garganta durante meses y sigues pensando que no me interesas. —Aprieto las caderas contra las suyas, clavándola contra la puerta—. A lo mejor tendría que haber sido más claro, Hartley.

El interés aumenta en sus ojos.

—¿Alguna idea en particular?

—Esta regla tuya. —Le paso los dedos por el pecho, por encima del sujetador, sobre los pezones erectos debajo de la tela, y ella ahoga un gemido—. Cuéntame los detalles.

Dibujo pequeños círculos suavemente sobre sus pechos y, por debajo de mis dedos, su pecho jadea cada vez más rápido.

—Eh. —Parpadea como si le costara concentrarse y aprieto la erección más fuerte entre sus piernas. Se le separan los labios y sonrío.

—¿Penetración? —pregunto—. ¿Entrar dentro de ti? ¿Esa es la regla?

Ella asiente, con la mirada turbia y mordiéndose el labio de abajo.

—Entonces, si te como, no contaría, ¿no?

Ella murmura algo.

—¿Cómo has dicho? —Me inclino hacia delante y se me curva la boca.

—He dicho que hace mucho que no me lo hace nadie. —Se quiebra con irritación y sonrío aún más.

Un instinto posesivo me fluye por las venas. No está bien, pero me gusta. Me gusta ser el que le va a dar placer.

—Creo que no es buena idea —añade.

Pero algo en su cara me dice que le parece una gran idea. Lo quiere, pero no sabe cómo encajarlo en su estúpida regla.

—¿Y eso por qué?

—Un tipo como tú no se come a las mujeres. —Se le abren los ojos y levanta la mirada hasta la mía, centelleando con curiosidad y reticencia—. Sería una pérdida de tiempo.

Mi sonrisa se curva todavía más.

—¿En serio?

Se le mueve la garganta.

—Y no vas a conseguir que me venga.

Yo ya estaba decidido, pero algo se retuerce dentro de mí. Que empiece el juego.

—¿Eso crees? ¿Estás segura?

Arquea una ceja, todavía insegura, pero aferrándose a esa indiferencia que lleva como una armadura.

—Nadie ha conseguido que me venga haciendo eso.

Me parece lindísima y, para cuando terminemos esta noche, estará gritando mi nombre.

—¿Apostamos algo, Hartley?

# Capítulo 32
# Hazel

Este no es el rumbo que esperaba que tomase esta conversación, y ahora estoy tan metida que no puedo salir. A Rory le brillan los ojos, desafiantes. Acabo de retar al tipo más determinado del hockey profesional, y odia perder.

¿Por qué? ¿Quién me manda retarlo de esta forma?

—¿Qué propones? —Apenas me sale en un susurro. El pulso me late con fuerza en los oídos.

Se le tuerce aún más la boca.

—Apuesto a que consigo que te vengas.

Según mi experiencia, los tipos sexis no son tan buenos en la cama. Son egoístas, porque no tienen que esforzarse en conseguir a las mujeres. ¿Y Rory? Es el hombre más guapo que he conocido en mi vida.

Es imposible que gane.

—¿Tú crees? —Y, aun así, le estoy siguiendo el juego. Mal, Hazel. Qué débil eres.

—Estoy seguro.

Me imagino cómo sería el tacto de su lengua, dibujando círculos húmedos y cálidos sobre mi clítoris, excitándome cada vez más. Ya sé lo suave que tiene el pelo, y estoy deseando agarrarlo mientras tengo su cabeza entre las piernas.

Sosteniéndome la mirada, con la mano todavía apoyada en la puerta por encima de mi cabeza, me mete los dedos por la cintura de las mallas y me acaricia. Yo me arqueo y separo la boca, ardiente de deseo.

—¿Estos son los calzones que compré yo? —dice entre dientes, y yo asiento.

Se ríe con una risa grave, pasándose la punta de la lengua por el labio de abajo mientras desliza los dedos sobre mí, haciendo círculos firmes. Se me aprietan los músculos de la entrepierna a medida que aumenta la presión.

—Qué mojada estás. —Tiene una sonrisa arrogante, como si ya hubiera ganado. La aprobación de su tono me tiene tensa, inclinando las caderas contra él para crear más fricción. Mi centro palpita y estoy deseando tenerlo dentro.

Ni siquiera consigo dar una respiración completa, estoy tomando pequeñas bocanadas de aire.

—¿Y qué consigues si ganas?

Otra caricia lenta y mojada sobre mi clítoris.

—Lo que yo quiera.

Se me tensa la vagina, la tengo intensa y palpitante. Me muerdo el labio inferior. ¿Por qué me excita tanto la idea de que Rory consiga lo que quiera?

—¿Y si gano yo? —Estoy esforzándome para no gemir mientras él sigue haciendo círculos sobre el apretado bulto—. ¿Y si no lo consigues?

Otra risa grave, como si eso ni siquiera fuera una opción, pero, obviamente, me va a seguir la corriente.

—Entonces tú consigues lo que quieras.

Entre mis piernas, dibuja círculos aún más embriagadores. Me da vueltas la cabeza.

—Me has dicho que tengo que comer lo que me apetezca —añade, con una sonrisa engreída.

Supongo que me gusta jugar con fuego. Supongo que se me ha olvidado lo que se siente cuando te quemas. Rory se ha pasado toda la noche sin quitarme las manos de encima y estoy tan cachonda que me duele la entrepierna. No estoy pensando con claridad.

Hay una versión de mí que odiaba a Rory hace meses, y ahora me está gritando para que me calle la boca, pero le cierro la puerta en las narices.

Que espere fuera mientras yo tomo las peores decisiones.

Él acerca la boca a mi oreja.

—Di que sí, Hazel. Déjame hacer algo en lo que llevo pensando desde el día que te conocí.

Yo asiento, porque... a la mierda las consecuencias. A pesar de lo que diga Rory, solo va a ser una vez.

Y tengo mucha mucha curiosidad por saber si Rory gana.

Saca la mano de mis mallas y se ríe por el ruido de frustración que se me escapa, pero entonces me quita la camiseta.

Se le ensombrece la mirada mientras me mira los pechos, y sacude la cabeza.

—Si alguna vez has pensado que no me atraes, Hazel... —Baja una de las copas del sujetador y se lleva el pezón erecto a la boca. Se me arquea la espalda cuando una corriente de placer me golpea entre las piernas—. No tienes ni idea.

Con mi pezón en la boca, mueve las manos rápido para bajarme las mallas y ayudarme a sacármelas cuando caen a las rodillas, mirándome con una sonrisa peligrosa.

—¿Así? —pregunto mientras me da un beso en el interior del muslo. De pronto, me siento muy cohibida.

Estoy delante de Rory con dos minúsculas capas de lencería mientras él está completamente vestido, de rodillas delante de mí, pero la mirada en sus ojos es de puro deseo, pura alegría, y me acaricia los muslos y la cintura.

—Mmm. —Un sendero de besos delicados por el muslo, por la cadera—. Justo así. Quiero ver cómo te queda lo que te compré.

Introduce la mano por delante de los calzoncitos, pasa el pulgar por el clítoris, mirándome a la cara y luego a su mano, y se me escapa un gemido. Un placer intenso me arrolla y araño la puerta con las uñas en busca de algo a lo que agarrarme.

—Pon las manos en mi cabeza —me dice en voz baja.

Cuando lo hago, suelta un gemido de satisfacción. Su dedo es implacable, apretando el resorte en la base de mi espalda.

El tacto de Rory en mi clítoris es más que increíble. La presión y la velocidad son perfectas, y ver a este enorme jugador de hockey en el suelo delante de mí, mirándome el cuerpo con veneración, alimenta mi ego y seguridad heridos. Me mira a los ojos y levanta la comisura de la boca.

—Rory. —Es un ruego desesperado porque, maldición, Rory Miller está buenísimo y yo estoy empapada.

—Maldición, cómo me gusta eso —dice, extendiendo mi humedad por mi cuerpo, calentándome cada vez más—. Me encanta que digas mi nombre así, Hazel.

Desliza los dedos más abajo, los empuja dentro de mí y se me ponen los ojos en blanco ante el intenso placer que siento por todo el cuerpo.

—Maldición —digo sin aliento. Estoy satisfecha, y solo ha usado los dedos. ¿Cómo va a ser cuando lo tenga a él dentro? Me voy a romper por la mitad.

—Dime que te gusta, Hazel.

—No está mal, aceptable —digo casi ahogada, intentando vacilarle incluso en esta situación. Pero él se ríe y engancha los dedos en un punto que hace que se me nuble la vista.

¿A quién pretendo engañar? Diría lo que fuera para que no parase.

—Me gusta —digo rápidamente—. Me gusta mucho. Tienes una mano increíble, Rory.

Él vuelve a hacer ese ruido de satisfacción, y se me aprietan los músculos alrededor de sus dedos.

—Justo lo que me gusta escuchar.

Con un brazo enorme alrededor de mis caderas, echa a un lado los calzones, me empuja hacia su boca y me da un lametón largo por la costura. El placer me desgarra. Debería darme vergüenza el ruido desesperado y demandante que sale de mí, pero no. Me da igual.

—Sabía que me iba a gustar —gruñe, y me vuelvo a estremecer. Tiene unos dedos inmensos y los músculos se tensan sobre ellos de la forma más impresionante y placentera posible cuando los mueve suavemente fuera y dentro de mí.

Enreda la lengua en mi clítoris, y me pierdo, me da vueltas la cabeza. Todo se aprieta, se tensa y el placer es casi insoportable. Rory cierra los labios alrededor de mi clítoris y me mira a los ojos mientras succiona. Vuelve a gruñir como lo hizo antes, cuando estaba comiéndose la hamburguesa, ese sonido voraz y satisfecho que me envía una corriente eléctrica por las extremidades.

Las sensaciones son abrumadoras: el tirón cálido y húmedo de sus labios en mi clítoris, la longitud de sus dedos dentro de mí y los mechones de pelo sedoso enredados entre mis dedos. Todo se une, aumentando la intensidad, a medida que Rory me persuade cada vez más para que estalle.

¿Los ruidos que está haciendo? Solo hacen que me excite todavía más. Rory Miller ha ascendido a un nivel completamente nuevo.

Nunca he sentido algo así. Jamás. Nadie me ha tocado así, nadie ha disfrutado de tocarme y de hacerme sentir así.

Siento un ligero destello de temor, porque esto va a cambiar las cosas entre nosotros. Era mucho más fácil meter a Rory en el saco con el resto de los tipos que me importaban una mierda.

Como si viera mi preocupación, me baja los calzones para no tener que sujetarlas a un lado, y me caen a los pies. Me agarra una mano y entrelaza nuestros dedos. Se me separan los labios. Su mano se traga a la mía, pero ¿y el contacto de nuestras palmas mientras él está así, en el suelo, delante de mí, mientras me succiona el clítoris y me mira como si mi placer fuera el suyo?

Se me queda la mente en blanco, y me sumerjo en las sensaciones demandantes y embriagadas que inundan mi sangre.

Succiona el sensible bulto con ritmo, y aprieto los dedos alrededor de los suyos. Aprieto la cadera contra su boca, desesperada por más fricción, más presión.

Empiezan las palpitaciones, pero mi parte obstinada clava los talones. No, no, no. Si consigue que me venga, no sé qué supondrá, y odio darle la satisfacción de ganar.

—Deja de resistirte, Hartley.

Mueve la lengua rápido, caliente y resbaladiza. La mirada de éxtasis en sus ojos me provoca un golpe de placer. Tiene la cara sonrojada, ¿por qué me resulta eso tan sexi? Por la cara que tiene, parece que mi vulva es lo más rico que se ha comido en la vida, como si se fuera a morir si no pudiera seguir haciendo esto. En mi interior, curva los dedos y me encuentra el punto G.

Estoy a punto del orgasmo, el placer se acumula, se expande, me asfixia.

—Me voy a venir —digo ahogada, tocándome por encima de su boca. Me aprieta la mano a medida que el deseo abrasador y cegador se retuerce por todo mi cuerpo—. Rory.

Su gruñido resuena contra mí, y me vengo. Se arquea por mí, haciendo que me estremezca y tiemble en su boca. Creo que tengo los ojos cerrados. O a lo mejor los tengo abiertos y simplemente estoy tan sobrepasada por este orgasmo que me arrolla, no puedo diferenciarlo. Él tiene las cejas arrugadas, los ojos cerrados, y llego a otro clímax, gritando mientras él me aprieta la mano.

Las olas se calman y se me aclara la mente. Parpadeo cien veces. No suelo venirme con los acostones de una noche.

—Maldición —dice desesperado contra mi clítoris, respirando con dificultad—. Hazel.

Dice mi nombre como si fuera una palabrota, como si estuviera enojado, pero se levanta y me acorrala contra la puerta, ambos con la respiración entrecortada. Tiene los ojos brillantes, medio cerrados y oscuros, y su verga sobresale, formando una tienda de campaña en sus pantalones. Se lleva los dedos a la boca, sosteniéndome la mirada mientras se chupa mi excitación.

Siento un escalofrío.

—Dime que te ha gustado —dice con voz ronca, a centímetros de mi boca.

—No sabía que podía ser así. —Debería decir algo ingenioso y avispado, pero no se me ocurre nada. Tengo la piel de gallina.

Esa sonrisa vaga y engreída aparece en sus preciosos labios y me besa, profundizando en mi boca. Jamás pensé que un tipo que me comiera haría que me palpitara la vulva así, pero tampoco pensé que Rory Miller se arrodillaría a mis pies y me provocaría dos orgasmos.

Mientras me besa, le agarro la verga, arrastrando la mano por toda la erección. Si esta va a ser la única vez que cojamos, quiero saber cómo suena cuando se viene de verdad.

Me agarra de la muñeca, sonríe y sacude la cabeza. Tiene las mejillas sonrojadas, como justo después de un partido.

—Para la próxima.

Las palabras «No va a haber una próxima» se me acumulan en la punta de la lengua. Me imagino rompiendo mi regla, dejando que Rory me doble y me coja como dijo que quería hacer después de jugar a Assassin, y se me pone la piel de gallina.

Nunca he tenido la más mínima intención de romper mi regla, pero no soy capaz de quitarme esa imagen de la cabeza. Me preocupa.

—Vamos a la cama —murmura Rory, llevándome hasta allí con los labios en mi cuello, dándome besos íntimos y delicados.

Todo esto ha sido muy íntimo. Siento la necesidad de hacer una broma, como: «Supongo que ahora querrás quedarte a dormir», o: «¿Sería de muy mal gusto pedirte que te fueras?», pero no me parece divertido, solo cruel e insensible, y no quiero ser esa versión de mí ahora mismo.

Y quiero que se quede. No sé por qué, y no quiero darle demasiadas vueltas.

—Voy a lavarme los dientes. —Me suelto de él y tomo una camiseta para dormir, sintiendo los ojos de Rory por todo mi cuerpo mientras me la pongo y voy dando tumbos al baño. En la puerta, me paro, con el corazón acelerado—. Tengo uno de sobra. Un cepillo de dientes. —Carraspeo y levanta la boca, divertido—. Para ti. Si quieres. El dentista me da uno nuevo cada vez que voy a hacerme una limpieza, pero a mí me gustan de otro tipo, así que tengo un montón de sobra.

Maldición, vaya fastidio, Hazel.

Sin decir nada, como si supiera que estoy a segundos de perder los nervios, Rory me sigue hasta el baño. La tensión puede cortarse con un cuchillo mientras nos lavamos los dientes y, cuando se inclina hacia delante para enjuagarse la boca, me coloca la mano en la espalda, como de forma instintiva.

No me muevo al notar su tacto.

«No te acostumbres a esto», me advierto.

Cuando volvemos a la cama, Rory se coloca en su lado y me mira con esa sonrisita engreída.

—Te dije que conseguiría que te vinieras. —Me atrae hacia él, haciendo la cucharita. Tampoco había hecho antes esta parte, los arrumacos de después.

Debería irse. Debería decirle que se vaya. Pero simplemente apago la luz.

—No te regodees, Rory.

Su risa grave y satisfecha resuena en la oscuridad mientras yo me pregunto qué carajo acaba de pasar.

# Capítulo 33
# Rory

La luz del sol se cuela en el piso de Hazel. Cuando está despierta, Hartley es ingeniosa, segura y precavida, pero dormida todas sus características afiladas se suavizan. Está de lado, con las rodillas dobladas hacia arriba y una mano metida debajo de la cara.

Creo que jamás he visto a una chica tan guapa como Hazel Hartley.

«No sabía que podía ser así», dijo anoche, y se me erizan los pelos de la nuca. Hay algo en Hazel diciéndome que lo hago bien que se me queda grabado en el cerebro.

En la mesita de noche empieza a vibrar mi teléfono, y cuando veo quién me llama, se me tensa el estómago.

—Hola. —Hablo en voz baja para no despertar a Hazel.

—Rory. —Es el tono directo habitual de mi padre, el de no andarse con tonterías—. Hablemos del partido.

Durante una milésima de segundo, pienso que va a decirme que está orgulloso de mí. Cuando juego bien, lo aprueba con firmeza. Y ya está. Pero es algo, un reconocimiento de que no soy una pérdida de tiempo y energía para él.

—No sé qué diablos hiciste ahí —dice, y se me revuelve el estómago—, pero tienes que centrarte en el partido. No firmaron contigo para que pases el disco.

¿Por qué he pensado que iba a estar contento?

—Las estrellas marcan goles —añade.

Y, aun así, anoche me la pasé bien. Pasar el disco y ver cómo mis compañeros lo hundían en la red fue agradable, y disfruté del rugido del público en lugar de que me molestara.

La conciencia me cosquillea la piel en cuanto Hazel se despierta. Me está mirando, escuchando, pero yo no la miro. No quiero ver la mirada en sus ojos.

Mi padre repasa mi partido, describiendo todas y cada una de las oportunidades perdidas, como si hubiera estado conmigo en la pista. Está leyendo una página de notas y las va tachando, línea por línea, porque es lo que siempre ha hecho.

—No sé qué se cree Ward que está haciendo, pero si sigue con esta mierda, el Storm no va a llegar a las eliminatorias, desde luego.

—Ward sabe lo que hace.

Una pausa.

—¿Por qué hablas tan bajo? ¿Estás con una tipa en la cama o algo?

Deslizo la mirada a Hazel. Está despeinada y guapísima con los ojos medio dormidos. Se me va el corazón a la garganta, y noto las arrugas de preocupación en la frente. Me inundan los instintos protectores. No quiero que mi padre se acerque a Hazel. Si me dijera algo, aunque sea el más mínimo comentario sobre que estoy malgastando el tiempo con ella, haría una estupidez sin pensar.

—Entiendo —murmura, casi para sí—. Estás con la tipa esa. La fisio.

Se me acelera el corazón, y cierro el puño de la mano que tengo libre. Hemos subido las fotos a las redes sociales porque lo planeamos así, y Rick Miller observa mi carrera más de cerca que nadie.

—Por todo este entrenamiento de mierda, el Storm tiene buena prensa. Engánchate a una chica guapa del brazo y que parezca que eres un buen capitán, pero cuando termine la temporada, pasa página.

—No es eso. —Me late la sangre en los oídos. ¿Y si para Hazel sí es eso y me estoy dejando llevar por una fantasía?

¿Y si me deja como si todo esto no hubiera sido nada? Siento náuseas solo de pensarlo.

Ella no confía en los tipos y cree que Connor y yo estamos cortados por el mismo patrón.

Él se ríe con esa tos ronca.

—Para nosotros, el hockey es lo primero. Que no se te olvide.

—No siempre. —Mi tono es severo. Está describiendo mi pesadilla y, aun así, es mi realidad. Le ruego al universo.

—No dejes que te nuble el sentido. Lo último que necesitas es que una chica se interponga en tu camino.

Odio lo que está haciendo, hablar como si cualquier cosa que tengamos en nuestra vida que no sea hockey nos hiciera parecer débiles. Quiero que Hazel me nuble el sentido. Me gusta tenerla aquí, ocupando espacio, mirándome con esa sonrisa de aprobación. Hazel se ha metido en mi cabeza y han empezado a pasarme cosas buenas en la vida.

—¿Sí? —La ira me agita, seguida de algo más pesado. Dolor, porque, en parte, mi madre se fue por su culpa. Frustración, porque no quiero ser como él—. ¿Eso es lo que haces tú? ¿Por eso sigues felizmente casado?

Hay una pausa larga y noto su sorpresa, pero se defiende.

—La gente se divorcia, Rory. Las relaciones no duran para siempre. Madura y deja de vivir en un puto cuento de hadas.

Me siento como si le hubiera dado un puñetazo en el estómago.

—¿Y eres feliz ahora mismo?

—¿De qué carajo hablas?

No sé por qué he entrado ahí, me han salido las palabras solas. Aprieto los dientes y respiro hondo, recuperando el control antes de descargarlo todo delante de Hazel.

—Tengo que colgar —le digo.

—Como quieras. —Tiene una voz rara, como si tampoco entendiera lo que acaba de pasar—. Adiós.

—Adiós.

Finalizo la llamada y vuelvo a respirar hondo, inhalando para volver al presente, al piso de Hazel con su dragón y su foto de la bailarina y el armario a rebosar de ropa de yoga de colores intensos.

—¿Era tu padre? —pregunta con delicadeza.

Busco su cara con la mirada.

—¿Lo has escuchado?

—No. —Me mira fijamente—. Me ha dado esa sensación.

Hago un ruido de reconocimiento y miro al frente, a la cajonera y al bote de perfume encima, pero estoy escuchando todo lo que me ha dicho mi padre.

—¿Cómo te sientes después del partido de ayer?

La reprobación de mi padre me corroe el estómago como si fuera ácido.

—Estoy contento. —Ayer estaba en lo más alto del mundo, pero hoy me han tirado de vuelta a la realidad.

Ella hace un ruido gutural sin apartar la vista de mí. El sol de la mañana le ilumina los ojos y hace que brillen.

Le miro la camiseta y frunzo el ceño. Le queda demasiado grande. ¿Es la camiseta de un tipo? También se la puso la otra vez que me quedé a dormir. Vuelvo a tener ese sentimiento posesivo en el pecho.

—¿De quién es esa camiseta?

—Mía.

—Pero ¿de quién era antes de ser tuya?

Frunce el ceño.

—¿Cómo?

—¿Te la dio algún tipo?

Estalla en una carcajada.

—¿Qué? No.

—¿Era de McKinnon?

Se queda perpleja.

—No. ¿En serio crees que voy a ponerme una camiseta suya después de lo que me hizo? ¿Años después? ¿Después de lo que te dije anoche? —Se apoya en los codos para mirarme de frente—. ¿De verdad?

—Perdona. —Me estremezco—. Sé que ya no sientes nada por él. —Ese sentimiento posesivo se calma y se desvanece poco a poco.

—Celoso —bromea, levantando la comisura de la boca.

—Un poco —admito, echándome hacia atrás el pelo. Trago saliva y miro alrededor, a su casa, pensando en otro tipo aquí, en mi lado de la cama, y me dan náuseas—. A veces creo que tú eres lo único bueno en mi vida, y no quiero compartirlo con otro.

Me he pasado. Le estudio la cara, esperando que se eche atrás.

«Qué débil eres», diría mi padre.

—¿A qué hora tienes que ir a entrenar hoy? —pregunta.

—Esta mañana no tengo entrenamiento con el equipo, pero tengo que ir al gimnasio a las once. ¿Tienes que ir a trabajar?

Sacude ligeramente la cabeza.

—Hasta las diez, no. —Parece que quiere decir algo.

—¿Puedo invitarte a desayunar? —pregunto.

Vuelve a sacudir la cabeza, pero empieza a sonreír.

—Había pensado otra cosa.

# Capítulo 34
# Rory

Media hora después, voy detrás de ella por el dique de Vancouver, esquivando peatones y corredores mientras nosotros también corremos. Unas nubes grises se acumulan en el cielo, pero no está lloviendo, y eso es algo que celebrar en noviembre en Vancouver. Estamos yendo al parque Stanley, el gran bosque esmeralda en las afueras de la ciudad. Compruebo mis pulsaciones en el reloj.

—Vamos a acelerar —le digo—. Quiero mantener las pulsaciones por encima de ciento veinte.

Estira el brazo hacia mí, con la palma de la mano hacia arriba.

—Dame eso. —Señala el reloj—. El reloj. Dámelo. —Le cuesta respirar, tiene la cara roja y está guapísima con la luz de la mañana—. No paras de mirarlo.

—¿Y qué quieres que mire?

Ella estira los brazos señalando el entorno, el mar, los edificios de cristal, los árboles.

—Esto. Todo esto.

Hay algunas personas sentadas en los troncos de la playa de English Bay, mirando los barcos que hay en el agua.

Señalo a una gaviota comiéndose una pizza de una papelera y exagero la expresión de sorpresa.

—¡Dios mío! ¡Mira, Hazel! ¡La naturaleza en su máximo esplendor!

Me da una palmada en el hombro, pero se ríe.

—Cállate, Miller.

Le sonrío e inmediatamente después pasamos por un edificio y entrecierro los ojos.

—Acabo de ver una rata. Vamos a acercarnos.

—Vamos. —Sacude la cabeza y forma una línea con los labios, pero se ríe con los ojos—. ¿Sabes por qué me gusta correr, el yoga y la natación? Porque, cuando hago eso, todo lo demás desaparece. Me concentro en respirar y en no desmayarme, y no importa nada más. Ni problemas familiares, ni hockey, ni McKinnon. Solo esto. —Mira al agua—. Solo agua y árboles. —Hace un gesto hacia delante con la cabeza—. Y esa gaviota comiendo pizza.

Entramos en el parque Stanley y el ruido de la ciudad se desvanece a medida que corremos por el camino entre abetos enormes. El aire se siente más limpio, más fresco, y hace que la temperatura sea perfecta para correr.

—Muy bien, escupefuego. Lo haré a tu manera.

Ese apodo hace que me mire feo.

—Si vuelves a llamarme así, me meteré contigo.

—Ya sabes lo que pasa cuando te metes conmigo.

Una sonrisa gigantesca aparece en su cara y se le agita el pecho cuando se ríe. Me arrolla la misma sensación que cuando corrimos por las escaleras en la cena del equipo. La sensación que perseguía cuando intenté jugar aquella pachanga de hockey. Y anoche, cuando le pasé el disco a Owens y lo vi marcar.

Corremos por el parque y dejo de preocuparme por el ritmo o las pulsaciones. Corro con Hazel, nada más. Todo se desvanece y estamos solos, aquí y ahora.

—Vamos —la incito más tarde, cuando vuelve a aparecer la entrada del parque. Va un poco rezagada, pero su orgullo jamás le permitiría pedirme que vayamos más lento—. ¿Eso es todo lo que puedes hacer, Hartley? Pensaba que eras fuerte.

—Soy fuerte —me responde, acelerando.

Me adapto a su ritmo y, para cuando llegamos a la entrada, estamos esprintando. Tiene razón: es fuerte. Es mucho más rápida de lo que había pensado, pero yo soy mucho más alto.

Me viene un recuerdo de cuando tenía quince años y estaba en el bosque con mi madre. Siento un pinchazo en el corazón. Valiosos, creo que Hartley llama así a momentos como este.

Paso corriendo por delante del cartel de la entrada, un metro por delante de ella, y me giro para mirarla regodeándome con una sonrisa victoriosa en la cara.

—Te gané. —Le doy un golpecito en un lado—. A ver si corres más y te echas menos siestas en el tapete de yoga, ¿eh?

Ella se ríe.

—Imbécil.

—No sabes perder. —Le paso un brazo por encima de los hombros y tiro de ella hacia mí al caminar. Estoy sudoroso, ella está sudorosa, pero a ninguno de los dos parece importarle mientras recuperamos el aliento—. No pasa nada. Yo tengo las piernas más largas.

Me da un codazo.

—No seas condescendiente conmigo.

—Es verdad. —Me río—. Si midieras lo mismo que yo, seguramente ganarías tú.

—La próxima vez que duermas en mi casa —dice—, voy a comprobar cuánto tiempo puedes aguantar la respiración con una almohada en la cara.

Echo la cabeza hacia atrás y me río sin parar.

—La próxima vez, ¿eh?

—En fin. —Pone los ojos en blanco sin quitar la sonrisa de la cara—. ¿Por qué no voy yo nunca a tu casa? ¿Te avergüenzas de algo? —Mantiene la cara inmóvil—. Lo de la muñeca inflable es mentira, ¿verdad?

Resoplo.

—Sí, Hartley, es mentira. —Pienso en mi departamento: tan frío y vacío y sin alma en comparación con la abarrotada caja de zapatos de Hartley—. Mi casa es una mierda.

—¿Peor que la mía?

—Vamos. —Aprieto el brazo alrededor de su cuello y la empujo—. Ninguna casa es peor que la tuya, cariño.

Vuelve a darme un codazo en las costillas y me río. Pero no me ha dicho que no la llame cariño.

—A veces me recuerdas a mi madre —le digo más tarde, de camino a casa con unos cafés en la mano y mi brazo alrededor de sus hombros. Debe de estar cansada de la carrera, porque no me aparta.

Debajo de mi brazo no se mueve, gira la cabeza para mirarme con una expresión de curiosidad. Me fijo en la zona en la que su mano me toca, con el brazo alrededor de mi cintura, y es exactamente igual que aquel día en el bosque, cuando era pequeño, cuando mi madre me abrazó y me dijo que me quería.

¿Cuándo fue la última vez que hablamos? Las últimas fiestas de Navidad, creo. Me envió un email y no le respondí porque no sabía qué decirle.

Maldición, cuánto la echo de menos.

—Le gusta hacer cosas de este tipo. Correr, hacer senderismo, incluso yoga. —Miro a Hazel sacudiendo las cejas. Me está mirando fijamente—. Le encantaría toda esa mierda de sentirse valioso y esas cosas, Hartley.

Me pregunto qué pensaría mi madre de que juegue retas. Me pregunto si ve mis partidos en la tele.

—¿La ves mucho? —pregunta Hazel.

Sacudo la cabeza.

—No, la verdad.

—¿Por qué no?

Me muerdo el interior de las mejillas, sin saber muy bien qué decir.

—Se marchó. —A Hazel le brillan los ojos con furia y compasión, así que me apresuro a añadir—: Bueno, me preguntó si quería ir con ella.

Tengo la garganta cerrada y me esfuerzo por quedarme aquí con Hazel y no volver a aquella casa, ni a escuchar la puerta cerrarse detrás de ella.

—Y le dije que no. No le gustaba que mi padre me presionara tanto con el hockey. Decía que estaba obsesionado y que me estaba obsesionando a mí. —Carraspeo—. Y yo quería que él estuviera orgulloso de mí, así que le dije que no quería irme con ella. Intentaron la custodia compartida, pero era muy complicado con mis horarios de hockey. —Se me tensa el pecho—. Y yo tampoco lo hice fácil —admito—. Cuando estaba con ella, la ignoraba o me iba a jugar al hockey hasta que fuera la hora de dormir, hasta que un día le dije que ya no quería vivir con ella.

Siento una náusea que me arrolla y me sube por la garganta. Me dolió tanto que no nos quisiera a mi padre y a mí que empeoré aún más las cosas.

—Ahora las cosas han cambiado un poco entre nosotros. Y es culpa mía, y me odio por ello.

—¿Cuántos años tenías?

—Doce.

Se queda callada durante un instante.

—Eras un niño.

La delicada emoción de su voz me hace un agujero en el corazón, así que fuerzo una risa y la miro con una sonrisa irónica y autocrítica para no escupirlo todo.

—Estoy bien, Hartley.

¿Lo estoy? A veces tengo la sensación de que todo se desmorona.

—Soy uno de los mejores atletas del mundo —continúo—. Soy demasiado rico, y muy muy guapo. —Le guiño un ojo, pero ella no sonríe.

—¿Alguna vez piensas en cómo habría sido tu vida si te hubieras ido con ella?

—Intento no hacerlo.

Frunce el ceño.

—No quiero arrepentirme de nada. —Así que intento no pensar en ese momento en el que quizás debí haberme ido con ella.

Hazel no dice nada más, le da un sorbo al café y recuperamos el ritmo de la marcha.

—¿Por qué lo has hecho? —pregunto cuando entramos en su calle—. Llevarme a correr.

—Porque ahora somos amigos. —Sus ojos, tan azules y brillantes con la luz del día, se encuentran con los míos, y duda un segundo como si estuviera eligiendo las palabras con cuidado—. Y porque eres bueno y lindo —dice, mirándome con la expresión más abierta y sincera que le he visto jamás.

Esta es la verdadera Hazel, la que hay debajo de todas esas púas afiladas. Seguro que no permite que nadie, excepto Pippa, vea esta faceta. Es demasiado valiosa y preciada para alguien como yo.

—Y te mereces que te pasen cosas buenas, Rory.

# Capítulo 35
# Hazel

Unos días más tarde, entro en el gimnasio mientras Rory está haciendo press de banca bajo la atenta mirada de un entrenador. Me mira a los ojos desde la banca.

—Mil uno —dice cuando paso por delante, levantando la barra—. Mil dos.

Suelto una carcajada. Suelta la barra en el bastidor, se sienta y me sonríe.

Maldición, estoy metida en un buen problema. Cuando no estoy pensando en él de rodillas, lamiéndome, pienso en correr con él por el parque Stanley. O en él hablando de su madre con esa mirada que me rompe el corazón, como si la echara mucho de menos. Como si estuviera perdido sin ella. Siento un pinchazo en el pecho.

O en el día en el que se le ensombreció la cara cuando lo llamó su padre.

Una ira protectora se desliza por mi cuerpo. Me encantaría conocer a su padre y hacerlo pedazos. ¿Qué más da que sea una leyenda del hockey? Me da la sensación de que es la voz que Rory escucha en la cabeza cuando dice cosas del tipo: «La comida es combustible», «La cerveza es inflamatoria» o «Solo valgo lo que pueda hacer mi cuerpo».

Rory se merece mucho más que a Rick Miller.

—¿Podemos descansar un momento? —le pregunta Rory al entrenador, que asiente.

Se acerca a donde estoy preparando mi sesión con Connor y se sienta en el cajón de madera que acabo de colocar en el suelo. El estómago me da un vuelco de ilusión. Llevo desde que nos revolcamos esperando a que saque el tema.

—¿Qué harás esta noche? —pregunta—. Vamos a cenar.

Antes, su arrogancia me molestaba. ¿Por qué ahora me resulta sexi? ¿Y por qué me he vuelto a poner más lencería de la que me mandó?

—Tengo planes.

Mira a Connor, que acaba de entrar en el gimnasio para nuestra sesión, y se levanta, invadiendo mi espacio personal.

—Dame un beso.

Siento que nos están observando, que era la intención de todo esto, pero el estómago me da otra voltereta ante la idea de tocarlo.

Cuando me recorre la mandíbula con los dedos, me rindo. Me doblo hacia él como una viña en busca del sol.

Me besa con un cuidado delicado, suave y dulce, jalando de mí contra su pecho. Su olor me penetra por la nariz, me envuelve, me rodea, y se me relajan todos los músculos a medida que me inclino hacia él. Es demasiado alto y tengo el cuello prácticamente en un ángulo de noventa grados, pero me da igual.

Sonríe contra mis labios, me da otro beso en la boca y me mira con cariño, como si yo fuera lo mejor que ha visto.

—Deja que te invite a cenar —repite, y me imagino todas las cosas que podríamos hacer después de cenar. Cosas como las de la otra noche, con su cabeza entre mis piernas. A lo mejor me dejaría tocarle y por fin escucharía el ruido que hace Rory Miller cuando se viene.

A lo mejor nos saltaríamos la cena, directamente.

No, me regaño. No se va a repetir, por mucho que haya estado pensando en ello.

—No puedo. —Parpadeo para aclararme las ideas, reordenando mis pensamientos. Se me eriza la piel y sé que Connor nos está mirando y esperando a que empiece nuestra sesión.

—De verdad, esta noche no puedo. Han venido mis padres.

Se me queda mirando, esperando.

—¿Qué?

—Invítame.

—Rory. Solo son mis padres. —Y Pippa, Jamie y la madre de Jamie, Donna.

—Ya lo sé, los conozco.

Es verdad. En Año Nuevo, el año pasado, cuando él y otros jugadores se quedaron a dormir en el salón de casa de mis padres.

Aunque mis padres creen que estamos juntos de verdad y que Rory entre en mi familia le da más credibilidad, todavía no sé qué es esto que tenemos.

—Puedo decir que estás ocupado.

—No. —Frunce el ceño—. Me apetece verlos. Me cae bien tu padre y no pude hablar mucho con tu madre. Me gustaría conocerla. —Arquea una ceja—. Esto es lo que quiero.

—¿Cómo?

—Gané. —Le destellan los ojos de deseo, como si estuviera reproduciendo la imagen mía cabalgando sobre su cara—. Acordamos que si yo ganaba, tendría lo que quisiera.

Se me escapa una risa incrédula.

—¿Y esto es lo que quieres? —¿De entre todas las cosas que podría elegir?

—Esto es lo que quiero.

Tiene una sonrisa delicada y dulce, como diciendo: «Qué linda es Hazel», y me sorprende cuánto me gusta. Cuánto la echaré de menos cuando todo esto acabe.

Maldición.

Sacudo la cabeza porque hay veces que no sé qué pensar de este tipo. Se me escapa una risa.

—Está bien. Rory, ¿te gustaría venir a cenar con nosotros?

Una amplia sonrisa le atraviesa la cara de oreja a oreja, y me siento como si hubiera ganado algo, porque me encanta esa mirada.

# Capítulo 36
# Hazel

—El equipo de hockey de tus sueños —le dice mi padre a Rory aquella noche en el restaurante—. ¡Sí!

Rory se inclina con una cara muy seria y yo sonrío.

—¿Con quien quiera?

—Con quien quieras —confirma mi padre—. Vivo, muerto o de ficción.

Rory enumera varios jugadores de hockey y mi padre asiente con aprobación.

—Tate Ward —añade Rory.

Mi padre parece sorprendido.

—No me lo esperaba.

—El *slapshot* más rápido de la historia.

Mi padre silba.

—Lo recuerdo. Es una lástima que solo jugara media temporada en el Vancouver.

—Sí. —Rory mira mi vaso de agua vacío y lo rellena, sin dejar de escuchar la conversación entre mi padre y Jamie y sus equipos soñados. Al cabo de un instante, me coloca la mano en el muslo, cálida y pesada.

Lleva un suéter de punto azul marino que se le estira por los hombros y unos pantalones que le quedan perfectos de pierna y trasero. Excepto para las cenas del equipo, normalmente siempre se viste con ropa deportiva, pero esta noche se ha arreglado. Me doy cuenta, con un calor agradable en el estómago, de que ha hecho un esfuerzo. Se ha puesto algo en el pelo, huele bien, fresco y limpio. Está frustrantemente guapo e intenta causar buena impresión a mi familia.

Al otro lado de la mesa, Pippa me mira a los ojos con una sonrisilla, y yo aparto la mirada muy rápido. Si se entera de cómo han estado cambiando las cosas entre Rory y yo, no me dejará tranquila, y convencerla de que todo esto es una pantomima será todavía más imposible.

—Últimamente has estado jugando diferente —señala mi padre, y Rory aprieta los dedos sobre mi pierna.

—Sí. —Se mueve en su asiento.

—No es malo —añade mi padre—. Ahora eres el capitán. Es normal que tu estilo cambie.

—¿Tú crees? —pregunta Rory, y se me rompe el corazón.

Rick Miller puede arder en el infierno por todo el daño que le ha hecho a la seguridad de Rory, pero la sonrisa de ánimo que le pone mi padre aparta toda esa ira protectora y me siento muy agradecida.

Coloco la mano encima de la de Rory y, cuando me mira, le sonrío.

Los chicos siguen hablando y mi madre me da un golpecito.

—Rory es muy lindo.

Sonrío otra vez.

—Sí que lo es.

La madre de Jamie, Donna, se inclina hacia delante con una sonrisa sugerente.

—Siempre supe que terminarían juntos, Hazel. En la escuela, Rory no paraba de hablar de esa profesora particular que tenía.

Siento un calor que me sube por el cuello y escondo una sonrisa. Parece que este es su sitio, con todos nosotros, y me gusta demasiado.

—Es un partidazo —susurra mi madre, con una sonrisa que le resalta los pómulos—. Pero tú también lo eres.

Me río.

—Gracias, mamá. Tienes el pelo muy bonito, ¿te lo has cortado?

Se toca las puntas del pelo oscuro y levanta los hombros, tímida.

—Quería probar algo nuevo.

—Pues estás guapísima. —Estoy soplando las brasas de su autoestima, insistiéndoles para que vuelvan a arder.

Alguien dice mi nombre.

—¿Has visto su casa? —le pregunta Rory a mi padre.

—¿Ese cuchitril? —Mi padre resopla. Le lanzo una mirada y me esfuerzo por no sonreír—. Sí, lo hemos visto.

—Tengo cajas de zapatos más grandes que esa casa —añade mi madre.

—Es verdad. —Los miro a todos con los ojos entornados—. Muy graciosos.

—Me parece increíble que dejen que viva ahí —les dice Rory a mis padres.

Mi padre resopla.

—Nadie le dice a Hazel lo que tiene que hacer.

—Eres muy obstinada, desde pequeñita. —Mi madre se ríe.

—Disculpa. —La miro con una sonrisa—. Pero yo prefiero *perseverante.*

Rory levanta una ceja.

—Obstinada.

—Constante —respondo.

Levanta el brazo y me lo pasa por encima de los hombros. Me mira y me sonríe.

—Todo lo que me gusta de ti, Hartley.

—Oooh. —Pippa nos sonríe. Ha sacado el teléfono y nos está enfocando.

—¿Nos acabas de tomar una foto? —pregunto, con el brazo de Rory todavía sobre los hombros.

—Sí. —Le brillan los ojos—. Dense un beso.

—Pippa. —Estoy sonriendo, pero le estoy lanzando dagas con la mirada. Ella simplemente sonríe con más ganas.

—Vamos —dice Donna desde el otro lado de la mesa—. Besaos.

Rory enrosca la mano en mi pelo.

—No seas tímida, Hartley.

Me arde la cara porque todo el mundo nos está mirando. La gente de las otras mesas mira de reojo porque están dos de las mayores estrellas del hockey y una cantante famosa. Se me retuerce el estómago lentamente de nervios y ansia cuando levanto la mirada hacia Rory.

—Vamos, Hartley. —Me agarra por la mandíbula y me levanta ligeramente la cara hacia él. Me está mirando con un afecto tan intenso que siento que me va a estallar el corazón.

—Finge que te gusto.

Me río en silencio y me besa. Es dulce y suave y delicado, como si fuera muy valiosa para él.

Cuando abro los ojos, me sonríe y siento un pinchazo agradable en el pecho que me confirma que, efectivamente, estoy podrida.

—Perfecta —dice Pippa mirando su teléfono.

Esto era lo que me daba miedo.

# Capítulo 37
# Hazel

Cuando la mesera empieza a limpiar la mesa, me fijo en el plato de mi madre. Apenas ha comido algo. Se me forma un nudo en la garganta y no consigo pensar en otra cosa, aunque estén hablando de otro tema.

—Rory, ¿qué vas a hacer en Navidad? —pregunta Donna.

Estamos a principios de diciembre y ya empiezan a aparecer las primeras decoraciones festivas por la ciudad.

Me da un salto el corazón. Rory y yo no hemos hablado de eso, pero Pippa, Jamie y yo nos iremos a Silver Falls un par de días. Jamie tiene que volver para el Clásico de Invierno en Año Nuevo. Y yo también, porque le prometí a Rory que iría con él.

Me mira a los ojos.

—Todavía no lo sé.

No se habla con su madre, y sospecho que el hosco de Rick Miller no es de los que se disfrazan de Papá Noel.

Mi madre me mira levantando las cejas, con los ojos brillantes. «Invítalo», me está diciendo.

¿Aquí? ¿Delante de todo el mundo? Se me acelera el pulso. Él no diría que no. Aceptaría sin pensarlo.

Me da un vuelco el corazón ante la idea de Rory pasando las fiestas de Navidad con mi familia, viendo películas antiguas y bebiendo sidra mientras ponemos los adornos que mis padres compraron cuando nacimos.

Pero nunca he llevado a un chico a casa. Sería otra primera vez para mí que tacharíamos juntos. Si Rory viene a casa por Navidad, significaría algo. Crearíamos recuerdos juntos y sería otra atadura con él, otra complicación más para pasar página cuando todo esto acabe.

—¿Te alegras de estar de vuelta en Vancouver? —pregunta mi madre, y agradezco el cambio de tema.

—Muchísimo. —Desliza su mano en la mía y me aprieta—. Hazel y yo fuimos el otro día a correr al parque Stanley.

Mi madre suspira.

—Debería volver a correr. —Se lleva las manos a la cintura y me mira con los ojos muy abiertos—. Es muy difícil mantener a raya el peso en invierno.

Se me tensan los hombros y vuelve a aparecer ese conocido dolor al escuchar a mi madre insultarse. Los kilos que supuestamente ha ganado ni siquiera son perceptibles, pero sé que se pesa todas las mañanas y lleva un registro.

—Pues no lo mantengas a raya —digo despreocupadamente, toqueteando mi vaso de agua—. ¿Por qué vas a forzarte por encajar en el aspecto que otra persona cree que debes tener?

Como siempre, mis palabras le sientan como un puñetazo en la barriga. Lleva toda la vida viendo lo que dice nuestra cultura sobre cómo deben estar las mujeres para reforzar sus ideas. Así que me ignora.

—En cuanto lleguemos a Silver Falls, voy a hacer una limpieza.

Aprieto los dientes. Siento que Rory me está mirando, pero yo mantengo los ojos en la mesa. Soy un torbellino de emociones: frustración porque mi madre se maltrate, que se crea que no es suficiente, y vergüenza porque Rory esté viendo esta parte de mi vida personal. Todas las cosas que he intentado evitarle para nada.

—Limón, agua, miel y un poquito de cayena —continúa—. Tres días con eso y los kilos se desvanecen.

Exhalo enojada y temblorosa. Miro a Pippa, pero está hablando con Donna.

—Eso no es sano, mamá —le digo—. Necesitas proteínas y verduras, y carbohidratos. Comida de verdad.

—Los hombres de las cavernas se pasaban días sin comer. —Resopla—. Nos viene bien. Reinicia el metabolismo.

—Tu metabolismo no tiene nada de malo —insisto, con el corazón acelerado—. Además, cuando vuelvas a comer comida de verdad, recuperarás esos kilos.

Mi tono es firme y soy consciente de que Rory está sentado a mi lado, observando.

Vuelve a acercarse la mesera.

—¿Quieren que les traiga la carta de postres?

—No —dice mi madre.

—Sí —respondo al mismo tiempo, mirando a mi madre—. Tienen tiramisú.

—No. —Hace un gesto con las manos, como si no pudiera comer ni un mísero bocado de postre.

En mi cabeza, pido el tiramisú. Pido todo el tiramisú del restaurante y, cuando llega, la obligo a comérselo y a disfrutarlo. Y luego me dice: «Tienes razón, Hazel. Me encanta mi cuerpo y me merezco comer cosas que me hagan feliz».

—Pues nada —digo—. Deberíamos irnos. Mañana trabajo temprano.

La vergüenza se me acumula en la garganta, porque Rory ha visto todo eso. Me ha visto perder la calma. Ahora sabe que mi pasión es ayudar a la gente a que se sienta a gusto en su cuerpo, pero que no consigo convencer a mi madre.

¿Cómo voy a abrir un estudio propio si no consigo ayudar a la persona a la que más quiero?

Rory se disculpa al levantarse de la mesa, y cuando vuelve la mesera, le pido la cuenta.

Ella nos sonríe.

—Ya está pagado.

Rory aparece a su lado y se sienta, y parte de la ansiedad por esta cena se relaja en mi pecho ante su gesto.

—Rory. —Levanto las cejas.

Él me sonríe insolente.

—Hazel.

—No hacía falta que pagaras la cena.

—Pero quería hacerlo. —Sonríe a mis padres—. La próxima vez que estén por aquí, me encantaría que vinieran a un partido.

—Por supuesto. —Jamie invita a mi padre continuamente, pero mi padre pone una cara como si Rory le acabara de alegrar el año entero. Se saca el teléfono del pantalón y hace un gesto a la mesa—. Vamos a tomarnos una foto todos juntos.

—Yo la tomo —dice mi madre rápidamente.

Yo sacudo la cabeza.

—No, que la tome la mesera.

—No, no. —Ya le está quitando el teléfono a mi padre—. Que mis arrugas van a estropear la foto.

Se me para la respiración y voy a gritar o a explotar en un millón de partículas de polvo por la frustración y la rabia. Le da exactamente igual todo lo que le he dicho.

Tomamos la foto y, pese a tener la robusta y cálida mano de Rory en la zona más sensible del hombro, mi sonrisa es forzada e incómoda. Tengo un nudo en la garganta. Fuera, todos nos abrazamos y nos despedimos, y les deseamos a mis padres un buen viaje de vuelta antes de ir cada uno por su lado.

Reproduzco toda la conversación con mi madre. Un pulso enojado me late detrás de la frente y me arden los ojos.

No, no, no. Mierda. Me voy a poner a llorar.

—No me encuentro bien. Nos vemos mañana. —Mi voz suena aguda y tensa.

Si miro a Rory va a ver que estoy a punto de llorar, y no puedo permitirlo. No lloro delante de ningún chico. No invito a los chicos a cenar con mis padres, no les dejo que se queden a dormir y, desde luego, no les dejo que vean cómo me rompo.

No hago nada de esto con chicos.

—Buenas noches —digo sin mirarlo, y me alejo rápidamente.

Cae una lágrima cálida y me la seco.

—Hazel.

No puedo respirar y las malditas lágrimas no paran de derramarse cuando pienso en mi madre y en lo frustrada que estoy con ella. Conmigo. Le he fallado y se odia. Odia su cuerpo. Cree que no es suficiente.

Y yo me parezco a ella, así que ¿dónde me deja eso? ¿Ahora soy guapísima, pero cuando tenga su edad, no lo seré?

—Hazel.

Aparece delante de mí y me agarra por los brazos, mirándome.

Mi nombre resuena en el aire, estirado entre nosotros como un cable tenso, y me pregunto si llamarme por mi apellido no era su forma de provocar, sino de mantener un muro entre nosotros, porque ahora mismo, con los ojos hinchados y rojos y la nariz mocosa, estoy completamente expuesta.

—Mírame.

Aprieto los ojos.

—No.

—Sí. —La palabra es delicada y me levanta la barbilla con los dedos.

Abro los ojos y nunca me había mirado como me está mirando ahora. Tan genuinamente preocupado y cuidadoso, como si me fuera a quebrar. Como si estuviera desesperado por aliviarme el dolor.

Como si le importara.

A lo mejor por eso yo también lo llamo por su apellido, porque no quiero preocuparme por él.

Trago saliva.

—Estoy bien.

—Cuéntame. —Sus palabras son amables, pero golpean como un mazo contra mi decisión. Me estoy esforzando por mantener el muro en pie entre nosotros, y él no para de apisonarlo con su sinceridad y su amabilidad.

Sus profundos ojos azules buscan los míos y me pone una mano en la mejilla, apoyada suavemente como si fuera una mariposa.

—¿Qué pasa? —murmura, y ya estoy podrida del todo.

—Mi madre. —Me sale la voz ronca por la emoción—. Ella... No me gusta cómo se habla. No tiene autoestima.

Él respira hondo.

—Debe de ser duro ver algo así.

Se me nubla la vista, pero parpadeo para deshacerme de las lágrimas.

—Odio que esta sociedad haya conseguido que se sienta tan mal consigo misma. Odio que no sea capaz de existir con el cuerpo y la cara que tiene sin sentir que debe cambiarlo todo. —Trago la arena que tengo en la garganta—. ¿Y qué dice de mí que no sea capaz de ayudarla?

Rory tiene una expresión tan dolida y tan profundamente preocupada que el corazón me da un vuelco. Me pasa el pulgar por la mejilla para secar las lágrimas.

—Ven aquí —dice en voz baja, jalándome hacia su pecho.

Mi mejilla se aplasta en su clavícula, y me pasa la mano por el pelo con caricias relajadas mientras yo escucho los latidos de su corazón.

—No es justo —añade.

—No lo es.

Cae otra lágrima que desaparece en su camiseta. Su olor es muy reconfortante, y el angustioso martilleo de mi cabeza empieza a desvanecerse.

—Me encantaría volver atrás en el tiempo y ser su amiga cuando era adolescente. Sería la más desafiante y la más linda.

Tiene la barbilla apoyada sobre mi cabeza.

—Ya te digo.

Si la hubiera conocido entonces, le habría dicho que es suficiente. Y habría conseguido que se lo creyese.

—¿Por eso dices todas esas cosas durante las clases de yoga? —La respiración de Rory me hace cosquillas en la oreja—. ¿Por eso quieres crear un espacio para todo el mundo?

Asiento contra su pecho y sorbo la nariz.

—A ella le gusta el yoga, pero dice que no es ni lo suficientemente delgada ni lo suficientemente joven. Dice que quién va a querer verla con ropa de yoga. —Se me quiebra la voz con otro sollozo cuando el dolor me araña el pecho.

Solo quiero que mi madre se quiera tanto como la quiero yo.

—Me parezco mucho a ella —susurro, aunque no debería.

Estos pensamientos no tienen cabida en lo que estamos haciendo Rory y yo.

En apariencia, soy muy segura. Ver cómo mi madre odia su cuerpo solo ha reforzado mi armadura, pero de vez en cuando se cuela algún pensamiento. Un día me pareceré a mi madre, ¿seguiré queriéndome como lo hago ahora? ¿Le seguiré pareciendo guapa a alguien como Rory?

A Connor no se lo parecía y tenía diecinueve años. ¿Qué pasará cuando tenga sesenta?

Rory me mira, y nunca había visto unos ojos mirando con tanto cariño.

—Eres tan bonita que me duele el pecho.

Me da un vuelco el corazón.

—Y cuando tengamos cien años —susurra—, seguiré coqueteando contigo para llamar tu atención.

Es curioso cómo sabe exactamente qué decir. Son solo palabras, pero curan una de las grietas de mi corazón.

Nos quedamos en la banqueta un buen rato, fundidos en un fuerte abrazo mientras la gente nos esquiva.

—Eres increíble en lo tuyo —murmura contra mi pelo, y las palabras me llegan hasta el corazón y se me disuelven en la sangre—. No te rindas con ella. Puede que algún día te sorprenda.

Trago saliva, todavía descansando sobre su pecho, escuchando los regulares latidos de su corazón.

Tengo muchísimas ganas de creerlo.

# Capítulo 38
# Hazel

—Gracias por acompañarme —le digo a Rory cuando nos acercamos a mi casa. La noche está muy clara y las estrellas brillan en el cielo oscuro.

Espero que me diga que lo invite a subir. No sé muy bien qué le voy a decir esta vez.

—Vamos a correr —dice—. Una carrera cortita. —Tiene las manos sobre mis hombros y se ha agachado para mirarme a los ojos—. Un par de manzanas.

Resoplo.

—Tres metros. —Me ruega con los ojos—. Podemos llegar hasta la esquina y volver, si quieres. Vamos, Hartley. —Mira hacia la ventana de mi piso—. ¿Todavía tienes la maleta del gimnasio que dejé el otro día? ¿No la has quemado?

—Todavía no he tenido tiempo —digo con tono de broma, pero él no se ríe como me habría gustado.

Me está mirando otra vez así, como el otro día, cuando discutimos en la pista de patinaje y vino detrás de mí, y como hace un rato. Como si necesitara que esté bien, como si fuera capaz de hacer cualquier cosa para calmar este dolor en mi corazón.

—¿Por qué haces esto? —digo en un aliento.

—Porque tú lo hiciste por mí. —Busca mis ojos—. Vamos a sacudirlo juntos. —Me da un beso delicado y dulce en la boca, y el corazón se me sube a la garganta. Es un gesto tan delicado, tan protector.

Me arden los ojos, pero no por el mismo motivo que antes.

—¿Te parece? —susurra.

Asiento.

—Okey.

Él sonríe

—¡Esa es mi chica!

Diez minutos después, empezamos a correr. Hace frío y la ciudad está en calma. Corremos por un lado de la carretera hasta que llegamos al dique. Mientras corremos, reproduzco en mi cabeza lo que dijo mi madre, y lo que dije yo.

—Muy bien, Hartley —dice tras diez minutos de silencio—. Vamos a hacer una apuesta.

Estamos corriendo por la banqueta que da a English Bay, y las luces doradas de la calle le hacen sombra en la cara.

—Una competición amistosa —añade, y se me levanta la comisura de la boca.

—Eso ya me lo has dicho antes.

—Sí, y perdiste. Estrepitosamente.

—Cállate. —Estoy sonriendo, olvidándome de todo lo que ha pasado en la cena. Olvidándome de haber llorado delante de él.

—Esta es tu oportunidad de empatar.

Mi yo obstinada dice «No piques», pero mi faceta competitiva quiere más.

—¿En qué has pensado?

Señala una señal al final de este trozo de dique, bordeando la playa.

—Vamos a hacer una carrera hasta esa señal.

Por lo general, él es más rápido que yo. Pero hoy está cansado del entrenamiento. A lo mejor puedo ganar.

—¿Y si gano?

Pone una sonrisa engreída, pero con los ojos sexis.

—Te mandaré algún mensaje picante.

La conciencia me arrolla, pero mantengo la máscara de indiferencia en la cara.

—¿Cómo?

—Sí. Algo para mantenerte calentita cuando yo no esté.

El equipo se va a pasar las próximas dos semanas jugando fuera. En mi cabeza se reproducen miles de imágenes y me palpita la entrepierna.

—¿Y si ganas tú?

Hay un instante de silencio y tengo la sensación de que me falta el aire cuando lo miro.

—Te dejo a ti elegir —dice con una sonrisa vaga—. Lo que te parezca justo.

El corazón me late con más fuerza. Básicamente, me ha ofrecido unos desnudos, así que lo justo sería que yo también se los enviara. Se me retuerce el estómago ante esa idea.

—¿Nunca le enviaste nada a McKinnon? —pregunta en voz baja.

Sacudo la cabeza y exhalo con fuerza.

—Me los pidió, pero nunca quise.

Caigo en la cuenta de que nunca confié en él. En el fondo, sabía que pasaba algo. Quizás no que estuviera con otras chicas a mis espaldas, pero sabía que yo no era su prioridad.

Afila la mirada y la clava en mí.

—Interesante.

—Sí. —Trago saliva. Los nervios me suben y bajan por la espalda, provocándome escalofríos.

¿Qué le enviaría? Pienso en la lencería que no para de aparecer en mi casa; la lencería que no paro de usar. Le gustan los colores claros, parece, porque es todo de color pastel. Rosa pálido, azul, lavanda, verde menta, crema. Ayer llegó un bodi de encaje rosa claro, y me miré en el espejo pasando los dedos por la suave tela transparente.

Estaba muy sexi, y creo que es lo que usaría para la foto.

Una energía nerviosa me golpea en el estómago ante esa idea, y cuando lo miro, él todavía me mira con esa expresión desafiante y curiosa. El estómago me da otro vuelco.

Si hacemos la carrera, uno de los dos ganará una foto. Estamos sobrepasando el territorio de la pantomima. Esta noche, muchas cosas me han dado esa sensación.

Arquea una ceja.

—Solo si tú quieres, Hartley.

Una sensación testaruda, competitiva y juguetona recorre mi cuerpo, y los nervios desaparecen. Quiero ganar para estar por encima de él, pero, además, quiero ver qué me envía.

Perder no es una opción.

—De acuerdo. —Me muerdo el labio de abajo y sus ojos siguen el movimiento—. Prepárate para que te dé una paliza.

Una amplia sonrisa le cruza la cara de oreja a oreja, y yo la imito al mismo tiempo que una voz en mi cabeza me dice que soy una drogada por creer que voy a ganar.

—¿Preparada? —Dobla las piernas, preparándose para un esprint, y yo hago lo mismo.

—Sí.

—¡Ya!

Salimos corriendo a toda velocidad y, aunque la competitividad me arrolla, también me siento ligera, con muchas ganas de reírme y con una profunda alegría. Golpeamos la banqueta con fuerza. Alguien se aparta para dejarnos pasar.

—¡Perdona! —grito por encima del hombro.

—Sí, ¡lo siento! —añade Rory, riéndose.

Estamos a unos treinta metros de la señal y Rory va unos pocos metros por delante de mí, así que acelero. Me arden las piernas y noto que me falta el oxígeno. Creo que mi sangre jamás había bombeado tan rápido. Nunca he corrido tan rápido. Estoy volando. Estoy llena de color y de luz, y cuando Rory gira la cabeza para mirarme con esa sonrisa preciosa y perfecta, sé que también está volando.

Ya casi estamos en la señal. Mierda. Va a ganar y no puedo perder. No con tanto en juego. Entro en pánico y, con una mirada rápida a la arena a nuestro lado, convoco toda mi energía y le doy un empujón.

No estoy particularmente orgullosa, pero el suelo es blandito, así que no se hará daño.

Con un gruñido de sorpresa, se tambalea pero no se cae, tiene los músculos estabilizadores demasiado fuertes; aunque lo adelanto. Corro más rápido y doy un golpe a la señal.

Cuando me giro, lo veo acercarse a la arena para sentarse, con el pecho subiendo y bajando deprisa. Se está riendo.

—¡Serás tramposa! —grita, tirándome arena cuando me siento y me apoyo en él, intentando recuperar el aliento.

Por poco. ¿Por qué demonios he aceptado?

Porque Rory mueve algo en mi interior que hace que quiera jugar con él. Sabe exactamente cómo picarme.

Le sonrío, todavía sentada en la arena, y le ofrezco una mano, pero él la toma y me tira a su lado. Me siento increíblemente agradecida porque esto ha hecho que me sienta mejor. O igual es simplemente por estar con Rory.

A los dos nos cuesta respirar todavía y estamos empapados en sudor, pero le sonrío.

—Gracias.

—No me las des todavía. Aún no has visto la foto.

Suelto una carcajada al mismo tiempo que el estómago me da un vuelco, expectante. Cuando nos levantamos y volvemos a casa, pienso en la cena de antes, cuando mi madre le preguntó a Rory qué iba a hacer en Navidad.

—Bueno —empiezo a decir—, sobre lo de antes.

—¿Qué exactamente?

—Navidad.

Me mira con curiosidad, levantando poco a poco la comisura de los labios.

—Sé que seguramente tengas planes —digo, moviendo nerviosa los dedos.

—Para nada. —Sus ojos planean sobre mí, brillantes, interesados y tranquilos, como si fuera un pajarito y él estuviera esperando pacientemente con las manos extendidas a que aterrice.

—Sí.

Maldición, ¿por qué me cuesta tanto? Quizás porque Connor siempre me hacía sentir que era muy dependiente cada vez que intentaba hacer planes con él. Suéltalo ya, Hazel.

—Sé que queda muy poco tiempo y que a lo mejor ni siquiera quedan billetes —no sé por qué esa idea me resulta tan decepcionante—, y que la cama de invitados en casa de mis padres es peor que mi cama vieja —podría dormir en la otra cama que hay en mi habitación, pero estaría un poco apretado, aunque igual me resulta sexi y nos volvemos a revolcar—, y seguramente te aburrirías en un pueblo tan pequeño...

—Vamos, Hartley. Suéltalo.

—¿Quieres venir a pasar las fiestas de Navidad a Silver Falls? —Me late el corazón en la garganta.

Arquea una ceja.

—¿Contigo?

Yo resoplo una risa.

—Sí, Rory. Conmigo.

—Estás viniéndote un poco arriba con eso de la relación falsa, ¿no?

Se me hunde el estómago. Claro que sí. Claro que me he dejado llevar. Antes, cuando me tranquilizó, pensé... No sé qué pensé.

—Quedaría un poco raro si no vienes conmigo —miento.

«Cobarde», me susurra el cerebro.

Se me acelera el pulso ante su escrutinio.

—Es verdad. —Me rodea por los hombros y me jala hacia él—. Deberíamos mantener las apariencias.

—Puedes decir que no.

—No quiero. —Me toma un mechón de pelo—. Además, así podré ver cómo abres los regalos que te he comprado.

—¿Regalos? —Se me ilumina la cara—. ¿En plural?

Yo ya le he comprado un par de cosas, pero no sabía cómo sacar el tema.

—Sí. —Se le entrecierran los ojos con picardía—. ¿Te resultaría incómodo que te diera lencería delante de tus padres?

Estallo en una carcajada y toda la tensión que sentía antes se desvanece.

—No, sería perfectamente normal y para nada incómodo.

—Genial. Me muero de ganas.

Se me hincha el corazón. Sé que lo de la lencería es broma, pero ¿la idea de Rory en casa de mis padres pasando tiempo con mi familia?

Yo también me muero de ganas.

# Capítulo 39
# Rory

Estoy acostado en la cama del hotel unos días después, deslizando la pantalla por mi conversación con Hartley. Hemos jugado en Nueva Jersey y, cuando nuestro lateral derecho marcó un gol después de mi asistencia, volví a sentir un subidón de esa sensación ligera y victoriosa que he estado persiguiendo.

Debería estar durmiendo o revisando la grabación del partido de cara al de mañana, pero estoy pensando en Hazel.

Cuando me pidió que pasara con ella la Navidad, estaba haciendo eso que hace con los dedos. Estaba nerviosa.

Y a la mierda mantener las apariencias. Le gusto. Todavía no está preparada para admitirlo, pero tengo paciencia.

Sigo deslizando nuestra conversación. No me ha contestado al enlace que le he mandado de un estudio en renta.

¿Has visto el estudio que te he mandado?

Los tres puntos aparecen, desaparecen y vuelven a aparecer.

Sí. Gracias.

¿Y?

Me envía un emoji levantando los hombros.

¿Demasiado caro?

Es caro, pero nada escandaloso.

¿Demasiado grande? ¿Demasiado pequeño?

En el anuncio decía que el espacio tiene dos salas.

No. El tamaño está bien.

Sacudo la cabeza mirando al teléfono, confundido.

Vamos a verlo cuando vuelva.

Creo que todavía no estoy lista.

Recuerdo lo que dijo después de la cena con su familia, llorando, que cómo iba a ayudar a otra gente si ni siquiera era capaz de ayudar a su madre, y siento un dolor en el pecho. La necesidad de mejorar esta situación para Hazel me araña por dentro.

Estás lista, Hartley. ¿Qué opina Pippa?

No hablo con ella de estas cosas, está muy ocupada con su trabajo.

Exhalo con fuerza.

Creo que deberías hablarlo con ella, y creo que estás preparada.

Que Hazel me admita estas cosas tiene que significar algo. Puede que lo que hay entre nosotros sea más de lo que ella reconoce.

Aparecen los tres puntos, desaparecen y vuelven a aparecer antes de su mensaje.

Creo recordar que gané una apuesta.

Sacudo la cabeza, riéndome. Llevo toda la semana pensando en eso y tengo las fotos preparadas, pero...

Quería que me las pidiera. Quería ver una chispa de deseo por su parte. Todavía se me pone dura al pensar en cuando me dijo: «No sabía que podía ser así» después de que le comiera la vulva como si me fuera la vida en ello.

Y me las está pidiendo. Sonrío mirando al teléfono.

Hiciste trampa.

¿Quién no sabe perder ahora?

Maldición, me encanta discutir así con ella. Le respondo:

Ponte mi camiseta.

Así me caliento un poco.

Maldición, vaya ego, Miller.

Me río. Me encantaría estar en su cama, mirando cómo se aguanta la risa. El miércoles tuvimos un partido, así que no pude ir a su clase de yoga online. Tengo la sensación de que llevo años sin verla.

Aparece la foto en la conversación. Está de espaldas al espejo del baño y está mirando hacia atrás con una sonrisilla, con «Miller» escrito en la espalda con letras grandes.

Una satisfacción posesiva me invade.

Estás preciosa.

¿Me lo dices a mí o a la camiseta?

Sonrío de oreja a oreja. Un calor muy agradable se me extiende por el pecho y por la piel.

¿No puedo referirme a las dos?

La emoción y los nervios me arrollan cuando voy hasta la última foto de mi carrete, una selfi sin camiseta que me hice ayer enfrente del espejo. El teléfono hace un ruido al mandar la foto y, un instante después, ella responde.

Guau.

Respiro hondo.

Hartley, creo recordar que dijiste que no tengo marcados los abdominales.

Escucho su resoplido a través del universo.

Yo no me acuerdo de haber dicho eso.

Levanto las cejas mientras espero, sonriendo. Claro que se acuerda.

No tienes vergüenza.

Sonrío aún más.

Dilo.

Hay una pausa que se me hace eterna y me paso una mano por la cara con impaciencia.

Tienes un cuerpo de infarto. ¿Contento?

Se me expanden los pulmones, llenando cada rincón de mi pecho, y sonrío como un idiota a la pantalla del teléfono.

A la tarde siguiente, en el avión con el resto del equipo mientras esperamos a que despegue, me debato entre si enviarle o no a Hazel la foto sin camiseta que me hice esta mañana.

Leo nuestra conversación y su respuesta a la foto que le envié anoche, y un instinto posesivo y sexi me recorre el cuerpo ante la idea de que se ponga cachonda mirando mi foto.

Ward me da una palmada en el hombro al pasar junto a mi asiento y guardo el teléfono.

—Buen juego anoche, Miller —dice, asintiendo y con una ligera sonrisa. Yo me pongo recto. A mi lado, Streicher deja de mirar su teléfono y escucha.

—Gracias, entrenador.

—No sé lo que estarás haciendo, pero sigue así. —Sube y baja las cejas y sigue caminando. Yo me quedo mirando cómo desaparece su alta figura por el pasillo.

Con cada partido, la voz de mi padre suena más baja. Ahora me imagino a Hazel sonriéndome orgullosa. Durante los partidos, miro a Ward en la banca y, cuando paso el disco y ayudo a mis compañeros a marcar un gol, siempre pone la misma cara estoica y le brillan los ojos.

—Esta mañana no te he visto en el gimnasio —dice Streicher desde su asiento a mi lado.

—Sí. He salido a correr por la playa.

Él frunce el ceño. Es muy raro que yo me salte un entrenamiento.

—¿Y eso?

Me paso una mano por el pelo. Esta mañana me ha despertado una llamada de mi padre, pero he dejado que conteste la grabación. Todavía no he escuchado el mensaje.

—Hazel y yo salimos a correr juntos de vez en cuando y... —levanto los hombros— me gusta. Me sienta bien no estar continuamente pensando en el hockey. —Trago saliva—. Y hablar de otras cosas y eso.

Se me queda mirando.

—La echas de menos.

Pienso en los últimos días, en cuánto he pensado en ella o he tenido la necesidad de escribirle. En las ganas que tengo de volver a verla.

—Sí, la verdad es que sí.

Streicher se vuelve a su teléfono y yo vuelvo a leer mi conversación con Hazel. Antes de poder darle demasiadas vueltas, le envío la foto que me hice esta mañana, acostado en la cama con la luz de la mañana colándose por la ventana. Me responde enseguida, y me río.

No me provoques.

Mis compañeros me miran y carraspeo para disimular la risa. Le escribo, sonriendo como un idiota.

Te toca.

Aparece una foto: está en su casa, sentada en el tapete de yoga, con los pies juntos, estirados y sonriendo. Lleva un suéter holgado y unas mallas, el pelo recogido en una cola de caballo, y está sin maquillar.

El corazón me da un vuelco. Es preciosa.

No era lo que había pensado, pero estás guapísima.

Analizo la foto, desesperado por cualquier fragmento de Hazel que pueda conseguir. El dragón que le regalé está ahora en la mesita de noche. ¿Querrá decir eso que también me echa de menos? La cama parece enorme y blandita, y estoy deseando volver a tumbarme ahí.

Vuelvo a mirar a Hazel. El hombro del suéter se le ha movido hacia el lado con los estiramientos y deja ver un tirante malva.

El tirante malva de una de las piezas de lencería que le compré. El orgullo masculino sale disparado por mis venas.

Hartley, ¿te has puesto la lencería que te compré?

Me responde de inmediato.

Sí.

# Capítulo 40
# Hazel

Estoy jugando con fuego.

Tenía que ver si me quedaba bien.

Le escribo como una maldita mentirosa, cerrando los ojos y apoyando la frente contra la cama.

Primero, fue la foto que me envió la otra noche delante del espejo, engreído y musculoso y cogible. Estuve todo el día pensando en esa foto. He pensado en ella esta mañana nada más despertarme, con un pinchazo entre las piernas; en el trabajo, mientras intentaba concentrarme; y esta noche, durante su partido.

¿Esto de la relación falsa? Se me da fatal. ¿Y la regla de acostarnos solo una vez? Esto la está poniendo en peligro.

Pero no pienso romper la regla. La estoy estirando. Una foto sin camiseta no es sexo. Ponerme lencería bonita no es sexo. No pasa nada.

Abro la foto que me acaba de enviar. Se la ha debido de tomar esta mañana, porque está acostado en la cama del hotel, con el pelo despeinado y los ojos medio dormidos. La luz de la mañana hace que le brillen los ojos, y está sonriendo como si supiera que he estado pensando en él. Las sábanas están arrugadas y casi puedo escuchar el gruñido que haría al estirarse sobre ellas.

¿Y estas fotos en las que está increíblemente sexi? Son peligrosas. No puedo mirarlas, pero tampoco puedo dejar de hacerlo. Muy en el fondo, creo que se está despertando una nueva versión de mí.

¿Y te queda bien?

Sí.

A ver.

Abro mucho los ojos y la emoción me arrolla. ¿Quiere otra?

Ni de broma.

¿Para qué te la has puesto?

Ya te lo he dicho. Además, es bonita.
Y me siento sexi.

Aunque no es solo eso. Lo echo de menos. Cuando me pongo las cosas que él eligió, me siento más cerca de Rory.

No sé qué hacer con eso, y no sé cómo encaja eso en esta relación falsa, ni en la regla de una sola vez.

Por favor, Hartley. Envíame una foto.
Te lo ruego. Enséñamelo.

Se me entrecorta la respiración, que se me acelera, y siento un calor en el pecho y en el cuello. Estoy perdiendo el control sin remedio, pero la desesperación de sus mensajes derrite mi decisión.

Una foto no es coger. Todavía tengo el control. Estamos coqueteando, nada más.

Me río, nerviosa. No me puedo creer que esté a punto de hacer esto. Me quito el suéter y me tumbo en la cama, con el corazón acelerado al abrir la cámara y levantar el teléfono.

En la foto ni siquiera se me ve la cara, solo el hombro, la clavícula y el pelo extendido sobre la almohada, pero sigue siendo la foto más provocativa que me he tomado nunca. Empiezo a dudar, pero me imagino la cara de Rory al ver la foto —la boca abierta, las pupilas dilatadas— y la envío.

Su respuesta aparece de inmediato.

Maldita sea, Hartley.

Me arde la cara y la entierro en la almohada, sonriendo.

La noche siguiente, recibo otra foto.

Está sin camiseta frente al espejo, ataviado únicamente con unos bóxers ajustados negros. Se me van los ojos a la marcada V sobre sus caderas, el hilo de vello sobre la liga de los calzones y los músculos marcados de sus brazos. Está sonriendo como si supiera lo bueno que está.

Se me retuerce el deseo en el bajo vientre, y me voy al armario para tomar otro conjunto de lencería: un sujetador *balconette* azul pastel con tanga y liga a juego.

«Solo es una foto», me digo mientras levanto el teléfono y me tomo una foto de la espalda, con el pelo recogido sobre un hombro, dejando ver la tira de encaje. «Solo estamos pasándolo bien». Siempre les digo a mis alumnos que se merecen sentirse bien, ¿por qué no voy a poder hacerlo yo? Enviarle fotos subidas de tono a Rory y ver cómo admira mi cuerpo me hace sentir sexi. Ya está.

No voy a permitir que se me vaya de las manos. Sé lo que estoy haciendo.

El corazón me da un salto cuando me llega su respuesta, y me sonrojo de placer.

Maldita sea, Hartley.

# Capítulo 41
# Rory

Buen partido.

Me escribe Hazel una semana después cuando estoy en el bar con los chicos, celebrando el partido. Pippa y ella están de fin de semana en Harrison Hot Springs.

Hemos ganado el partido de esta noche cuatro a cero, y ni uno de esos goles ha sido mío. Sonrío mirando el teléfono. Hay una cerveza medio llena en la mesa porque Owens me la ha puesto delante.

Una cerveza no va a arruinar mi carrera, y me sienta muy bien. Me sienta genial.

¿Has visto el partido?

Aparecen los tres puntos, desaparecen y vuelven a aparecer. Espero que se esté poniendo nerviosa.

Estaba de fondo.

Se me amplía la sonrisa.

Has visto el partido.

Maldición, la extraño muchísimo, pero ¿y las fotos que nos hemos estado enviando? Se me pone la verga dura solo de pensarlo. Hazel, la malhumorada y precavida, enviándome fotos de la lencería que le he comprado. Cada vez que suena mi teléfono con un mensaje suyo, se me tensan los huevos, expectantes.

No me masturbaba tanto desde que era adolescente. Deslizo hacia arriba para ver la foto que me envió esta mañana con los calzoncitos de encaje color crema sobre la larga línea de sus caderas y me froto la cara.

Hazel Hartley me tiene en la palma de la mano, y me encanta.

Algo en la televisión detrás de la barra llama mi atención: mi padre. Está en un programa como comentarista invitado. Aparecen repeticiones de las jugadas del Storm y un peso ya familiar se me asienta en el estómago. Ponen una repetición mía pasándole el disco a otro jugador antes de que lo lance contra la portería.

Esa jugada ha sido todo lo que me gusta del hockey: velocidad, habilidad y suerte. También trabajo en equipo, supongo. Maldición, vaya golazo.

—Oportunidad perdida. —Se lee en el cartel mientras mi padre habla.

Siento un dolor por todo el cuerpo. Espero que Hazel no esté viendo esto.

—Sé que es mi hijo, pero Rory Miller es un arma en este equipo y Ward lo está usando simplemente de apoyo para otros jugadores —continúa mi padre, y aprieto los dientes—. Ward ha hecho capitán a Miller, pero lo tiene pasando el disco a otros jugadores como si estuvieran en un campamento de verano.

—No —murmura Streicher a mis espaldas, mirando su teléfono, seguramente escribiéndole a Pippa.

—¿Qué?

Hace un gesto con la barbilla hacia la tele antes de mirarme a los ojos con su habitual expresión seria.

—No veas la mierda esa. Da igual lo que digan. Ellos no están en la pista con nosotros.

—Pero tiene razón. —Me paso la mano por la nuca—. El equipo me fichó para marcar goles y ganar partidos.

Streicher se me queda mirando un buen rato con el ceño fruncido.

—¿Por qué no dejas que se encargue Ward de eso?

—Solo quiero ser un buen capitán —admito a mi amigo más antiguo. Suelto una respiración larga—. ¿Qué harías tú en mi lugar?

Él levanta los hombros.

—Haría lo que Ward pensara que es mejor. Confío en él.

—Yo también. —La necesidad de hacer que Ward esté orgulloso lucha contra la necesidad de la aprobación de mi padre—. Aunque no lo entiendo.

Streicher hace un ruido que parece un resoplido.

—Yo tampoco. Pero creo que tiene un plan.

Pienso en esta noche durante el partido, después de mi asistencia. Ward me miró a los ojos y hundió la barbilla con un gesto de aprobación.

—¿Qué tal van las cosas con Hazel? —pregunta Streicher.

—Bien. —Muy bien. Me acuerdo de cuando fuimos a correr por la playa, cuando me empujó y me reí. Cuando me dormí a su lado. En las fotos más sexis que jamás me han enviado.

Demasiado bien, de hecho. Mejor de lo que nunca me había imaginado. No son solo las fotos que nos enviamos, no es solo que me masturbo a diario pensando en ella y únicamente en ella. Es que pienso en ella constantemente y me muero de ganas de volver a casa con ella.

Se acerca un descubrimiento a los límites de mi consciencia. Mis sentimientos por Hazel aumentan cada día, y nunca me había sentido así. Pero todo esto puede terminar en un abrir y cerrar de ojos. Que esté intentando no ser como Rick Miller no quiere decir que esté funcionando.

—¿Siguen fingiendo? —pregunta Streicher, echándole un vistazo a mi teléfono.

Tengo abierta una foto que me envió Hazel esta mañana. Lleva un gorro de lana y tiene las mejillas y la nariz rosas por el frío. Siento algo tenso y cálido en el pecho.

El descubrimiento que estoy evitando empieza a llamar a la puerta, exigiendo atención. No sé qué es lo que tengo con Hazel. Todavía tenemos una fecha límite para lo que quiera que sea esto.

—No lo sé. —Carraspeo mientras se me tensa el pecho.

Streicher hace un ruido de reconocimiento, como si no le impresionara, y siento la necesidad de agarrarlo por la camisa y zarandearlo.

—¿Por qué no me avisaste? —le pregunto en voz baja para que no nos escuche nadie.

Streicher me mira con desinterés.

—¿Avisarte de qué?

Me viene a la cabeza la imagen de Hazel llorando en la calle después de la cena con su familia, y el dolor insoportable de verla sufrir y tan decepcionada. La necesidad de arreglar las cosas, la necesidad de solucionarlo todo. Sacudo la cabeza porque no sé qué decir.

—Que iba a ser así. —Exhalo con frustración, mirándolo a los ojos—. Con ella es diferente, ¿sabes?

Se me queda mirando un buen rato.

—Bien. —Deja el teléfono en la mesa—. ¿Se lo has dicho ya a Hazel?

—No.

—¿Piensas hacerlo?

—No lo sé. —Si ella no siente lo mismo, todo esto se irá a la mierda—. Para ella no es real.

Nos quedamos un momento mirando a la tele.

—Al menos, dale la opción de rechazarte en lugar de hacerlo tú solo.

Escuchamos un silbido grave y largo, y vemos a McKinnon de pie junto a nosotros, viendo la tele.

—Qué lástima —dice mientras muestran mis estadísticas de goles de esta temporada comparada con las de años anteriores—. Igual si te pasaras más tiempo entrenando y menos tiempo llorando y masturbándote con fotos de Hazel, no estarían cayendo tus acciones.

Si lo de llorar y masturbarme lo hubiera dicho Hazel, me habría reído, pero es su ex, así que me quedo mirándolo mientras se acumula dentro de mí una ira territorial.

—¿Quieres algo, McKinnon?

Streicher lanza una mirada fría e intimidante a McKinnon, pero él lo ignora y se sienta enfrente de nosotros.

—No. —Sonríe, con los ojos rojos y soñolientos—. Aunque entiendo la atracción. —Masculla como si estuviera borracho. Menos mal que Ward se ha apiadado y me ha puesto en una habitación para mí solo en este viaje.

—¿De qué carajo hablas? —El tono de Streicher es plano e impasible.

Connor simplemente me sonríe.

—Miller lo descubrirá pronto. —Llama la atención de una mesera—. Oye, tráeme una cerveza.

Cierro el puño con irritación antes de mirar con compasión a la mesera.

—Gracias —le digo, y miro a McKinnon sacudiendo la cabeza—. Ten un poquito de educación, McKinnon. No nos hagas quedar mal a todos.

Él resopla y se echa hacia atrás en la silla, mirándole el trasero a la mesera mientras se aleja.

—Tranquilo. Le gusto. Si les haces demasiado caso, se ponen pesadas. —Eructa contra su puño—. Pero si las dejas con ganas de más, se esfuerzan de verdad para llamar tu atención. —Desliza la mirada hacia mí, con los ojos llenos de odio—. Con Hazel funcionó.

Aunque siento una rabia protectora apabullante, mantengo la cara relajada y divertida.

—Ha pasado página, y tú también deberías hacerlo. Empieza a ser un poco triste.

McKinnon hace una mueca de dolor y hace un quejido exagerado.

—Me duele muchísimo la ingle después del partido —dice, sonriendo—. Voy a tener que decirle a Hazel que se centre en eso toda la semana.

La ira empieza a hervir cada vez más y me late la sangre con fuerza. Menos mal que Hazel no está aquí para escucharlo.

Me inclino hacia delante para que solo me escuchen él y Streicher.

—Si la incomodas de alguna forma, te mato.

Aprieto los dientes. Nunca he odiado a nadie como odio a este idiota.

McKinnon abre mucho los ojos, haciendo como que está asustado.

—¡Guau! Alguien está al borde. —Se ríe para sí, y ese sonido me produce náuseas—. Siempre te ha gustado mi chica, ¿no?

Su flecha me golpea justo en el pecho, y la ira me arrolla como una tormenta.

—No es tu chica —digo con una voz grave y letal, levantándome con los puños cerrados y los hombros tensos—. Hazel es mía.

—Como he dicho antes. —Le brillan los ojos con condescendencia—. Ya lo verás.

A punto de perder el control, respiro hondo y miro a mi alrededor, estableciendo contacto visual con Ward, que está al otro lado del bar con otros entrenadores. Está hablando con el entrenador del portero, pero Ward nos mira con interés.

Soy el capitán, y si Hazel estuviera aquí, me animaría a que fuera el tipo que Ward cree que puedo ser.

—Bebe un poco de agua, McKinnon. —Le doy las buenas noches a Streicher con un movimiento de cabeza y él se despide con la mano.

En el ascensor, tomo aire y lo suelto despacio. Cómo odio a ese imbécil, maldición, pero ¿eso que he dicho de que Hazel es mía?

Era la verdad.

Deslizo la pantalla por nuestros mensajes, por todas las fotos increíbles que me ha mandado durante esta semana. El cuerpo de Hartley es un sueño, con unas suaves curvas, el hueco del escote, el ligero hundimiento de las caderas. Hasta las clavículas las tiene bonitas. Tiene un lunar justo encima del pecho derecho que pienso en lamer cada vez que me manda una foto en la que se le ve.

Pero lo que me la pone dura, en realidad, es que ella se sienta sexi y deseada haciéndose esas fotos. Los pensamientos sobre McKinnon y mi padre se desvanecen cuando le envío otra.

Responde inmediatamente.

Es una foto suya de frente, con el pelo hacia delante y los pechos contra el edredón. Se intuye la suave curva de su trasero, y una necesidad me inunda y me tensa los huevos.

¿Eso es todo lo que tienes, Miller? *bostezo* Me estás aburriendo incluso con tanto músculo.

Sonrío aún más. No sé si son las dos cervezas que me he tomado o los sentimientos posesivos de esta noche, pero la necesidad de aumentar la temperatura con Hazel me inunda.

Puede que ella todavía no lo sepa, pero Hazel Hartley es mía, ¿y esta noche? Se lo voy a demostrar.

# Capítulo 42
# Hazel

Las fotos han subido a otro nivel y he perdido completamente el control de la situación. Me he vuelto adicta a las imágenes que me envía Rory y a sus respuestas a las fotos que yo le envío.

He estado todo el día pensando en esa foto, Hartley.

Maldición, qué buena estás.

Me he venido en la regadera pensando en esta.

Lo dijo sobre una foto en la que llevo un sujetador color ciruela, enseñando todo el escote, antes de que él me enviara una foto sin camiseta, sonriendo y con una erección que estiraba la tela del bóxer.

Acostada en la cama junto a Pippa, deslizo hasta llegar a la foto en la que está recién salido de la regadera, con la piel llena de gotitas de agua, la toalla baja en la cintura y la silueta de su excitación claramente visible; y la foto que le envié yo sobre la cama, estirada en las sábanas con un delicado conjunto de encaje color crema.

Mi teléfono vibra con otra foto. Está desnudo, sujetando

una toalla delante de él, enseñando los músculos de la cadera y de los muslos. Las gotas de agua se deslizan por su pecho cincelado y siento un pinchazo entre las piernas. Mi respuesta es una foto mía acostada bocabajo. No se me ve la cara, solo el escote y el trasero con un tanga azul medianoche que hace juego con sus ojos.

Me excito al pararme en esa foto y aprieto los labios para esconder la sonrisa. Estoy flotando con un sentimiento cálido y líquido.

Esto es divertido, la verdad. Es emocionante y pícaro, y nunca había experimentado esta visión del sexo.

Pippa pone la rueda de prensa pospartido del Storm.

Sé un buen chico y suelta la toalla.

Le escribo antes de volver a la foto suya recién salido de la regadera.

Y ahora quiero más. Increíble.

—Se te ha visto con Hazel Hartley, la fisioterapeuta del Storm —le pregunta un periodista a Rory.

Tiene el pelo mojado de la ducha y todavía tiene las mejillas sonrojadas por el partido. Se le levanta la boca con una sonrisa desenfadada.

—Jamie Streicher será pronto su cuñado. ¿Es posible que veamos otra boda en la familia en un futuro?

Pippa me agarra la mano, y yo me quedo paralizada mientras a ella se le levanta la comisura de los labios.

—Sí, puede ser.

Tengo el corazón en la garganta. Le está diciendo a la prensa lo que quiere oír para quedar bien. No es real. Y si fuera real... No, nadie diría algo así de una mujer con la que lleva un par de meses saliendo.

«Rory sí», dice una voz molesta en mi cabeza. Es intenso e impulsivo, y va por lo que quiere. Piensa con el corazón en la mano.

No es real, pero estoy sonriendo mientras le mando otra foto.

—¿Has traído cargador? —Pippa tiene su teléfono en la mano—. Se me ha olvidado el mío y casi no tengo batería.

—En mi maleta.

Se levanta de la cama y yo releo nuestra conversación. Hablamos todos los días, a veces nos enviamos fotos —las suyas de la gira y las mías del trabajo, o de cuando quedo con Pippa en mi casa.

El avión del equipo llega el lunes por la noche, tarde, así que no lo veré hasta el martes, y se me acumula un deseo líquido en el interior ante la idea de verlo por fin en persona después de dos semanas de tortura.

—Hazel.

Pippa está de pie junto a mi maleta con una mirada acusadora y una sonrisa de oreja a oreja. Saca un montón de lencería.

Aprieto los labios y la miro con culpabilidad.

—Hazel.

Empiezo a reírme.

—¡Déjame en paz!

Se le abre la boca, pero todavía tiene los ojos iluminados, intensos y brillantes.

—¿Por qué tienes una maleta entera de lencería para un fin de semana conmigo?

—Por nada. —Me rasco el cuello y aparto la mirada.

Empieza a revisar todas las prendas.

—Además, es cara. —Levanta una ceja.

Me levanto de un salto y se lo quito todo de las manos, volviendo a guardarlo en la maleta mientras ella vuelve a tirarse en la cama, aún sonriendo.

—Te la ha comprado Rory, ¿verdad?

Me arde la cara. La miro y levanto los hombros.

—Sí, ¿Okey?

—Hmm. —Entrecierra los ojos, sonriendo.

—¿Qué?

—Hmmmm.

Se me escapa una risa. Todavía tengo la cara roja.

—Pippa.

—Interesante. Muy muy interesante.

Me cruzo de brazos. Creo que también estoy sonriendo.

—Vamos, dilo.

—Dijiste que era falso.

El corazón se me sube a la garganta mientras parpadeo unas treinta veces.

—Y lo es.

—Entonces, ¿por qué te compra lencería cara que nadie va a ver?

El silencio es demasiado largo como para que haya una explicación razonable.

—¡Hazel! —grita Pippa—. ¿Están juntos?

—¡No lo sé! —respondo—. Más o menos. Pero no. Se queda a dormir. Nos revolcamos una vez, pero no me dejó tocarlo y... —pongo una mueca— ¿nos mandamos fotos?

En voz alta no suena demasiado bien.

Parece que le acabo de decir que los unicornios existen.

—¿Qué tipo de fotos?

—Sexis —admito como si me estuvieran estrangulando.

Echa hacia atrás la cabeza con una carcajada.

—¡Lo sabía! Te gusta.

—No lo sé. —El pulso me va errático y hago un esfuerzo para levantar los hombros.

—Sí, lo sabes. Admítelo.

—Está bien. —Levanto los hombros otra vez, mirando a todos lados—. Me gusta.

Maldición. Lo he dicho. Se me forma un nudo en la garganta. Tengo que recuperar el control de esta situación. Tiene fecha de caducidad.

—Me gusta —repito, mordiéndome el labio de abajo.

Ella suaviza la expresión.

—¿Por qué lo dices como si fuera algo malo?

Hay un millón de cosas que no puedo decir en voz alta. Él podría estar con quien le diera la gana, ¿por qué me ha elegido a mí? Porque yo estoy esperando el subidón de cuando esto se le acabe.

Porque soy una persona normal, y los tipos como Rory Miller son extraordinarios.

—Le he invitado a venir en Navidad. —Todavía estoy dándoles los últimos detalles a sus regalos, pero no puedo usar la excusa de que lo he invitado a casa porque los compré antes de hacerlo—. Yo no hago estas cosas.

Pippa tiene una mirada delicada y atenta, y la quiero muchísimo porque no hay ni una pizca de juicio en su expresión, pero, al mismo tiempo, creo que puede leerme la mente.

—Pero ¿y qué pasa si las hicieras?

Se me tensa el estómago.

—¿No quieres más?

Pienso en lo que ha dicho Rory en la rueda de prensa y en que no parecía falso. Si dejo el pasado atrás, estar con Rory no me supone ningún esfuerzo.

No. Es más que eso. Es increíble.

No respondo a la pregunta de Pippa, pero me lo ve en la cara.

—Encajó muy bien con nosotros en la cena —digo. Se me tuerce la boca al pensar en él y en papá charlando, en lo cómodo que parecía estar Rory—. Su familia no es como la nuestra.

Pippa me sonríe como si estuviera viendo algo que yo no veo.

—Luego me alteré un poco —admito—. Empecé a llorar en la calle delante de él.

Abre mucho los ojos.

—¿Por qué?

Se me cierra la garganta por la vergüenza y la preocupación.

—Por mamá. Por lo que estuvo diciendo.

Pippa hace un ruido y asiente.

Pienso en lo que me dijo Rory de que hablara con Pippa del tema, y me llevo las rodillas al pecho, recorriendo con los dedos la funda de mi celular.

—Se supone que es mi vocación. —Junto las cejas—. Ayudar a que los demás se sientan bien consigo mismos y sus cuerpos.

Ella suspira.

—Todas esas cosas han sido su verdad durante toda su vida. —Pippa juega con el edredón, pasando los dedos por las costuras—. Eso no se cambia de la noche a la mañana, y no sabemos lo que se le pasa por la cabeza. —Me aprieta la rodilla—. Sigue siendo un lugar seguro para ella. Cuando esté lista, te lo dirá.

Asiento, mirando hacia otro lado y parpadeando rápido porque me arden los ojos.

—¿Desde cuándo eres tan sabia? —Ella se ríe y yo la miro y sonrío—. Te quiero.

—Yo también te quiero —susurra.

Nos apoyamos contra la cabecera de la cama y ponemos *La boda de mi mejor amiga*. A mitad de la película, se ilumina mi teléfono.

Es un mensaje de Rory. Abro mucho los ojos. Es un video. Lo que hemos estado haciendo ha llegado un paso más allá. En la miniatura del vídeo, se le ve a él sentado en su habitación del hotel, sin camiseta. Siento el ansia por todo el cuerpo y jamás había tenido tantísima curiosidad.

—¿Qué es? —me pregunta Pippa, y doy un brinco, apartando el teléfono para que no lo vea. La sonrisa con la que me está mirando me dice que sabe exactamente lo que es.

—Nada —digo con la voz estrangulada y miro a mi alrededor. Parezco completamente culpable.

Ella sube y baja las cejas.

—Ya han pasado a los videos, ¿cierto?

—No. —Sacudo la cabeza, mirando la miniatura del video—. No lo sé. Sí.

—¿Lo vas a ver?

Tengo muchísimas ganas de verlo.

Le hago un gesto.

—Es un poco raro.

—Me voy a dar un paseo.

—Pippa, no. —Ahora también me estoy riendo yo—. No puedo.

Se me vuelve a ir la mirada a la miniatura del vídeo. Todos los instintos de mi cuerpo me están rogando que vea el video.

—Si lo veo —admito—, puede que me guste demasiado.

Sigue con los ojos iluminados, burlándose de mí.

—¿Y puede que le envíes otro a él?

Me ahogo.

—No.

Sí. Es muy posible que haga eso.

Mierda. Todo esto se ha desbordado. Está muy lejos de ser falso. El pánico se apodera de mí y le tiro a Pippa mi teléfono.

—Toma.

Ella me mira extrañada.

—Yo sí que no lo pienso ver.

—No. —Le estoy rogando con la mirada—. Llévate el teléfono. Al menos hasta que lleguemos mañana a casa. Estoy pensando demasiado en él. Estoy... —Un ruido frustrado sale de dentro de mí. Qué vergüenza—. Me paso el día leyendo nuestras conversaciones. Miro todas las fotos que me manda y me quedo pensando en ellas el resto del día. Tengo que aclararme las ideas y volver a tener el control de la situación. Por favor, guárdame el celular.

Todavía tengo el pulso acelerado y pienso en cuando Rory y yo fuimos a correr por el parque Stanley, en cuánto nos reímos. Sería lo mejor que me ha pasado en la vida, y luego él se cansaría de mí y lo único que me quedaría sería un armario lleno de lencería y recuerdos obsoletos de los buenos tiempos.

—Por favor, Pippa.

Toma mi teléfono, lo pone en modo avión y lo aparta, y nos pasamos el resto de la noche viendo películas y comiendo aperitivos del minibar de la habitación del hotel.

Me quedo acostada en la cama hasta las primeras horas de la mañana, pensando en el contenido del video.

# Capítulo 43
# Rory

Estoy en el aeropuerto la noche siguiente, mirando mi teléfono con el ceño fruncido y moviendo la rodilla.

—Miller. —Ward me mira a mí y luego al teléfono.

—Hola, entrenador. —Me pongo rígido.

—¿Todo bien anoche?

Se me tensa el estómago, pero asiento.

—De maravilla.

Se refiere a lo que pasó con McKinnon en el bar, y no a que le enviara un video a Hazel masturbándome y gimiendo su nombre y que, doce horas después, todavía no me haya respondido.

Mierda.

Ward no deja de mirarme y tengo la sensación de que se está metiendo en mi cabeza.

—Mi puerta está siempre abierta —dice por fin antes de irse a su asiento.

Vuelvo a prestar atención a mi teléfono, mirando nuestra conversación. Idiota. Eres un puto idiota. Me he pasado. Me aparece en la cabeza la cara asqueada y horrorizada de Hazel, y gruño, girándome hacia la ventana para mirar a la nada.

Vamos a pasar las fiestas de Navidad juntos. Las cosas iban superbién, pero lo he arruinado todo por estar cachondo y ser posesivo.

—¡Ahí está mi rayito de sol! —Owens se sienta a mi lado con una de esas novelas de fantasía que siempre anda leyendo. Pone una mueca cuando se fija en mi cara—. Alguien está de mal humor. ¿Vas a irte directamente a casa de Hazel cuando aterricemos para que te alivie un poco?

Era lo que había pensado, pero el mensaje de su silencio es alto y claro: «Púdrete, Miller».

Mañana le pediré disculpas y seguiremos con nuestra pantomima, pero, de momento, voy a darle espacio.

—No. —Pongo el teléfono en modo avión y lo tiro dentro de la mochila. Tengo un pinchazo en el pecho—. Me voy a casa.

# Capítulo 44
# Hazel

Cuando llego a casa después del fin de semana fuera con Pippa, lo único en lo que puedo pensar es en ponerme el video que me envió Rory con los dedos sobre el clítoris. Mis pasos resuenan por las escaleras cuando corro para llegar a la tercera planta, con las llaves en la mano, pero cuando llego al descanso veo un paquete en el suelo, contra mi puerta.

Me da un vuelco el estómago y me muerdo el labio para aguantarme una sonrisa. ¿Más? Parece que él es tan adicto como yo a esas fotos.

Dentro de casa, abro el paquete con la emoción corriéndome por las venas, pero cuando quito el envoltorio de plástico, pongo cara de asco.

Lo saco y se me escapa una carcajada. Hasta ahora, Rory me ha enviado cosas delicadas, tiernas y de encaje. Todo ha sido de mucha calidad y fabricado con cuidado, usando materiales suaves que son muy cómodos de llevar.

Esta mierda parece que se va a deshacer en cuestión de segundos.

Son un montón de tiras y hebras negras, y es muy confuso. Arrugo la nariz. No sé qué agujero es para el cuello y cuáles son para las piernas.

—¿Qué carajo? —murmuro, extendiéndolo sobre la cama.

La cosa esta es horrorosa. Parece una tela de araña. ¿Cómo

se pone una esto? Estallo en carcajadas otra vez antes de hacerle una foto.

No lo tengo muy claro, Miller. Necesito un manual de instrucciones.

# Capítulo 45
# Rory

—¿Dónde vamos? —pregunta el conductor cuando me subo al taxi en el aeropuerto de Vancouver.

Le doy mi dirección y conduce en silencio mientras yo miro por la ventana.

El evento benéfico es mañana. ¿Aparecerá, después del video que le he mandado? Aunque nunca lo admitiría, sé que está orgullosa por estar aprendiendo a patinar. La decepción me hunde el estómago como una piedra.

Me suena el teléfono con el tono que le tengo puesto a Hazel. Se me acelera el pulso mientras me lo saco de la bolsa, esperándome lo peor. Esperándome que me diga que se acabó o que no quiere volver a hablar conmigo nunca más.

Pero es una foto de una especie de tela negra muy extraña sobre su edredón. O igual son agujetas de zapatos. Arrugo la cara, confundido.

No lo tengo muy claro, Miller.
Necesito un manual de instrucciones.

—¿Qué? —murmuro, ampliando la foto.

Entre el amasijo de cuerdas, hay una etiqueta de ropa. Otra vez la piedra en el estómago.

No son cordones. Es lencería, pero yo no le he comprado eso a Hazel.

«Ya verás», dijo McKinnon ayer.

Los celos me hierven en la sangre. Le ha enviado lencería. Me arrepiento de no haberle dado un puñetazo a McKinnon en la cara anoche mientras le lanzo dagas a la foto.

Voy a matar a ese desgraciado.

Pero antes voy a asegurarme de que Hazel sepa quién le ha enviado eso.

—Cambio de planes —le digo al taxista—. Voy a casa de mi novia, mejor.

Le doy la dirección de Hazel y me cruzo de brazos, rabiando de celos, mientras vamos hacia allí.

Hazel es mía.

# Capítulo 46
# Hazel

—Este video es para mi novia, Hazel Hartley —dice Rory en el video, con un tono de voz que hace que se me apriete la vagina—, en la que he estado pensando mucho estas últimas semanas.

Me tumbo contra la cabecera de la cama y se me entrecorta la respiración cuando le veo la verga, completamente erecta y apoyada contra su barriga. De pronto entiendo perfectamente por qué Rory es tan arrogante.

Tiene una verga perfecta —larga y gruesa, con una cabeza hinchada y que me imagino envolviendo y succionando con los labios—. Aprieto los muslos. Con ese abdomen definido, los bíceps enormes y los brazos tonificados, es la definición de virilidad.

Rory Miller, el dios de ponerme supercachonda.

Solo es una cuestión de tiempo para que nos acostemos, y siento unas chispas por la espalda ante la idea de Rory dentro de mí. Él encima de mí, tentando mi entrada antes de deslizarse dentro, estirándome de la forma más increíble con su enorme erección. Todavía tengo la ropa puesta, pero me aprieta demasiado, me agobia mientras lo observo en la tenue habitación del hotel.

—Y a la que extraño —continúa con una pequeña sonrisa, acariciándose lentamente— mucho mucho.

Se me hace la boca agua y me imagino que le paso la lengua por la verga mientras él me mira con fascinación. El deseo se acumula en mi interior y se me endurecen los pezones.

—Y con la que me muero de ganas de coger.

Mueve la mano tortuosamente despacio. ¿Acaso quiere volverme loca? O a lo mejor es porque así es como le tocaría yo, llevándolo hasta el límite del placer hasta que no pueda soportarlo más.

La humedad empieza a aparecer en mi entrepierna y me retuerzo pasándome las manos por los muslos. En cuanto Rory vuelva voy a saltar encima de él.

—Un momento —murmura, mirando con los ojos entrecerrados—, voy a abrir una foto para inspirarme.

Se me escapa una carcajada y me sonrojo con unos sentimientos ligeros y tontorrones cuando le guiña un ojo a la cámara. Estoy sola en casa, sonriéndole al teléfono como una idiota.

Ojalá estuviera en mi cama para que viera cuánto estoy disfrutando con esto. Deslizo la mano sobre mis calzones y reposa sobre el encaje. Estoy caliente, hinchada y empapada, y siento una descarga eléctrica cuando me aprieto el clítoris. Aprieto los labios para aguantar el gemido mientras Rory se acaricia a un ritmo desesperante.

Inclina la cabeza hacia atrás con los ojos cerrados mientras se masturba.

—Pienso en mi lengua sobre tu vulva cada puta hora del día —me dice—. Me voy a venir muchísimo, Hazel.

Se me escapa un gemido y se me van las caderas hacia arriba. Me froto en círculos sobre el encaje, prolongándolo, y deseando que mi mano fuera la suya y que fuera yo la que le está acariciando la verga.

Si me envió este video para ponerme al límite, para obligarme a admitir que me lo quiero coger, ha funcionado.

Un gruñido resuena en la profundidad de su pecho, y tiene el ceño fruncido de la forma más deliciosa a medida que se le tensa el torso. Mueve la mano más rápido sobre la verga.

—Me voy a venir —murmura, con la cabeza hacia atrás y moviendo la larga línea de la garganta. Aumentan todas las sensaciones de mi cuerpo y se me separan los labios de placer ante su expresión tensa.

Ver a Rory masturbarse es lo mejor que he visto nunca. Un placer urgente e insistente se acumula entre mis piernas. Estoy a punto.

Abre los ojos y mira directamente a la cámara antes de mandarme la sonrisa más linda y engreída y darle un golpe al teléfono con la mano libre.

Se escucha un ruido y lo único que se ve en la pantalla es el techo de la habitación del hotel.

—Maldición, nena —dice con un gruñido, y tengo los ojos muy abiertos mientras escucho el sonido que hace al acariciarse.

Escucho, no veo. Parpadeo incrédula a la pantalla. ¿En serio...?

¡Será imbécil! Lo ha hecho a propósito. Para provocarme, para calentarme y dejarme con las ganas de más. Casi grito por la frustración. Estoy muy cachonda, muy caliente, desesperada, empapada y necesitada.

Necesito venirme. Y todavía no he visto a Rory venirse, lo que me enoja un montón.

Cierro los ojos, imaginándome lo que me hubiera gustado ver en el video. Imaginándome su verga palpitando, sus abdominales tonificados, derramándose el semen por toda la barriga. Me imagino su pecho subiendo y bajando rápidamente mientras recupera el aliento, mirándome con satisfacción y con los ojos vidriosos, igual que cuando cabalgué sobre su cara.

La presión se me acumula y estoy a punto de venirme...

Llaman a la puerta y me quedo inmóvil.

—¡Hazel! —grita Rory al otro lado—. Ábreme.

# Capítulo 47
# Hazel

Miro por la mirilla y veo a Rory al otro lado de la puerta, con una expresión de asesino y los brazos cruzados. Se me acelera el pulso, pero abro la puerta.

—Hola. —Se me pone la piel de gallina cuando me recorre todo el cuerpo con la mirada ardiente de deseo. Tiene la mandíbula apretada y está aleteando la nariz—. No me ha gustado lo último que me has mandado y no me lo voy a poner.

—Bien. —Entra en mi casa con una expresión que parece una tormenta a punto de estallar, con los ojos destellantes de posesión mientras cierro la puerta—. Porque no te lo he enviado yo.

Se me pone el cuerpo helado y tenso.

—¿Cómo?

Cuando me mira a los ojos, siento un cosquilleo en el estómago por el brillo que tienen los suyos.

—¿Y quién ha sido? —susurro.

—McKinnon.

Se me retuerce el estómago y me da una náusea.

—¿Perdona?

—¿Estás bien? —Me agarra por los antebrazos y la preocupación le inunda los ojos al analizarme la cara—. ¿Qué puedo hacer para compensarlo?

Estoy asqueada por lo que ha hecho Connor, pero mi cuerpo aún se retuerce, agitado por el video.

—Estoy bien.

Que Rory esté aquí, que su olor fresco me acaricie la nariz, ya logra que esté mejor.

—Que estés aquí ayuda —admito.

Cierra los ojos y exhala.

—Estoy muy celoso, Hartley, y tengo la sensación de que estoy a punto de hacer una estupidez.

Una sensación de placer se retuerce en mi interior y me muerdo el labio inferior.

—¿Como qué?

—Como enviarte un video masturbándome. —Se le tensa un músculo en la mandíbula—. Lo siento. —Aparta la mirada. Tiene la misma cara que cuando me regaló el fin de semana con Pippa—. Me he pasado de la raya.

Yo pongo una mueca, confusa, hasta que caigo en la cuenta: no le contesté. Me envió el video y desaparecí.

—No te contesté —digo con un suspiro—. Mierda.

Maldición. Hazel, qué idiota eres. ¡Normal que crea que se pasó de la raya!

Se muerde el interior de las mejillas.

—Si quieres que las cosas vuelvan a ser como antes, no hay problema. —Me mira con una honestidad que me parte el corazón.

No me puedo creer que alguna vez pensara que Rory Miller era un idiota. No lo es. No lo es en absoluto.

—Lo acabo de ver —suelto, apretando los muslos. Todavía estoy muy mojada.

Se le afila la mirada y me aprieta los hombros.

—En serio.

—No te has pasado de la raya. —Casi no tengo aliento y no puedo respirar mientras nos miramos fijamente a los ojos.

—Hace dos años, te veía con ese idiota. —Le destellan los ojos—. Odio que aún piense que sientes algo por él.

—No siento nada por él. —Ya no sé qué estamos haciendo, pero siento una necesidad abrumadora de demostrarle que Connor no significa nada para mí.

Entre la extraña amistad que hemos desarrollado y el coqueteo que resulta tan divertido, las cosas con Rory son muy distintas a como lo eran con Connor.

Se me eriza la piel. Las dos últimas semanas de fotos y mensajes me han llevado al límite, y ahora quiero hacer algo al respecto.

Tengo que hacer algo al respecto.

Me pongo de puntillas y le doy un beso. Apoyo la mano abierta sobre su pecho, haciendo círculos suavemente sobre los latidos de su corazón mientras lo llevo hasta la cama dándole pequeños besos delicados.

—Siéntate y cierra los ojos —le digo cuando choca con la cama.

Tiene la cara tensa, como si se estuviera aguantando algo, pero me sonríe divertido y vuelven a aparecer esas chispas en sus ojos.

—¿Por qué?

—Tú hazlo. —Lo empujo—. Te alegrarás.

Toma aire y sonríe como si lo estuviera matando. Se sienta en el borde de la cama y cierra los ojos, apoyando los codos sobre las rodillas. Saco mi conjunto favorito del armario: un bodi de encaje rosa pálido, delicado y con unos tirantes muy finos.

Me quito la ropa y me pongo el bodi con cuidado. Como la última vez que me lo puse, es como un sueño. Es del tamaño perfecto, como si me lo hubieran hecho a medida, y el tacto del encaje contra mi piel parece de lujo.

—No mires.

Me doy la vuelta y lo veo con la barbilla apoyada sobre la palma de la mano, con una mirada intensa y sexi.

—No estoy mirando —dice, recorriéndome todo el cuerpo con los ojos.

Siento escalofríos por la piel. Cuando me acerco, me jala para colocarme entre sus piernas. Me agarra por las caderas antes de deslizar las manos hacia abajo y meterlas debajo del bodi, agarrándome el trasero. Yo hundo los dedos en su pelo.

Intento no pensar en por qué siento la necesidad de tranquilizarlo, por qué quiero que se dé cuenta de que Connor no es nadie para mí. No estoy pensando en mi regla ni en qué significa esto. No la voy a romper. No voy a enamorarme. Simplemente estoy permitiéndome disfrutar de un instante con un chico con el que sé que me lo voy a pasar muy bien.

—Te he echado de menos —murmura, apoyando la frente en mi barriga y apretándome más el trasero—. ¿Me has echado de menos, Hazel?

No debería haberlo hecho, pero sí.

—Sí —admito.

Me da un beso en la barriga y levanta la mirada hacia mi cara.

—Muy bien.

Me sienta sobre su regazo y me coloca una mano en el muslo para que no me mueva, mientras que con la otra acaricia mi cuerpo, recorriendo todo el bodi, las costuras altas de las piernas, los tirantes de satén. Me agarro a él, observando su mirada de admiración y cómo su mano me recorre todo el cuerpo.

Que una superestrella del hockey me mire así está haciendo cosas increíbles con mi autoestima.

—Este fue una buena compra —dice en voz baja, jugando con el tirante, arrastrándome los dedos por el escote.

A través de la tela, se me erizan los pezones. Le doy un beso en el cuello y la barba incipiente me hace cosquillas en los labios.

—Estás muy rico.

Él se me queda mirando con las cejas levantadas y esa constante sonrisa engreída, como si tuviera algún secreto.

—Ya lo sé.

Tiro de él para que me bese, y se me escapa un pequeño gemido cuando consigue que abra la boca del todo, saboreándome, explorándome y haciendo suya mi boca.

—¿Mejor? —susurro entre besos.

—Uh. —Otro ruido en su garganta y el ceño fruncido—. No del todo. —Me empuja aún más contra él y siento la dureza de su erección contra mi barriga.

Se me entrecorta la respiración y una presión cálida me aprieta en la cima de los muslos. Deslizo la mano sobre la suya y le coloco la palma sobre mi pecho, insistiéndole. En mi interior, todo se tensa cuando sus dedos encuentran el bulto rígido, apretándolo y retorciéndolo y volviéndome completamente loca.

Él sacude la cabeza, observando mis pechos con una mirada de asombro.

—Tienes unos pechos preciosos.

Me río, aunque estoy hirviendo de necesidad.

—¿Y ahora? —vuelvo a preguntar, aguantándome un gemido cuando sigue jugando con mis pezones—. ¿Así mejor?

—No.

—¿Qué tengo que hacer, Rory? —No sé por qué me comporto así, no sé por qué intento averiguar qué es lo que le da placer.

Desliza la mano entre mis piernas y tomo aire, para luego soltarlo en un gemido cuando sus dedos me presionan un círculo en el clítoris sobre el encaje húmedo.

—Hartley, estás empapada.

# Capítulo 48
# Hazel

Aprieto los labios para aguantar un gemido mientras su mano me toca justo donde necesito. Tengo la cara enterrada en su cuello, aspirando su olor. Me masajea la vulva hasta que me lleva a otro estado de consciencia.

—¿Todavía estás celoso? —digo con un hilo de voz cuando introduce un dedo entre la tela, y nuestros gemidos se unen al arrastrar la fricción sobre mi clítoris—. Maldición —digo contra su piel cálida. El deseo se acumula bajo sus dedos, enredándose y almacenándose ante su tacto, y empiezo a vislumbrar mi descarga.

Él hace un ruido grave y satisfecho, sin dejar de mover los dedos en círculos firmes y amplios, exactamente igual que cuando me toco yo. No sé cómo carajo lo sabe.

—Esto ayuda —dice.

—Bien. —Mis labios van desde su mandíbula hasta su oreja—. No pares, entonces.

Se quita la camiseta antes de mirarme con otra sonrisa cómplice y volver a colocar la mano entre mis piernas.

—Así puedes ver algo bonito mientras hago que te vengas.

Está muy seguro de sí mismo. Y eso solo hace que me excite aún más. Hace espirales con los dedos y el resorte en tensión en la base de mi espalda se enrolla cada vez más.

—Aunque hay otra cosa más que también ayudaría —murmura.

Hunde el dedo dentro de mí, y se enciende cada nervio de mi cuerpo. No puedo pensar, no puedo decir nada más que ruidos sin aliento, y miro a Rory a los ojos mientras empuja el dedo dentro de mí, sin darle tiempo a mi cuerpo a que se acomode.

—Oh —digo ahogada a medida que el deseo me estremece el cuerpo.

No está siendo delicado, y me gusta. Observa atentamente mi reacción y sé que ante cualquier muestra de dolor o incomodidad, parará, pero eso es lo último que quiero.

Quiero que siga. Me encanta su cara, como si le hubieran dado a probar el control por primera vez y necesitara más.

—¿Así está bien?

—Sí. —Rory agarrándome sobre sus piernas y tomando lo que necesita me enciende todo el cuerpo—. Toma lo que necesites, Rory.

Él gruñe con la barbilla apretada, clavándome la mirada con concentración.

—Esto es justo lo que quiero. Quiero que te quedes aquí, así. —Sus ojos se deslizan a la zona en la que sus dedos se introducen dentro de mí, tocando partes de mí a las que yo nunca he sido capaz de llegar—. Me encanta que te portes tan bien conmigo.

El placer se despliega por todo mi cuerpo y aprieto los dientes, con la respiración acelerada. Puede que este sea mi fetiche: ver a Rory conseguir lo que quiere.

—Estás a punto.

—No. —Sí, pero ¿cuánto más puedo presionarlo?—. La última vez tuviste suerte.

Me coloca la mano detrás de la cabeza y, cuando sus dedos se enredan en mi pelo, jalando ligeramente de un mechón, una sensación de ligereza florece en mi interior como un amanecer. No me hace daño, en absoluto, pero con su fuerza, su tamaño y la mirada concentrada en sus ojos, el mensaje está claro.

—No te vas a ningún sitio —dice, mirándome como si el control le estuviera poniendo nervioso—. Te vas a quedar aquí sentada y te vas a venir en mis dedos como llevo semanas pensando.

Rory tiene una expresión fascinada y curiosa, como si se hubiera sorprendido a él mismo, con las pupilas enormes y la boca ligeramente torcida en una sonrisa reticente que me dice que está disfrutando muchísimo de esto.

Cuando me aferro a él, sonríe más.

—Sí. Eso es.

Yo siempre tengo el control. Siempre. Pero esto de estar sentada encima de él, llenándome con sus dedos mientras el placer se me arremolina cada vez más... me está gustando. Me echa la cabeza un poco más hacia atrás, descubriéndome la garganta, y su sonrisa engreída aumenta.

—Vaya —dice con voz grave y provocadora—. No te irás a venir, ¿verdad?

Con una exhalación rota, sacudo la cabeza, todavía aferrándome a su mirada.

—Porque tú no haces esas cosas con los tipos, ¿verdad?

—Exacto. —Se me empiezan a cerrar los ojos, pero me tira más del pelo.

—Abre los ojos y mírame. —Contra mi cadera, su verga de acero me presiona con urgencia—. Me estás volviendo loco, Hartley.

Curva los dedos y encuentra esa zona dentro de mí que me hace perder la cabeza, y le clavo las uñas en los pectorales a medida que el placer se mueve por mi cuerpo.

—Me encanta que intentes resistirte —me dice al oído, mordisqueando la piel sensible entre el cuello y el hombro—. No sabes cuántas veces pensaba en esto cuando me dabas clases particulares.

Me aguanto un gemido y nos imagino haciéndolo en la biblioteca, intentando no hacer ruido mientras sus dedos me estiran y hacen que las estrellas se pongan a bailar detrás de mis ojos. La presión se acumula en mi interior cada vez más y estoy empezando a temblar contra él.

—No pares —gimo contra su hombro mientras me acaricia el punto G. El placer me empuja, acercándose cada vez más.

—Maldición, Hartley —gruñe cuando aprieto los dedos de los pies—. Cuánto necesitaba esto.

Alrededor de sus dedos se me tensan los muslos. Me tira aún más fuerte del pelo, echándome hacia atrás para que lo mire a los ojos mientras él tiene esa sonrisa traviesa y astuta, y me lleva el pulgar hasta el clítoris para hacer círculos cerrados y rápidos.

No puedo aguantar más.

El orgasmo me golpea con fuerza, estallando detrás de mis ojos y recorriéndome todo el cuerpo. Estoy ahogando palabras como «por favor» y «sí» y «Rory» y «Dios» mientras él observa cómo me descargo sobre sus rodillas, temblando y derritiéndome y gimoteando por lo increíblemente bien que me sientan estas olas de placer. No deja de tocarme el punto G, no para de meter y sacar los dedos mientras yo me agarro a ellos y, aunque la sangre me late en los oídos y tengo la cara contra su hombro, escucho lo mojada que estoy mientras él me llena una y otra vez.

Cuando me desplomo sobre él para recuperar el aliento, tengo su boca en la sien, en el lóbulo de la oreja, en el cuello, en la mejilla. Inclino la cabeza hacia arriba para mirarlo con una sensación de embriaguez, como si me hubiera drenado de la mejor de las maneras, y él sonríe contra mis labios.

—Qué bien lo he hecho —dice, y yo me río en silencio.

—Qué lindo.

—Hmm.

Levanta la mano y se chupa los dedos, y siento otra ola de deseo que me arrolla cuando gruñe. Su verga palpita contra mi cadera.

Dios, verlo saborearme así no debería ser tan sexi, pero lo es.

—¿Cuál es tu postura favorita, Rory? —susurro, recorriéndole el cuello con los labios. Lo que más quiero ahora mismo es verlo perder el control. Le llevo la mano a la verga y de su garganta sale un gruñido ronco cuando le acaricio toda la erección por encima de los pantalones.

—Con la que tú te vengas más fuerte.

—Buena respuesta.

Pues vamos allá. Me ajusto a su cadera, montándolo a horcajadas, y pongo una sonrisa coqueta y provocadora mientras le empujo por los hombros para que se tumbe en la cama. Su verga me aprieta entre las piernas, estirando la tela de sus pantalones, y sonrío ante la expresión torturada de Rory.

Pero no vamos a hacerlo esta noche —añade, arrastrando una respiración profunda y dejando caer la mirada hasta mi pecho, y luego hasta la tela mojada de mi entrepierna.

Me inclino hacia delante y le paso la boca por el pecho con suaves besos, sosteniéndole la mirada.

—Quiero hacerlo. —Contra su erección, sonrío, sintiendo cómo empieza a acumularse el deseo de nuevo.

Hay algo detrás de su mirada, algo que hace que se resista. Algo vulnerable que no quiere decir cuando se le mueve la garganta.

—¿A qué viene tanta prisa?

Hago una pausa. Es la segunda vez que le he ofrecido sexo y él ha dicho que no. Me sentiría rechazada si no fuera porque parece que está a punto de perder el control. La rígida erección contra mi vagina también ayuda.

Quiere hacerlo, ¿por qué se resiste? No sé cómo encaja todo esto con toda esa narrativa de «A Rory solo le interesa la caza» que he estado repitiéndome una y otra vez.

Los tipos no hacen esto. No tiene sentido.

Me coloca una mano en la cadera, levanta la boca en una dulce sonrisa y el temor se me instala en el estómago.

Mierda. Lo está alargando porque le dije que no cojo dos veces con el mismo tipo.

No sé qué puede significar esto para él. No sé qué quiere. Pueden ser muchas cosas.

Puede que no acostarnos sea algo bueno. Rory es mucho más de lo que me imaginaba y, si me acuesto con él, puede que me enamore, y eso no puede ocurrir. Ya noto que está empezando: esta necesidad de ser la persona cariñosa y alentadora que necesita en su vida.

Sería horrible que me enamorara de Rory Miller. Me rompería en un millón de trozos.

Pero se merece que le pasen cosas buenas, y siento un deseo insistente de complacerlo y hacerle sentir bien, así que le paso los dedos por el pecho y el vientre plano, acariciando la V de sus caderas, cada vez más cerca de la cintura de los pantalones mientras se le empiezan a cerrar los ojos.

—Entonces, ¿qué? —pregunto suavemente, dándole un beso en la garganta—. ¿Qué necesitas?

Exhala una respiración rasgada, y se le vuelve a mover la garganta.

—¿En qué pensabas cuando has estado fuera?

Cierra los ojos, y cuando los abre, su mirada me quema.

—En ti acostada en el borde de la cama y yo cogiéndote la garganta.

El ruido que sale de mí es puro deseo.

—Pues haz lo que quieras, Rory.

# Capítulo 49
# Rory

—Ya era hora, maldición —dice Hazel cuando me quito los pantalones y el bóxer, y me salta la verga empapada y dura como una piedra.

Las expectativas mantienen tensos todos los músculos de mi cuerpo. Me ha dicho que haga lo que quiera, y la necesidad de cogérmela me ha puesto la verga tan dura que me duele. Tengo los huevos tensos de deseo mientras intento buscar un motivo por el que no deberíamos hacer lo que ambos queremos.

Me agarra la verga y dejo de pensar.

—Tienes una verga preciosa —susurra, poniéndose de rodillas en la cama y acariciándome. Retumba un gruñido en mi pecho.

—¿Sí? —Tengo las manos en su cabeza, tirándole del pelo. Escuchar a la mordaz de Hazel alabándome la verga con elogios me produce escalofríos.

—Hmm. —Sonríe, sin dejar de acariciármela, antes de inclinarse hacia delante y lamer la humedad de la punta, y siento una descarga eléctrica por todo el cuerpo.

—Maldición —suelto un grito ahogado, y ella me sonríe con picardía—. Hazel.

Ni siquiera encuentro las palabras para decirle que no puedo aguantar mucho más, que estoy al borde de perder el control, pero, no sé cómo, ella lo sabe. Tiene una sonrisa felina mientras se coloca bocarriba, con la cabeza colgando por el borde de la cama.

No voy a sobrevivir a esto.

—Bueno, ¿qué? —dice, sin dejar de sonreír—. ¿Qué estás esperando?

Gime cuando empujo la verga entre esos preciosos labios rosas.

—Dios, sí. —Mierda. Hace mucho tiempo que no hago esto, pero sé que no debería ser tan agradable. Se le estiran los labios a medida que empujo hasta el fondo de la garganta, despacio y con cuidado, antes de retroceder. Aplasta la lengua y la arrastra por los nervios sensibles, y siento un escalofrío.

Maldición, qué bien. Su boca es un paraíso. No soy capaz de decir dos palabras seguidas.

Pongo la mano en el borde de la cama para equilibrarme. Cada empujón contra su boca me acerca cada vez más al orgasmo.

Hazel no me daba ni la hora, ni siquiera le caía bien, y ahora está gimiendo con mi verga en la boca.

—Así, buena chica, deja que te coja la boca —gruño.

Llevo la mano libre entre sus piernas y se me aprietan los huevos al notar lo mojada que está todavía. Sube las caderas en busca de fricción, y no puedo aguantar la sonrisa engreída que me sale. Hundo los dedos en su interior y ella gime alrededor de mi verga, haciendo que se me tense el abdomen.

—Eso es —digo con voz ronca, metiendo y sacando los dedos de su vagina apretada al ritmo que meto y saco la verga de su boca—. Así, Hazel. Esto es lo que necesito.

Ella murmura alrededor de mí y suelto un ruido de angustia y placer, profundo y gutural. Me siento como un animal cogiéndome así la boca de Hazel. Todas las necesidades primarias y posesivas salen a la superficie. Me agarra la base con la mano, acariciándola, y me fijo en cómo se le estiran los labios a mi alrededor. Soy demasiado grande para su boca, y darme cuenta de eso hace que me arrolle otra ola de deseo.

Maldición, estoy a punto.

Intento bajar el ritmo, pero la necesidad urgente de venirme no desaparece, empujándome cada vez más. Como si pudiera sentir que me estoy aguantando, Hazel succiona con fuerza, y un gemido desesperado sale de mi cuerpo mientras me curvo sobre ella. Encuentro ese lugar sensible dentro de ella, y lo acaricio con fuerza, y ella aprieta.

La presión en la base de mi espalda se expande, y estoy temblando con la necesidad de venirme. Mis empujones dentro y fuera de su boca se vuelven erráticos.

—¿Me puedo venir encima de tus pechos? —le ruego—. ¿Por favor?

—Hmmm —gime, y pierdo la cabeza.

Con los ojos sobre su cuerpo, acostada debajo de mí como una diosa, saco la verga y me masturbo con fuerza. El placer se dispara, corriendo por mis venas, quemándome la espalda cuando me vengo, disparando por los bultos perfectos de los pechos de Hazel, cubiertos de encaje rosa. Tengo todo el cuerpo tenso mientras palpito y las olas de deseo irradian por todo mi cuerpo.

Unas estrellas estallan ante mis ojos; nunca me había venido tan fuerte en mi vida.

A mi cerebro de troglodita le encanta que esté cubierta de mi semen. Un escalofrío de satisfacción me baja por la espalda. Es mía. Hazel es mía. Tiene puesta la lencería que yo le he comprado.

Me coloco encima de ella y le doy un beso apasionado, y enreda la lengua con la mía, encontrándome con cada caricia. Una idea sucia y depravada se me viene a la cabeza, y no tengo el autocontrol para callármela.

—¿Usas algún anticonceptivo? —pregunto, con la respiración entrecortada.

Ella asiente.

—Tengo un DIU.

Llevo la mano a su pecho, pasando los dedos por mi propia descarga, y le sostengo la mirada al llevar la mano entre sus piernas y hundiendo de nuevo los dedos dentro de ella.

Se le medio cierran los ojos y un ruido desesperado se le derrama de los labios.

—Eso es. —Mi voz es grave—. Así mejor.

Algo caliente y urgente se dispara por mi cuerpo, y doblo

los dedos hasta tocar el punto G, observando su carita sonrojada mientras bate las pestañas.

—Dios —gime, tensándose.

La necesidad de poseerla me tiene al límite. Se le escapa otro gemido agudo y ahogado mientras le meto mi semen dentro. Me clava las uñas en el bíceps y aparece en mi cara esa sonrisa engreída y satisfecha.

Le arden los ojos, muy abiertos, y se aferra a mis dedos.

—Esto no es normal —jadea, apretándome aún más fuerte el brazo.

Maldición, se va a venir otra vez. Se me pone la piel de gallina.

—¿Uno más?

Ella asiente, parpadeando, tensándose, y se afilan mis instintos. Ajusto la mano para que la palma le toque el clítoris, y entonces echa la cabeza hacia atrás y abre la boca. Mis dedos se mueven rápido mientras ella aprieta. Está diciendo: «Sí, Rory» y «Maldición, qué bien» y «Sigue así, nene» y se me llena la sangre de electricidad.

Parece ser que soy adicto a darle placer a Hazel.

Ella cabalga mi mano y su mirada se vuelve desesperada.

—Bésame —me ruega, y nuestras bocas se golpean. Gime contra mi lengua, empapándome la mano, y ralentizo los movimientos cuando noto que se empieza a calmar.

—¿Qué diablos, Rory? —dice, sorprendida—. Ha sido...

No termina de decir lo que piensa.

—Sí. —Trago saliva con el pulso latiéndome en los oídos Ya noto el aletargamiento perezoso del postorgasmo.

Después de limpiarnos, Hazel se acurruca junto a mí en la cama, con la cabeza sobre mi pecho, acariciándome con el pelo y con su olor inundándome el olfato.

—Buenas noches —susurra, y le doy un beso en la cabeza.

—Buenas noches.

Quiero decir algo más. No sabía que el sexo podía ser así. No parece solo sexo; parece...

No estoy preparado para pensar en eso. No si hay una posibilidad de que ella no sienta lo mismo.

Así que me quedo ahí acostado, esperando que, en su cabeza, ella sienta lo mismo.

# Capítulo 50
# Hazel

Al día siguiente, llego pronto al estadio para el evento benéfico y me siento cerca de la entrada a la pista, donde he quedado con Rory cuando acabe de entrenar.

Tengo el estómago lleno de mariposas. Rory, con quien se suponía que no debía coquetear porque todo esto es falso, pero en quien no puedo parar de pensar.

Me vibra el teléfono en la bolsa de la chamarra, sacándome de mis pensamientos y trayéndome de vuelta al presente.

Es un mensaje de una de mis alumnas, Laura, con un enlace a un estudio en renta. He hablado con ella de mi sueño.

El dueño es un amigo de mi familia que vive en Irán. Va a volver por las fiestas y quiere alquilar pronto el local.

Abro el enlace que me envía. Dos salas bastante decentes, una entrada espaciosa y tres salas más pequeñas, dos de las cuales podrían usarse como salas de fisioterapia o masajes. La renta es alta, pero la ubicación es magnífica, a tan solo dos manzanas del SkyTrain. Es un edificio nuevo, así que probablemente sea muy accesible.

Interesante. Un local así se alquila en un santiamén.

Pero ¿estoy preparada? Tengo muchas dudas.

Me vibra el teléfono en la mano y me da un vuelco el corazón al ver el nombre que aparece en la pantalla.

—Hola, mamá —respondo.

—Hola, cielo. —Tiene un tono cálido—. ¿Es mal momento?

—Para nada. Voy ahora a un evento benéfico de patinaje con el equipo, pero todavía queda un rato para que empiece.

—¿De patinaje?

Sonrío mirando la pista, donde los trabajadores están preparando el evento.

—Sí. De patinaje. Rory me ha enseñado.

Y mañana por la tarde, Nochebuena, viajaremos para pasar las fiestas de Navidad con mi familia. Estoy podrida.

Ella hace un ruidito feliz.

—Las fotos suyas de la noche que cenamos juntos son lindísimas.

La cena familiar. Me burbujea el estómago al recordar lo que dijeron Rory y Pippa. Sé que tengo que sacar el tema, que no puedo evitarlo para siempre.

«Sigue siendo un lugar seguro para ella», me dijo Pippa.

—Me habría gustado tomarme una foto contigo —admito.

Ella hace ese ruido bromista y despreocupado que hace siempre.

—La próxima vez, que ya habré perdido los kilos que he ganado en las vacaciones.

No debería sorprenderme, pero cada vez que dice ese tipo de cosas, siento un pinchazo en el corazón. Las palabras se me atascan en la garganta, pero me esfuerzo por decirlas.

—No me gusta que hagas esos comentarios sobre dietas y que necesitas perder peso.

—Porque tú estás delgada, tesoro.

—No... —Me recompongo e intento mantener la compostura—. Eres preciosa, y me duele mucho escuchar cómo te insultas.

—Quiero salir más a correr, ¿qué tiene de malo? —Se ríe, pero es una risa amarga—. Me siento mejor cuando estoy delgada.

—A eso me refiero. —Suspiro—. Quiero que te sientas increíble sin importar qué talla tengas. Tienes muchísimas virtudes, mamá. Eres divertida e inteligente, una madre increíble, y nada de eso está relacionado con tu peso. Me parece bien que quieras estar delgada, pero sigues siendo preciosa si no lo estás.

Se queda callada, y yo voy más allá de las dudas, hasta llegar a mis zonas más vulnerables.

—Te quiero —le digo—. Y quiero que te quieras tanto como te queremos nosotros. Quiero que vayas a clases de baile y que sientas la misma alegría que sentías antes...

—¿Clases de baile? —Tiene un tono raro, tenso, y se me forma un nudo en el estómago.

—Hay un estudio de baile en Evergreen. —El pueblo de al lado de Silver Falls—. Dan clases para adultos los jueves por la noche.

Ella resopla, y eso me destroza.

—¿Para ponerme unos leotardos y que todo el mundo se me quede mirando?

Me derrumbo.

—La gente va con ropa de deporte normal. Hacen ejercicios de barra con música pop. —Cada vez hablo más bajo, porque no está funcionando.

—Siempre estás con ese rollo de que seamos las dueñas de nuestros propios cuerpos. —Su tono es afilado—. Así que deja que diga lo que quiera sobre el mío.

Aprieto los labios y se hace el silencio entre nosotras.

—Tengo que colgar —dice por fin.

—Okey. —Una infelicidad fría se me instala en el estómago—. Adiós. Te quiero.

—Yo también te quiero. Adiós.

Termina la llamada y me quedo ahí sentada, mirando a la nada. Le he fallado. Otra vez.

—Hola.

Me sobresalto y veo a Rory por encima de mí con su camiseta del equipo y los patines. La tensión alrededor de mi corazón se afloja.

—Hola.

Inclina la cabeza hacia el teléfono, que todavía tengo en la mano.

—¿Todo bien?

Como no respondo enseguida, se sienta a mi lado y me pasa un brazo por los hombros para acercarme a él. Me derrito contra su cuerpo.

—Era mi madre.

—¿Sí? —Me mira preocupado.

—Hemos vuelto a discutir.

—Lo siento, Hartley. —Suspira con fuerza, con una expresión triste, como si mi dolor fuera su dolor, y aunque estoy molesta por la llamada con mi madre y no sé qué carajo estoy haciendo con Rory últimamente, la mirada en sus ojos hace que se me hinche el corazón.

Me da el beso más delicado y cariñoso, y todo el tema de mi madre se desvanece en el fondo. Su olor fresco me rodea y sonrío contra su boca.

—Siempre haces que me sienta mejor —susurro.

—Me alegro. —Sonríe y me enamoro un poco más de él. Se me viene a la cabeza el mensaje de antes.

—Una alumna me ha enviado esto. —Abro el enlace y le paso el teléfono, observando cómo se desliza por la pantalla.

—Es mejor que el que te envié yo.

—Y más caro.

—Y mejor ubicado. Cerca de tu casa y de la mía.

El estómago me da un vuelco lento. No debería importarme que la casa de Rory estuviera cerca de este local. Ni siquiera he ido nunca a su casa. Pero, en el fondo, sí me importa. Me encanta que piense estas cosas, aunque yo no esté lista para hacerlo.

—No sé. —Frunzo el ceño.

—Bueno. —Me devuelve el teléfono, todavía con una mirada firme y alentadora—. Si sirve de algo, creo que deberías ir a verlo. Eso no te compromete a nada. —Me da un empujoncito, con una sonrisa—. Yo voy contigo.

Nos imagino perfectamente a los dos yendo a ver el local, y esa imagen hace que me dé mucho menos miedo.

—Me lo pensaré.

Él me guiña un ojo.

—Genial.

Echa un vistazo hacia donde los niños, los padres y los jugadores están empezando a entrar en la pista.

—¿Estás lista para enseñarles lo que has aprendido, Hartley?

Asiento y sonrío.

—Sí.

Se lleva la lengua a la mejilla para esconder una sonrisa. Es su sonrisa de: «He hecho algo malo».

—¿Y esa cara? —pregunto, levantando una ceja.

—He colgado la tela de araña esa en la taquilla de McKinnon.

Suelto una carcajada tan fuerte que la gente me mira, y me llevo una mano a la boca.

—No sé ni cómo has podido colgarla. —Dejó la cosa esa destrozada.

Le brillan los ojos con malicia mientras yo no puedo parar de reírme. Me ata los agujetas de los patines, y cuando se levanta y me ofrece una mano, la tomo sin dudarlo.

# Capítulo 51
# Hazel

Media hora después, estoy patinando alrededor de la pista, con un niño de cada mano, mientras Rory patina hacia atrás delante de nosotros. Al otro lado de la pista, Jamie enseña a unos niños a parar goles con una pelotita mientras Pippa hace fotos. Suena la música y los niños, padres y jugadores parecen estar pasándosela de maravilla.

—¿Están intentando robarme a mi novia? —les pregunta Rory a los niños que me están agarrando la mano, y ellos se ríen.

Tiene esa sonrisa de «Qué linda es Hazel». Siento un cosquilleo por la piel.

Los niños quieren patinar con Rory, así que me voy a la banca y los observo con una sonrisa, mientras él les dice que agarren su stick y tira de ellos por la pista. Es insoportablemente adorable cómo se ríe y cómo bromea con ellos, irradiando luz propia.

Rory sería un buen padre. No se parecería en nada al suyo. Siento un tirón cálido en el pecho ante la idea de tener hijos que se parecieran a Rory, traviesos con los ojos brillantes y corazones de oro. La imagen de Rory persiguiéndolos por nuestra casa, jugando con ellos, hace que sienta una punzada de cariño.

¿Nuestra casa? Madre mía. ¿Ahora estos niños son nuestros hijos?

Nunca me había planteado ser madre. Me parecía algo muy lejano y, con mi forma de salir con chicos, no era algo que pareciera estar a mi alcance.

Otra vez, algo se estira dentro de mi pecho e intento que no se me note. Connor está enfrente de mí, en la pista, tomándose unas fotos con unos padres mientras la chica a la que ha invitado lo mira. Tiene el pelo rizado y rubio, una sonrisa brillante y una camiseta del equipo con el nombre de Connor en la espalda. Un niño le hace preguntas, y se inclina hacia él con una sonrisa amable.

Parece linda. Me pregunto si sabrá lo horrible que es Connor.

Empiezan a sonar unas campanas y los niños se amontonan en la entrada, donde aparece Alexei con un disfraz de Santa Claus. Hayden, disfrazado de elfo, está justo detrás de él. Los niños se vuelven locos cuando Hayden empieza a sacar regalos del saco rojo de Alexei.

Darcy se acerca con una sonrisa tímida y se me ilumina la cara cuando se sienta a mi lado y me da un abrazo rápido.

—Me alegro de verte —le digo—. No sabía que estabas aquí. ¿Kit también ha venido? —A veces, los jugadores de otros equipos se apuntan a estos eventos.

—Está allí. —Le señala con el dedo. Está disfrazado de reno, ayudando a Alexei y a Hayden.

—¿Lo que tiene en la punta de la nariz es labial?

Ella se ríe.

—Hemos tenido que improvisar en el último momento. Hayden nunca nos avisa de estas cosas.

—¿Pasan aquí las fiestas de Navidad? —Recuerdo que Hayden dijo que Darcy es de Vancouver, como él.

—Sí. Anoche jugaron contra el Seattle, así que Kit se queda esta noche para ver a mi familia antes de irse a Ontario por Navidad. —Seattle está a dos horas en coche de Vancouver—. Hayden y yo seguramente nos pasemos gran parte de las vacaciones jugando al Legend of Zelda como cuando estábamos en la universidad. —Sonríe—. Nos pasábamos horas jugando. Kit escondía los mandos para que nos pusiéramos a estudiar un rato. Tengo muchas ganas, la verdad. No nos vemos mucho durante la temporada.

Pienso otra vez en Rory viniendo a casa por Navidad, y me alegro mucho de habérselo pedido. Ni de broma habría permitido que se quedara aquí solo.

—Kit y tú están juntos desde la universidad, ¿no?

—Desde la primera semana, sí. Parece que fue hace eones. —Se queda mirando a los chicos en la pista—. Pero a veces también tengo la sensación de que nos conocimos todos ayer.

Sigue a los jugadores con la mirada mientras patinan. Hayden sonríe y la saluda, y ella le devuelve el saludo con una sonrisa de oreja a oreja.

Me quedo mirándola un momento. Nunca la he visto sola, sin Hayden y Kit, pero creo que igual es porque es un poco tímida. Sin embargo, hay algo en la amabilidad apabullante de Hayden que hace que la gente esté cómoda, y creo que estar con él hace que ella salga de su cascarón.

—¿Alguna vez has estado con Hayden? —pregunto, porque soy una chismosa.

Ella abre mucho los ojos.

—¡No, por Dios! No. No. —Se ríe—. Su tipo son las chicas con cuerpos de supermodelo y pelo oscuro. Y yo soy la chica que estudió la carrera de Matemáticas. —Se vuelve a reír, poniendo los ojos en blanco, antes de hacer una pausa frunciendo un poco el ceño—. Pensaba que iba a pedirme salir durante la primera semana de universidad, pero... —Sacude la cabeza—. En fin, lo que te decía. —Hace un gesto a su cuerpecito con una risa autocrítica—. No soy su tipo. Los tipos como Kit son más de mi onda.

Levanto la ceja porque eso no es lo que le he preguntado, y ahora tengo muchísima curiosidad, pero se apresura a continuar la frase.

—Y quiero a Kit. —Se le van los ojos hacia él—. ¿Es complicado que mi vida gire en torno a todo esto? Por supuesto. ¿Tenemos la sensación a veces de que somos simples compañeros de cuarto? Sí. Pero nos conocemos muy bien y... —parpadea— no me imagino sin estar con él.

Sus palabras suenan extrañas, como si estuviera pasando de puntitas por lo que de verdad quiere decir.

—Creo que es normal cuando llevas siete años con la misma persona. No pasa nada. —Se le tensa la cara, como si estuviera avergonzada—. Perdona, estoy divagando. ¿Puedes hablar tú ahora, para que no sea raro?

Empiezo a reírme, porque aunque me preocupa un poco lo que ha dicho, Darcy es una chica adorable.

¿De qué quieres hablar?

—De ti y Rory —dice decidida—. Cuéntame todos los detalles sucios. —Me río todavía más cuando abre mucho los ojos por la emoción—. En serio. Quiero saber todos los «demasiada información» que tengas. Mi vida es muy aburrida, Hazel. Estoy viviendo indirectamente a través de ti.

—Bueno. —Me río, pensando en cuando cabalgué su mano anoche. Evidentemente, no puedo contarle eso, aunque estoy segura de que le encantaría—. Es muy divertido. No es lo que me esperaba.

—Te mira como si fueras un postre que está a punto de devorar.

Me pongo roja.

—Disfrútalo —dice, sonriendo—. Esta es la parte divertida, cuando no pueden quitarse las manos de encima.

Pienso en esa última parte de la frase y siento una punzada en el corazón ante la idea de los ojos de Rory mirándome con desinterés. Sus provocaciones antes me molestaban, pero ahora las echaría de menos.

Un enorme borrón rojo y negro se para delante de nosotras, salpicando las vallas de hielo.

—Dios mío. Ven, anda. —Darcy se levanta y le pasa el pulgar a Hayden por la barbilla. Apenas le llega por el hombro—. Estás lleno de diamantina. ¿De dónde ha salido?

Él, obediente, se agacha hacia ella para que se la quite de la barba.

—Me la ha puesto Pippa. —Pone una sonrisa coqueta—. ¿No crees soy el elfo más guapo que has visto en tu vida?

Darcy se está sonrojando.

—Eres el elfo más grande, desde luego. El trineo no podría despegar.

Hayden hincha el pecho.

—Me lo tomaré como un cumplido.

Se sonríen, pero hay algo en los ojos de Hayden cuando mira a Darcy. Su mirada se queda planeando sobre ella, inundada del mismo anhelo cálido y cariñoso que veo en los ojos de Rory cuando me mira a mí.

Kit aparece al lado de Darcy.

—¿No se estarán metiendo en problemas, no?

Agarra a Darcy por la cintura y Hayden baja la mirada antes de mirar a otro sitio.

—Pues como siempre. —Darcy sonríe a Kit, dándole un codazo suave—. Te lo estabas pasando bien, ¿eh?

—Pues sí. —Se pasa la mano por la nuca, sonriendo a Darcy con timidez—. Me muero de ganas.

—¿De enseñar a los niños a patinar? —pregunta Darcy, riéndose.

—No. —Él la mira con una expresión tímida y profunda—. De tener hijos. Un montón. Y salir con ellos a patinar y esas cosas.

A ella se le borra la sonrisa de la cara como si fuera lo último que esperara oírle decir.

Hayden se ríe, pero parece forzado.

—Te estás precipitando un poco, ¿no?

—Sí. —Darcy se ríe incómoda—. Para eso queda mucho todavía, Kit.

Él levanta los hombros.

—No sé. Tampoco tanto.

Se le tensa la cara y le destellan los ojos con preocupación y aprensión, y Hayden los mira a los dos como si hubiera visto un fantasma. No hay ni rastro de su sonrisa infantil.

—Primero nos casaríamos, claro —añade Kit.

Darcy parpadea como si no supiera qué decir, y cuando Connor y su amiga se acercan, parece aliviada.

Connor saluda a todo el mundo antes de levantarme una ceja.

—Hazel. —Arrastra los ojos sobre mi camiseta—. ¿Conoces a mi novia, Sam?

Darcy, Hayden y Kit deben de notar la energía incómoda,

porque balbucean una excusa sobre ayudar a Ward con algo y se marchan.

Una risa choca contra mis cuerdas vocales, pero me la aguanto. Sam me sonríe de tal forma que se nota que es encantadora y simpática, y no quiero ser antipática.

«He visto esto y he pensado que podría quedarte muy sexi», eso decía la nota. Me envió esa lencería asquerosa cuando, probablemente, tenía novia.

Qué asco. Es repugnante. Pero no es culpa de ella.

—Hola, Sam —digo con una sonrisa cálida, dándole un apretón de manos—. Soy Hazel. Encantada de conocerte.

—Lo mismo digo. —Me sonríe y siento una sensación amarga en el estómago. ¿Por qué está con él? ¿No ve cómo es en realidad?

La verdad es que yo no lo vi, ¿cómo voy a culparla a ella por no verlo?

—¿Vives en Vancouver? —pregunto, y a Connor se le ensombrece ligeramente la cara.

No le gusta que sea amable con su nueva novia, pero lo ignoro. Mientras charlamos, Connor carraspea y le pasa el brazo por los hombros, sin quitarme el ojo de encima, pero yo no paro de sonreírles.

Al cabo de unos minutos de una conversación amable con la mirada de Connor atravesándonos, él mira a Sam con una sonrisa apretada.

—¿Quieres seguir patinando, nena?

Ella asiente y le sonríe y, sin volver a mirarme, tira de ella y se alejan. Ella se despide de mí con la mano por encima del hombro.

Yo le devuelvo el gesto, cansada de este juego al que estamos jugando. Cuando pienso en lo que hizo Connor, ya no estoy enojada. Quiero pasar página.

Rory se para a mi lado, mirando a Connor y a Sam.

—¿A qué carajo ha venido eso?

—Ha traído a una chica. Es muy linda, la verdad. —Deslizo la mano en la suya y él me mira con una expresión transparente—. Me dan igual —le digo, sonriéndole con delicadeza.

Se me vienen a la cabeza los recuerdos de anoche. Yo sentada sobre su regazo mientras doblaba los dedos en mi interior con esa expresión sombría e intensa. Arqueo la ceja y pongo una sonrisa coqueta.

Afila la mirada y levanta las cejas con interés.

—¿Tienes planes esta noche? —pregunto como quien no quiere la cosa, sin dejar de sonreír.

—Tú. —Me guiña un ojo, y suelto una carcajada.

—Bien. —Por fin.

Una horda de niños vienen hacia nosotros y nos interrumpen.

—¿Me enseñas a patinar hacia atrás? —le pregunta uno a Rory.

Rory se agacha y apoya las manos sobre las rodillas.

—Claro. —Mira a una niña que está al lado del niño—. ¿Tú también quieres aprender?

Ella me señala con un dedo regordete.

—Quiero que me enseñe ella.

Rory hace una mueca.

—A ella no se le da muy bien.

Me quedo boquiabierta y me río.

—¿Que no se me da muy bien? Pues será porque he tenido un mal profesor.

Él sonríe.

—No para de intentar darme la mano todo el rato —les digo a los niños arrugando la nariz.

—Puaj —dice el niño, y la niña se ríe.

Rory y yo nos miramos y sonreímos. Sus ojos derraman luz y cariño.

—¿Y si hacemos una competición amistosa, Miller?

Cinco minutos después, los conos naranjas ya están colocados sobre el hielo y los jugadores y los padres se colocan detrás de nosotros para esperar su turno en la carrera de obstáculos. Rory y su compañero de equipo, un niño con gafas y un hueco adorable entre las paletas frontales, terminan con una ronda de vítores.

Yo sonrío a la niña que me está dando la mano.

—¿Lista?

Ella asiente con la cabeza, entusiasmada, y empezamos a patinar todo lo rápido que podemos mientras todo el mundo nos anima. Miro a Rory y le saco la lengua, y los niños se ríen. Serpenteamos entre los conos y ella está un poco inestable, así que empiezo a patinar hacia atrás y le sujeto las manos como hizo Rory conmigo la primera vez.

—¡Pero bueno, Hartley! —grita Rory—. Has debido de tener un profesor increíble.

Me río, pero cuando lo miro para sonreírle, se me traba el patín en algo. Un cono. Ahogo un grito, tambaleándome y soltando las manos de la niña cuando el patín se me vuelve a resbalar.

Me caigo al hielo, el golpe me vacía los pulmones de aire y siento un dolor intenso en el tobillo.

# Capítulo 52
# Rory

Todo el mundo sale corriendo hacia Hazel y la rodean.

—¡Apártense! —Mi voz resuena en el estadio mientras patino hacia ella a toda velocidad. La gente se aparta, pero no lo suficientemente rápido—. ¡Que se aparten, maldición!

—¡Hermano, hay niños! —me murmura Owens.

Me da igual. Me late el pulso en los oídos cuando me agacho hacia Hazel. La miro de arriba abajo y le toco todas las articulaciones.

No sangra. Todo está en su sitio. No parece que se haya roto nada.

—Rory, estoy bien —dice, pero con una mueca. Hazel se ha hecho daño, tiene cara de dolor y es culpa mía.

Le dije que no dejaría que se cayera. El temor me inunda la sangre y hace que me duela el pecho.

—Necesita una camilla. —Mi voz suena diferente. Tensa y afilada y alta.

Hazel me pone la mano en el hombro y noto lo abiertos que tengo los ojos. Me sonríe para tranquilizarme.

—Rory, no necesito una camilla —dice con delicadeza—. Estoy bien. Me he resbalado, ya está.

Le tomo la mano, la que ha usado para parar la caída, y la inspecciono. Tiene el talón de la palma rojo. Le paso los dedos por los huesos delicados de la muñeca, pero todo parece correcto. Inflamado, pero no roto.

—A ver. —El médico se agacha a nuestro lado—. ¿Dónde te duele?

—Estoy bien... —empieza a decir.

—El tobillo y la muñeca —respondo—. Y seguramente el coxis. Hay que llevarla al hospital.

Se ha caído con tanta fuerza que he escuchado como se le chocaban los dientes. No paro de reproducir en mi cabeza sus ojos cada vez más abiertos a medida que se caía, sus labios abiertos con preocupación, y el pecho se me vuelve a tensar.

—Puede tener una conmoción —añado.

Veo cómo mira al médico.

—No tengo una conmoción —dice—. Y, desde luego, no tengo que ir al hospital.

—Sí. Puedes haberte fracturado algo. —Se me hace un nudo en la garganta.

Hazel se ha hecho daño y ha sido por mi culpa.

Me estoy escuchando, estoy escuchando lo preocupado que sueno, pero ahora mismo solo me importa que Hazel se encuentre mejor. Que esté bien. Unos sentimientos posesivos me inundan todo el cuerpo.

Mierda.

Detrás de nosotros, los niños, padres y jugadores ven cómo se me va la cabeza. Ward me mira a los ojos y arquea una ceja.

Miro a Volkov, que está cerca.

—Llama a la doctora Greene.

Él hace una mueca. Georgia Greene es una de las doctoras del equipo y Volkov no la soporta, pero ahora mismo eso me importa una mierda.

—¡Que la llames! —le suelto, y él frunce el ceño y saca el teléfono.

—¿Te puedes levantar? —le preguntan los médicos a Hazel.

—No, no se puede levantar. —Ya estoy agarrando a Hazel con cuidado, aferrándola con fuerza contra mí mientras patino con cuidado hacia la banca. Mi cabeza se ha quedado en modo troglodita: conseguir que se encuentre mejor, ponerla a salvo, darle calor y que esté cómoda. Eliminar su dolor.

—Rory. —Me pone la mano lesionada contra el pecho, haciendo suaves círculos.

Es mi mundo entero y he dejado que se caiga. Aprieto los dientes.

—Vamos a ver a la doctora Greene. —Miro intensamente a Hazel cuando pone cara de exasperación—. No hay más que hablar.

Hazel suspira mientras salgo de la pista y vamos hacia la consulta de la médica.

# Capítulo 53
# Hazel

Esa misma noche, Rory entra conmigo en brazos en el Filthy Flamingo, y todo el mundo empieza a vitorear.

—¡Has sobrevivido! —Pippa sonríe y nos mira, y Streicher mira a Rory con una ceja levantada mientras me deja en una silla al lado de mi hermana. Kit, Darcy, Hayden y Alexei nos saludan desde la mesa.

Es la última vez que estaremos todos juntos antes de las vacaciones de Navidad, y la mayoría de los jugadores y sus parejas están aquí, hablando y riéndose, llenando el bar. Jordan ha colocado luces de Navidad en un pequeño árbol en una esquina, y hay escarcha barata y anticuada colgando de los marcos y las fotos.

—Nos quedamos solo una hora —murmura Rory antes de agacharse para inspeccionarme el tobillo vendado—, y te llevo a casa para que descanses.

Miro cómo comprueba la venda. También lo hizo cuando Georgia, la médica, me atendió, y le pidió una segunda opinión para asegurarse de que no era un esguince. Durante las últimas dos horas, Rory no ha quitado la cara de preocupación y, aunque me parece muy adorable, me duele en el alma porque sé que piensa que es culpa suya.

Le pongo una mano en el hombro y aprieto.

—¿Por qué no te sientas conmigo?

Él me mira dudoso y contengo una sonrisa porque, durante un segundo, parece que Rory preferiría sentarse en el suelo junto a mi tobillo, vigilándolo. Pero se levanta, le pide a Jordan una bolsa de hielo que me pone sobre el tobillo y por fin se sienta a mi lado.

Se me hunde el estómago cuando me pasa un brazo por la cintura y me aprieta contra él.

—¿Por qué te comportas así? —le pregunto con delicadeza, mirando el mechón de pelo que se le ha caído sobre los ojos.

Tiene la mirada preocupada.

—Te dije que no dejaría que te cayeras.

Dios. Mi corazón.

—No es culpa tuya. No te culpo. Ha sido un accidente.

—Odio verte sufrir. —Mueve la garganta y frunce el ceño mirándome la muñeca, también vendada. Me duele, pero apenas lo noto comparado con lo que me hace sentir su cara de preocupación.

—Estoy bien. Te lo prometo. —Muevo los dedos para demostrárselo—. ¿Te la has pasado bien?

—¿Sin contar el momento en el que me has quitado diez años de vida?

Me río y él por fin sonríe. Me da un vuelco el estómago al verlo.

—Sí, me la he pasado bien. —Me guiña un ojo, todavía sonriendo a su pesar—. Gracias por venir.

Lo miro con cariño. Detrás de Jamie y Pippa, veo a Connor en otra mesa, sentado con varios jugadores, pero no veo por ninguna parte a la chica con la que estaba, Sam. Nuestras miradas se encuentran y tiene los ojos rojos y desconcentrados al volver a mirar lo que le queda de cerveza.

Algo se retuerce en mi interior. Está borracho. Hay quien tiene borracheras graciosas y adorables, pero Connor no es de esos. Por lo que recuerdo, se pone como un niño pequeño y muy pesado.

Dejo de pensar en él. Me da igual.

—Has estado adorable con los niños —le digo a Rory, volviendo a centrarme en él—. Se te dan genial.

Él hace un ruido gutural.

—Si no me dedicara al hockey —dice, levantando los hombros con una sonrisa un poco tímida—, creo que habría sido profesor de gimnasia. Me lo paso muy bien enseñando a patinar a los niños y jugando con ellos. —Me mira divertido, pero hay algo vulnerable y honesto en sus ojos—. ¿Te seguiría gustando si fuera profesor de gimnasia?

Se me parte en dos el corazón.

—Claro —respondo con una sonrisa despreocupada—. Te sentarían genial los pantalones cortos.

—Tengo unas piernas bonitas, ¿verdad?

Nos sonreímos y le brillan los ojos bajo las luces de Navidad del bar. Por fin empieza a relajarse y a parecer él mismo otra vez.

—Pero sí —añado con un tono tranquilo—. Me gustarías si fueras profesor de gimnasia.

Se le suaviza la cara mientras busca mis ojos.

—Eres un partidazo. Y serías un partidazo aunque no jugaras al hockey.

Rory Miller es mucho más que un jugador de hockey, pero no sé cómo decir eso sin soltárselo todo.

Respira hondo, como si quisiera decir algo, pero simplemente sonríe. No sé cómo categorizar esto: es dulce, cariñoso y nostálgico. Está guapísimo cuando me sonríe así.

Rory me acerca la boca a la oreja y me muerde con cuidado el lóbulo. Me da un salto el corazón.

—Me encanta cuando me subes así el ego, Hartley.

Se me retuerce el estómago.

—Como si te hiciera mucha falta.

Me da un beso en la sien y se ríe suavemente.

—¿De ti? Sí que lo necesito. —Su voz se vuelve líquida y siento otro vuelco, esta vez en el vientre.

—Quizás luego podrías enseñarme qué más se te da bien, además del hockey.

Le brillan los ojos de deseo, pero sacude la cabeza.

—Esta noche no.

Me niego.

—¿Por qué no?

—Tienes que descansar.

Le sostengo la mirada, cada vez más desafiante mientras se me tuerce la boca en una sonrisa cómplice.

—Ya veremos. —Le acerco los labios a la oreja y bajo la voz—. Me has mandado un par de prendas que todavía no has visto.

Se le van los ojos a mi boca, cada vez más ensombrecidos, pero aparta la mirada y respira hondo, como si estuviera intentando bloquear los recuerdos de lo que hicimos anoche.

—Hartley —gruñe—. Por favor, no me provoques en público.

Me río y vuelvo a la conversación de nuestra mesa.

—Nos vamos mañana —le dice Pippa a Hayden, señalando a Jamie, a Rory y a mí—. Aunque —me mira mientras se muerde el labio— no sé si deberías venir.

—¿Cómo? —Abro la boca con indignación—. No pienso perderme las fiestas de Navidad.

—Pippa tiene razón —dice Rory con un tono firme, de no andarse con bromas, con la preocupación otra vez en los ojos—. Silver Falls estará nevado, no quiero que te resbales con las muletas.

Me abruma la decepción. Nunca me he perdido unas fiestas de Navidad con mi familia. ¿Y todas esas imágenes que he imaginado con Rory? Han desaparecido.

Me aprieta la cintura.

—Me quedaré contigo en tu casa y te cuidaré.

Se me hincha el corazón y no sé qué contestarle cuando levanto la mirada y me encuentro con esos preciosos ojos azules.

—No seas obstinada, Hartley —añade, mirándome como si esperara que dijera que sí.

—Okey. —Asiento y respiro nerviosa. Se va a quedar conmigo. No solo dormir en mi cama y ya. Esto empieza a ser cada vez más real—. Me apetece.

Vuelve a sonreírme, esta vez más delicado, y me da un beso.

—Bien —susurra contra mi boca—. Voy a obligarte a descansar, Hartley, aunque tenga que atarte a la cama.

Subo y bajo las cejas y sonrío contra su boca, y por su risa amortiguada, le gusta tanto como a mí esa idea.

Después de convencer a Rory de que no hace falta que me lleve al baño, me abro paso por el bar abarrotado hasta llegar a nuestra mesa.

Me choco con alguien y me golpea en la cara un aliento cálido y con olor a cerveza.

—Oye.

Me aparto y veo la mirada nublada de Connor. Se tambalea con el ceño fruncido.

—Hola. —Mi tono, mi cara y mi cuerpo dicen: «Largo».

—¿Recibiste lo que te envié?

Una sensación repugnante me recorre la piel.

—No me envíes esas cosas.

Desde la mesa, Rory nos mira, tenso y en alerta.

—No viene a cuento —añado—. Ni aunque no estuviera con Rory. Trabajamos juntos. —Lo miro feo—. Profesionalidad, ¿recuerdas?

Sigo caminando, pero él suspira y pone una mano en la barra a mi lado, bloqueándome el paso.

—Vi cómo me mirabas el otro día —suelta.

Siento náuseas y estoy muy incómoda. Su aliento repugnante a cerveza vuelve a posarse sobre mi piel, y miro a Rory, que se pone de pie. Connor da un traspié y me mira con una sonrisa, y yo doy un paso atrás con las muletas, pero choco con la barra. Detrás de mí hay una silla, estoy atrapada.

Me empiezo a alterar y se me tensan los pulmones. Rory se abre paso entre la gente, pero el bar está abarrotado y hay mucho ruido.

—No estaba...

—Estabas celosa. —Connor continúa como si no me escuchara, todavía con esa sonrisa extraña—. No pasa nada, a eso era a lo que estábamos jugando. —Le da hipo.

—No estaba celosa —digo con un tono de voz firme. Estoy apretando las muletas más fuerte de lo necesario, clavando las uñas en la gomaespuma—. Me da igual que tengas novia. —Hago un gesto con las muletas para que se aparte—. Quita.

Él da un paso hacia mí y yo retrocedo, pero no puedo ir a ningún sitio. Estoy atrapada contra la barra. Se me acelera el pulso, que me late en los oídos. Busco a Rory, pero Connor está en medio, moviéndose delante de mí, con la boca sobre la mía...

Un ruido espantado y asqueado sale de mí mientras me echo hacia atrás, retrocediendo con cada célula de mi cuerpo. La conmoción explota en el bar: ruido, movimiento, energía. Por puro instinto, levanto una muleta y le golpeo con ella el tobillo. Le doy justo en el hueso y noto el impacto.

—Ni se te ocurra tocarme —digo justo cuando Rory se lanza sobre Connor con una expresión asesina.

—Maldición. —Connor se queja de dolor cuando Jamie y Hayden lo sujetan—. Me ha pegado.

—¡Apártenlo de ella! —grita Rory, buscando mis ojos con mirada frenética. El pecho le sube y le baja rápidamente, y se le tensa un músculo en la mandíbula—. ¿Estás bien, cariño? —Me pone una mano en la mandíbula y me levanta la cara mientras yo asiento.

—Me ha besado —digo, casi para mí, y noto cómo se me tuercen los labios de asco al reproducir el repugnante olor a cerveza, la sensación de sus labios contra los míos. Trago saliva todavía con el pulso acelerado. Detrás de Rory, Connor intenta soltarse de Hayden, pero este lo sujeta con fuerza. Es la primera vez que no veo a Hayden sonreír. Tiene la misma cara furiosa que Jamie.

—Ya lo sé. —La voz de Rory está afilada, como un cuchillo, pero no aparta la mirada de mis ojos—. Voy a matarlo.

# Capítulo 54
# Rory

Una rabia protectora me arrolla.

No deberíamos haber venido. Deberíamos haber ido directos a casa de Hazel para que pudiera meterla en la cama y ponerla a salvo.

Asumo el color rojo de rabia de sus mejillas y la forma en la que le aletea la nariz, y la necesidad de arreglar la situación sale disparada por mi cuerpo como si fuera una bala.

Se supone que yo tenía que evitar este tipo de cosas. Para eso hicimos este trato.

—Estoy bien —dice. Se le mueve de nuevo la garganta—. Enojada, pero bien.

En el bar, todo el mundo nos mira a nosotros mientras la ayudo a sentarse, o a McKinnon, que sigue intentando soltarse de Owens y Streicher. Están casi tan enojados como yo, y detrás de esa ira de celos, siento una punzada de gratitud. Aunque yo no estuviera aquí, habrían salido a defender a Hazel. Saben lo importante que es ella para mí, aunque yo nunca lo haya dicho explícitamente, y se preocupan por ella.

Cuando ya está sentada, le doy un beso en la cabeza.

—¿Te quedas un momento aquí?

Ella asiente y le doy otro beso antes de acercarme a McKinnon.

—¡Te ha salido mal la jugada, McKinnon! —grito mientras

me acerco, sacudiendo la cabeza, con la sensación de estar fuera de control.

Ha lastimado a mi Hazel. Mi Hazel. Se ha pensado que podía ponerle la mano encima. Le envió lencería.

Esto se va a acabar ya mismo.

Él sacude la cabeza con una sonrisa estúpida que hace que quiera romperle todos los huesos del cuerpo.

—Eres un puto mandilón.

—Cállate —gruñe Streicher—. Ella es tu fisio y él es tu capitán.

McKinnon eructa. Está borrachísimo.

—Me la pela.

Lo agarro por la camiseta y lo pongo recto para poder mirarlo a los ojos. El bar se ha quedado en silencio, atentos a nosotros mientras suena de fondo música navideña.

—Ni se te ocurra volver a tocarla —le digo muy tranquilo, pero con el pulso acelerado—. No te acerques a ella. No la mires. No eres nada para nosotros. ¿Todo esto? —Señalo el bar—. Ni se te ocurra volver a venir a estas cosas. Si vas a hacer mierdas como la que acabas de hacer, no formas parte del equipo.

Le cuesta respirar y tiene una expresión resentida.

—No puedo echarte del equipo, pero sí puedo asegurarme de que no vuelves a molestar a Hartley nunca más —continúo—. Si no cambias de fisio, te cambiaré yo.

Se hace el silencio entre nosotros y veo cómo algo se instala en los ojos de McKinnon. Derrota, creo.

—¿Entendido? —Lo sacudo, y él se tambalea.

—Vete al diablo —escupe.

Me hierve la sangre. Todos mis instintos más primitivos quieren que le pegue.

Pero está borracho, no sería una pelea justa. Streicher me ha llamado capitán. Estoy intentando ser el tipo que Ward quiere que sea, y no puedo pegar a un imbécil que apenas puede tenerse en pie. Hazel me mira preocupada y con eso basta.

—Vete a casa —le digo con la misma voz tranquila pero letal antes de soltarlo. Streicher y Owens lo acompañan a la salida, y me voy enseguida junto a Hazel.

—¡Rory, ¿qué estás...?! —grita de sorpresa cuando la tomo y me la cargo al hombro, con cuidado de no darle un golpe en el tobillo.

Estoy rodeando a Hartley con un brazo, sujetándola con fuerza, y Volkov me pone las muletas en la mano libre.

—Voy a llevarte a casa y no hay más que hablar —le digo a Hazel.

Tengo que sacarla de aquí. Me hierve la sangre con la necesidad de llevarla a casa, a salvo, y tenerla para mí solo.

No dice nada, y Pippa nos mira con los ojos muy abiertos mientras salimos. Incluso Jordan tiene una mirada de sorpresa.

—Que la pasen bien en las vacaciones. Han jugado muy bien hoy —anuncio al bar en silencio, cargando con Hazel hacia la puerta—. Y feliz Navidad.

# Capítulo 55
# Hazel

Me despierto la mañana de Nochebuena con Rory colocándome con cuidado un cojín debajo del tobillo, para levantarlo mientras duermo. Entreabro un ojo en la intensa luz de la mañana mientras va a la cocina, y estudio su espalda musculosa y sus hombros anchos mientras rebusca en los armarios y saca el café. Los calzones apretados le hacen ver un trasero increíble.

Me gusta verlo moverse por mi cocina como si estuviera en su casa. Me he despertado en mitad de la noche y he ido a tocarlo, estaba acurrucado a mi lado, cálido, robusto y firme.

Mira hacia la cama y pone cara de sorpresa.

—Hola, Hartley. —Viene hacia mí y le recorro todo el cuerpo con los ojos, contando cada surco y cada ranura bien marcados.

Siento un pinchazo entre las piernas cuando pienso en lo que hicimos la otra noche y cuánto me vine. Lo miro a los ojos, pero tiene el ceño fruncido y me mira con preocupación.

La cama se hunde cuando se sienta a mi lado, y me agarra la muñeca para comprobar si sigue inflamada.

—¿Cómo la tienes hoy?

—Mejor. —Compruebo el tobillo, doblándolo y estirándolo todo lo que puedo. Siento una descarga intensa de dolor cuando llego al límite del movimiento, y Rory abre mucho los ojos cuando tomo aire—. Cálmate. —Lo tranquilizo—. Hoy me tomo el día libre. Me tienes atada de pies y manos.

Hace un ruido como un gruñido y me empiezo a reír.

—No tiene gracia, Hartley. —Se le mueve la garganta y me analiza con cautela—. ¿Vas a querer volver a patinar?

Pongo cara de sorpresa.

—¡Claro! ¿Con el tiempo que has invertido en enseñarme? —Deslizo la mano en la suya—. Además, es algo nuestro.

Levanta una ceja y empieza a sonreír.

—¿Nuestro?

Me da un vuelco el corazón y asiento, sonriéndole también a él.

—Además, ver cómo te vuelves loco por mí es bastante adorable. Mandaste a la mierda a unos seis niños.

Él se ríe y hace una mueca.

—Es verdad, qué mal.

—Hmmm. —Qué guapo está, sin camiseta y despeinado—. Cuidado, Miller, a ver si la gente va a pensar que te gusto de verdad.

Desliza la mirada hacia la mía y levanta la boca como si tuviera un secreto.

—Me gustas de verdad.

Siento un murmullo insistente y urgente en el pecho, pero le sostengo la mirada.

—Y creo que yo también te gusto —dice, sonriendo aún más, mirándome a los ojos como si no existiera nada más.

Me gusta cuando me mira así.

—Hmm. —Le sonrío—. Puede ser.

Él asiente sin dejar de sonreír, pero algo frío le atraviesa la mirada y frunce el ceño.

—Oye, lo de McKinnon.

—Ugh. —El ruido de asco se me escapa mientras pongo una mueca.

Rory arrastra una respiración y veo esa versión furiosa y protectora de ayer. Me aprieta el muslo con firmeza.

—¿Estás bien? —pregunta en voz baja, sin apartar la mirada de mí.

Tengo la sensación de que, si dijera que no, haría lo que

hiciera falta para hacerme sentir mejor. Ver cómo se le fue la cabeza ayer fue... No sé qué fue. No debería gustarme tanto, pero tampoco puedo evitarlo. Me encanta ver cómo Rory Miller pierde la cabeza por mí.

—Estoy bien. Connor me da igual. Es repugnante y me alegro de que le dijeras que cambie de fisio. —Me quedo sin aire—. Y por millonésima vez me he preguntado qué demonios vi en él.

Rory aprieta la mandíbula. Me resulta gracioso lo mejor novio que es él, aunque estemos fingiendo. Aunque hayamos pasado a algo que ya no parece falso.

—Pero estoy bien, de verdad.

—Okey. —Se inclina hacia delante, con cuidado de no dejar caer su peso en el tobillo o en la muñeca, y me da un beso rápido.

Cuando se incorpora, frunce el ceño.

—¿Por qué hace tanto frío aquí? —pregunta, yendo hacia el termostato—. No paro de subirlo, pero no sirve de nada. —Se acerca al radiador y pasa la mano por encima antes de mirarme indignado—. La calefacción no funciona.

Le señalo el armario de la entrada.

—Hay un radiador ahí dentro.

Su mirada de indignación aumenta.

—Hazel.

—¿Qué?

Se levanta y se lleva las manos a las caderas. Se me van los ojos a los músculos en forma de V que se le marcan sobre la cintura de los calzones. El deseo se me acumula entre las piernas y aprieto los muslos.

Estar cerca de Rory me pone cachonda por segundos. La forma en la que huele, el sonido de su voz por la mañana, su forma protectora de abrazarme toda la noche.

Incluso el pelo despeinado le queda sexi.

—Guau. —Se cruza de brazos—. ¿En serio?

Levanto una ceja.

—¿Qué?

—Me estás comiendo con los ojos.

Me aguanto una risa y siento una corriente eléctrica por todo el cuerpo.

—No parece importarte.

—Claro que no me importa. —Pone esa sonrisa coqueta y engreída que hace que se me dispare el pulso, pero le dura poco—. Bueno. Que hace mucho frío aquí. —Mira por la ventana—. Hoy vamos a llegar a bajo cero.

Señalo el armario otra vez, pero él me interrumpe.

—No vamos a usar ese radiador.

Toma mi teléfono, que está en la mesita de noche, y me lo da.

—Llama al dueño.

—Está en Grecia.

—Pues llama a quien sea que se encargue cuando él no está.

Mi sonrisa se convierte en una mueca reticente y Rory sabe de inmediato que no hay nadie encargado del mantenimiento cuando el dueño no está.

—Hazel.

—Por eso es tan barato.

Echa la cabeza hacia atrás y gruñe con fuerza, como si yo fuera la persona más frustrante del mundo.

Yo le sonrío.

—Tienes los ojos muy bonitos con esta luz.

Me mira de reojo con un suspiro, pero empieza a sonreír.

—No me distraigas.

—¿Funciona? —Pone los ojos en blanco y creo que me gusta esta dinámica que tenemos—. Eso quiere decir que sí.

Se pasa la mano por el pelo, mirando a su alrededor.

—¿Y tu maleta?

—¿Para qué?

La encuentra en el armario, la saca y la pone sobre la cama.

—Nos vamos a mi casa.

# Capítulo 56
# Hazel

—Me encanta.

Me quedo boquiabierta en el recibidor del piso de Rory. Doy unos pasos adelante con las muletas y miro a mi alrededor.

—Qué calladito te lo tenías, Miller.

Detrás de mí, con mi maleta, me mira con inseguridad.

—¿Sí?

Asiento, mirando el cálido suelo de madera y luego el gigantesco sofá verde en forma de ele iluminado por la luz del sol de mediodía que entra por las ventanas increíblemente grandes. Está empezando a nevar fuera. Hay una tele enorme colgada entre dos estanterías que llegan hasta el techo. Pero las estanterías están vacías.

Frunzo el ceño, mirando por el disperso salón con dos lámparas, el sofá y una mesita de café, y luego a la gran cocina abierta con una isla inmensa y electrodomésticos relucientes. Inclino la barbilla hacia las estanterías.

—Se supone que tienes que poner cosas en los estantes.

—¿Como qué?

—Fotos, adornos, libros. —En las paredes tampoco hay nada, ni cuadros ni fotos enmarcadas. No hay mantas en el sofá. Me adentro más en el departamento por el largo pasillo.

Al fondo hay una puerta que lleva a lo que parece el dormitorio principal, y los suaves pasos de Rory me siguen.

En el quicio de la puerta, miro la cama de matrimonio con un edredón verde bosque. Siento un calor en el estómago porque voy a dormir en esa cama esta noche y va a ser el mejor sueño de mi vida. Las ventanas dan a la ciudad, al igual que las del resto de la casa, y en el balcón hay un *jacuzzi*.

Aquí tampoco hay fotos. Ni plantas. Ni muebles exteriores. Solo hay una lámpara, una mesita de noche y su bolsa de deporte de hace unos días, ya está.

Hay una chimenea frente a la cama, que pienso encender más tarde, pero la casa no tiene vida. Está silenciosa. Vacía. Rory Miller rebosa personalidad, pero su casa no tiene nada que ver con él.

Algo que brilla en la mesita de noche capta mi atención, y se me abre la boca.

—¿Qué estás...? —empieza a decir antes de darse cuenta de lo que estoy mirando y poner cara de culpabilidad.

Tomo el pequeño dragón de cristal, casi idéntico al mío, pero verde en lugar de azul. El corazón me da un vuelco y se me dibuja una sonrisa en la cara antes de mirarlo con las cejas levantadas.

—¿Y esto?

Él resopla y suelta una sonrisa reacia pero divertida.

—Es un dragón —dice, sin más.

—Ya sé que es un dragón, Rory. —Todavía estoy sonriendo como una idiota, pero lo miro entornando los ojos—. ¿Tienes alguna especie de adicción a las compras?

Él se ríe y se sienta en la cama.

—No.

Giro el dragón y observo cómo refleja la luz en la pared.

—Entonces, ¿por qué lo has comprado?

Creo que sé la respuesta, pero quiero escucharla con la voz grave de Rory.

Me mira fijamente sentado en la cama. Levanta un hombro y me mira con una expresión dulce e inocente.

—Me lo llevo cuando jugamos fuera porque te echo de menos.

Suspiro y el corazón me da un brinco. No lo soporto. Es demasiado y no sé qué hacer con esta felicidad que me baila en el pecho.

Disimulo la sonrisa que está apareciendo en mi cara.

—¿Me estás diciendo que este dragón ha visto cosas depravadas y horribles?

Él suelta una carcajada. Le brillan los ojos cuando me mira con una sonrisa coqueta.

—Ya te digo. Ese dragón conoce todos mis fetiches.

Una chispa de deseo me recorre la espalda. A mí también me gustaría conocer los fetiches de Rory. Recuerdo cómo me lamió entre las piernas como si fuera lo mejor que había probado en su vida, y siento otro escalofrío.

Suelto el dragón y rebusco en mi bolsa. Saco algo envuelto en un par de calcetines que metí cuando Rory no miraba y lo pongo al lado del suyo.

Levanta las cejas supercontento.

—¿Te has traído el tuyo?

Levanto los hombros como quien no quiere la cosa. Pero la verdad es que me encanta ese estúpido dragón excesivamente caro. Los ojos rojos me hacen gracia y mirarlo antes de irme a dormir me hace pensar en Rory.

—Qué más da —digo.

Se le afila la mirada y me muestra una sonrisa depredadora.

—¿Conoce tus fetiches?

Aunque me esté poniendo roja al pensar en todas las veces que he usado mis juguetes o me he tocado pensando en Rory, me río.

—Ya te digo.

Se pasa la lengua por el labio de abajo y me mira con interés.

—Igual nuestros dragones podrían charlar un rato.

—Igual. —Le sonrío y aumenta el interés en su mirada.

Algo resuena fuerte en mi cabeza, como un libro que se cae al suelo. Estamos coqueteando. Cuando le sonrío de esa forma, estoy coqueteando con él.

Llevo años haciendo esto, desde que éramos adolescentes y estudiábamos en la biblioteca.

—¿Estás bien, Hartley? —Su voz es casi un ronroneo y sonríe deliberadamente.

Maldición, cuánto lo deseo. El corazón me late como un colibrí.

—¿Te apetece echarte una siesta? —pregunto delicadamente, pasándole la mano por el pelo. Es suave y denso, y los mechones parecen trozos de paraíso entre mis dedos. Bajo mi tacto, se estremece y, por el tono de mi voz, sabe que si nos metemos en la cama vamos a hacer de todo menos echarnos una siesta.

Se le caen ligeramente los párpados y se inclina hacia mi mano, y creo que va a pasar, pero simplemente gruñe.

—Sí que me apetece. —Se le van los ojos a mi tobillo y suspira por la nariz, un ruido frustrado que hace que quiera jugar aún más. Llevarlo al límite—. Pero tienes que...

—Ya lo sé. —Suspiro y me sonrojo—. Tengo que descansar.

Descansar es lo último que me apetece hacer. Dios, sería muy sexi ver cómo se desarma Rory Miller.

Él entra en el vestidor y, mientras tanto, tomo los dragones y los pongo uno frente al otro en cada mano.

—Por favor, acuéstate conmigo. —Hago que mi dragón diga esto con una voz aguda y femenina, luego levanto su dragón y pongo una voz grave y masculina.

Él vuelve a la habitación con una sudadera en las manos.

—No —continúo—. Eres una señorita muy frágil y me da miedo hacerte daño con mi enorme...

—Bueno, ya está bien. —Rory se ríe y me quita los dragones mientras yo me disuelvo en una carcajada. Está sacudiendo la cabeza y me sonríe—. Ven, vamos.

Hace un gesto para que levante los brazos y, cuando me pone la sudadera, recibo una bocanada de su olor reconfortante.

—¿Ahora también me vas a vestir? —pregunto, mirando la sudadera con una sonrisa en la cara. Me queda enorme y está suave al tacto por la lavadora.

Le destellan los ojos.

—No quiero que tengas frío.

El deseo me arrolla. ¿Por qué? ¿Por qué me resulta tan sexi que me cuide? Hay algo tierno en su naturaleza cariñosa que hace que quiera escribirle mi nombre en la cara y cogérmelo hasta sacarle el cerebro por las orejas.

Me tumbo en la cama y él se coloca a mi lado, apoyado en los codos, con los ojos chispeantes de deseo.

—¿Te pone cachondo verme en tu cama?

Él respira con pesadumbre.

—Sí.

El deseo se me acumula entre las piernas, palpitante.

—Okey. ¿Y qué vas a hacer al respecto?

Me mira la boca y un ruido torturado ruge en mi pecho.

—Dijiste que me ibas a cuidar —susurro.

Cierra los ojos y suspira.

—Sí que lo dije, es verdad.

—Hmmm. —Le pongo la mano sobre la verga, que ya está dura y le estira la tela de los pantalones, y la acaricio despacio.

Él gruñe, moviendo las caderas contra mi mano, y le arden los ojos, derretidos de deseo.

—Maldición. No te puedo decir que no.

—Pues no me lo digas. —Siento como si me tensaran una cuerda en el bajo vientre que me pone ansiosa.

—Ven aquí.

Me mueve hasta que me quedo acostada de lado y se coloca detrás de mí, haciendo la cucharita, rodeándome con su pecho duro y sus hombros anchos. Me hundo hacia atrás en su calor y nos tapa con el edredón.

Gimo por lo cómoda que estoy, pero se me entrecorta la respiración cuando me rodea con un brazo y mete la mano por debajo de mi camiseta. Sus labios están en mi cuello, su aliento me hace cosquillas mientras me baja el sujetador y encuentra el pezón.

—¿Mejor? —pregunta en voz baja.

—Casi. —El deseo se enrosca en mi interior y sonrío otra vez al notar la presión de su erección en mi cuerpo, sacándole un gruñido profundo y ronco. Me noto cada vez más mojada por cómo juega con mis pechos.

Me mete la otra mano por las mallas y me acaricia. Siento chispas por todo el cuerpo al sentir su tacto y me arqueo contra él.

Me agarro a su brazo sobre mi pecho y se me entrecorta la respiración cuando me pellizca el pezón. Esto es otro nivel. No sé por qué, pero me siento cómoda de inmediato y ardiente de necesidad, inhalando su olor masculino y limpio con cada respiración.

—Sabes qué me gusta. —Digo entre dientes, casi sin aliento—. Necesito más.

Todavía tiene la mano entre mis piernas, y uno de sus dedos reposa sobre mi clítoris. No se mueve. Solo lo toca ligeramente. Muevo las caderas en busca de fricción, pero él retira la mano y apenas me toca.

—Rory —gimo, retorciéndome.

—¿Te vas a portar bien estos días?

Yo gruño y su risa me raspa la mejilla.

—¿Vas a descansar el tobillo y vas a dejar que te cuide?

—Te lo juro por Dios, Rory...

Me pellizca el clítoris y aprieto los dientes por la lujuria que arde en mi interior.

—Okey. Sí. Te lo prometo. Me portaré bien.

No es justo que estos sean los mejores acostones que he echado en mi vida y, además, los más divertidos.

Me acaricia el cuello con los labios y me da un mordisquito.

—¿Seguro?

—Rory.

Se ríe y empieza a dibujar círculos con el dedo. Me hundo contra él mientras el calor me recorre todo el cuerpo y se me tensan todos los músculos.

—¿Qué tal así?

—Muy bien —gimo. Se me acelera el pulso, y Rory mueve la mano más rápido, haciendo círculos tal y como a mí me gusta, con los dedos planos, no muy rápido, ni muy fuerte.

—¿Te vas a venir para mí?

—Por supuesto. —Ya estoy notando cómo voy perdiendo el control, los nervios disparándose con miles de sensaciones.

Él hace un ruido grave de placer.

—Muy bien.

Se me acumula la presión entre las piernas y giro la cara contra la almohada. Cuando tomo aire, el olor de Rory me llega directamente al cerebro y me tenso. En mi oreja, él gruñe de placer mientras me toca, y el deseo entre mis piernas se derrama, recorriéndome todo el cuerpo, irradiando por cada extremidad. Durante todo el tiempo, Rory me sujeta con fuerza contra él, susurrándome al oído cuánto le gusta que esté aquí, lo guapa que soy y cuánto le gusta ver cómo me vengo.

—Dios —susurro mientras se alivia mi descarga—. Se te da genial.

Rory sonríe contra mi cuello, pero cuando me giro y voy a agarrar su erección, se levanta de la cama en un segundo.

Arqueo una ceja y siento frío al no tener su cuerpo contra el mío.

—Vuelve a la cama.

—No. —Se agacha para darme un beso, pero se aparta cuando intento agarrarlo otra vez—. Tengo que hacer unos recados, y tú vas a descansar como me has prometido.

Parpadeo indignada, señalándole la tienda de campaña entre sus piernas.

—Estás erecto.

—Sobreviviré, Hartley. Llevo años teniendo erecciones por ti y todavía no me he muerto.

Se me derrama una risa de los labios. Se me hace la boca agua al pensar en él cogiéndomela otra vez.

—Teníamos un trato. —Me mira con severidad, pero está sonriendo y me da otro beso en los labios—. Así que sé una buena novia y descansa el tobillo para que no tenga que preocuparme por ti.

Ha dicho *novia*. No *novia falsa*.

—¡Estaba coaccionada! —grito detrás de él mientras me guiña un ojo y sale de la habitación.

Debería recordarme que esto tiene fecha de caducidad, y que todavía no hemos hablado de lo que está pasando. Debería estar acobardada, porque Rory encaja perfectamente en mi vida, y si todo se va la mierda, va a dejarme un agujero tan grande que será imposible de reparar. Podía hacer mi ejercicio mental y decirme que no lo ha dicho en serio, que simplemente ha sido un error.

Pero, en lugar de eso, sonrío mirando por la ventana y escucho cómo se cierra la puerta, emocionada ya por que vuelva.

# Capítulo 57
# Rory

Suena un villancico en el supermercado mientras cargo el carro de cosas.

Que Hazel esté cómoda, que Hazel coma, que Hazel esté contenta. Estoy en modo protector y me encanta. Cuidarla me resulta natural.

Normalmente paso las vacaciones de Navidad en el gimnasio o aprovechando la pista vacía, pero la idea de acurrucarme en el sofá con Hazel esta noche hace que me olvide de todo eso. Antes odiaba mi casa y evitaba a propósito ese ático vacío y solitario con vistas a la ciudad. Pero ¿si está ella?

Me muero por volver a casa.

Estoy cargando la compra en el coche mientras cae la nieve sobre mí, cuando vibra mi teléfono con una llamada. Estoy esperando una llamada por la cena que he pedido de un restaurante de la ciudad, pero se me tensa el estómago cuando veo el nombre que aparece en la pantalla.

Papá.

Ya siento el peso en el estómago. Hace un par de semanas que no hablamos y se me había olvidado esta sensación que me inunda todo el cuerpo cuando lo hacemos.

—Rory —me dice cuando contesto—. He estado revisando tus últimos partidos.

Cierro los ojos. De lo único que hablamos es de hockey, maldición.

—Voy a ir a un entrenamiento —dice—. Tengo que ver qué mierdas te está metiendo Ward en la cabeza.

—No. —La ansiedad me sale disparada por la garganta—. Los entrenamientos son cerrados. No le gusta que haya espectadores. Dice que nos distraen.

No sé si es verdad, pero nunca he visto a nadie que no sea de la organización viendo un entrenamiento, y lo que sí que tengo claro es que no quiero que mi padre esté ahí tomando notas.

Suspira.

—Pues entonces iré al Clásico de Invierno la semana que viene.

Tengo muchas ganas del partido de Año Nuevo. He reservado una habitación de hotel muy bonita porque, sí, todavía intento impresionar a Hazel. El partido es la fecha de vencimiento de nuestro acuerdo para vengarnos de McKinnon, pero todo esto ha ido mucho más allá.

Siente algo por mí. Lo sé. El fin de semana del Clásico de Invierno será especial, así que no quiero que mi padre esté allí diciéndome todos los motivos por los que no soy lo bastante bueno.

—No creo que sea buena idea —le digo, pasándome la mano por la nuca.

Hay una pausa larga al otro lado de la línea.

—¿Qué te pasa últimamente?

Hazel. Hazel es lo que me pasa. Se ha convertido en mi vida entera, pero mi padre nunca entendería eso.

—Esta temporada estás distinto —añade, con un tono de frustración—. Estás jugando diferente, te comportas de forma diferente... Es como si ya no te conociera. ¿Dónde está la estrella, Rory?

Se fue hace mucho, y me alegro mucho de que haya sido así.

—No sé qué decirte.

—Es la chica esa.

—Hazel. —Aparece otra vez la necesidad de protegerla—. Se llama Hazel.

—Estás distraído.

—No estoy distraído, papá. —¿Estoy distraído si tengo la sensación de que todo lo que siempre he querido está ocupando su lugar? Esta conversación no va a ningún sitio—. Tengo que colgar.

—Tienes planes esta noche, ¿eh?

Hay algo en su voz que hace que frunza el ceño. Resentimiento, o soledad, o algo así.

—Sí. Ya hablamos.

Nos despedimos y termino de cargar la compra en el coche. Pienso en la chica que me espera en casa, y la ansiedad desaparece.

Mi padre tiene razón: estoy distinto y es gracias a ella. Con Hazel a mi lado, no me parezco en nada a él. A lo mejor nunca lo hice, y ella me lo ha demostrado.

Escucho unos pasos crujir sobre la nieve y pasan dos mujeres cargando un árbol de Navidad.

—Feliz Navidad —me dice una con una amplia sonrisa.

Yo asiento, mirando el árbol.

—Feliz Navidad.

Al otro lado del estacionamiento, cae la nieve sobre los árboles de Navidad que quedan, y sonrío.

Hazel se va a perder las fiestas de Navidad con su familia, así que voy a hacer que esto sea memorable.

# Capítulo 58
# Hazel

Mientras Rory está fuera, me paseo por el departamento, chismeo en el vestidor y en el baño, y compro cosas de decoración con la tarjeta de crédito que me ha dejado en la cocina. Con las chimeneas encendidas, esta casa es cálida y acogedora, pero sin él siento un dolor extraño en el pecho.

Vuelvo a la cama y miro por la ventana con el cuello de la sudadera subido hasta la nariz para inhalar su olor. Fuera, la nieve cubre de blanco la ciudad.

Me despierto un poco después en la habitación tenue, salpicada de calidez por el fuego chispeante y el ruido amortiguado de la otra habitación. Estoy cómoda, calentita y medio dormida, y el olor de la sudadera de Rory me llega hasta la nariz. Me hundo aún más en la cama. Miro el teléfono. Solo son poco más de las cinco de la tarde. Estoy tapada con el edredón y hay un vaso de agua en la mesita de noche.

—¿Rory? —pregunto, con los ojos entrecerrados por la luz mientras recorro el pasillo hasta el salón.

Me paro en seco y me quedo boquiabierta.

—¿Cómo diablos funciona esto? —murmura Rory para sí, toqueteando algo de espaldas a mí.

No sé dónde mirar. Igual a la manta de tela que hay en el respaldo del sofá, o a las guirnaldas y las luces que rodean la repisa de la chimenea. En la tele gigantesca de Rory, también está puesto el canal de la chimenea, lo que me resulta muy raro y muy típico de Rory.

Hay una docena de velas en la mesita de café y por toda la cocina, y Rory lleva un suéter de punto verde y rojo horroroso que, no sé cómo, le sienta muy bien. Hay flores de Pascua por todas partes. Toda la casa huele a la sidra caliente que mi familia prepara todos los años, y hay agujas de pino por el suelo.

Entre la estantería y la ventana, hay un abeto enorme que llega hasta el techo.

Cuando se da la vuelta, vuelvo a ver esa expresión cautelosa en su cara, esa mirada que hace que se me acelere el pulso.

—Has comprado diez flores de Pascua y te has puesto un suéter feo de Navidad.

Él sonríe, señalando con la barbilla una bolsa que hay junto a mis pies.

—Te he comprado uno a juego. —Se acerca y, sí, está muy muy sexi con ese suéter—. No creerías que me lo iba a poner yo solo, ¿no, Hartley? —Le brillan los ojos y sonríe aún más—. Tenemos que ir iguales.

—Has comprado un árbol. —Mi voz suena rara, como un hilo, casi sin aliento—. Parece que ha vomitado un elfo.

—¿Eso es bueno?

Suspiro, mirando a mi alrededor, a la cocina, respirando el aroma familiar a canela que inunda la casa.

—Es la misma receta que hacemos en mi casa, ¿no?

—Hmmm. —Tiene la mirada cálida—. Llamé a tus padres antes.

¿La chica de hace unos meses que odiaba a Rory Miller? Sacude la cabeza y se va, porque yo ya me he perdido demasiado y nadie puede ayudarme.

Decoraciones navideñas. Ha comprado decoraciones navideñas. De todo tipo, por la cantidad de cajas que hay en la esquina. Me estalla el corazón en un millón de trozos que se caen al suelo.

—¿Por qué? —pregunto, parpadeando para quitarme el ardor en los ojos.

Él se pone detrás de mí, me pasa un brazo por la cintura y me da un beso en el cuello.

—Porque era lo que querías, Hartley.

Si mi corazón es una casa, ahora Rory vive en ella.

# Capítulo 59
# Rory

Estoy enamorado de ella.

A Hazel se le iluminan los ojos mirando por el salón otra vez, sonriendo, y siento una pulsación cálida de felicidad que se me expande por el pecho.

Estoy enamorado de ella, y haría lo que fuera para hacerla feliz. Y esta mirada de euforia en su cara, con esa sonrisa... es todo lo que he querido siempre.

—Gracias —dice, poniéndome las manos en el pecho—. Es increíble, Rory. —Aprieta los labios y mira el árbol—. Es que...

Nos miramos a los ojos y se le levanta toda la boca en una preciosa sonrisa. Creo que es posible que la haya querido siempre, porque esta sensación en el pecho no es nueva. Simplemente ahora le he puesto nombre.

—Haces que todo sea mejor —susurra.

Se me forma un nudo en la garganta y me pregunto si alguna vez alguien le dijo a Rick Miller que hace que todo sea mejor. Si mi madre sintió algo así por él alguna vez.

Le acaricio la línea del pelo y le doy un beso delicado en la boca.

—Tú también, Hartley.

Cuando se aparta, busco en sus ojos alguna señal que me diga que ella siente lo mismo. Detrás del cálido cariño, parpadea la preocupación.

Okey. Está preocupada porque lo siente muy real, y nunca ha estado así con un chico. Otra pulsación de algo afilado y tierno me recorre el cuerpo, y le aparto un mechón de pelo de la cara.

Sabe cómo me siento. Ya tiene que saberlo, y cuando esté preparada para escucharlo, se lo diré.

—¿Quieres que decoremos el árbol? —pregunto, y ella asiente con una sonrisa de oreja a oreja.

—¿No peso mucho? —pregunta Hazel esa misma noche mientras la llevo a caballito por el rompeolas.

La nieve cae a nuestro alrededor, cubriendo las banquetas, y el tráfico es casi inexistente. Solo estamos nosotros y alguna persona más dando un paseo, disfrutando de las vistas del agua y el bosque cubiertos de nieve.

Hazel se ha pasado toda la tarde rogándome que saliéramos y amenazándome con pasarse los próximos días solo con la lencería para poner a prueba mis límites de control, así que ahora estoy cargando con ella porque no iba a permitir que anduviera con las muletas por la nieve. La mayoría de las aceras no están limpias y resbalan.

Resoplo y giro la cabeza para mirarla por encima del hombro.

—No me insultes, Hartley. No pesas nada.

Ella se ríe. Mis botas crujen bajo la arena e inhalo una respiración profunda del aire fresco que llega desde el agua.

—Me ha llamado mi padre antes —le digo, no sé por qué.

Aprieta los brazos alrededor de mi cuello.

—¿Y qué tal?

—Pues... no muy bien. —La miro con una mueca—. Dice que esta temporada estoy distinto.

—Y es verdad.

—Sí. —La vuelvo a mirar de reojo—. Pero estoy a gusto, la verdad. Me encuentro mejor jugando como juego ahora. —Empiezo a pensar en los momentos previos a asistir un gol, a las caras de euforia de mis compañeros—. Mis compañeros de equipo son como hermanos para mí, ¿sabes? Me importan.

Nos quedamos en silencio mientras camino, y no paro de pensar en el equipo y en la profunda necesidad que siento de ser el mejor capitán posible para ellos.

Hazel me aprieta.

—Suéltame un momento.

Me agacho, soltándola despacio y sin quitarle la mano de encima ni un momento para sujetarla. Se gira para mirarme. Tiene la nariz rosa por el frío y me sonríe mientras los copos de nieve se le acumulan en el gorro, el pelo y las pestañas.

—Estoy muy orgullosa de ti —dice, y memorizo este momento para atesorarlo para siempre, este sosiego que jamás pensé que tendría con alguien.

—Parece que estamos en una bola de nieve —susurro. Ella me sonríe y me agacho para besarla.

—Hayden va a venir en una hora para recoger mis llaves —dice Hazel a una manzana de casa.

Casa. No vive aquí, pero quizás algún día. Se me levanta el corazón cuando me lo imagino: los dragones de cristal uno al lado del otro, sus productos del pelo en el baño, su ropa guardada en el armario. Su olor en la cama.

Mis pensamientos se agarran a lo que ha dicho y me giro para mirarla por encima del hombro.

—¿Para qué? —Junto las cejas y vuelvo a sentir esa necesidad posesiva—. Si necesitas algo de tu casa, yo voy a buscarlo. Lo que necesites, Hartley. Estoy a tu servicio. —Intento mantener un tono despreocupado para que no piense que estoy siendo un idiota.

Aprieta los brazos alrededor de mi cuello.

—No puedes hacerlo porque va a recoger tus regalos de Navidad.

—¿Regalos de Navidad? —Me pongo recto y empiezo a sonreír—. ¿Para mí?

Se ríe.

—Sí, cariño. Para ti.

Cariño. Me ha llamado cariño. Se me amplía la sonrisa y una sensación ligera y burbujeante se me expande por el pecho.

—¿Qué me has comprado?

Se vuelve a reír.

—No te lo voy a decir. Tendrás que esperar hasta mañana.

—Hmm. —Entrecierro los ojos mientras camino, lleno de curiosidad.

Abro la boca y estoy a punto de empezar a intentar adivinarlo, cuando una mujer mayor con el pelo rubio y largo sale de una tienda y casi se choca con nosotros.

—Ay, perdona... —empieza a decir. Y, entonces, nos miramos a los ojos.

Se me hunde el estómago hasta los pies y se me tensa todo el cuerpo.

—Mamá.

# Capítulo 60
# Rory

Me late el corazón en los oídos cuando mi madre y yo nos quedamos mirándonos.

—Rory —dice, recorriéndome la cara con los ojos, como si no pudiera creérselo.

Parece más mayor. Tiene más arrugas alrededor de los ojos y la cara más delgada, pero el pelo lo tiene igual. Largo y un poco ondulado. Y sus ojos siguen siendo del mismo azul oscuro que los míos.

Me duele el corazón.

—Soy Hazel —dice Hazel detrás de mí, asomándose por encima de mi hombro.

Mi madre levanta la mirada y parpadea, como si acabara de darse cuenta de que tengo a una mujer cargada a la espalda. Sonríe ligeramente mientras dejo a Hazel en el suelo.

—Nicole.

Se dan un apretón de manos y algo en mi cabeza se tropieza. Hazel me agarra por la cintura y me sujeta con fuerza. Mi madre se da cuenta, y se le suaviza algo en la mirada.

—Encantada de conocerte, Hazel —dice. Se le van los ojos al pie de Hazel, sin tocar el suelo mientras hace equilibrio sobre una pierna—. ¿Qué te ha pasado?

—Rory me hizo un derribo.

Me ahogo de risa y Hazel sonríe mirándome a los ojos.

—No le hice ningún derribo —añado, mirando a mi madre—. Estábamos en un evento de patinaje del equipo y se cayó. Se torció el tobillo. —Miro a Hazel con severidad, pero ella sonríe aún más—. Estoy intentando cuidarla, pero no se queda quieta descansando como debería.

Hazel pone los ojos en blanco.

—Rory, está nevando. No puedes pretender que me quede quieta cuando nieva, yo qué sé, dos veces al año.

Está bromeando, pero veo algo protector en su mirada. Está intentando que la situación no sea incómoda.

Creo que la quiero un poco más, si eso es posible.

Mi madre observa con una cara divertida, como si le hiciera gracia y le sorprendiera, pero triste.

—Tiene razón. Cuando nieva, hay que salir a la calle. —Se le levanta un lado de la boca—. A ti te encantaba salir a la nieve —dice tranquila—. Todos los años hacías un muñeco.

Siento un dolor por todo el cuerpo y trago saliva para deshacer el nudo en la garganta. Renunció a todo eso cuando se marchó, y yo he aplastado cualquier esperanza de tener una relación con ella.

Quiero hacerle un millón de preguntas sobre su vida. Quiero hablarle de Hazel, del hockey, y decirle que puede que yo haya arruinado todo entre nosotros, pero las palabras se me quedan atrapadas en las cuerdas vocales, y me giro hacia Hazel.

—Deberíamos volver a casa.

Mi madre parpadea y se estira.

—Voy a celebrar una fiesta de Navidad. —Sus palabras tienen un borde frenético y apresurado, como si ella tampoco quisiera acabar este encuentro—. Mañana por la tarde. Una reunión de amigos, poco más. No tienen que traer nada, solo su presencia. —Su comportamiento se atenúa, como si estuviera preparándose para que diga que no, y respira hondo—. Me encantaría que vinieras —me dice antes de mirar a Hazel con la cara iluminada—. Y tú también, Hazel. Me encantaría que vinieran los dos. —Nos miramos a los ojos—. Si quieren.

Hazel me mira con preocupación y fuego en los ojos, como si estuviera preparada para golpear si fuera necesario.

«¿Quieres?», me pregunta con la mirada.

No debería, porque ya he fastidiado suficiente mi relación con mi madre, pero vuelvo a sentir ese dolor en el pecho.

A lo mejor no tiene por qué ser así. A lo mejor puedo demostrarle que no soy como mi padre.

Cuando asiento a Hazel de forma casi imperceptible, se le ilumina la cara.

—Nos encantaría ir —le dice a mi madre.

Se le relaja la expresión y nos da la hora y la dirección.

Yo asiento.

—Me acuerdo.

—Claro. —Sacude la cabeza para sí—. Claro que te acuerdas. —Vuelve a respirar hondo, mirándome. Parece que quiere decir algo más—. Pues nada...

Sin pensarlo, me abalanzo sobre ella para darle un abrazo. Se queda rígida durante un momento, pero luego se relaja y me aprieta con fuerza, y su olor dolorosamente familiar se me clava en el pecho. Me aparto antes de hacer una estupidez, como decirle que la echo de menos.

—Nos vemos mañana.

—Hasta mañana —susurra mientras me agacho para que Hazel vuelva a subirse a mi espalda.

Cargo con Hazel con el corazón acelerado y, justo antes de girar la esquina, miro hacia atrás y la veo allí de pie, observándonos.

# Capítulo 61
# Hazel

La mañana de Navidad, me despierto con Rory trayendo una bandeja al dormitorio.

—Buenos días —dice, sonriéndome.

Está sin camiseta, con unos pantalones de pinza negros y un moño negro. Suelto una carcajada.

—Pero ¿qué te has puesto? —pregunto, mientras deja la bandeja en la mesita de noche.

Me da una taza.

—¿Qué pasa? ¿No te gusta? —Hace fuerza con los pectorales y me río aún más. Está despeinado y tiene los ojos medio dormidos.

¿Cómo es que nunca había visto esta faceta suya? ¿A este hombre bueno, divertido y tierno? Mi vida con Rory es muy plena, un estallido de color intenso.

—Pareces un estríper.

—Necesito un plan B por si no me va bien con el hockey.

Hace fuerza con los bíceps y me mira con una sonrisa coqueta. Yo le doy un sorbo al café y hago un ruido de felicidad. Un café con leche de almendras, mi favorito. ¿Así es estar en una relación? Parece demasiado bonito para ser verdad.

—Gracias por el café. Espera. —Frunzo el ceño—. No tienes cafetera. —Se me van los ojos al croissant de chocolate que hay en la bandeja.

Rory levanta los hombros y se sienta en la cama.

—He encontrado una cafetería cerca que abría hoy.

—No hacía falta. —El corazón me late de nuevo con fuerza, cálido y contento—. ¿Cuánto tiempo llevas despierto?

—Un par de horas. —Mira por la ventana y se le llenan los ojos de preocupación.

Pienso en anoche, cuando él y su madre se miraron como si tuvieran mucho que decirse. Lo perdido que parecía.

Mis instintos protectores iban a toda máquina al ver a la mujer que debía quererlo con todo su corazón, pero lo abandonó. Aunque tenía la cara llena de anhelo y arrepentimiento.

Se echan de menos, y quieren tener una relación mejor, pero no saben cómo hacerlo. Estoy segura de que está nervioso por ir a su casa luego.

Dejo el café a un lado. La necesidad de tranquilizarlo y distraerlo hacen que me acerque a él y le pase los dedos por el pelo despeinado.

—Vaya pelos.

—Pues como el tuyo.

—Me gusta.

Me mira con los ojos cálidos y tiernos.

—A mí también.

Siento una pulsación de deseo y una necesidad imperiosa de cuidar de Rory como él cuida de mí. De distraerlo de sus preocupaciones y de llenar sus vacaciones de buenos recuerdos.

Le paso la mano por el cuello, moviéndole el moño y provocándole una sonrisa. Dibujo una suave línea por su pecho, sus abdominales, hasta que llego a la cintura del pantalón. Bajo un poco más y acaricio la erección cada vez más dura entre sus piernas.

Se le tensa el abdomen y toma aire a regañadientes, mirándome la muñeca.

—No me duele. —Desabrocho el botón de los pantalones y meto la mano por dentro de los calzones, palpando la erección.

—Maldición —dice con la respiración entrecortada, agarrándome la mano.

Me encanta cómo se le separan los labios y cómo me mira con los párpados medio cerrados, observándome con fascinación.

—¿En qué estás pensando? —le pregunto suavemente mientras le acaricio.

—En cogerte —dice con un gruñido.

—Los dos sabemos que no durarías ni un segundo dentro de mí.

—Mierda —se ríe, y le palpita la verga en mi mano—. Claro que no. ¿Puedo tocarte?

—No.

Hace un ruido frustrado y yo sonrío. El deseo fluye por mi cuerpo y aterriza entre mis piernas, mojándome, pero jugar con Rory es demasiado divertido.

—Quítate los pantalones.

Se apresura a quitarse los pantalones y los bóxers, con la verga ya empapada por la punta. Le brillan los ojos con deseo mientras se quita la pajarita y la tira a un lado.

Cuando me pongo encima de él, desaparece su sonrisa.

—El tobillo...

—Rory. —Le hundo la mano en el pelo y le agarro los mechones, sentada sobre su regazo y obligándolo a mirarme la cara en lugar del pie—. Cállate —digo con delicadeza.

Él asiente con los ojos vidriosos.

—Okey.

Vuelvo a sonreír. Esto me gusta.

—Me encanta cuando me obedeces —le digo, quitándome la camiseta.

Y me encanta cómo se le ensombrecen los ojos cuando me mira el pecho. Se me ponen los pezones erectos ante su mirada. Cuando le tomo las manos y me las pongo en los pechos, aprieta la mandíbula.

—Tienes unos pechos increíbles —murmura, pasándome las palmas cálidas por encima, jugando con los pezones.

—Ya lo sé.

Se le corta la respiración cuando vuelvo a agarrarle la verga, acariciándola despacio y con firmeza. La piel de su cuello bajo mis labios es cálida, el pulso rápido y la respiración poco profunda. Encuentra mis labios con los suyos y me besa con ansia. Entre sus manos por todo mi cuerpo, en el pelo y en el pecho, la forma en que me besa, como si se fuera a ahogar sin mí, y los ruidos graves y desesperados que salen de su interior, me estoy volviendo loca de excitación.

Pero me gusta demasiado jugar con él. Empiezo a mover la mano más rápido.

—Más despacio.

—No.

—Por favor. —Ahoga un grito y se le tensan los muslos. Me clava los dedos en los pezones, enviando una ardiente corriente eléctrica hasta mi vagina.

Arqueo una ceja.

—No.

—Hazel —me ruega con la voz ronca—. No me quiero venir todavía.

El poder me embriaga la sangre, y pongo una sonrisa pícara.

—Pues no te vengas todavía.

Echa la cabeza hacia atrás con un gruñido. Sonrío aún más, moviendo la mano a su alrededor cada vez más rápido.

—Estás muy sexi —susurro, admirando sus mejillas sonrojadas, los ojos neblinosos y los dientes apretados—. Qué guapo eres, Rory.

—No te haces una idea de lo preciosa que eres tú —dice entre dientes—. En cuanto te vi el año pasado, dejaron de interesarme todas las demás mujeres del planeta.

Se me pone la piel de gallina. No puedo evitarlo, me encanta oír estas cosas.

—Me alegro.

Aparece un pensamiento en mi cabeza. No estoy segura de si quiero saber la respuesta, pero pregunto igualmente.

—¿Cuándo fue la última vez que te acostaste con alguien?

Le cuesta respirar cuando nos miramos a los ojos, y algo destella en su cara. Duda, y le aprieto la verga, haciendo que aletee la nariz.

—¿Cuándo?

—El verano pasado. —Traga saliva. Se inclina hacia delante para darme un beso en el cuello e inhalar mi olor.

—¿Un año y medio?

Él asiente, mordiéndome la piel sensible entre el cuello y el hombro, y una sensación pesada empieza a crecer dentro de mí. Esperanza, creo. O quizás afecto. Posesión. La idea de que Rory es mío y solo mío es tan tierna y necesaria que me asusta pensarlo.

Pero me echo hacia atrás, apoyándome de rodillas entre sus piernas, y le paso la lengua de abajo arriba por la verga. Suelta un gruñido torturado, tembloroso y desesperado, y dibujo círculos con la lengua sobre la punta hinchada, con un ruido de placer por lo bien que sabe.

Cierra los puños.

—Lo estás haciendo muy bien —murmuro antes de hundir la boca a su alrededor, y le palpita la verga contra mi lengua.

Con la mano libre, le agarro los huevos, provocándole otro ruido profundo y ronco. Tiene los dedos en mi pelo y tira con cuidado mientras yo succiono con fuerza.

—Maldición, maldición, maldición, Hazel. No puedo... —Se rompe en un grave gemido cuando me la meto hasta el fondo de la garganta, haciendo vacío con las mejillas.

¿El tono desesperado de su voz? Le queda muy poco.

Soy cruel, así que me la saco un momento. Tiene los ojos febriles, el pelo completamente despeinado y la frente llena de sudor.

—No te vengas —le recuerdo antes de volver a metérmela en la boca, sonriendo alrededor de la erección gruesa mientras él hace ruidos desesperados.

Succiono todo lo que puedo, y él se pone rígido. Se le ponen las pelotas duras y, un segundo después, un líquido caliente y salado me inunda la boca. Echa las caderas hacia delante, apretando contra mis labios, y me trago su descarga con ansia. Me late la sangre entre las piernas, palpitando por mi cuerpo con orgullo y satisfacción.

—Perdona —dice con la respiración entrecortada, tirando de mí hacia su pecho—. No he podido aguantar.

—Ya lo sé. —Me río—. Quería que te vinieras.

—Qué mala eres. —Todavía está recuperando el aliento, pero sonríe.

—Te encanta.

—Pues sí.

Su cara de satisfacción brilla con deseo, y desliza la mano entre mis piernas. Se me encogen los dedos de los pies ante el estallido de sensaciones.

—¿Me toca?

Asiento, ardiente de deseo bajo su tacto. Me agarra por la cintura y se desliza hacia abajo en la cama para colocar la boca sobre mi clítoris.

—Mierda.

—Hmmm. —Cierra los ojos y empieza a lamerme.

Se prende un fuego en mi interior mientras cabalgo sobre su boca. Estoy tan cachonda después de haberle comido la verga a Rory que no creo que tarde mucho. Mis caderas se mueven al ritmo de su boca y la presión se acumula entre mis piernas. Tiene la boca resbaladiza, caliente, y presiona con la fuerza adecuada. Cuando me mira, algo se me despliega en el pecho.

—Rory —gimo.

Desliza las manos sobre las mías, entrelazando los dedos, y ese estúpido momento de afecto me excita aún más. Esto es mucho más intenso que cualquier acostón de una noche que haya tenido jamás, y todavía no hemos cogido del todo.

El pensamiento desaparece cuando me envuelve el clítoris con los labios y succiona con fuerza. Me tiemblan los músculos, él gime, y el deseo detrás de mi clítoris estalla, sofocándome, ahogándome y obligándome a moverme descaradamente sobre su boca. El placer se enrosca en mis extremidades, y todos mis pensamientos se convierten en polvo. Él no deja de apretarme las manos con fuerza y firmeza.

Cuando se calma mi descarga, me tumbo en la cama, me agarro a su cuerpo y me desplomo sobre su pecho. A los dos nos cuesta respirar y nuestros corazones laten el uno contra el otro.

—Las mejores fiestas de Navidad de mi vida —susurra, sonriendo, y me disuelvo en una risa.

# Capítulo 62
# Hazel

Después de que Rory me lleve en brazos a la regadera e insista en lavarme el pelo para «darle un descanso a mi muñeca», nos vamos al salón.

Le coloco con mucha emoción el calcetín que le he hecho sobre el regazo.

—¿Lo has hecho tú? —Recorre con los dedos los puntos dorados que forman su nombre.

—Claro.

En el sofá, a su lado, me echo la manta sobre las piernas desnudas y observo con una sonrisa cómo Rory abre su calcetín, sacando los regalos uno a uno sobre la mesita del café. Desodorante, chicles, bombones Lindt, calcetines de lana, una naranja y cacao para los labios.

Se ríe al sacar el llavero de plástico que compré la semana pasada: un dragón con cara de enojado y escupiendo fuego por la boca.

Le brillan los ojos.

—¿Eres tú?

Me duelen las mejillas de todo lo que estoy sonriendo esta mañana.

—Te lo compré para que te lo lleves de gira, pero fue antes de saber que ya tenías un dragón.

Analiza el trozo de plástico barato y lo gira con una sonrisa.

—Me encanta.

Vuelve a meter la mano en el calcetín y saca una lata de cerveza, con cara de sorpresa.

—¡Es de las que me gustan! —dice.

—Ya lo sé. —Le doy un beso en la mejilla. Mi madre siempre mete cerveza en el calcetín de mi padre. Entiendo por qué.

—Gracias, Hartley. —Suspira mirando todos los regalos que hay sobre la mesa y sacude la cabeza—. No me lo esperaba.

Se me cierra la garganta de emoción. Aunque todo esto acabe, aunque Rory pierda el interés en mí y salga con otra persona, recordaré siempre estos momentos.

No me arrepiento de nada. Rory se merece que le muestren cariño.

Me vuelve a besar y yo sonrío.

—Gracias —dice.

—De nada. —Me giro y señalo un regalo más grande, un rectángulo plano envuelto en papel de regalo con renos bailando—. Ahora ese.

Rory va hacia el árbol, todavía con esa sonrisa graciosa y curiosa, y lo trae al sofá. Arranca el papel revelando una camiseta de hockey azul oscura y gris; la antigua equipación del Storm. Frunce el ceño mientras quita el papel, y se queda mirando, intentando asimilar el autógrafo que hay sobre el número.

Se me acelera el pulso y rezo por que le guste.

—¿Me has enmarcado la camiseta de Ward?

No sé qué le parece.

—No tienes que colgarla si no quieres. Nadie tiene por qué saber que la tienes. Es que... —dejo de hablar, rebuscando en mi cabeza para recordar por qué elegí regalarle esto— dijiste que era tu ídolo. Dijiste que querías que estuviera orgulloso de ti. Quería darte algo para que recordaras lo que es importante de verdad.

Su expresión seria y confusa estalla en una sonrisa brillante, y me mira antes de volver a fijarse en la camiseta enmarcada.

—Me encanta, Hartley.

Se me hincha el corazón. Tiene los ojos repletos de admiración mientras estudia el autógrafo.

—¿Te lo ha firmado él?

Asiento, sonriendo.

—Lo hizo encantado.

Rory hace un ruido contento antes de soltar el marco para darme un beso.

—Gracias —dice contra mis labios.

—De nada. —Tiene cara de felicidad y una sensación cálida y burbujeante fluye por todo mi cuerpo.

Se pone recto.

—Ahora me toca a mí.

—No. —Levanto mucho las cejas y se me retuerce el estómago a medida que me inundan los nervios.

Me mira con curiosidad.

—Hum. —Juego con los dedos, haciéndome círculos rápidos en las yemas. Se me van los ojos al árbol y me fijo en otro regalo—. Tengo otro más para ti.

—Me estás malcriando —dice, sacudiendo la cabeza mientras toma el regalo que le he señalado. De vuelta en el sofá, arranca el envoltorio.

Es nuestra foto en la biblioteca de la escuela, pero en lugar de estar cortada en el fondo de pantalla de su teléfono, salimos los dos sentados uno junto al otro en una de las mesas de la biblioteca, con libros y papeles extendidos delante de nosotros, yo forzando una sonrisa, y Rory sonriendo de oreja a oreja con un brazo sobre mis hombros.

Rory hace un ruido y estudia la foto con una mirada que no sé descifrar.

—Para que la pongas en la estantería. —Me muevo debajo de la manta. A lo mejor es un regalo un poco raro. Debería haberle consultado a Pippa para ver si le gustaban este tipo de cosas.

Inclina la foto hacia mí.

—Aquí me gustabas.

Siento un revuelo en el pecho.

—Creo que tú a mí también me gustabas.

Nos sonreímos.

—Me encanta, Hartley. Gracias.

Se levanta, va hacia la estantería y coloca la foto a la altura de los ojos. Cuando me mira, inclina la boca y me guiña un ojo.

—Perfecto —dice.

Podría derretirme en el sofá. Qué alivio. Estoy muy contenta.

Al cabo de un instante, suelta un regalo pequeño sobre mi regazo y se deja caer a mi lado en el sofá, mirándome con los ojos brillantes.

—Te toca.

La caja es pequeña, tan solo un poco más grande que mi mano. Arranco el papel y aparece un joyero de terciopelo.

El pulso se me acelera, descontrolado.

—Más te vale que no sea un anillo de compromiso —suelto, aunque sé que no lo es.

Creo.

Afila la mirada, que se torna felina.

—¿Qué pasa si lo es?

—Rory. —Se me calienta la cara y él sonríe aún más.

—Qué fácil es sonrojarte, Hartley. —Señala la caja con la barbilla—. Tú ábrela.

El terciopelo es suave al tacto. Abro la caja y aparecen dos pendientes brillantes de piedras del color de mis ojos. Se me entrecorta la respiración y, durante un momento que se me hace eterno, me quedo mirándolos, sin más.

—No te gustan nada.

—No —me apresuro a decir con una suave risa—. ¿Cómo iba a odiarlos? Son preciosos.

Siento algo en el pecho cuando lo miro y está sonriendo. Algo se me retuerce en el interior cuando Rory y yo nos miramos a los ojos.

—No digas que es demasiado caro. —Tiene una mirada suave, como el terciopelo de la caja—. Estaba pensando en ti cuando los vi, y me gusta comprarte cosas y hacerte feliz. —Exhala despacio, sin apartarme los ojos de la cara—. Y te mereces cosas bonitas.

Es muy cliché esto de enamorarme de un chico rico al que le encanta comprarme cosas. Soy más moderna que esto. Los pendientes me los puedo comprar yo solita.

Pero no es lo que cuestan. Es el detalle de que pensara en mí. El gesto. Porque Rory Miller está resultando ser cariñoso, amable y tierno.

—¿Estabas pensando en mí? —Se me levanta la comisura de los labios y miro otra vez los pendientes. Son preciosos. Nunca he tenido joyas como esta, y ya me da pánico perderlas.

—Todo el rato —dice, casi a regañadientes, como si deseara no tener que decir la verdad.

Me da un vuelco el corazón, emocionado y contento.

—Son demasiado bonitos para usarlos.

—Hartley, póntelos. Si pierdes alguno, te compro otro. Te compraré diez.

Suelto una carcajada. No sé qué significa que pueda leerme los pensamientos.

—Pruébatelos. —Se apoya en el respaldo del sofá, por fin cómodo en su propia casa—. A ver si te quedan bien.

Resoplo una risa tranquila mientras saco los pendientes de la caja y me los pongo. Cuando miro a Rory, tiene una mirada cálida y cariñosa.

—Preciosa —dice en voz baja.

—Pippa tiene unos parecidos, creo. —Se me calienta el corazón al pensar en tener unos pendientes como los suyos.

—Es la misma piedra, pero otro diseño —dice Rory—. Del mismo joyero.

Jamie le recomendó el joyero. Se ha esforzado y lo ha planeado todo.

Se me retuerce el estómago y me aguanto una sonrisa, inclinándome hacia delante para darle un beso en la mejilla.

—Gracias.

—De nada. —Se inclina hacia delante para tomar un sobre verde de la mesa, y me lo da.

Entrecierro los ojos mientras lo abro.

—¿Otro fin de semana para Pippa y para mí? —pregunto, subiendo y bajando las cejas, y él sonríe para sí. Saco el papel y leo su escritura áspera y masculina.

Es un vale de cinco sesiones con la mujer que abrió el estudio *body-positive* en Nueva York, la que me inspiró.

Lo miro a los ojos. Hace meses, cuando me estaba enseñando a patinar, le hablé de ella una vez. Ni siquiera dije cómo se llamaba.

Justo cuando creía que ya había visto todo lo que tenía que ver de Rory, se saca otra cosa más de la manga.

—No sabía que hacía sesiones privadas —digo en voz baja, leyendo la tarjeta.

—Y no las hace. —Se pasa la mano por la nuca—. Pero no me costó mucho convencerla después de explicarle lo que querías hacer y de que viera tu página web.

—¿Ha visto mi página web? —Me muerdo el labio, con el corazón disparado.

Él asiente y sonríe.

—¿Me he pasado?

Siento una montaña rusa de emociones en el pecho. Aunque yo no esté segura de mis habilidades, Rory cree en mí y en mis sueños. Nadie había hecho nunca algo así por mí.

—No —susurro, pasando el dedo por el borde de la tarjeta—. No te has pasado.

Rory se echa hacia atrás, sin dejar de mirarme, guapísimo bajo la luz de la mañana, y quiero decirle un millón de cosas.

—Ven aquí —me dice, y me subo con cuidado a horcajadas sobre sus piernas. Está cálido. Deslizo las manos sobre su pecho, por el cuello, hasta que introduzco los dedos en el pelo despeinado.

—Gracias —susurro antes de darle un beso ligero en la boca—. Me encanta.

Hace un ruido contra mis labios, un ruido grave de satisfacción que le ruge desde el pecho, y me gusta aún más lo que quiera que sea esto con Rory Miller.

# Capítulo 63
# Rory

—Tendría que haber imaginado que tenías un coche así —dice Hazel mientras saco el coche del garaje.

La miro sonriendo y enciendo la calefacción de su asiento.

—¿Rápido, potente y ridículamente bonito?

—Caro y ostentoso. —Resopla—. Solo tú conducirías un coche así con todo nevado.

—Oye, tiene neumáticos de nieve. —Cambio de marcha y le guiño un ojo con una sonrisa vaga, mientras el motor ruge más fuerte. Ella pone los ojos en blanco y esconde una sonrisa—. ¿Sabes conducir con marchas?

—No. Mi padre nos quiso enseñar, pero tanto Pippa como yo nos negamos.

Las calles están tranquilas.

—¿Quieres que te enseñe?

—Rory. —Gira la cabeza para mirarme—. No voy a conducir este coche.

—¿Por qué?

Se echa hacia atrás, seguramente a punto de decir que el coche es demasiado caro o algo por el estilo.

—A lo mejor necesitas un coche en algún momento.

Me resulta adorable cuando parpadea tan rápido cuando está nerviosa. Como esta mañana, cuando ha visto la caja y pensaba que era un anillo de compromiso. Casi consigue que le compre uno solo para ver qué habría dicho.

¿A quién pretendo engañar? Ese no es el motivo por el que quiero comprarle uno.

—Cuando necesite un coche, lo alquilaré —insiste.

—Okey. —Suspiro como si me hubiera cansado—. Me compraré otro coche. —Entro en el puente de North Vancouver y se me tensa el estómago por los nervios—. ¿Qué coche quieres?

Ella se ríe.

—No tienes remedio.

Empiezo a pensar en mi madre y siento otro pinchazo de nervios. Tamborileo con los dedos sobre el volante. ¿Saben algo de mí sus amigos? ¿Tiene pareja? ¿Sigue haciendo senderismo? Es como si fuera una desconocida. Por cómo me miró ayer, parecía que...

Exhalo con fuerza. Parecía que ella no quería que fuera así.

Pero se marchó, así que ahora no sé qué carajo pensar. No sé que estoy haciendo, por qué voy a verla.

Hazel me pone una mano en la pierna. Me lee como un libro abierto, y sabe que estoy nervioso.

Me pregunto qué más sabe Hartley. Me pregunto si es consciente de que estoy enamorado de ella.

—Me alegro de que hayas venido conmigo —admito, mirándola y luego de nuevo a la carretera.

Sin Hazel, me habría inventado alguna excusa y me habría ido a levantar pesas hasta estar demasiado cansado para pensar. Sin embargo, con Hazel no he sentido esa necesidad apabullante de que no estoy haciendo lo suficiente en el hockey. Si le preguntara, me diría que tomarme tres días libres no arruinaría mi carrera, y yo estaría de acuerdo.

—Te necesito —añado, acercándome cada vez más al secreto que le oculto.

Hazel me ha cambiado la vida de formas que jamás habría imaginado, y estar con ella es mucho mejor de lo que esperaba.

Ella me mira, y me preocupa haber ido demasiado lejos,

pero simplemente me sonríe con esa delicadeza y ternura que he descubierto en estos meses.

—Yo también me alegro de estar aquí —dice, apretándome la pierna.

# Capítulo 64
# Rory

Mientras mi madre se ocupa de los invitados de la fiesta, rellenando bebidas y charlando con ellos, Hazel y yo estamos sentados en el salón. Mi madre se compró esta casa unos meses después de marcharse, y solo he estado aquí dos veces. No, tres veces. Y me pasé gran parte de esas visitas practicando tiros en la entrada, ignorándola.

—Hazel —dice mi madre, sentándose a su lado—. ¿A qué te dedicas?

Desliza la mano en la mía, y me aprieta.

—Soy una de las fisioterapeutas del equipo.

Charlan sobre el trabajo de Hazel y sus clases de yoga, y mi madre me mira con los ojos cálidos cuando Hazel le enseña los pendientes que le he regalado.

—¿Te gusta el equipo de Vancouver, Rory? —me pregunta, y me da la sensación de que la habitación se queda en silencio.

—Sí. —La miro rápido—. Streicher también está en el equipo, así que está bien jugar con alguien conocido. —Me muevo en mi asiento, consciente de que todo el mundo está pendiente de nuestra conversación—. Me gusta jugar para Ward.

Mi madre asiente.

—Tenías un póster suyo colgado, ¿no?

Hazel me mira y me sonríe, y yo intento devolverle la sonrisa, pero noto la cara rígida.

—Sí.

Mi madre vuelve a asentir, y nos quedamos en silencio. Se mira las manos sobre las piernas y luego me mira a mí.

—¿Jamie y su madre están bien?

Asiento.

—Sí.

—Mi hermana y él están prometidos —añade Hazel, y a mi madre se le ilumina la cara.

—Leí que estaba prometido, pero no sabía que era con tu hermana. —Mi madre nos mira, dudando, como si quisiera decir algo más—. Me alegro por ellos.

Hazel me pasa el pulgar por el dorso de la mano y se me desatan varios nudos en mi interior. No sé cómo habría hecho esto sin ella.

—Jamie es un gruñón —le dice Hazel a mi madre—, pero es el mejor cuñado que podría tener.

Mi madre se ríe.

—Siempre fue muy serio y callado. Nada que ver con Rory. Supongo que por eso se llevaban tan bien.

No sé qué decir. Solo hablamos del pasado, pero no quiero hablar de hockey. Mi madre odia el hockey.

Es una situación incómoda. Abro la boca para preguntarle si sigue haciendo joyas, pero suena el timbre y ella se levanta de un salto, como si hubiera estado esperando una excusa para marcharse. Abre la puerta y entran más amigos suyos.

—Cuánto me alegro de haber podido venir —dice su amiga, dándole un abrazo a mi madre—. Cuando me llamaste ayer...

—Ah, sí, sí. —Mi madre la interrumpe, mirándonos a Hazel y a mí—. Me alegro de verte.

Su amiga me ve y ahoga un grito, llevándose las manos a la boca y con los ojos como platos.

—¿Ese es Rory?

Yo le sonrío.

—Hola.

—¡Dios mío! —dice—. ¡Es igualito que Rick!

Mi madre se estremece tan rápido que apenas me doy cuenta, y se me hunde el corazón.

—Tengo que... —empiezo a decir, poniéndome de pie, sin mirar a Hazel, que me busca con los ojos—. Voy por un poco de agua, ahora vuelvo.

Siento los ojos de Hazel sobre mí durante todo el trayecto a la cocina. En el fregadero, me sirvo un vaso de agua de la llave, me lo bebo de un trago y me sirvo otro, mirando el jardín por la ventana.

¿Qué hago aquí? Lo único que estoy consiguiendo es volver a abrir heridas ya cerradas. La forma en la que ha reaccionado cuando su amiga ha dicho que me parezco a mi padre era todo lo que necesitaba saber.

Esto ha sido un tremendo error. No sé qué pretendía viniendo. ¿Creía que de pronto íbamos a ser personas diferentes? ¿Que podíamos empezar de cero o algo así?

«Patético», diría Rick.

Recuerdo el día que se fue, cuando me preguntó si quería irme con ella. Todo habría sido diferente si hubiera dicho que sí. Conocería a mi madre. Pero no jugaría al hockey.

—Rory. —Mi madre entra en la cocina con una expresión extraña.

La cocina parece muy pequeña con los dos aquí, pero, al mismo tiempo, mi mirada se aferra a ella, asimilándola. Mi madre. Me duele el corazón al mirarla. Aunque la tenga enfrente, la echo de menos.

Ojalá pudiéramos empezar de cero. Pero no sé cómo hacerlo.

Hace un gesto hacia atrás por encima del hombro y sacude la cabeza.

—Siento lo que ha dicho Erica. Lo de que te pareces a tu padre.

Le doy un sorbo al agua, solo por hacer algo con las manos.

—Todo el mundo lo dice.

—Yo siempre he pensado que te parecías más a mí.

Se hace el silencio entre los dos. Me llega el olor de su perfume, el mismo que usaba cuando yo era pequeño.

—¿Cómo está tu padre?

—Uh. —Me paso la mano por la nuca, pensando en la conversación que tuvimos ayer por teléfono—. Bien.

—¿Está aquí en esta Navidad?

Sacudo la cabeza.

—Está en Toronto. No es muy navideño.

Ella asiente, como si lo hubiera recordado, y le cambia la cara.

—Antes sí lo era, cuando eras muy pequeño. Le encantaba hacer planes navideños contigo.

Pongo una mueca. No parece propio de él.

—De verdad, Rory. Era así. —Suspira—. Tu padre te quiere. Espero que lo sepas. Lo demuestra de la única forma que sabe.

Mi padre lo que quiere es el hockey. Le gusta ser el mejor y que cualquier persona relacionada con él sea el mejor, pero aparto todos esos pensamientos.

—Voy a volver con... —empiezo a decir.

—¿Eres feliz?

La pregunta es como una puñalada en el corazón, y no sé por qué. Espera, observando mi cara.

—Sí, lo soy. Hazel... —Me callo, mirando al salón, donde todo el mundo está charlando y riéndose—. Hazel es increíble.

La cara de preocupación de mi madre se disuelve en una sonrisa llena de cariño.

—Es encantadora. Hacen muy buena pareja.

Yo asiento. Quiero decirle que me gusta Hazel desde la escuela y que fingimos estar juntos para enojar a su ex, y que estoy enamorado de ella y que no tengo ni idea de qué hacer o cuándo decírselo.

Sin embargo, me quedo mirando el vaso de agua sobre la barra y vuelvo a asentir.

—Eso espero.

La cocina vuelve a quedarse en silencio y doy un paso para volver al salón.

—Tengo un regalo para ti —dice rápidamente detrás de mí.

Levanto las cejas y la veo entrar apresurada en el salón. Vuelve con un regalo pequeño.

—No es gran cosa, pero... —Me lo da, nerviosa—. Bueno, ábrelo.

Quito la tapadera y aparto el papel. Es un suéter de punto, de lana azul oscura con motas grises, como los ojos de Hazel. Cuando lo levanto, parece que es de mi talla.

—¿Lo has hecho tú?

Asiente, avergonzada, y se me estira el pecho. ¿Por qué me ha hecho un suéter, si se fue? ¿Por qué me ha invitado a su fiesta de Navidad con sus amigos? ¿Por qué ha querido conocer a mi novia? ¿Por qué me pregunta por mi padre?

—Lo hice el año pasado. Te lo quise dar entonces, pero no me atreví.

Siento la expresión desconcertada en mi cara.

—¿El año pasado?

Ella hace una mueca.

—Pensé que ya tendrías de todo y que no lo querrías...

Este dolor tierno en el pecho creo que es a lo que se refería Hazel con sentirse valorado durante su clase de yoga. Dejo la caja en la barra y le doy un abrazo a mi madre, lo más fuerte que puedo. Su aroma cálido a canela me envuelve, y me devuelve el abrazo.

—Gracias —le digo con una voz extraña y densa—. Me encanta.

Nos separamos, pero no me mira a los ojos.

—No quería que pasaras frío. Siempre viajan a sitios fríos.

Se me levanta la comisura de los labios. Es una cosa muy de madre.

En el salón, me siento junto a Hazel y le doy la mano.

—¿Todo bien? —susurra, y yo asiento. Se acerca más a mí—. Tranquilo, no me voy a ir —añade, y vuelvo a respirar tranquilo.

# Capítulo 65
# Hazel

Esa misma noche, estamos sentados en el sofá, frente a la chimenea, bebiendo sidra caliente otra vez mientras fuera cae la nieve y el árbol de Navidad brilla. Tengo puesta su sudadera, estoy acurrucada contra él, tapada con la manta que me compró, y él me acaricia distraídamente el pelo.

—¿Qué vas a hacer con el local? —pregunta Rory.

Siento un nudo en el estómago. Laura me escribió hace dos días y todavía no le he contestado. Me siento mal por no contestarle enseguida, pero no he parado de dudar.

—Todavía no lo sé.

Rory murmura, todavía jugando con mi pelo, y sé que si le digo que no quiero hacerlo, respetará mi decisión.

Tengo miedo. Hay mucho en juego. Si fracaso, será una vergüenza y un gasto de dinero, pero, sobre todo, si fracaso, ¿qué diría eso de mí?

Sin embargo, no puedo quedarme para siempre en el mismo sitio solo porque tenga miedo. Y con las sesiones con mi mentora que me ha regalado Rory por Navidad, tendría a alguien que respondiera a mis preguntas. Respiro hondo y me pongo recta.

—Quiero ir a verlo.

A Rory se le ilumina la cara.

—¿Sí?

Yo asiento, sonriendo.

Señala mi teléfono con la barbilla.

—Pues escríbele.

—¿Ahora?

—Sí. —Me da un empujoncito—. Para que no te dé tiempo a arrepentirte.

Tiene razón. Respiro hondo, tomo el teléfono y le escribo un mensaje a Laura.

—Seguramente ya está alquilado —murmuro—. Pero no pasa nada.

Me responde enseguida.

¡Genial! ¿Te parece bien ir a verlo
la mañana de Fin de Año?

Rory lee el mensaje por encima de mi hombro. Se supone que esa mañana nos vamos a Whistler para el Clásico de Invierno.

—Podemos tenerlo —dice, levantando una ceja.

Me muerdo el labio.

—Vamos, Hartley —murmura sonriendo.

La duda me invade porque hacer algo así da miedo, pero Rory fue a casa de su madre aunque estuviera nervioso.

Le escribo a Laura antes de soltar una bocanada de aire.

¡Me parece genial!

—Así me gusta —dice Rory contra mi sien, y me sonrojo.

Sus ojos se desvían a nuestra foto enmarcada sobre la estantería, antes de mirarme y sonreír.

—¿Te esperabas algo así cuando hiciste aquella apuesta de que terminaríamos juntos? —pregunto—. ¿Estar acostados en el sofá como un matrimonio viejo?

La mirada punzante con la que me mira hace que me dé un vuelco el corazón.

—Es incluso mejor.

Necesito decir algo de lo que siento. Nunca pretendí que pasara nada de esto y, desde luego, nunca pensé que sentiría posesión y orgullo, y chispas, y una felicidad apabullante con

Rory Miller. Se me crea un nudo en el estómago porque me enoja sentir estas dudas.

—Gracias por acompañarme hoy.

—No hay de qué. —No tiene ni maldita idea de lo que sería capaz de hacer por él.

Pienso en Nicole y en lo contenta que se ha puesto al verlo. Era evidente que organizó la fiesta después de invitarnos a nosotros porque tenía muchísimas ganas de verlo. Cuando el baño de abajo estaba ocupado, me dijo que fuera al de arriba, y pasé por delante de su despacho.

—El despacho de tu madre estaba lleno de cosas tuyas de hockey —le digo, y él frunce el ceño.

—Odia el hockey.

—Tenía un recorte del periódico del día que te ficharon, y todas tus equipaciones, y un montón de cosas del Storm. —Siento un pinchazo en el pecho, por él y por ella—. Te echa de menos, Rory.

—Yo también la echo de menos —me dice suavemente al oído, y se me cierra la garganta.

Es muy sincero conmigo, aunque le cueste, así que me esfuerzo para darle más de mí.

—Connor dijo que los tipos como él no terminan con chicas como yo —digo sin pensar. No puedo contarle cómo me siento de verdad, pero puedo decirle esto. Puedo dar este pasito hacia delante con él.

Se le afila la mirada, endureciéndose al oír el nombre de Connor. Me cruzo de brazos, mirando al suelo con el ceño fruncido y, en mi cabeza, estoy allí otra vez, hace años, en la fiesta, sintiendo la vergüenza de no ser suficiente para alguien.

—No era suficiente para él. —Apenas soy capaz de pronunciar esas palabras. Me rasgan la garganta a medida que las digo.

Él se mueve debajo de mí para que estemos de frente, me agarra la cara con una expresión urgente, sincera y furiosa, y me la levanta para que lo mire a los ojos.

—No tiene ni idea, Hartley. —Nos sostenemos la mirada, sus ojos destellan emoción—. No tiene ni puta idea.

El corazón me late con fuerza en el pecho. Quiero creerlo. Aquí sentados, envueltos el uno en el otro como si no existiera nada más, quiero creer que él nunca se cansará de mí, ni me rechazará.

Creo que me moriría si pasara eso.

¿En qué me he metido? El pánico aumenta cuanto más miro a Rory a los ojos. No hay forma de sacarme de esto sin sufrir.

—No tiene ni idea. —Rory me mira como si tuviera que creerlo—. Nunca fue suficiente para ti y lo sabe. Eres perfecta, Hartley.

Algo retumba en mi interior, urgente, insistente, desesperado por salir. Ocultar de esta forma los sentimientos es una agonía.

—Ya no estamos fingiendo —susurro—. ¿Verdad?

Rory sacude la cabeza.

—No, Hartley. —Sus ojos se mueven por mi cara como si intentara memorizar cada detalle, y traga saliva como si estuviera nervioso—. Yo hace mucho que dejé de fingir.

No hay aire suficiente en la habitación, y no puedo mirar a otro lado. Connor decía que yo no era suficiente, pero igual se equivocaba. Desde luego, Rory me mira como si fuera suficiente. Quiero seguir con esto, sea lo que sea. Lo quiero todo.

—¿Te puedo decir una cosa? —pregunta, colocándome un mechón de pelo detrás de la oreja.

El pulso se me dispara al ver su cara seria y nerviosa, pero asiento, mordiéndome el labio.

Busca mis ojos y toma aire.

—Te quiero.

El mundo se para, se desvanece, y nos quedamos Rory y yo solos.

—¿Cómo? —Tomo aire, como si estuviera asustada, pero no lo estoy.

—Te quiero. —Los músculos de su garganta se mueven mientras me observa, deslizando la mano por detrás de mi cabeza.

Hace dos meses, esto habría sido lo último que quería escuchar. Ahora, quiero escuchar a Rory diciendo esas dos palabras un millón de veces.

—No pongas esa cara de sorpresa, Hartley. —Tiene una sonrisa amable y engreída—. ¿Cómo no me iba a enamorar de ti? Era una cuestión de tiempo.

Se me separan los labios, pero no sé qué decir. La chica de hace años a la que le destrozaron el corazón no se puede creer lo increíblemente afortunada que soy por haber encontrado a Rory. Y, al mismo tiempo, me da pánico que no dure.

—No tienes que decir nada. —Se ríe tranquilo por mi silencio—. Sé que me lo dirás en algún momento.

Lo dice como si estuviera seguro. Como si pudiera leerme, como si creyera que me pondré a su nivel.

Estalla una chispa dentro de mí.

—Qué creído —murmuro.

He estado evitando el sentimiento, dándole la espalda, pero ya no puedo ignorarlo más.

Estoy enamorada hasta el borde de Rory Miller. Nunca le he dicho esas palabras a un chico. Con Connor, siempre me dio la sensación de que no eran bien recibidas, así que me las guardaba para mí.

Aquello fue una versión diluida del amor, y Rory no tiene nada que ver con Connor.

«Pero ya le ha hecho daño a alguien», dice una voz fea en mi cabeza. No era su intención, pero no tuvo delicadeza con Ashley y le rompió el corazón.

Podría hacerme lo mismo a mí, aunque me quiera. Aunque yo lo quiera a él y seamos muy felices juntos. La gente se desenamora constantemente.

Me acuerdo de ayer, cuando Rory dijo que Jamie era como su hermano. Estarán para siempre en la vida del otro, lo que significa que Rory estará en mi vida para siempre.

Eso podría acabar conmigo si esto no funciona después de darle absolutamente todo y luego tuviera que verlo constantemente.

—No pasa nada —dice otra vez, acariciándome el pelo, y me doy cuenta de que lo entiende. Sonríe como si me leyera el pensamiento. Es otro de los motivos por los que mi corazón late por él: porque es increíblemente paciente y amable. Porque sabe que estoy rota y está intentando volver a unir las piezas—. Esperaré.

Maldición. Sí. Lo quiero muchísimo. Creo que hace tiempo que lo quiero. Más de lo que quiero admitir. Me esforcé mucho por no hacerlo, pero creo que intentar no enamorarme de él ha sido la estupidez más grande que he hecho en mi vida.

Me pongo a horcajadas sobre él, sosteniéndonos la mirada constantemente. Me pone las manos en la cintura y acerco mi boca a la suya.

—¿Qué tal el tobillo? —pregunta en voz baja.

—Ahora mismo me da igual el tobillo.

Rory asiente, con los párpados medio cerrados, y se le mueve la garganta. Seguramente va a decir algo como que tengo que descansar, pero lo beso.

# Capítulo 66
# Hazel

Mientras nos besamos, Rory me levanta y me lleva hasta su dormitorio, dejándome con cuidado sobre la cama antes de ponerse de rodillas en el suelo enfrente de mí. El ambiente está cargado de electricidad cuando su boca se acerca a la mía, separándose un segundo para quitarnos la ropa hasta que, por fin, estoy sentada en la cama con un sostén color lavanda y un tanga a juego.

—Hoy te necesitaba —susurra. Tiene una mirada tan dolorosamente vulnerable que me arrolla la emoción.

Ya me conozco esto. Cuando llega a su casa se siente perdido, y lo único que quiero es agarrarle la mano y comprobar que está bien.

Maldición, quiero ser esa persona para él. Lo necesito.

—Dilo otra vez —susurro—. Lo que has dicho antes.

Él sonríe, sujetándome la cara mientras me da un beso en los labios.

—Te quiero.

Suspiro, prácticamente flotando, y él se me sube encima. Como cada vez que nos besamos, se me olvida todo lo demás menos la sensación de su boca, su mano deslizándose por detrás de mi cabeza, su rodilla apoyada entre las mías. Se coloca entre mis piernas y el impresionante largo de su verga apretada contra mi clítoris hace que sienta un chispazo por todo el cuerpo. Se me separan los labios y su lengua se desliza entre ellos y, cuando succiono despacio, a Rory se le entrecorta la respiración y de la profundidad de su pecho sale un ruido grave y placentero.

—Dios —murmura antes de volver a hundirse en mi boca y saborearme. Me arqueo contra él porque hay algo en esa palabra que me dice cuánto me necesita, que puede que pierda la cabeza si no le doy más. Aprieta las caderas contra mí, tirándome ligeramente del pelo, y un escalofrío de excitación me recorre la espalda—. Podría venirme solo con esto, Hartley. Te lo juro.

Empiezo a sentir una palpitación de deseo en el bajo vientre, y debo hacer un ruido de protesta o de necesidad, o las dos cosas, porque él suelta una risa grave que hace que quiera borrarle la sonrisa de la cara de un lametón.

—Pero no lo voy a hacer. —Otro beso lento y perezoso. Tengo los calzones empapados—. Y mucho menos antes de darte lo que necesitas.

Nuestros besos pasan de lentos y cuidadosos a rápidos y urgentes.

—Cada vez que me masturbo, pienso en el sabor de tu vagina. Nunca duro nada cuando pienso en eso.

Yo gimo, arqueándome contra él, buscando la fricción mientras froto las caderas contra las suyas. Su verga me roza en el núcleo entre mis piernas y todo el cuerpo se me tensa.

Él se coloca sobre mí, apretándose contra este bulto otra vez, haciendo que ponga los ojos en blanco. Se le tuerce la boca en una sonrisa contenta y presumida, con los ojos ardientes y clavados en mí. Me recompensa con una línea de pequeños besos por el cuello antes de succionar en un lugar sensible en la base del cuello, y gimo, levantando las caderas contra él descaradamente.

—¿Vamos a hacerlo esta noche?

—Sí. —Ahogo un grito cuando hace pequeños círculos con la lengua en el hueco de mi clavícula—. Eso espero.

—Bien. —Se le ensombrece la mirada y apoya la frente en mi pecho mientras respira hondo. Su cara me dice que esto es lo mejor que le ha pasado.

A mí también, pienso.

Lo deseo. Me dan igual las consecuencias, y me da igual sufrir.

Desliza la mano entre mis piernas y aprieta un círculo firme contra la parte delantera de mis calzones. Se me arquea la espalda a medida que el placer me arrollar.

—Dios —murmuro, mirando la sonrisa perezosa y oscura dc Rory.

—Te pones empapada conmigo. —Se le sonrojan las mejillas—. Me encanta, Hazel.

Yo asiento, pasándole las manos por el pecho mientras mueve la mano entre mis piernas, excitándome cada vez más, pero, cuando intento agarrarle la verga dura que reposa sobre mi vientre, él sacude la cabeza.

—Todavía no.

—Por favor.

Suelta una risa grave y levanta una ceja, todavía con movimientos embriagadores contra mi centro.

—No voy a durar si te doy lo que quieres.

Se le van los ojos a mis pechos y se le tensa la cara. Al cabo de un instante, está de rodillas, con las manos en mi espalda para desabrocharme el sostén y quitarme los calzones.

—Así mejor —me dice antes de volver a llevarme la mano a la vagina. Yo vuelvo a arquearme.

Me encuentra el pezón con los labios y la sensación de su lengua en el pico erecto envía una corriente eléctrica por todo mi cuerpo.

Vuelvo a intentar agarrarle la verga, pero él me toma de la muñeca y la lleva hasta la cama, sobre mi cabeza.

—Dame la otra mano —dice, todavía acariciándome el clítoris, y necesito desesperadamente que siga, así que le obedezco.

Me agarra las dos muñecas con la mano y aparece una sonrisa lenta en su cara.

—No sé por qué me gusta esto contigo —dice, mirando su mano agarrando las mías—, pero me encanta. —Se le mueve la garganta y le cuesta respirar. Estudia mi cara y mira su mano moviéndose entre mis muslos—. Te quiero toda para mí.

Me aumenta el placer en el vientre, alrededor de la base de la espalda, y detrás del clítoris.

—Yo también quiero ser toda para ti —admito—. Me gusta cuando haces esto.

Vuelve a poner esa sonrisa oscura y encantada, como si hubiera dicho algo perfecto. Quiero darle a Rory lo que quiera.

Aprieta la mandíbula cuando desliza los dedos por mi humedad.

—Sabes que eres mía, ¿verdad?

Vuelvo a asentir, cerrando ligeramente los ojos ante el creciente deseo detrás del clítoris.

—Mía y solo mía.

Se me encogen los dedos de los pies. Jamás pensé que me encantaría escuchar esas palabras tan posesivas de boca de Rory, pero aquí estoy, empapándolas de placer.

—Dilo. —Su tono está cortado con posesión y clava la mirada sobre mí.

—Tuya y solo tuya —digo—. Me tengo que venir.

Él toma aire y me suelta las muñecas.

—Ponte bocabajo.

—¿Qué? —Levanto la cabeza mientras él se pone de rodillas, esperando. Su verga resalta, rogándome atención, con la punta empapada. Me inclino hacia delante y la chupo, pero me agarra del pelo y tira con fuerza—. Hazel. —Tiene un tono sombrío y provocador al apartarme de su verga tirándome del pelo—. ¿Qué te acabo de decir?

Aunque estoy muy tensa, ardiente de deseo y excitación, y tengo la necesidad desesperada de venirme, me río en voz baja.

—No me acuerdo —miento, sonriéndole. Él sacude la cabeza, con los ojos brillantes y la boca doblada en una mueca traviesa.

Traviesa e increíblemente sexi.

—Estaba a punto de cogerte —dice con esa voz amenazante, sin soltarme el pelo—. Pero ahora he cambiado de idea porque eres una niña maleducada.

# Capítulo 67
# Hazel

Me estalla la excitación en el vientre. Es esto, ¿verdad? Es esto lo que siempre he necesitado de un chico. Lo que Rory y yo tenemos le da mil vueltas a todo. Él es lo que siempre he necesitado en un chico. Se me acelera el pulso.

—Ponte a cuatro patas.

Apenas me he dado la vuelta cuando me agarra por las caderas y me coloca sobre mis rodillas, mojada y desnuda para él. Empiezo a dudar: hace años que no me pongo en esta postura. Es sumisa y vulnerable, y no suele gustarme.

Como si sintiera que estoy un poco nerviosa, me acaricia la espalda.

—¿Estás bien, cariño?

Me centro en el calor de su mano sobre mi piel y asiento, arrastrando una respiración profunda.

—Ajá.

Él nunca me presionaría más de la cuenta. Siempre me está observando, pendiente de mi reacción.

Detrás de mí, se mueve y siento sus labios en mi espalda, haciendo un recorrido de besos por la columna.

—¿Confías en mí, Hazel?

—Sí.

—¿Seguro?

—Sí. —Estoy empapada y deseosa, esperando a que me alivie, y la frustración se cuela en mi voz—. Confío en ti.

—Bien —dice con esa voz grave y encantada que tanto me gusta.

Me rodea el ano con la lengua y se me abren mucho los ojos antes esa sensación cálida y húmeda. Se me escapa un ruido grave y ahogado de placer y sus dedos se tensan sobre mi cadera.

—¿Has hecho esto alguna vez? —murmura mientras me acaricia.

Estoy parpadeando, mirando a la nada, prestando toda mi atención a la zona en la que su lengua me toca mientras el deseo se mueve por todo mi cuerpo.

—No.

—¿Te gusta?

—Sí —digo en un susurro ahogado. Estoy cada vez más mojada—. Rory —gimo—, necesito venirme. Necesito más.

—Ya lo sé. —Sigue dibujando esos círculos perezosos y resbaladizos con la lengua por el agujero apretado—. ¿Cuántas ganas tienes de venirte?

Cierro los puños con fuerza.

—Luego pienso matarte.

—No me cabe la menor duda. —Introduce la lengua en mi interior y gimo con un ruido agudo y demandante. Siento escalofríos en la espalda—. Maldición, Hazel —gruñe—. Me has agarrado la lengua. Me encanta, cariño. Lo estás haciendo genial.

Aprieto los dientes con la respiración entrecortada. Estoy a punto de salirme de mi piel.

—Si quieres más, tienes que ganártelo.

Gimoteo, asomándome al borde de la locura. Esto es una tortura, pero me encanta.

—¿Qué quieres?

—Quédate aquí conmigo hasta el Clásico de Invierno.

—¿Qué? —No puedo pensar con claridad cuando me toca de esa forma—. ¿Hasta Año Nuevo?

Hace una pausa antes de darme un beso en la espalda, exhalando contra mi piel.

—Me gusta que estés aquí.

Esas palabras y la forma en la que las dice, suave y sincera, se me instalan en el corazón.

—Okey. Sí. Me quedo.

Estoy tan cachonda que seguramente podría decir cualquier cosa ahora mismo, pero estos últimos días han sido un sueño, como si viviéramos en nuestra propia bola de nieve.

—Di que estás a gusto.

—Estoy a gusto.

—Di que si hacemos esto, no será la última vez.

Mi regla. Mi regla estúpida que se supone que iba a evitar que me enamorara.

—No será la última vez.

—Así me gusta. —¿Eso que hay en su tono es alivio?—. Muy bien, Hartley. —Vuelve a meter la mano entre mis piernas, frotándome el clítoris con círculos firmes y amplios, con la yema de los dedos, rápido y ligero, exactamente como necesito, y se me pone la piel de gallina—. Esta noche ya me has alimentado demasiado el ego.

Hundo la cabeza en la cama conforme me acerco cada vez más al límite. El orgasmo se remueve y se acumula en mi interior. Él desliza la mano sobre mí, acariciándome con la lengua por la puerta de atrás, reclamándome, convenciéndome cada vez más. Una necesidad me recorre todo el cuerpo, se dispara por mi sangre. El placer es cada vez mayor a medida que el placer entre mis piernas alcanza el clímax.

—Me vengo —gimo contra el colchón mientras Rory juega con mi cuerpo, haciendo que se me encojan los dedos de los pies. Se me tensan los músculos del abdomen conforme su mano se mueve cada vez más rápido. Escucho lo mojada que estoy contra su mano, pero me da igual, estoy en un remolino, me falta el aire y me aferro a su lengua.

«Sucio y depravado», pienso, pero me da igual. Si Rory lo quiere, yo también lo quiero.

El pulso me ruge en los oídos cuando llego al orgasmo y me hundo hacia delante en la cama, pero Rory se sube encima de mí, con la erección apretándome en la espalda mientras me besa en el hombro.

—¿Cómo estás, Hartley?

—Bien —gimo con la voz agotada, y él se ríe.

—¿Ya has terminado por hoy?

Me apoyo en los codos y niego con la cabeza.

—No. —Tiene la cara sonrojada y los ojos brillantes. El pelo despeinado, tal y como me gusta—. No hemos acabado.

Tuerce la boca y se le mueve la garganta como si se aferrara a su control.

—Muy bien.

Rory toma la caja de condones de la mesita de noche y se pone uno.

—Date la vuelta —dice con voz tranquila, y me pongo bocarriba.

Se coloca entre mis rodillas, apretándome el clítoris con la verga, y se me corta la respiración. La boca de Rory está en mi cuello, en mi hombro, dándome besos suaves y ligeros, y yo deslizo la mano en su pelo.

—No seas delicado —susurro, arrastrándome contra su erección—. Toma lo que quieras, Rory. Me gusta.

Gruñe como si fuera exactamente lo que quería escuchar. Y se coloca en mi entrada. Con la mandíbula apretada y respiraciones pesadas, empuja dentro de mí observando mi expresión. Siento cómo empieza la segunda descarga a medida que mi cuerpo se estira para él. Es demasiado grande para mí, pero el ardor es increíble, y me provoca chispas por toda la espalda por lo llena y apretada que me siento. Cuando empuja las caderas contra las mías y está metido hasta el fondo, pongo los ojos en blanco.

—Rory —gimo mirándolo.

Podría venirme solo con mirarlo a la cara. La mandíbula apretada como si apenas pudiera aguantarse, los párpados medio cerrados con una mirada confusa y desconcentrada. Esta cara hace que la presión se me acumule aún más.

—Qué apretada estás —dice con voz ronca—. Sabía que no duraría.

Sale y vuelve a entrar, y los dos gemimos. Mañana me va a doler, pero me da igual, necesito más. Tengo las manos por todo su cuerpo: en el pelo, en los brazos, arrastrándolas por su espalda.

—¿Puedo...? —Vuelve a empujar, más rápido y más duro esta vez, y un ruido rasgado ruge en su pecho.

—¿Puedes qué? —Tengo la respiración entrecortada mientras me coge, clavándome, usándome para venirse—. ¿Qué pasa?

Me pone la mano en la base de la garganta y me mira a los ojos con una pregunta en la mirada.

—¿Puedo hacer esto?

No está apretando, no me hace daño, simplemente tiene la mano ahí, sujetándome debajo de él. Yo asiento. Hay algo en la forma en la que Rory quiere sujetarme y cogerme que me manda al espacio.

—Sí. Así.

—Bien.

Mueve las caderas más rápido, encontrando el ritmo, y el cuerpo se me vuelve a tensar.

# Capítulo 68
# Rory

Estar dentro de la mujer que quiero es la experiencia más intensa de mi vida.

Hazel me mira como si lo fuera todo para ella. Por fin confía en mí. Por fin estamos haciendo esto. Sé que ella también me quiere y esperaré hasta que esté lista para decírmelo. He practicado mucho con ella.

Se muerde el labio y frunce el ceño con necesidad.

—Más fuerte.

—¿Seguro? —Apenas puedo aguantar, empiezo a perder el control. Doblo los dedos en la base de su cuello.

Maldición, me encanta que se relaje para mí, que me deje entrar. Que confíe en mí para que la use de esta forma.

Ella asiente con fuerza y me clava las uñas en la espalda. Los pinchazos añaden una capa más a este momento: su olor en mi nariz, la humedad resbaladiza de su excitación contra mi verga, su aspecto debajo de mí, tan dócil y suave y abierta.

Dios, no voy a sobrevivir a esto. Voy a venirme tan fuerte que me va a matar. La palpitación de mi entrepierna tira más fuerte, moviendo más rápido mis caderas, y empieza la chispa.

Alrededor de mi verga, Hazel empieza a palpitar y se me abren los ojos.

—¿Otra vez? ¿Te vas a venir otra vez?

Se le tuerce la boca y asiente.

—Me estás dando en el clítoris —dice casi sin aliento—. Y muy dentro.

Una satisfacción masculina y engreída me agarra por el cuello. Sus pechos perfectamente redondos rebotan mientras me la cojo en la cama y hierve la presión en mi interior. Se aferra y busca mis ojos, arqueándose, y se le abren los labios. Me late el pulso en los oídos y se me encogen los huevos hacia mi cuerpo cuando me vengo.

Me estalla la cabeza en un millón de trozos. Me caigo sobre ella, enterrando la cabeza en su cuello mientras gruño su nombre y me vengo en lo más profundo de su interior.

Mi Hazel. Mía. Con cada empujón, su nombre late por mi sangre. La quiero, y es mía, y ahora que la tengo, no pienso dejarla escapar.

A medida que nuestra descarga se va calmando y recuperamos el aliento, me coloco contra ella, dándole besos en la frente, acariciándole el pelo. Sigo dentro de ella, pero todavía no estoy listo para salir.

—¿Estás bien? —pregunto—. ¿No he sido demasiado duro?

Ella sacude la cabeza.

—No. Ha sido perfecto. —Bate las pestañas mirándome a la cara, suspirando con una sonrisa pequeña y ligera, y sigo pensando en lo preciosa que es.

—Si no quieres quedarte aquí hasta el Clásico de Invierno...

—Sí que quiero.

«Quédate para siempre», pienso.

Me coloca una mano en el pecho, encima del corazón palpitante.

—Me gusta estar aquí.

Me pregunto si podrá sentir el vuelco que me ha dado el corazón cuando ha dicho eso.

—Te late el corazón muy rápido —susurra.

—Me encanta hacerlo contigo, Hazel. —No es sexo, es una bendición.

Abre mucho los ojos y sus palabras duran una eternidad.

—Yo también me estoy enamorando de ti. —Lo dice con una voz tan baja que apenas es un susurro, y sus ojos buscan los míos—. Tengo miedo.

Maldición.

—Ya lo sé. —Le paso los dedos por la frente y le aparto un mechón de pelo de la cara—. Creo que es normal, y yo voy a estar contigo todo el tiempo. —Nos miramos a los ojos—. ¿Okey?

Ella asiente.

—Okey.

Me quiere y ¿algún día? Pienso casarme con Hazel Hartley.

# Capítulo 69
# Rory

Es Boxing Day, el día después de Navidad, y estoy en el Filthy Flamingo con Owens, Volkov y algunos más. Me vibra el teléfono con una foto de Hazel.

Está en la tina, cubierta de burbujas, con la cara sonrojada por el calor y la mirada traviesa. Mi dragón escupefuego.

Le escribo, moviendo la rodilla mientras miro el teléfono.

¿Estás pensando en mí?

A lo mejor.

Se acabó. Me voy directo a casa.

Ni se te ocurra. Quédate con los chicos
y pásatela bien por una vez.

Por una vez. Es ridículo. Me la paso bien siempre que estoy con Hazel.

—Gracias por llevarme a esa pachanga —dice Owens. Los demás jugadores, tanto los profesionales como los de la liga de aficionados, están debatiendo si el Storm llegará o no a la eliminatoria esta temporada—. ¿Streicher no ha podido venir?

Sacudo la cabeza.

—Acaba de aterrizar. Pero ha dicho que vendría a tomarse algo con nosotros.

Owens encaja de maravilla con los chicos de la liga de aficionados, pero no me sorprende. A Hayden Owens podrían abducirlo los extraterrestres y, en cuestión de una hora, estarían todos riéndose y pasándoselo superbién. En cuanto ha puesto un pie en la pista esta noche, ha comprendido la dinámica del equipo y ha jugado en consecuencia. Los chicos le pasaban el disco, pero no ha disparado ninguna vez. Para que fuera más justo para los aficionados, nos han hecho jugar a los profesionales con una sola mano y en diferentes posiciones a las nuestras. Volkov ha sido un portero terrible, no ha parado ni un solo gol, mientras los demás nos partíamos de risa. Sin embargo, Owens parecía haber nacido para el ataque.

Entrecierro los ojos, pensando en el partido del Storm de la semana pasada.

—Tienes un buen disparo de muñeca para ser defensa —le digo.

Él levanta los hombros.

—Ya, bueno, ha sido solo para echar el rato.

—Pero eso es bueno. —Los partidos son muy rápidos y los jugadores tienen que estar preparados para cualquier cosa—. Eres un jugador muy completo y una parte muy importante del equipo.

Guau. Me siento como Ward diciendo eso. Se me enciende una chispa de orgullo en el pecho que me recorre todo el cuerpo.

Él me sonríe con los labios apretados, y hunde la cabeza en señal de agradecimiento.

—Gracias, capitán. —Carraspea—. ¿Todo bien con lo que les llevé?

—Sí. —Sonrío y pienso en los regalos que me compró Hazel—. Gracias por hacerle el favor.

Él me hace un gesto despreocupado con la mano.

—Se lo debía por aguantar mi pereza en la sesión de fisio. —Vuelve a levantar una ceja—. ¿Se queda en tu casa esta noche?

Pienso en Hazel sonriéndome desde las gradas en la pachanga que hemos jugado hoy, y en la foto en la tina que me ha mandado hace unos minutos. En pocos días, ha empezado a ser nuestra casa.

Se me viene a la cabeza una imagen de anoche, hundiéndome dentro de ella, y lo a gusto que estuve. Y esta mañana otra vez. Su forma de gemir mi nombre. Cómo se despierta en mi cama, acurrucada contra mi pecho.

Owens se jacta de la que quiera que sea mi cara ahora mismo, y varios jugadores nos miran.

—O sea, que sí —dice, sonriendo por encima del borde del vaso.

—Se ha quedado conmigo todas las vacaciones. No iba a permitir que se quedara sola en su casa con el tobillo torcido.

Owens me mira con una cara que no sé descifrar.

—Hazel es la mejor —dice por fin.

El corazón me late más fuerte.

—Lo sé.

—Y se merece lo mejor.

Se me afila la mirada, y me imagino la cara de mi madre cuando su amiga dijo que me parecía a mi padre.

—Lo sé.

Owens simplemente me sonríe.

—Menos mal que te tiene a ti.

Me da un empujón. Algo se me relaja en el pecho.

—¿Te has quedado aquí todas las vacaciones?

—Sí. Los padres de Kit se han mudado a Toronto para estar más cerca de su hermana, así que he estado quedando con Darcy.

Claro. La novia de Kit. A la que no le quita el ojo de encima. Estrecho los ojos y a él le brilla la mirada con culpabilidad.

—No pasa nada —dice rápidamente, carraspeando y apartando la mirada—. No me revuelco con chicas con novio. —Tiene los nudillos blancos alrededor del vaso.

—Y Darcy tiene novio.

—Sí.

—Fueron a la universidad juntos, ¿verdad?

Asiente.

—Kit y yo éramos amigos en la escuela y conocimos a Darcy el primer año. Vivíamos en la misma residencia y Darcy y yo teníamos muchas clases juntos.

—¿Ella no es contadora? —Es lo que me dijo Hazel el otro día—. ¿Qué hacías tú en Matemáticas?

—Estábamos juntos en las clases de Lengua.

Me echo hacia atrás y me cruzo de brazos.

—Te gusta.

—Somos amigos. —Aprieta la boca—. Mejores amigos. Y Kit ya está pensando en casarse con ella. —Se bebe de un trago el resto de la cerveza—. No quiero que las cosas se pongan tensas. —Se le mueve la garganta—. Y nunca le haría algo así a Kit —dice, como si no hubiera más que hablar. Pone una cara irónica—. A lo mejor hago lo mismo que tú y me busco a una chica para que sea mi novia falsa y que se ponga celosa.

Casi me ahogo con la cerveza.

—Vamos. —Me sonríe—. Hazel te odiaba, ¿y aparece McKinnon y son novios de repente? No hace falta ser un genio para darse cuenta.

Empiezo a reírme.

—¿Lo saben todos?

Él sacude la cabeza, sin parar de sonreír.

—Para nada, no he dicho nada. —Jordan trae otra cerveza y él le da las gracias.

—Eres un buen tipo, Owens.

—Y tú un buen capitán. —Choca el vaso contra el mío—. Salud, idiota.

Me termino la cerveza y, como seguimos de vacaciones, miro a Jordan y le pido otra con la mirada.

Estoy de vacaciones y me lo estoy pasando bien con mi amigo. Hazel diría que me merezco que me pasen cosas buenas.

—La pregunta es —dice Owens con otra sonrisa— ¿sabe Hazel que no es falso?

Se me pone una sonrisa de oreja a oreja al pensar en ella susurrando «Dilo otra vez».

—Sí. Se lo dije anoche. —La emoción me arrolla. Me muero de ganas de llegar a casa con ella.

—Maldición, hermano. —Owens se levanta y se pone a mi lado, envolviéndome en un abrazo de oso mientras me río—. Me alegro por ti, amigo.

Streicher entra por la puerta y saluda a Jordan antes de venir con nosotros.

—¡Hola! —grita Owens levantando el vaso cuando Streicher se sienta con nosotros—. ¡Por fin! Tómate una cerveza, estamos de celebración.

Nos despedimos de Jordan y salimos del bar a la fría noche.

Me da vueltas la cabeza, así que respiro hondo con los ojos cerrados.

—Qué bien huele.

Pienso en cuando me desperté esta mañana con la cara enterrada en el cuello de Hazel, inhalando su olor.

Mi Hazel.

Agarro a Streicher por la chamara mientras andamos.

—Hazel huele increíble. ¿Pippa huele bien? ¿Por qué huelen tan bien las chicas?

Él me mira y sacude la cabeza, sonriendo, y detrás de él, Owens y Volkov se ríen.

—Estás borracho —dice Streicher.

—Estoy borracho —admito—. Hacía años que no me emborrachaba.

Con los pensamientos flotando, murmuro para mí:

—Es que es tan guapa... —Me meto la mano en la bolsa y saco las llaves, sujetando el llavero del dragón de plástico que me regaló—. ¿Les he enseñado esto? Me lo regaló ella. Me ha hecho un calcetín. —Se me juntan las palabras.

Owens gruñe.

—Nos lo has enseñado, sí. Se lo has enseñado a todo el mundo en el bar.

Sonrío mirando el pequeño dragón, que brilla bajo las luces de las farolas. Es muy lindo. Me encanta.

—Quiero a Hazel. La quiero mucho. —Me vuelvo a guardar las llaves en la bolsa y miro a Streicher con una sonrisa estúpida—. Nos vamos a casar.

Streicher sonríe de nuevo, Volkov pone los ojos en blanco y Owens se está riendo tanto que no puede respirar.

—¿Ella lo sabe? —pregunta Owens.

Saco el teléfono para mirar la foto de Hazel en la escuela, sonriendo a regañadientes.

—Todavía no. Pero lo sabrá.

Me acompañó a casa de mi madre. Me conoce. Ve quién soy de verdad y, aun así, sigue durmiendo en mi cama, diciéndome que no se va a ir a ningún sitio.

El cartel de un estudio de tatuajes me llama la atención. «Abierto».

—Un momento. —Agarro a Owens de la camiseta y miro las letras iluminadas. Detrás de mí, Volkov empieza a maldecir.

Yo sonrío.

—Vamos a entrar.

# Capítulo 70
# Hazel

Un tintineo me despierta en mitad de la noche, seguido de un ruido sordo. Me siento en la cama de Rory, medio dormida.

Mi teléfono está sonando. Miro la pantalla con los ojos entrecerrados. La foto de contacto de Hayden parpadea, y lo tomo.

—¿Hayden? —digo con voz ronca—. ¿Qué pasa?

—¿Puedes abrir la puerta?

—¡No la despiertes! —dice Rory de fondo, y empiezo a entender lo que pasa.

—Estoy en casa de Rory. —Otra vez el ruido sordo. Alguien llama a la puerta.

—Ya lo sé. —Hayden se ríe—. Tengo una sorpresa para ti.

Un instante después, abro la puerta de casa de Rory. Tiene el brazo sobre los hombros de Hayden y me está mirando fijamente. Solo llevo puesta su camiseta, y se le ilumina la cara.

—Hola, nena. —Arrastra las palabras y le crece la sonrisa.

Hayden me mira expectante, empujando a Rory para que entre en casa.

—Creo que esto es tuyo. No sabía cuál era la llave.

—Hazel. —Rory me sonríe, tambaleándose.

Le miro los ojos rojos y soñolientos, y estallo en una carcajada.

—Dios mío. ¿Te la has pasado bien, cariño?

El *cariño* se me ha escapado, pero no me importa.

—Sí. —Sonríe aún más cuando me agarra por la cintura.

—¿Te has metido en algún problema? —Le doy golpecitos en la barriga y se estremece.

Hayden se ríe y Rory me mira, todavía sonriendo. Tiene una mirada traviesa.

—Bueno —dice Hayden, levantando una mano y retrocediendo hacia el ascensor—. Me escapo.

—¡Gracias por traerlo a casa! —grito mientras cierro la puerta, riéndome porque Rory me está olfateando el cuello y besándome—. Vamos a meterte en la cama y te llevo un poco de agua y electrolitos...

Se agacha y me carga sobre su hombro.

—Rory. —Me río bocabajo—. Bájame.

Me da una nalgada en el trasero y un mordisco en la cadera.

—No.

Yo le doy otra nalgada en el trasero, aún riéndome bocabajo mientras él camina.

—Eres muy guapa —murmura, acariciándome los muslos por detrás—. Me gustas un montón, y hueles superbién y me encanta cuando eres cruel conmigo.

Pongo los ojos en blanco, pero siento chispazos en el corazón.

—Estás borracho.

—Ajá. —En la habitación, me suelta en el suelo y empieza a hacerme una línea de besos por el cuello—. Y también me gustas mucho. Más que nadie. —Lleva las manos a mi barbilla, enmarcándome la cara, y me mira con toda su atención, adorablemente serio—. Me gustas y te quiero.

Maldición, me encanta mirarlo. No es solo porque sea guapo. Es también porque me ha cuidado y ha decorado su casa por Navidad, y me hace reír, y disfruto de cada momento que pasamos juntos.

Aunque también es asquerosamente guapo.

—Tú también me gustas más que nadie —susurro. Y lo quiero—. Pero ahora métete en la cama.

Se quita la camiseta y me quedo con el ojo cuadrado. De pronto estoy muy despierta.

—Rory —le digo, mirando el tatuaje recién hecho que tiene en las costillas—. ¿Qué carajo es eso?

Él suspira y me sonríe.

—Eres tú.

Es un dragón. Parpadeo mirando las líneas negras que se estiran por sus músculos marcados. Empiezo a escuchar una alarma en mi cabeza, pero me vuelve a agarrar la cara y me mira.

—Porque eres mi dragoncita escupefuego —murmura—. Mía.

Me llevo las manos a la boca, todavía mirándolo impactada. El tatuaje le ocupa todo el costado. Siento una mezcla de emociones: incredulidad, pánico y, atravesándolas con un cuchillo, euforia. Esperanza.

Mierda.

Me encanta gustarle tanto a Rory como para que se haya hecho un tatuaje borracho para mí. Es un problema.

Mía. Es lo que ha dicho de mí. Que soy suya. Se me tambalea el corazón.

—Tienes que quitártelo. Estás loco.

Vuelve a sonreír.

—Eso es lo que siento por ti, Hartley. Me tienes loco. No pienso quitármelo.

Maldición. Esto ya es muy real. Es demasiado real.

—Lo va a ver todo el mundo.

Le sale una risa escandalosa y divertida, y me aparta un mechón de pelo de la cara.

—Pues que lo vean.

El tatuaje tampoco está tan mal, pero tampoco está muy bien. Parece un tatuaje que te haces borracho en mitad de la noche.

—Hazel. —Lo miro a los ojos, que empiezan a llenarse de preocupación—. ¿Lo odias?

—No —digo.

Me estoy enamorando de él y se ha tatuado un dragón por mí. Estoy tan al borde que no hace ni gracia, pero se me escapa una risa igualmente. Rory arquea una ceja, mirándome entre confundido y contento por mi reacción.

Yo sacudo la cabeza.

—Enloqueces. ¿Por qué lo has hecho?

—Ya sabes por qué.

El corazón me va a toda velocidad, y todos los sentimientos que están creciendo en mi interior buscan mi atención mientras él me mira con esa mirada aterciopelada.

Está borracho, y a lo mejor mañana se arrepiente de todo esto, pero ni siquiera yo puedo ignorar la evidencia de estas últimas semanas. Mantener en pie este muro todo el rato es agotador.

Vuelvo a pensar en la fiesta de compromiso de Pippa, cuando me pregunté cómo sería serlo todo para alguien.

No me da tanto miedo como creía.

Quiero decirle que lo quiero. Me lo ha dado todo y no quiero aguantármelo más.

—No tengo miedo —susurra—, y no pienso irme a ningún sitio.

—No sé qué hacer contigo.

Un tatuaje. Un puto tatuaje.

Coloca los dedos debajo de mi barbilla y me levanta la cara.

—Quedarte conmigo.

¿Cómo voy a no hacerlo, sabiendo lo bueno, divertido, tierno y especial que es? Lo mantuve alejado de mí todo el tiempo que pude, pero nunca se rindió.

Es mi lugar seguro y, cuando sea el momento y esté lo bastante sobrio como para recordarlo, se lo diré.

# Capítulo 71
# Hazel

La mañana del Clásico de Invierno, el día de Nochevieja, Rory y yo quedamos con el propietario del local.

El amigo de la familia de Laura, Nadir, nos enseña el espacio y apenas soy capaz de hablar por los nervios y la emoción.

Es perfecto.

—La instalación eléctrica parece estar en buen estado —me murmura Rory al oído, y yo me río. Estoy segura de que en su vida se ha fijado en la instalación eléctrica, pero anoche lo descubrí buscando en internet en qué fijarse a la hora de alquilar un local para yoga o danza.

—Les dejo un momento —dice Nadir—. Tómense el tiempo que necesiten. Si tienen alguna duda, estoy fuera.

—Y en el vestidor hay mucho espacio para que la gente deje sus cosas —añade Rory, haciendo un gesto hacia la entrada—. ¿Crees que haría falta mucha reforma?

Hasta finales de enero, este local es un estudio de yoga.

—A lo mejor una capa de pintura. Poner la barra de *ballet* en una de las salas. —Se me tuerce la boca y una emoción urgente me retumba en el pecho—. En las salas más pequeñas habrá que poner estanterías y equipamiento. —Miro a Rory a los ojos curiosos—. Me gusta —admito.

—¿Sí?

—Mucho. —Se me hunden los dientes en el labio de abajo y me balanceo sobre los talones. ¿Todo esto es real? Parece demasiado bonito para ser verdad.

Estaría disponible a partir del uno de febrero, nos ha dicho Nadir. En la primera sesión de mentoría con la mujer de Estados Unidos, estuvimos hablando sobre cómo serían los próximos meses en caso de que decida alquilar el local. Es probable que necesite un mes para hacer pequeñas reformas y, mientras tanto, podría ir preparando el papeleo administrativo del negocio: hacer horarios, estrategia de *marketing*, la página web, contrataciones...

Hasta que esté todo listo para abrir, podría seguir trabajando con el Storm. Además, las clases online también me seguirían dando dinero hasta entonces. Estaría muy ocupada, pero sería factible.

Me da un vuelco el corazón al mirar las montañas por la ventana. ¿Por este lugar? No me importaría hacerlo.

Se me viene a la cabeza la situación con mi madre y recuerdo la llamada que tuvimos antes de Navidad. ¿Puedo hacerlo? Quiero que sea mucho más que un centro fitness, pero ¿y si no estoy preparada?

Aunque ¿y si lo estoy? Una emoción intensa y burbujeante estalla en mi interior. ¿Y si sale bien y es tal y como quiero que sea?

Rory me apoya una mano en el hombro y presiona ligeramente. Me relajo bajo su tacto mientras mi mente divaga.

Si fuera Pippa la que duda, le diría que revisara su síndrome de la impostora y no se pusiera trabas a sí misma. Me llevo la mano al pecho y miro a mi alrededor.

La verdad es que es perfecto. La renta es un poco cara, pero asumible.

Rory cree en mí, y su sonrisa de ánimo es el empujón que necesito. Deslizo la mano en la suya y me aprieta.

—¿Nadir? —lo llamo, sacando a Rory del local—. Me lo quedo.

Esa tarde, en Whistler, Ward se sienta frente a nosotros en la sala de juntas con el ceño un poco fruncido. El equipo empieza a calentar en media hora, pero le pedí una reunión urgente.

Esta situación con Connor ya ha durado demasiado. Si le estuviera pasando a alguna compañera o amiga mía, le insistiría para que hablara con alguien y le pusiera fin cuanto antes. Entre esto y la firma de la renta, está siendo un día de decisiones importantes.

—Gracias por reunirte conmigo con tan poca antelación —le digo antes de respirar profundamente.

El corazón me late con fuerza, pero recuerdo que Connor me besó. Fue poco profesional y asqueroso, y en contra de todo lo que promueve el equipo. No sé por qué me pone tan nerviosa.

A lo mejor porque nos hemos pasado toda la temporada provocando a Connor. Le hemos puesto celoso a propósito. Una parte de mí me susurra: «Esto es culpa tuya», pero aplasto esa vocecilla como a un bicho.

No estuvo bien, por muy celoso que estuviera Connor.

Rory me aprieta suavemente el muslo y se me pasan un poco los nervios.

—La noche del evento benéfico —le digo a Ward—, Connor McKinnon se emborrachó y me besó. Le dije que me soltara y no lo hizo.

La repulsión me trepa por la garganta y me da mal sabor de boca. Ward me mira sobresaltado.

—No quiero seguir siendo su fisio.

Ward aprieta la mandíbula.

—Desde luego que no vas a seguir siendo su fisio. —Me mira a los ojos y veo furia y arrepentimiento—. Lo siento mucho, Hazel. McKinnon estará en la banca hasta que resolvamos esto. Tengo que replantearme su futuro en el equipo. —Traga saliva—. ¿Qué podemos hacer para apoyarte? Pondremos a tu disposición todo lo que necesites.

Sacudo la cabeza y suelto una respiración larga. La reacción de preocupación de Ward ya es suficiente.

—Estoy bien. Gracias por tomártelo en serio.

—Por supuesto. Si cambias de opinión, ya sabes dónde estoy. Tienes mi apoyo. —Frunce aún más el ceño y niega con la cabeza—. De nuevo, lo siento.

—Ya lo sé. —Miro a Ward con una sonrisa tensa y aprieto la mano de Rory—. Gracias.

Fuera, en el vestíbulo, Rory me pone las manos en los hombros para que me pare, y busca mis ojos.

—¿Estás bien?

Asiento, con la boca torcida.

—Me habría gustado que no hubiera pasado, y hablar con Ward no ha sido agradable, pero me alegro de que lo hayamos hecho.

—Yo también. —Me acerca a su pecho y me da un abrazo apretado, con un beso en la sien—. Estoy orgulloso de ti.

—¿Por qué? —Apoyo la cabeza sobre su pecho esculpido y escucho los latidos de su corazón.

—Lo que has hecho no es fácil.

Murmuro:

—Gracias por acompañarme.

Él resopla.

—Para eso estamos, Hartley.

El calentamiento está a punto de empezar, así que Rory se va al estadio y yo vuelvo a la *suite* del hotel, pensando en la otra cosa complicada que he estado retrasando. Enciendo la chimenea del salón y me dejo caer en el sofá, mirando por la ventana las montañas cubiertas de nieve que rodean el resort.

Mi madre y yo no hemos vuelto a sacar el tema desde que hablamos antes del acto benéfico y perdí los nervios con ella. Mis padres llamaron en Navidad, pero estábamos en manos libres con ellos, Pippa y Jamie, por lo que hablamos de temas sin importancia.

Marco antes de cambiar de idea.

—Hola, tesoro —responde mi madre.

—Hola.

—Ya estarás en el Clásico, ¿no?

—Sí. —En el patio de la *suite*, un pajarito brinca antes de echar a volar.

«Sigue siendo un lugar seguro para ella», dijo Pippa.

«Cada persona se mueve a un ritmo diferente», me dijo mi mentora en nuestra primera reunión.

—Siento mucho lo que dije —le digo a mi madre con la

garganta cerrada—. No debí haberte presionado tanto y tienes razón. Tienes derecho a sentirte como quieras contigo misma.

—No, Hazel... —Se calla y hace una pausa. Prácticamente puedo ver su expresión incómoda y de dolor al otro lado de la línea—. No era consciente de que te afectaba tanto. A veces se me olvida que, aunque ya no seas una niña pequeña, no significa que no sigas absorbiendo lo que digo como una esponja. —Suspira—. No quiero que te sientas mal contigo misma o que pienses que no eres suficiente.

—No lo pienso —me apresuro a decir—. De verdad que no.

—Me alegro.

Hay un silencio entre nosotras y, por primera vez, no tengo la sensación de haberle fallado. Le he dejado su espacio para que sienta lo que tenga que sentir, y no voy a hacer que se sienta mal por ello.

—Si alguien quisiera cambiar la forma en la que se percibe —empieza a decir con un tono ligeramente dudoso—, ¿por qué o por dónde debería empezar?

Siento una emoción en el pecho y parpadeo rápido para alejarla.

—Bueno —digo, y carraspeo—, una forma sencilla de empezar sería decir únicamente cosas positivas de una misma. Cuando pienso que estoy guapa, lo digo en voz alta. —Me río por dentro—. Aunque esté sola en casa.

Mi madre se ríe.

—También viene bien tener un diario. Cada vez que tengo una sensación o pensamiento negativo sobre mí o sobre mi cuerpo, se lo cuento a mi diario. Escribo lo que ha desencadenado esa sensación: si estaba viendo la tele, estaba leyendo o pensando en eso que me ha hecho sentir que no soy suficiente, para poder encontrar un patrón.

Ella me escucha en silencio.

—Y, quizás, tras un mes o dos haciendo eso, hago una lista de las cosas que quiero hacer, pero que tengo la sensación de que no puedo, y por qué. Ropa que me quiero poner, lugares a los que quiero ir, actividades que quiero probar.

Me imagino a mi madre bailando. No con veinte años, sino ahora, con cincuenta. Fuerte y alta y feliz y preciosa.

—Y cuando siento que tengo fuerzas suficientes, enumero lo que me impide hacer esas cosas y me pregunto si es verdad.

Piso el freno, porque no quiero abrumarla.

—Y le recordaría a esa persona —añado— que puede ir a donde quiera y que no tiene que ser perfecta, porque nadie lo es.

—Okey,pues le contaré todo lo que me has dicho —dice mi madre, y nos reímos las dos—. Te quiero, cariño.

—Yo también te quiero.

# Capítulo 72
# Rory

—Este partido es para los aficionados —dice Ward en el vestidor aquella noche, poco antes del partido—, pero también es para nosotros. —Me mira—. Recuerden qué es lo que importa de verdad y pásenla bien ahí fuera.

Me sonríe y yo le devuelvo la sonrisa. Los jugadores salen a la pista y yo me quedo en el vestidor. McKinnon me llama detrás de mí.

—Miller.

Va con ropa de calle. Los jugadores lo han estado mirando recelosos todo el tiempo que Ward ha estado hablando. Ahora mismo, incluso los que no estuvieron en el bar aquella noche saben lo que hizo.

—La zorra de tu novia me ha echado a la banca —suelta, acercándose despacio hacia mí—. Muchas gracias.

—Lo has hecho tú solito. —Me pongo recto y lo miro fijamente.

Él sacude la cabeza, furioso.

—¿Sabes cuál es mi problema? —Me señala con un dedo—. Tú. Siempre has sido tú mi problema, Miller.

Quiere pelea. Lo sé por cómo me mira, con odio en los ojos. El año pasado, o incluso hace dos meses, habría aprovechado esta oportunidad.

«Lo que importa», dijo Ward.

Hazel importa. Streicher y Pippa y el equipo de hockey importan. Pero ¿McKinnon? No es nadie. Está enojado, amargado, y es un puto egoísta. Me da pena.

McKinnon no importa, y no quiero parecerme en nada a él.

Hazel querría que me fuera y, más que nada, quiero ser el hombre adecuado para Hazel, y quiero ser el capitán que necesita el equipo.

—Espero que soluciones esto —le digo a McKinnon—. Buena suerte.

Este es el capitán y el hombre que quiero ser.

El otro equipo marca otro gol en el tercer tiempo, empatando, y Ward pide un tiempo muerto.

Patinamos hacia la banca. Arriba, sobre la pista descubierta, las estrellas brillan en el cielo oscuro. La temperatura es bajo cero en el pueblo de la montaña, y los aficionados están envueltos en gorros, guantes y abrigos gordos. Los jugadores de la liga de pachanga están aquí, viendo el partido en los asientos de primera fila que les he conseguido. Hazel y Pippa están acurrucadas debajo de una manta de cuadros, bebiendo sidra caliente.

Y ahora, la estrategia que llevo usando en la pista con asistencias ya no funciona. Siento un peso en el estómago.

—Calgary sabe lo que estamos haciendo —dice Ward, mirándome—. Han visto suficientes partidos esta temporada como para saber que eres el señuelo.

Yo asiento. Este partido no cuenta para la temporada, pero no dejamos de ser competitivos, y queremos ganar. Tengo que meterme en mi antiguo papel y ser la estrella.

Las estrellas marcan goles. Estoy seguro de que mi padre lo está viendo.

—¿Cuál es el plan, capitán? —pregunta Ward.

Miro por encima del hombro a Hazel, que me sonríe.

«Estás loco», me dijo, riéndose, cuando vio el tatuaje después de la pachanga.

La pachanga. «Tienes un buen tiro de muñeca», recuerdo decirle a Owens aquella noche.

Algo hace clic en mi cabeza y lo miro.

—Creo que deberías volver a atacar —le digo, y se le queda la cara pálida—. Delantero centro.

Él señala a Volkov.

—Siempre jugamos juntos.

—Ya lo sé.

A lo mejor no funciona, pero Ward me mira con una chispa de curiosidad en los ojos. Además, ¿la noche que Owens jugó en posición de ataque en la pachanga? Estaba muy contento y se le dio genial. Recuerdo cómo se le iluminó la cara cuando marcó el gol y pienso que igual está en la posición equivocada. Seguramente lo han entrenado para ser defensa desde pequeño, igual que yo he sido delantero desde pequeño.

—Vamos a intentarlo una vez y a ver qué tal va —insisto—. Yo seré defensa.

Volkov asiente.

—Vale la pena intentarlo.

—Pero yo siempre he sido defensa. —Owens parece reticente—. No sé si es buena idea.

—Si no sale bien, volvemos a lo de antes. Pero es nuestra oportunidad de intentar algo nuevo. ¿Qué es lo que importa? —le pregunto, y me giro para mirar al resto del equipo. Están todos en silencio—. Esto no es un trabajo sin más, no somos máquinas. Tiene que ser algo más que eso.

Owens está incómodo, pero asiente.

—Está bien. Hagámoslo.

Ward vuelve a repasar la jugada y, cuando los chicos se marchan para colocarse en sus posiciones, me agarra del hombro.

—Sabía que lo solucionarías, Miller.

Sonrío y siento cómo el peso en mi estómago se disuelve en algo ligero, y patino hasta mi posición.

—¡Vamos allá, chicos! —grito cuando cae el disco.

Owens lo roba y hacemos la jugada tan rápido que el otro equipo no entiende qué está pasando. Pasa entre los demás y hunde el disco en la portería, todo en cuestión de veinte segundos.

Los aficionados están de pie, vitoreando y gritando. La mirada de alivio y orgullo de Owens me hincha el corazón, y ahora soy yo el que le hace una llave mientras él se ríe y me aparta.

—Sabía que lo conseguirías —le digo, y él sonríe aún más.

Cuando acaba el tercer tiempo, vamos ganando por dos puntos. En este momento básicamente es una cuestión de agotar el tiempo. No necesitan que marque, no necesitan que sea la estrella que era antes. He cumplido con mi deber de capitán.

Cuando termina la jugada, miro a Hazel al otro lado del cristal, y me guiña un ojo. Hago como que bostezo y pongo los ojos en blanco, y ella se ríe, irradiando luz.

«Te mereces que te pasen cosas buenas», me dijo cuando fuimos a correr al parque Stanley.

Quiero marcar un gol esta noche. No es por la atención ni por la gloria de ganar el partido; solo quiero sentir la satisfacción de que la jugada haya salido bien, de hacer lo que me gusta.

—Vamos a hacer una jugada antigua —les digo a Ward y al equipo. Trago saliva. No quiero parecer egoísta—. Quiero marcar un gol.

Owens me sonríe.

—¿Estás celoso de la atención que me están dando, Miller?

Le doy un empujón cuando se acerca a mí, pero Ward asiente.

—Adelante.

Nos alineamos para el saque. Yo vuelvo a ser delantero centro y, cuando cae el disco, salgo volando, patinando con fuerza hacia la portería antes de golpearlo y meterlo dentro. Las gradas estallan con ruido y siento el corazón ligero. Y miro a Hazel. Está de pie, aplaudiendo y sonriendo con orgullo.

# Capítulo 73
# Rory

—¿Seguro que no te importa pasar fin de año aquí en lugar de con los chicos? —pregunta Hazel mientras nos deslizamos por el hielo esa noche, agarrados de la mano. Le ondea el pelo a su espalda, agitándose con el viento, y tiene la punta de la nariz roja por el frío. Bajo el cielo estrellado, el brillo de sus ojos es intenso y cautivador.

—¿Seguro que tienes bien el tobillo?

Su risa suena como un soplo de aire en la noche fría.

—Okey. Lo tengo.

Me coloco delante de ella y patino hacia atrás, agarrándola de las manos, y ella me mira con la cabeza inclinada y los ojos entrecerrados.

—Algo ha cambiado durante el partido de esta noche.

—¿Tú también lo has notado?

Ella sonríe, esperando, y me quedo callado mientras patinamos por la pista.

—Todo el mundo me compara con mi padre. Me parezco a él, juego como él. —Me recompongo—. O jugaba.

Hazel me aprieta la mano.

—Y yo me lo creía. No solo que era como él, sino que mi vida sería como la suya. Que me haría viejo y estaría solo y sería miserable, obsesionado con el hockey, y que cualquier mujer que me conociera vería todo lo malo que ven las mujeres en mi padre y se marchan.

Me late el corazón con urgencia, y la sangre me late en los oídos. Nunca he dicho esas cosas en voz alta.

Hazel me mira con una sonrisa tierna y dulce, y creo que a lo mejor sabía todo esto. Nunca lo hemos hablado, pero, de algún modo, lo sabía y, en lugar de asustarme que pueda leerme como un libro abierto, me siento aliviado y agradecido.

—Pero no soy así. Simplemente me he permitido pensarlo. —Se me cierra la garganta—. Nunca pensé que sería buen capitán, pero quiero serlo, y creo que parte de ser un buen líder puede estar en ver qué quiere la gente y quiénes son en realidad, en lugar de quiénes les dicen que tienen que ser.

Hazel murmura:

—Eres un buen capitán.

Se me llena el pecho de cariño y orgullo.

—Lo soy gracias a ti.

Ella baja la mirada, sonriendo para sí, y me pregunto si su corazón también está explotando con este sentimiento.

—Es fin de año —dice en voz baja.

—Ya lo sé.

Me mira de reojo y, no por primera vez, me encantaría saber lo que piensa.

—Se supone que el trato termina mañana.

Se me para el corazón. Dijimos que ya no era falso, pero a lo mejor ha cambiado de opinión.

—¿Quieres que termine?

—No —responde de inmediato, y me mira con los ojos sobrevolándome la cara, buscando mi mirada—. No quiero que acabe. —Separa los labios y parece que quiere decir algo más, pero simplemente vuelve a morderse el labio—. No quiero que acabe.

Un dolor posesivo me recorre el cuerpo. Soy tan feliz con ella que me duele, así que le pongo las manos en la cintura y hago que nos paremos, sujetándola fuerte, porque se le da regular frenar.

—Yo tampoco quiero que acabe —le digo, acariciándole el pelo, mirándola a los ojos—. Sigamos.

—¿Cuánto? —Parece tan esperanzada pero insegura que se me vuelve a romper el corazón.

—Soy tuyo el tiempo que quieras, Hartley. Incluso más.

«Para siempre», espero.

—Tengo que decirte una cosa —susurra, y veo los nervios y la preocupación en sus ojos.

Le tiemblan las manos cuando se las agarro.

—Te quiero —dice en voz baja, buscando mi mirada.

Solo escucho el pulso latiéndome en los oídos, solo veo a Hazel.

—Me daba miedo decirlo. Me sigue dando miedo, pero... —Se interrumpe, mordiéndose el labio, analizándome mientras me da vuelcos el corazón—. Quiero que sepas que te quiero.

Maldición, mi corazón. Mi Hazel, tierna y aterrada, me está entregando su seguridad frágil para que la sostenga en la palma de la mano. Haría lo que fuera para protegerla.

—Lo sé. —La emoción me sube por el pecho con tanta fuerza que me duele—. Hace tiempo que lo sé.

—¿Sí? —Levanta las cejas.

Asiento. Deslizo la mano sobre su mejilla, y tiene la piel fría bajo mi tacto.

—Estaba esperando a que estuvieras preparada.

Me sostiene la mirada y traga.

—Eres muy paciente.

—Vale la pena esperarte.

Las arrugas de su frente se relajan y suelta una respiración larga.

—¿No vas a decirme que tú también me quieres?

Levanto la boca en una sonrisa.

—Ya sabes que sí.

Ella asiente.

—Sí, ya lo sé.

Me agacho para besarla con las manos levantadas.

—Te quiero —digo igualmente, y ella sonríe contra mis labios.

Esto debe de ser lo que se siente al tener todo lo que siempre has querido.

—Yo también te quiero. Feliz Año Nuevo, Rory.

—Feliz Año Nuevo, Hazel.

# Capítulo 74
# Hazel

Decirle a Rory que lo quiero desencadena algo en él, porque subiendo en el ascensor a nuestra *suite*, no puede quitarme las manos de encima.

—Llevo todo el día pensando en esto —dice mientras me hace círculos ligeros sobre el clítoris, con la mano metida por mi pantalón y sujetándome fuerte con el otro brazo.

En el espejo, observo cómo se me separan los labios y me arqueo contra él. Su erección me aprieta el trasero mientras me excita cada vez más. Mi cuerpo responde gimiendo y tensándose.

El ascensor se detiene en una planta que no es la nuestra, y Rory saca la mano de mi pantalón y se pone recto. Las puertas se abren, entra una persona y nos quedamos los tres en silencio mientras me late el corazón con fuerza y el clítoris me palpita, deseoso de más atención.

Rory me mira a los ojos a través del espejo, y me sonríe. Yo me aguanto la risa.

Es salvaje y me convierte a mí en salvaje, y no soy capaz de imaginar cómo habría sido mi vida si no hubiéramos empezado a salir. La vida sería un aburrimiento sin él.

Cuando tenga cien años y mire hacia atrás a mi vida, recordaré estar enamorada de Rory Miller.

La persona baja del ascensor y, cuando la puerta se cierra

del todo, su boca se choca con la mía, reclamándome. En nuestra planta, entramos tambaleándonos por la puerta de nuestra *suite*, besándonos y riéndonos e intentando atinar con la llave.

—¡Ni siquiera hemos entrado todavía! —Me río mientras él me quita la chamarra.

—Pues date prisa —dice.

Me quito el suéter nada más al cruzar la puerta. Él hace lo mismo. El camino hasta el dormitorio es un reguero de ropa por el suelo. Rory no puede quitarme las manos de encima. Su boca es urgente y me convence para abrir la mía. Me agarra por la cintura para ponerme recta mientras me quita las mallas antes de mirar atentamente el conjunto de encaje color crema que llevo puesto.

Le brillan los ojos y respira con fuerza. Me desabrocha el sostén y me pasa la lengua por un pezón y me retuerce suavemente el otro. Me palpita la entrepierna y suspiro, hundiéndole los dedos en el pelo y tirando ligeramente, provocándole un gemido grave.

Con Rory no es sexo, es mucho más.

Se quita los pantalones y el bóxer, y me quita la ropa interior de una forma distraída que me hace sonreír. Ya está erecto, con la verga formando un ángulo, cuando se levanta a tomar mi camiseta de la equipación.

—Póntela —dice con una voz ronca y los ojos ensombrecidos. Siento un escalofrío.

Soy fuerte, independiente y autosuficiente, pero vuelvo a estar impotente ante esta cara exigente y posesiva de Rory.

Me pongo la camiseta, la tela me roza los pezones erectos y Rory me devora con la mirada y un deseo territorial. Me pongo de puntillas para darle un beso, saboreando la sensación de su boca contra la mía y el ligero arañazo de su barba incipiente sobre mi barbilla, el tacto de su pecho bajo mis manos.

Nos besamos durante unos diez segundos, me agarra por las caderas y me gira. Estamos apoyados contra la cómoda y hay un espejo muy grande encima.

Encuentro la mirada de Rory en el reflejo, igual que en el ascensor, y se le curva la boca.

—Me encanta verte con mi camiseta, Hartley. —Me da un mordisquito en el cuello y yo me aprieto contra su excitación. Desliza la mano entre mis piernas, dibujando de nuevo esos círculos ligeros, y el deseo en mi interior aumenta cada vez más cuando observo en el espejo cómo mueve la mano.

—Me encanta que te portes bien conmigo. —Sus ojos me atraviesan, observándome con satisfacción, y me mojo aún más.

—Rory. —Los círculos son cada vez más estrechos, más firmes, y frunzo el ceño—. No quiero esperar.

—Ansiosa —murmura—. Estás ansiosa por mí, ¿no?

Cada célula obstinada de mi cuerpo me pide que se lo discuta, pero simplemente asiento, suspirando con frustración e impaciencia.

—Te deseo.

Aparece en su cara un brillo satisfecho y engreído, y va a tomar un condón de su bolsa, pero lo detengo con una mano en el brazo.

—Espera. —El corazón me late con fuerza—. No quiero usar condón.

La respiración de Rory se vuelve poco profunda.

—Nunca lo he hecho sin condón.

—Yo tampoco.

Nunca he confiado en nadie como para hacer algo así, pero confío en Rory. Nunca he querido a nadie como quiero a Rory.

—¿Estás segura? —Levanta las cejas, y clava la mirada preocupada en la mía.

—Sí. Quiero hacerlo. ¿Tú quieres?

Me sonríe con esa sonrisa sombría y cómplice.

—Claro que quiero, Hartley.

Su boca vuelve a la mía y me besa con dulzura. Rory es la mezcla perfecta: engreído y competitivo y pícaro, pero con una ternura que hace que me derrita. Desliza la lengua contra la mía y succiona ligeramente. Yo aspiro su olor masculino, que se queda grabado en mí para siempre.

Se aparta y me gira de cara al espejo. Me agarra fuerte del hombro y se coloca en mi entrada. Apoyo las manos en la cómoda y me preparo.

Se me queda la mente en blanco cuando empuja dentro de mí, estirándome y, en el espejo, observo cómo se me separan los labios. Su mandíbula apretada y su mirada penetrante. Su mano sobre mi hombro, agarrando con fuerza la camiseta.

—Maldición —dice medio ahogado mientras me llena con su densa erección—. Esto lo cambia todo. Maldición, Hazel. —Se inclina más hacia delante, empujando hasta el final dentro de mí, y todo mi cuerpo se estremece—. Qué gusto —gruñe en mi oído, y podría venirme simplemente con escuchar su placer.

Sale y vuelve a entrar, alcanzando un lugar en mi interior que me lanza una chispa por la espalda.

—Así entra más profundo.

—Ya lo sé. —Me aprieta el hombro, sujetándome con fuerza mientras entra y sale, encontrando el ritmo, y noto cómo empiezo a perder el control—. Me encanta hacerlo contigo, Hazel. Eres justo lo que necesito.

El placer de Rory envía otra oleada de deseo por mi cuerpo. Me aferro a su gruesa erección y le sale un gruñido del pecho. En el espejo, sus ojos arden aún más.

—¿Te gusta escuchar eso? —Tiene la voz grave y es como una provocación en mi oreja, mirando mi reflejo—. ¿Te gusta escuchar que eras lo que le faltaba a mi vida y que cada momento es mejor contigo?

Se me van los ojos al tatuaje sobre los músculos cincelados de su torso, y asiento.

—Bien. —Alcanza un punto particularmente sensible y me estremezco—. Porque eres perfecta, Hazel. —Mueve más rápido las caderas y se le cae un mechón de pelo sobre los ojos mientras me mira en el espejo con una mirada hambrienta.

Vuelvo a gemir, apretándome contra él. Rory me está golpeando en el punto G y todo mi cuerpo está ardiente y lleno de deseo, y siento cómo se me acumula la descarga en el bajo vientre.

—Sí, nena, eso es. Sigue así. —Tiene los ojos febriles y el pesado deseo entre mis piernas se tensa. Mira la camiseta con su nombre que llevo puesta y aletea la nariz con orgullo—. Todo lo profundo que puedas.

La excitación me empapa la entrepierna ¿y la sensación de tenerlo dentro sin nada entre nosotros? Nunca había experimentado nada igual.

Sus ojos se aferran con fuerza como si intentara recuperar el control.

—Estoy a punto, Hazel.

—Todavía no —gimo.

Sacude la cabeza, mirándome con una mirada desesperada y drogada.

—Todavía no —se repite—. Todavía no. —Maldice—. Qué apretada estás.

Aprieto los músculos a propósito y se le abren los ojos.

—Ni se te ocurra, Hartley —dice con una risa. Me da una bofetada en el trasero, me lo agarra y aprieta—. Estoy obsesionado con tu trasero —gruñe—. Siempre lo he estado.

Vuelvo a apretar, con una sonrisa engreída cuando veo su mandíbula apretarse.

—¿Quieres jugar? —Se inclina hacia delante, rodeándome, y me coloca una mano entre las piernas, dibujándome círculos húmedos en el clítoris de una forma que sabe que va a hacer que me venga.

Maldición. Le sostengo la mirada en el espejo, apretándome aún más, y él sacude la cabeza, con esa sonrisa vaga, moviendo la mano cada vez más rápido. Una palpitación tierna de deseo ocupa todo el espacio en mi pecho, expandiéndose por todo mi cuerpo, porque conocer a Rory y poder ver todas sus facetas es el mejor regalo que he recibido en mi vida.

El amor estalla en mi pecho y empiezo a temblar.

—Rory —gimo, hundiendo la cabeza. Es demasiado. La sensación de tenerlo dentro, empujando contra mí hace que pierda la cabeza. La concentración competitiva en sus ojos solo hace que sea aún más sexi.

—Odio perder, Hartley —dice con los dientes apretados.

Mi descarga está cada vez más cerca y veo las estrellas. Los músculos se me tensan alrededor de su excitación. Una ola tras otra de placer me desgarra el cuerpo, pero me aferro a la sensación de su verga dentro de mí, su mano agarrándome por el hombro y la mirada desesperada y posesiva en sus ojos cuando empiezo a venirme, temblando. Una y otra vez, mi vagina se agarra a él y, un instante después, noto cómo se endurece.

# Capítulo 75
# Rory

Estar dentro de Hazel, viendo su cara en el espejo mientras se desmorona por mí, me parte por la mitad.

Aprieto las caderas contra ella, con un ritmo cada vez más errático conforme me voy acercando al clímax. No puedo aguantarlo más, y menos cuando lleva mi nombre en la espalda con tanto entusiasmo, o cuando su vagina aprieta y agarra mi verga como si fuera un puño, y mucho menos cuando no hay nada entre nosotros y puedo sentir cada músculo resbaladizo dentro de su vagina perfecta. Empiezan a dolerme los huevos y empujo con fuerza, viniéndome dentro de ella, perdiendo la cabeza con el placer y la urgencia, repitiendo su nombre una y otra vez.

Siempre ha sido Hazel.

Doy todo lo que tengo para dar, me derramo dentro de ella, con los ojos clavados en los suyos a través del espejo mientras le palpita la vulva a mi alrededor, y cuando se calman los orgasmos, la empujo contra mí, enterrando la cara en su cuello y olfateando su olor.

—Eres mía —digo con la voz ronca, con el pecho jadeante en busca de oxígeno, y ella asiente.

Dejándome llevar por el instinto, por el puro deseo de reclamarla de todas las maneras posibles, llevo la mano a su entrepierna. Salgo de su interior y meto los dedos, mirando cómo le arden los ojos con sorpresa y deseo.

—¿Así? —pregunto, metiendo y sacando los dedos, deslizándome por la humedad de mi descarga.

Ella asiente con los ojos vidriosos.

Arrastro los dedos entre las nalgas, rodeando el pliegue de su trasero, extendiendo mi descarga. El corazón me late con fuerza y los instintos posesivos rugen por mi cuerpo cuando meto dentro el dedo húmedo.

Ella ahoga un grito. La forma en la que está colocada, sobre la cómoda, doblada y abierta para mí, me satisface y me hace querer más. Tanto como ella esté dispuesta a darme.

Mi Hazel perfecta y confiada.

—Soy adicto a esa mirada tuya —le digo.

Meto y saco el dedo, volviendo a meter mi semen dentro de ella, y ella se tensa, mirándome a los ojos en el espejo con deseo. La sangre se me va a la verga y, en cuestión de segundos, vuelvo a estar erecto y listo para un segundo asalto.

Con el dedo todavía enterrado en su trasero tenso, levanto la mirada para encontrar la suya con una pregunta en los ojos, y ella asiente como si no pudiera esperar.

Vuelvo a hundirme en su vagina apretada, gruñendo por lo mojada y caliente que está. Vuelve a tensarse alrededor de mi dedo. Con la otra mano le acaricio el clítoris y, en cuestión de un minuto, abre mucho los ojos y empieza a temblar alrededor de mi verga.

—Rory —dice intentando tomar aire—. Me voy a venir otra vez.

Salgo y entro en ella, metiéndole el dedo cada vez más profundo en el trasero, y ella se aferra. Al cabo de un instante, llega mi descarga.

—Esto no es normal —digo mientras me derramo en su interior, con la sangre ardiente de deseo y la presión expandiéndose por todo mi cuerpo. En mis pensamientos borrosos, recuerdo que ella me dijo eso una vez. Ya hemos tenido varias primeras veces juntos, y cuando pienso en el futuro, le ruego al universo que tengamos cientos de veces más.

Más tarde, en la ducha, beso a Hazel en cada centímetro de su cuerpo mientras el agua caliente corre por su piel.

Una vez me preguntó qué era lo que hacía que me sintiera valorado y no se me ocurrió nada, pero mientras la envuelvo en una toalla y la llevo a la cama, la respuesta brilla intensa, como las estrellas al otro lado de la ventana.

# Capítulo 76
# Rory

Dos días después, estoy frente a la casa de mi madre, observándola con una sensación tensa y nerviosa en el pecho. Es última hora de la tarde, y el cielo de enero ya se está oscureciendo.

—¿Ya estás acobardada? —le pregunté a Hazel esta mañana cuando nos despertamos.

Ella me miró con los ojos adormilados y sacudió la cabeza.

—No.

Ayer, cuando volvimos del Clásico de Invierno, pasamos por su casa para que recogiera más cosas. Sus productos para el pelo están desparramados por mi baño, el cajón del mueble está lleno con sus cosas de maquillaje y su ropa está colgada en mi armario.

Mi vida está completa con Hazel en ella, y ahora tengo que asegurarme de no arruinarlo todo. Debería estar en casa relajándome antes del partido de esta noche, pero cuando Hazel se atrevió a contarme este fin de semana cómo se sentía, he tenido la necesidad de hablar con mi padre para no repetir el patrón. Lo estoy deseando.

Y una parte de mí es adicta a esta sensación de felicidad y plenitud. Hazel me dijo que mi madre me echa de menos. A lo mejor tenemos una oportunidad.

Aparecen unos faros detrás de mí cuando mi madre aparca en la entrada, a mi lado. Sale del coche con una bolsa de la compra en cada brazo, agachando la cabeza para asomarse por la ventana del copiloto.

—¿Rory?

Salgo del coche.

—Hola, mamá.

—¿No tienes partido esta noche?

—Sí. —Levanto una ceja sorprendido por que sepa eso—. ¿Podemos hablar?

—Claro. —Pone una cara extrañada—. Hace frío, vamos dentro.

En el vestíbulo, me quito los zapatos y dejo la chamarra en el respaldo del sofá mientras ella va encendiendo las luces con una energía un poco nerviosa, mirándome de vez en cuando.

—¿Quieres algo? —pregunta—. Solo tengo agua y leche de almendra, me temo. No sabía que ibas a venir. —Levanta las cejas—. Té. Puedo preparar té.

Sacudo la cabeza.

—Tranquila, no quiero nada. Podemos hablar aquí. —Me siento en el sofá.

—¿Qué tal está Hazel? —pregunta cuando se sienta enfrente de mí con las piernas cruzadas.

—Bien. Está sustituyendo a otra monitora en el estudio, así que no va a poder venir al partido. —Me preguntó si quería que me acompañara, pero esto es algo que tengo que hacer yo solo.

Me siento raro hablando con mi madre tan despreocupado. Miro una foto enmarcada en la mesita y el corazón se me va a la garganta.

Somos mi madre y yo haciendo senderismo cuando era pequeño. En los lagos Joffre, a las afueras de Whistler, y hay un lago turquesa a nuestras espaldas. Me rodea con un brazo y los dos estamos muy sonrientes.

—Eso no estaba ahí en la fiesta de Navidad —le digo, frunciendo el ceño ante la foto. Me vibra el teléfono al recibir un mensaje, pero lo ignoro.

Ella se mueve un poco avergonzada.

—La guardé porque no quería que estuvieras incómodo.

¿Cree que me incomodaría que recordara con cariño esos momentos?

—¿Por qué iba a estar incómodo?

Aprieta la boca.

—No tenemos la relación más ideal.

—Eres mi madre.

Las palabras se quedan colgando en el aire entre nosotros y la vergüenza desaparece de sus ojos, dejando solo el dolor.

—Ya lo sé. —Traga saliva—. ¿De qué querías hablar?

No hay una forma amable o fácil de decirlo, así que suelto la pregunta que lleva años dándome vueltas en la cabeza mientras el teléfono vuelve a vibrar.

—¿Por qué me dejaste?

Ella se queda inmóvil, mirándome durante un buen rato antes de bajar la mirada a sus manos sobre sus piernas.

—¿Qué teníamos papá y yo para que quisieras irte? ¿Qué hice?

—Nada. —Me mira impactada—. Tú no hiciste nada, Rory.

—Entonces, ¿por qué nos abandonaste? —Las palabras salen tensas, y tengo náuseas—. ¿Por qué ya no nos conocemos?

—En aquel momento pensaba que estaba haciendo lo correcto. —El salón está en silencio, excepto por el tic tac del reloj de la cocina—. Tu padre estaba obsesionado con convertirte en una versión mejorada de él, pero tú solo eras un niño. Ibas a entrenar a las cinco de la mañana y practicabas tiros en la entrada durante catorce horas al día los fines de semana, pero yo no quería que el hockey ocupara cada hora de tus días, ni que te ficharan cuando tenías doce años. —Mueve los ojos por mi cara como si estuviera indagando en los recuerdos, y sacude la cabeza—. Pero era lo único que te importaba. ¿Tu padre y tú? —Cruza los dedos—. Eran así. Solo hablaban de hockey esto, hockey aquello, y yo estaba fuera, intentando formar parte de tu vida sin éxito. No quería amargar algo que te gustaba tanto. Y, por aquel entonces, mi relación con Rick estaba hecha pedazos. Quería a tu padre, todavía lo quiero, pero él simplemente esperaba que me fuera.

Pienso en Hazel y se me pone la piel de gallina ante las similitudes. Cómo, durante mucho tiempo, estuve esperando que se diera cuenta de que no me quería. Mi teléfono vuelve a vibrar una y otra vez. Y empieza a sonar. Lo saco. Me está llamando mi padre, qué oportuno. Lo pongo en modo avión para bloquear al resto del mundo y lo dejo bocabajo en la mesa.

—Y fue lo que pensé cuando te pregunté si querías venir conmigo, te di a elegir...

—¡Tenía doce años! —Las palabras salen más afiladas y altas de lo que pretendía, y mi madre se estremece—. Tenía doce años. ¿Querías que eligiera entre papá y tú? No me digas eso.

—Ya lo sé. —Asiente y respira hondo—. Me odio por eso, Rory. Pienso en ello cada día. —Mira nuestra foto con una sonrisa triste y traga saliva—. Cuando te quedabas conmigo no querías que hiciéramos nada juntos. Pensé que no me necesitabas. Tu padre me dijo que ninguno de los dos me necesitaba, y lo creí porque quería lo mejor para ti. Pero ahora me doy cuenta de que simplemente eras un preadolescente. Debí haber luchado. No debí renunciar a tu custodia.

—Te rendiste muy fácilmente. —Me duele el pecho—. Como si no te importara.

—Pensaba que era lo correcto. —Traga saliva mirándose otra vez las manos—. Si pudiera volver atrás, lo haría de otra forma. Pero sé que eso no arregla nada.

—Te necesitaba. Todavía te necesito.

La esperanza le ilumina la mirada.

—Pienso en ti todos los días, cariño. Tengo alertas de Google en el teléfono. Veo todos tus partidos.

Sacudo la cabeza.

—Pensaba que odiabas el hockey.

—Odiaba que el hockey fuera lo único que te importara en la vida. Tu padre puso el hockey por encima de todo lo demás, por encima de mí sobre todo, porque se había autoconvencido de que era lo único que se le daba bien.

Como yo. Si hubiera hablado con mi madre hace meses, a lo mejor me habría dicho lo que tanto tiempo me ha costado averiguar. Todas estas cosas deberíamos habérnoslas dicho hace tiempo, pero nos las hemos guardado y hemos vivido nuestras mentiras.

—Siento haberme comportado como un niño —le digo.

Ella sacude la cabeza.

—Siento no haber luchado más por nosotros.

Se pone de pie y cuando me levanto, me agarra por la cintura, dándome un abrazo apretado. Siento un gran alivio, euforia, aceptación y amor expandiéndose por cada esquina de mi cuerpo. La sensación de sentirme valorado me inunda.

—Yo también te quiero —le digo.

—Quiero ir a tus partidos y sentarme en primera fila con Hazel y la prometida de Jamie. Veo a la madre de Jamie sentada con ellas y yo también quiero estar ahí.

Un calor me irradia por todo el cuerpo.

—Te daré entradas.

—Y quiero cenar contigo y con Hazel una vez al mes.

—Hecho.

Es el futuro que quiero: hablar y reírme con mi madre y con Hazel durante una cena.

—Cariño. —Mi madre mira con preocupación el reloj de la cocina—. Hay mucho tráfico en el puente los días que hay partido.

Tiene razón. Y las reuniones prepartido no son negociables, y menos para el capitán, así que incluso yéndome ya mismo, voy a llegar muy justo.

—Te quiero —digo de nuevo en la puerta, y la sonrisa con la que me mira me calienta el corazón.

—Yo también te quiero. —Me da otro abrazo rápido—. Vamos, vete. Yo lo veré por la tele.

Voy corriendo al coche. En la incorporación al puente hay tanto tráfico que no nos movemos, y empiezo a sentir mucha ansiedad.

El puente es una línea interminable de luces rojas. Ha debido de haber un accidente. Tomo aire y voy a llamar a Streicher por el Bluetooth, pero el celular no está conectado. Me meto la mano en la bolsa para sacar el teléfono, pero no está.

Mierda. Lo he dejado en la mesita, en casa de mi madre.

Nos movemos muy despacio. Gruño, apretando los dientes con frustración e impaciencia. Ward odia que los jugadores lleguen tarde, es la mayor falta de respeto al equipo, a los aficionados y a él.

Estoy atrapado en una fila de coches en el puente, solo puedo esperar.

# Capítulo 77
# Rory

Entro a toda prisa en el vestidor.

—La defensa es su punto débil, así que jueguen en consecuencia —está diciendo Ward, mirándome con una ceja levantada mientras todos los demás me observan entrar.

—Lo siento. —Me cuesta respirar y tengo un nudo en el estómago. Creo que he dejado la puerta del coche abierta.

Se vuelve para el resto del equipo.

—Muy bien, salgan ahí a calentar por última vez y vamos a ganar.

El equipo desaparece y me voy a mi taquilla, quitándome la ropa y poniéndome la equipación lo más rápido que puedo.

—Miller. —Ward sigue con el ceño fruncido—. Esta noche tienes la rueda de prensa prepartido.

Asiento y se va.

En la pista, doy unas cuantas vueltas antes de ir a la sala de prensa en un lateral.

La periodista me mira y asiente.

—Buenas noches. Una fuente interna del Vancouver Storm ha dicho que el equipo está recibiendo ofertas para ti de varias organizaciones.

Se me para el pulso. Me quedo mirando a la periodista, sin saber muy bien si he oído correctamente.

—Y tu padre y agente, Rick Miller —añade—, ha confirmado la existencia de dichas ofertas.

Las llamadas perdidas. Los mensajes reventándome el teléfono.

—Esta temporada te hemos visto jugar con un estilo diferente, y ya no eres el máximo goleador de la liga —continúa, pero solo escucho a medias—. ¿Qué opina la organización del Storm al respecto cuando eres el jugador mejor pagado del hockey profesional?

Me acerca el micrófono y mi mundo se colapsa a mi alrededor.

Me van a transferir. Pensaba que Ward estaba orgulloso de mí y todas las piezas estaban en su sitio, pero me van a transferir. Me van a separar de la mujer a la que quiero.

Ha firmado una renta para un local, tiene que quedarse en Vancouver. Va a necesitarme los primeros años para abrir el estudio. No puedo dejarla.

Nuestra vida juntos ha terminado antes siquiera de empezar. La decisión es del entrenador y de los dueños, no mía.

—¿Hay alguna organización que prefieras?

—No. —Sacudo la cabeza con el pulso acelerado—. No me voy a ir. —Mis palabras son firmes—. Adoro este equipo, me encanta jugar para Tate Ward y quiero a mi novia. Su trabajo y su vida están aquí, y no voy a alejarme de ella. —Siento cómo se me aprieta la mandíbula mientras miro a la periodista—. No me voy a ir.

# Capítulo 78
# Hazel

Termino la clase un poco después de las nueve esa noche, pero en lugar de irme a mi casa, me voy a la de Rory.

«Igual me tomo algunas fotos para mandárselas», pienso con una sonrisa coqueta. Ward tiene prohibidos los teléfonos en el vestidor, pero las verá cuando acabe el partido.

La noche es fresca mientras camino, y me vence la necesidad de escribirle. Pero, cuando saco el teléfono, veo un montón de mensajes y llamadas perdidas.

Tres de Pippa. Varios de mi padre. Mensajes de Hayden y un montón de otros jugadores y miembros del equipo.

«Llámame», dice Pippa.

—Por fin —dice cuando la llamo.

—¿Qué carajo está pasando?

Ella duda.

—Cuéntamelo. —La gente a mi alrededor se me queda mirando ante mi tono tan tajante.

—Puede que transfieran a Rory.

Dejo de andar y se me tensan todos los músculos del cuerpo.

—¿Cómo? —pregunto con delicadeza.

No. He oído mal.

—Puede que transfieran a Rory —repite, en voz baja—. Lo siento.

Pero... no. Le encanta jugar para Ward y se ha esforzado mucho para ganarse su lugar en el equipo. Rory por fin está jugando como a él le hace feliz. Sus compañeros son como sus hermanos y se ha convertido en un capitán increíble. Ha recuperado la relación con su madre.

Lo quiero. No puede irse de Vancouver.

Me sale un ruido extraño de la garganta, pero no forma ninguna palabra.

—Los rumores han empezado esta tarde en internet —añade Pippa.

Llevo toda la tarde en clase y tenía el teléfono en silencio en la bolsa.

—Su padre ha confirmado al Storm que ha recibido ofertas de otros equipos.

No es la primera vez que pasa algo así. Empiezan los rumores y los equipos empiezan a hacer ofertas por un jugador por si acaso son ciertos.

Nos queremos. Por fin tuve el valor de decírselo, ¿y ahora pasa esto? Nuestra relación es muy reciente y muy frágil, y ahora que he firmado la renta de un local, mi sueño va a cumplirse aquí. No puedo mudarme. No puedo irme con él, a no ser que rompa el contrato.

—Lo siento —susurra.

Nos despedimos y abro Google. El primer resultado de la búsqueda es un video y lo abro sin moverme de la banqueta.

Es una entrevista de Rory antes del partido, con la misma mirada afectada que tenía aquel día en la clase de yoga, como si le hubieran atacado por la espalda. Me arden los ojos. No quiere dejar el Storm y se me está rompiendo el corazón.

—Y tu padre y agente, Rick Miller —dice la periodista—, ha confirmado a la prensa la existencia de las mismas.

Se le aprieta la mandíbula.

—No me voy.

Abro mucho los ojos. ¿Qué hace?

—Adoro este equipo —continúa, lanzándole cuchillos a la periodista como si fuera culpa suya que lo transfirieran—. Me encanta jugar para Tate Ward y quiero a mi novia. Su vida y su trabajo están aquí y no voy a alejarme de ella.

—Dios mío —murmuro con el corazón acelerado—. ¿Qué acaba de hacer?

Miro la hora. La segunda parte acaba de terminar. Si me doy prisa, puedo llegar al estadio y hablar con Rory antes de que empiece la tercera parte.

Mi jugador de hockey impulsivo, imprevisible y con el corazón en la mano me necesita.

# Capítulo 79
# Hazel

—Lo siento —dice el guarda de seguridad cuando intento entrar al vestíbulo que lleva al vestidor—. Si no tienes pase de empleada, no puedo dejarte pasar.

Me cuesta respirar. La tercera parte va a empezar en cualquier momento. Tengo que entrar antes de que Rory vuelva a la pista. Tiene que estar muy nervioso.

Gruño frustrada.

—En la web del equipo hay una foto mía. Puedo enseñarte la credencial.

El guarda de seguridad sacude la cabeza.

—Solo puedes pasar con el pase de empleada. Esas son las reglas.

Es nuevo y solo está haciendo su trabajo, así que aprieto los labios, aunque cada célula de mi cuerpo vibre con impaciencia.

Cinco minutos después, con una entrada en la mano, bajo corriendo los escalones hacia el túnel por el que van a salir los jugadores. Me coloco junto al barandal, temblando con ansia. La gente me mira, pero me da igual. Seguramente piensen que soy una fan obsesionada, o igual saben que soy la novia de Rory y se preguntan qué demonios estoy haciendo, pero solo puedo pensar en lo devastado que debe de estar Rory.

El equipo empieza a salir, por fin. Hayden me mira extrañado, pero toda mi atención se va al jugador con la C en la camiseta que va justo detrás de él.

—Rory.

Tiene que mirarme dos veces, con cara de sorpresa, y me inclino sobre el barandal, lo agarro por la camiseta y tiro de él hacia mí.

Los guardas de seguridad corren hacia nosotros desde todas partes.

—Señora —me dice uno—, suéltelo.

—¡Déjame! —suelto.

Yo soy la volátil, imprevisible y la que tiene el corazón en la mano.

Rory empieza a sonreír, con los ojos muy abiertos, como si tuviera miedo de mí, pero sacude la cabeza al empleado que está detrás de mí.

—Tranquilos. —Me mira a los ojos—. ¿Qué...?

—Te quiero. —Tiro más de él, y me coloca las manos en los hombros para que no me caiga por encima del barandal.

Se ríe con alivio en los ojos.

—Yo también te quiero.

—Ya lo sé. No pienso dejarte ir.

—Yo no pienso dejarte ir.

Lo veo en sus ojos: lo dice en serio. Rory va con todo, pero yo también.

El resto de los jugadores están en la pista o en la banca, y Ward nos mira, preguntándose por qué tarda tanto el capitán. Se me van los ojos a la pantalla gigante y se me acelera el pulso. La cámara nos está apuntando a Rory y a mí. Genial.

—Si te transfieren —le digo a Rory—, nos las ingeniaremos. Lo solucionaremos. No tengo miedo.

Tiene una cara tan sincera que me rompe el corazón.

—No voy a dejarte.

—Ya lo sé. —Lo acerco más a mí y me agacho para besarlo. Nuestros labios se chocan y el estadio estalla en gritos. Estoy flotando y, de pronto, Rory me está levantando por encima del barandal, me deja en el suelo y me besa con más ganas.

El aplauso se convierte en un rugido, la gente grita y chilla mientras Rory me agarra por detrás de la cabeza y me da un beso aún más profundo. El beso me llega hasta los dedos de los pies y calienta cada célula de mi cuerpo. Cuando nos separamos para mirar a la pantalla gigante, nuestras caras siguen ahí, delante de todo el mundo.

—No puedo dejar este equipo, Hazel —me susurra con ojos preocupados.

—Ya lo sé.

—Después del partido —dice, sujetándome la cara—, iremos a hablar con Ward sobre la transferencia, ¿okey?

Asiento y me da otro beso rápido. Maldición, espero que Ward no lo transfiera. La idea de Rory jugando para otro equipo después de esta temporada me parece horrible.

—¡Miller, vamos! —grita Ward.

Rory me da uno, dos, tres besos en la boca antes de separarse, y lo miro patinar hasta el centro de la pista para el saque.

Me paso el resto del partido con un nudo en el estómago mientras los aficionados murmuran a nuestro alrededor sobre la transferencia.

# Capítulo 80
# Rory

Fuera del despacho de Ward, lo escuchamos hablar por teléfono, seguramente recibiendo llamadas de otras organizaciones. Siento náuseas, pero Hazel me da la mano.

—¿Ya estás acobardada?

Ella sacude la cabeza sin apartar los ojos de mí.

—No. Lo que dije antes iba en serio, nos las ingeniaremos.

—Tu estudio... —empiezo a decir, pero me tapa la boca con la mano.

—He dicho que nos las ingeniaremos.

Suspiro y asiento, y ella sustituye la mano con la boca en la mía. Recuerdo cómo ha callado al guarda de seguridad y me ha dicho que me quiere, y me dan ganas de reírme, pero entonces me acuerdo de que a lo mejor me mandan a otro equipo y que voy a dejar todo lo bueno que he conseguido en esta temporada, y se me acentúa la sensación desagradable en el pecho.

A nuestro lado, alguien carraspea y nos separamos.

Se me queda la sangre helada al ver al hombre que está frente a nosotros.

—Papá.

Ni siquiera sabía que estaba aquí. Es la última persona a la que me apetece ver ahora mismo.

—Rory. —Se mueve incómodo, mirándonos a Hazel y a

mí y, por primera vez, no parece el hombre severo que me crio.

Parece preocupado.

Hazel se queda rígida, separa nuestras manos y señala a mi padre con un dedo.

—Tú —dice con una voz demoníaca—. Tú y yo tenemos que hablar.

Mi padre abre mucho los ojos.

—Eres lo peor —escupe Hazel, clavándole el dedo a mi padre en el pecho.

—¿Puedo...? —empieza a decir.

—No. —Vuelve a clavarle el dedo—. Estoy hablando yo. Tu único trabajo era querer a Rory, y la cagaste. La cagaste muchísimo.

Da miedo.

Mi padre me mira con una cara extraña, las cejas muy levantadas y los ojos llenos de dolor. Me doy cuenta de que es la misma cara que tenía cuando mi madre se marchó, y me duele el pecho.

—¿Eso crees? —pregunta en voz baja—. ¿Que no te quiero?

Me tiembla la respiración y trago saliva.

—Creo que lo único que quieres es el hockey.

Da un paso hacia mí, pero Hazel se para entre nosotros. Mi dragón territorial preparado para atacar. Le pongo una mano en el hombro.

—No pasa nada —le digo. Estoy nervioso, pero después de la conversación que tuve antes con mi madre, sé que tengo que ir más de frente con mis padres. No puedo huir de esta situación—. Nunca seré suficiente para ti —le digo a mi padre—, ¿y ahora quieres transferirme del único equipo para el que me ha encantado jugar? ¿Del único entrenador al que he admirado? —Se me acelera el corazón—. No quiero que sigas siendo mi agente. Queremos cosas diferentes.

Parece destrozado.

—Pensaba que esto era lo que querías. —Sacude la cabeza, confuso—. Ya no lo das todo en la pista. Cuando empezamos a recibir ofertas, pensé que quizás en un equipo nuevo podrías volver a ser el del año pasado.

—¿Infeliz? —Una risa fría sale de mi cuerpo—. Lo estoy dando todo en la pista, pero a ti solo te importan los puntos del marcador.

Él sacude la cabeza de nuevo, sin entenderlo.

—Solo quiero que estés en lo más alto de la liga para que seas feliz.

Algo se me desinfla en el pecho, agotado.

—Eso ya no es lo que me hace feliz. No sé si alguna vez lo fue. Quieres que sea como tú, pero no lo soy. Ya no quiero ser una estrella. Es... —Trago saliva—. Es solitario.

—La vida es solitaria —dice mi padre con un tono plano, como si fuera una verdad universal.

«Para nosotros, el hockey es lo primero», me dijo por teléfono hace un par de meses.

—No lo es. —Miro a Hazel, y ella me sonríe—. No tiene por qué serlo. —La emoción se me agarra a la garganta—. Nunca seré suficiente para ti, pero ya no necesito tu aprobación.

Tengo la de Hazel, y la mía propia. Aunque me transfieran, me gusta el jugador en el que me he convertido este año.

—¿Que no eres suficiente para mí? —Mi padre me mira y parpadea—. Lo eres todo para mí.

—Estás pendiente de cada pase en cada partido y tomas notas para poder llamarme y decirme todo lo que he hecho mal. Pero eso se acabó. —Me cruzo de brazos. Duele decir esto.

Me mira durante un instante y luego aparta la mirada. La derrota le tuerce las facciones.

—A mi padre nunca le importó una mierda que yo jugara al hockey. Daba igual que jugara profesionalmente o que batiera todos los récords.

Mi abuelo paterno murió cuando yo era un bebé; nunca lo conocí, y mi padre nunca me ha hablado de él. Mi madre una vez me comentó que era profesor, adicto al trabajo y al alcohol. Mi padre se pasa una mano por el pelo y, de pronto, es como mirarme en un espejo.

—No quería que pensaras que me daba igual —dice en voz baja.

«Lo demuestra de la única forma que sabe». Mirándolo a los ojos, veo sus llamadas y sus emails de una forma completamente diferente. Lo veo queriendo lo que él cree que me hará feliz.

—Eso es lo que me dijo mamá.

Se queda inmóvil.

—¿Has hablado con Nicole?

—Estamos intentando solucionar las cosas. —Una sinceridad vulnerable me recorre todo el cuerpo como el agua por una llave. Decir la verdad así es adictivo.

Se me queda mirando un buen rato, con el ceño fruncido y arrepentimiento en los ojos.

—Me preguntó por ti.

—¿Sí?

—Sí.

Una pausa larga.

—Pienso en ella todos los días.

Su sinceridad me sorprende. A Rick Miller no le importa nada más que el hockey, o eso pensaba yo.

—Igual deberías llamarla.

Él sacude la cabeza, mirando al suelo y con la mandíbula apretada.

—Me dejó.

Se me inclina la comisura de los labios en una sonrisa triste porque, durante años, me repetí que también me dejó a mí, pero mi padre también se cuenta sus propias mentiras.

—Comparo a todo el mundo con ella —dice tranquilo—. Por eso todas mis relaciones se desmoronan. Ninguna es Nicole, y no tardan mucho en darse cuenta de eso.

Me duele el pecho, y aunque lleva años haciéndome sentir que no soy suficiente, que el hockey era lo único que me hacía valioso, sigue siendo mi padre.

—Llámala —le digo—, porque creo que ella también piensa en ti.

Él gruñe, reconociéndolo, pero no está de acuerdo, y nos quedamos los tres en silencio.

—El hockey es lo único que tenemos en común —dice por fin, con un aire perdido—. No sé de qué otra cosa hablar contigo.

—Igual deberíamos cambiar eso.

A mi lado, Hazel nos observa, protegiéndome. Mi padre la mira y carraspea.

—Hola. —Le extiende una mano—. Rick.

—Hazel.

Mi padre es intimidante: alto, robusto, con una presencia intensa y exigente, pero Hazel también puede ser intimidante. Le sostiene la mirada y, en sus ojos, el mensaje está más que claro: «No le hagas dano a Rory».

Escondo una sonrisa. La quiero muchísimo, maldición.

—La fisio y monitora de yoga —dice mi padre, asintiendo—. Me alegro de conocerte por fin, Hazel. —Carraspea y me mira—. Te quiero, Rory. Sé que no te lo digo lo suficiente.

—No me lo dices, directamente.

Se avergüenza.

—Quiero hacerlo, es solo que... —Se le mueve la garganta—. Me cuesta.

No me imagino a un tipo como mi abuelo diciéndole a mi padre que lo quería.

Recuerdo las cosas que he hecho esta temporada: volver a jugar pachangas después de fracasar estrepitosamente, arriesgarme en los partidos con el equipo, decirle a Hazel que la quiero.

—Las cosas difíciles se vuelven fáciles con la práctica. —El nudo que siento en el pecho empieza a soltarse poco a poco, y sigo mi propio consejo—. Yo también te quiero.

Me da un abrazo y, en ese momento, lo que sea que he echado de menos todos estos años se abre en mi pecho y ocupa cada centímetro.

Nos separamos y carraspea de nuevo.

—Voy a estar por aquí un par de días —dice—. Podríamos ir los tres a cenar. —Se dirige a Hazel con una expresión seria que creo que pueden ser nervios—. Me gustaría conocerte mejor, Hazel, si te parece bien.

—Claro. —Sonríe y desaparece toda la ira de su cara—. Rory juega en una liga los martes por la noche —añade despreocupada—. Seguro que les encantaría que te pasaras.

Me mira de reojo, arqueando una ceja.

—¿Una liga?

—Sí. Es divertido.

—Divertido —repite mi padre, como si no estuviera acostumbrado a decir esa palabra.

—Pero hay que pasar el disco. Nada de monopolizar los tiros.

Se queda perplejo y me río, porque ver cómo intenta formar parte de un equipo tras cincuenta y cinco años de ser la estrella va a ser muy divertido.

—Pasar el disco —murmura mi padre—. Okey.

Las estrellas marcan goles, pero en la vida hay muchas más cosas además del estrellato.

La puerta del despacho de Ward se abre y mi entrenador nos mira.

—Adelante, Miller. —Inclina la cabeza hacia la oficina—. Vamos a hablar. —Mi padre da un paso adelante, pero Ward lo mira con severidad—. Solo Rory.

Mi padre abre la boca para protestar, con señales de alerta en los ojos, y me mira.

—No vamos a negociar —dice Ward—. No necesita un agente para esto. Solo quiero hablar con mi jugador.

—Tranquilo —le digo a mi padre—. Retiro lo de que no quiero que seas mi agente, pero quiero hablar a solas con Ward.

Él nos mira a los dos y asiente.

—De acuerdo.

Sigo a Ward a su oficina, cierro la puerta y rezo para convencerle de que me mantenga en el equipo.

# Capítulo 81
# Rory

Detrás de su escritorio, Ward suspira con fuerza, con los ojos cerrados y apretándose la nariz.

—Qué maldito desastre —murmura, y me alegro de que no me haya enviado a la rueda de prensa pospartido.

Solo me habrían preguntado por la transferencia, y mis respuestas no habrían sido nada profesionales.

—A ver. —Se cruza de brazos—. Vamos a dejar las cosas claras. Creo que, según lo que has dicho en la entrevista prepartido, sé la respuesta, pero ¿quieres irte?

—No. —Trago saliva para bajar el nudo que tengo en la garganta—. Adoro a este equipo. Es el primero en el que he sentido que pertenecía. Sé que no estoy jugando como jugué el año pasado, sé que no soy la superestrella por la que firmaste, y seguramente no sea el capitán que querías...

—Sí lo eres. —Hace una pausa—. No te la he puesto fácil esta temporada, Miller, pero quería ver qué significaba para ti ser capitán y quién eres de verdad. —Le brillan los ojos—. Has demostrado un progreso increíble. ¿Lo que has hecho hasta ahora? No ha sido nada fácil. Lo sé. Veo los comentarios de Rick, leo los titulares sobre ti. —Mira a la ciudad por la ventana—. Parte de este trabajo es aprender a bloquear lo que no importa y aferrarse a lo que sí.

Me golpea un destello de recuerdos: correr por las escaleras con Hazel chillando de risa, pasarles el disco a los chicos de la liga, celebrar con el equipo una jugada que ha salido bien. Decirles a mis padres que los quiero, aunque sea difícil.

Eso es lo que importa.

—Incluso esta noche —continúa—, con toda la presión que tenías por volver a tu juego de antes, no lo has hecho.

Lo he considerado: ignorar las jugadas y apoderarme del disco, hundiéndolo una y otra vez en la red para subir mis números y demostrar a la dirección que puedo ser quien ellos quieren que sea.

Pero no puedo. Ahora que he saboreado lo que es ganar en equipo, no quiero volver atrás.

—Dicho esto —añade Ward—, hay tres posibles ofertas.

Se me cierran los pulmones, como si aquí no hubiera suficiente aire. Nada de esto importa si el dueño quiere venderme. Soy un valor o un lastre. Al final, lo único que importa es el dinero.

—Esto es lo que voy a hacer. —Ward se inclina hacia delante y entrelaza los dedos—. Voy a pedirles a los dueños un favor que me deben, y les diré que te quedes con nosotros. Y tú vas a seguir jugando como has estado jugando esta temporada.

Me golpea un tsunami de alivio. No me voy. No ha sido todo para nada.

—Ha sido Hazel. Me ha cambiado la vida.

—Antes han dado todo un espectáculo. —Pese al agotamiento, sus ojos bailan divertidos.

Hago una mueca.

—Perdón.

Él sacude la cabeza y sonríe.

—No te disculpes. Me alegro por ti, Miller. Algo así no se encuentra todos los días.

—Ya lo sé. —Respiro hondo y dejo que la ansiedad desaparezca—. Gracias, entrenador. No sabes lo que significa esto para mí.

—Tienes mi camiseta colgada en tu casa. —Levanta los hombros—. No puedo transferir a un fan.

Me sonríe y yo me río.

—Todavía no está colgada. Está apoyada contra la pared en el suelo porque todavía no he tenido tiempo de colocarla.

—¿Me tienes en el suelo? —Sacude la cabeza, todavía sonriendo—. No hay trato.

Ambos nos reímos y pienso en su camiseta y en su carrera.

—¿Extrañas jugar?

Se queda inmóvil, mirando hacia abajo antes de sonreírme con la boca apretada.

—Todos los días, Miller. Pero desarrollar jugadores, ver lo que pueden llegar a ser incluso antes que ellos y ¿tener razón? Es igual de gratificante, si no más. Lo que hiciste en el Clásico de Invierno de poner a Owens en ataque fue muy interesante. Me hizo replantearme algunas cosas.

De pronto, aparece un pensamiento en mi cabeza.

—¿Algún equipo ha hecho una oferta por lo que hice?

Desaparece su sonrisa.

—No. Las ofertas empezaron a llegar cuando saltaron los rumores. —Mira a la puerta—. Dile a Hazel que entre.

Cuando abro la puerta del despacho de Ward, Hazel se pone de pie de un salto. Mi padre se para a su lado, esperando.

—¿Qué te ha dicho? —pregunta Hazel.

—Que va a pedir un favor para que me quede.

Ella me da un abrazo muy fuerte y me relajo en sus brazos cuando soy consciente de que no tendré que dejarla.

—Menos mal —susurra, y yo asiento, acariciándole la espalda.

—Miller, Hartley —nos llama Ward desde el despacho—. Vamos.

Hazel me mira confusa y le doy la mano para llevarla al despacho. Cuando nos sentamos, Ward carraspea.

—Hemos enviado a McKinnon con los novatos.

Hazel se queda muy recta. Por eso no ha estado aquí hoy. Pensaba que seguía en la banca.

—¿Porque intentó besarme? —pregunta Hazel.

Ward suspira con fuerza.

—No, pero debí haber tomado la decisión cuando ocurrió eso. —Nos mira a los dos—. Que esto no salga de aquí, pero fue él la fuente interna que empezó los rumores. No hubo ninguna oferta hasta que saltaron.

—Maldición —murmuro.

—Sí —dice—. Maldición. No encajó en el equipo desde el día uno, pero pensé —me hace un gesto— que con el progreso que estabas haciendo tú, igual él también lo hacía. Quise darle el beneficio de la duda, y creía que podría aprender de un grupo diferente de compañeros y cambiar. —Se frota la barbilla—. Pero no. Mi instinto me decía que no era el jugador adecuado y lo ignoré. —Sacude la cabeza con arrepentimiento y frustración—. Lo siento mucho.

—No pasa nada. —Hazel tuerce la boca—. Ya es agua pasada.

Ward asiente y yo empiezo a pensar en cuánto tiempo le pesará esta decisión. Hazel desliza la mano sobre la mía y nos sonreímos.

—Es tarde —dice Ward mirándonos las manos unidas—. Vayan a casa.

Nos despedimos y tiro de Hazel fuera de la oficina. Acompañamos a mi padre al coche y me da un abrazo rápido e inseguro antes de subirse al asiento del conductor.

Hazel y yo observamos cómo se aleja, y me mira con todo el amor y el cariño que me he pasado toda la vida buscando.

—Rory, estoy muy orgullosa de ti.

—Gracias, cariño. —El corazón me late con orgullo y euforia—. Vámonos a casa.

Estoy agotado, ella está agotada, y tengo la intención de que se quede en la cama, como mínimo, doce horas seguidas.

Ella asiente, sonriéndome, apoyándose en mí.

—Vámonos a casa.

# Capítulo 82
# Hazel

A la mañana siguiente, la suave luz del sol de invierno se cuela por las ventanas del dormitorio de Rory y estamos en la cama. Estoy acostada sobre él, escuchando los latidos de su corazón mientras su pecho sube y baja al ritmo de la respiración firme.

—Vente a vivir conmigo —murmura cuando le paso los dedos por el vientre plano. El tatuaje del dragón ya está casi curado.

Levanto la cabeza y lo miro a esos impactantes ojos azules con un nudo de emoción en la garganta.

—¿Tú crees?

Asiente.

—Es muy pronto. —Me muerdo el labio.

—¿Tú crees? —Se le tuerce la boca en una sonrisa—. A mí no me lo parece.

Me imagino viviendo aquí, despertándome junto a Rory todos los días. Las imágenes llegan sin problemas y están llenas de felicidad.

—Sí. —Arrugo las cejas—. Supongo que tienes razón.

La emoción me arrolla cuando dejo correr la imaginación: invitar a amigos y familiares a cenar, acurrucarnos juntos en el sofá, sentarnos en el *jacuzzi* de la terraza con vistas a la ciudad y contarnos qué tal nuestro día.

Lo miro y sonrío.

—Okey.

—¿Así de fácil? —Le brillan los ojos—. ¿Okey? ¿No tengo que convencerte?

—No. —Sonrío aún más—. Voy con todo.

Tiene la mirada cálida.

—Por fin.

Se me tensa el corazón y le doy un beso delicado.

—¿Tienes agujetas del partido de ayer? —pregunto.

—Un poco.

—Date la vuelta.

Rory gruñe mientras se coloca bocabajo y yo me siento encima de él, pasándole los nudillos con fuerza por la espalda en busca de algún músculo tenso y agarrotado.

—Ahí. —Clavo el pulgar en el músculo.

Su gruñido grave y torturado queda amortiguado por la almohada.

—Qué mala eres.

—Cállate y aguántate —digo, riéndome, y lo veo sonreír.

—Me encanta cuando eres mala conmigo, Hartley.

Llevo los labios a su espalda y le doy otro beso suave y cariñoso.

—Ya lo sé.

Me deja que le masajee la espalda unos sesenta segundos antes de darse la vuelta con una sonrisa traviesa. Me subo a horcajadas sobre sus caderas y le acaricio el pecho. Debajo de mí, ya está completamente erecto.

—¿Qué te apuestas a que consigo que te vengas sin tocarte el clítoris?

Se me escapa una risa aguda e incrédula.

—Tu ego empieza a ser ridículo, Miller.

Levanta las cejas y la chispa juguetona de sus ojos me provoca una oleada de deseo.

—¿No tienes ni un poquito de curiosidad? ¿Dónde está tu espíritu competitivo, Hartley?

Me quita la camiseta y me quedo en calzones. Se le calientan los ojos cuando me cubre los pechos con las manos. Los callos me raspan la piel y hacen que me estremezca de placer.

—Los pechos perfectos —murmura, mirándome con hambre.

La forma en la que juega con mis pezones me llega directamente al clítoris. La excitación se revuelve y me moja los calzones.

—¿Qué apostamos? —pregunto, pasando los dedos por su pecho y vientre tonificados—. ¿Quieres algo en particular?

Sacude la cabeza y me jala hacia él para besarme en el cuello.

—Ya tengo todo lo que quiero. Esto es simplemente para demostrar que te equivocas.

Sujetándome fuerte contra él, me aparta los calzones a un lado y me pasa los dedos por la raja. El placer me arquea el cuerpo, y gimo contra su hombro musculoso.

—Yo también tengo todo lo que quiero. —Mi voz es un hilo por el deseo que se me acumula entre las piernas.

—Ya lo sé, nena. —Me mete un dedo y mis músculos se aferran a él—. Hazel —dice como si fuera una maldición—. Estás empapada.

Su boca encuentra la mía y nos besamos de forma frenética, desesperada, incontenible. Las sensaciones me abruman: los suaves arañazos de su barba en mi cara, su lengua acariciando la mía, un segundo dedo empujando dentro de mí, haciendo que me dé vueltas la cabeza, y su cuerpo duro y robusto debajo del mío. Su verga apretada contra mí con urgencia.

—Te necesito —murmuro, y muevo las manos torpemente para agarrarle la verga, quitándole los calzones.

Él asiente y mis calzones desaparecen. Se coloca más arriba y me da un vuelco el corazón al mirarlo a los ojos: llenos de amor, de necesidad y de asombro.

Me hundo en él y gemimos juntos. La densa erección entre sus piernas me provoca llamaradas por todo el cuerpo.

—Lo eres todo para mí —suspiro y me hundo aún más, hasta el final. Estalla la primera explosión de chispas en la base de mi espalda, y arrastro los dientes por su pecho mientras el pulso me late en los oídos.

—Te quiero muchísimo, maldición —dice entre dientes, con la mandíbula apretada y agarrándome por la cintura para empezar a moverme sobre su verga.

No de arriba abajo, sino de atrás adelante...

—Maldición... —El deseo aumenta en mi interior, apretado y retorcido—. Rory.

Me mira con una sonrisa vaga y engreída, observándome con fascinación mientras sigue moviéndome encima de él. Es como si supiera que su verga me está golpeando en el punto exacto.

—Inclínate un poco hacia delante.

Obedezco, y cuando se me desliza el clítoris contra la base de su verga, aprieto mucho la mandíbula.

Se le levanta la boca.

—Eso es.

—El malo eres tú —digo sin aliento en el momento en que me arrolla una ola de placer.

Rory me mueve más rápido, apretando los bíceps. No puedo hacer nada por evitarlo. Comienza el cosquilleo y sus ojos se vuelven ardientes.

—Relájate —me dice con voz ronca y ojos brillantes—. Relájate y déjame ganar.

El ruido que sale de mi cuerpo es mitad frustración, mitad derrota, porque ya me estoy tensando. La presión aumenta y me muerdo el labio para aguantar el gemido, pero me da demasiado bien en el punto G, y la forma en la que me frota el clítoris con su cuerpo es demasiado perfecta. No puedo aguantar.

—Dios. —Me inclino hacia delante, temblando y tensándome sobre Rory mientras me golpea la descarga. Me quedo aturdida cuando el tsunami de placer me arrolla todo el cuerpo y le clavo las uñas en los músculos. Ola tras ola irradia por mi cuerpo y le hundo los dientes en el hombro, aferrándome.

—Necesito venirme —dice con los dientes apretados, y yo asiento con efusividad.

—Vente conmigo —le ruego.

Dentro de mí, se hincha y levanta las caderas hacia delante, clavándolas en mí. Gruñe mi nombre y se aprieta. Con los últimos temblores de mi orgasmo, memorizo cómo se le separan los labios, cómo me mira con desesperación y amor, cómo me sostiene con fuerza, como si no me fuera a soltar nunca.

Volvemos a la tierra con el corazón acelerado. Le doy besos en el cuello, en las mejillas, en los labios.

—Te lo dije —murmura, y me río contra su boca.

—Supongo que hemos ganado los dos.

Suspira contento antes de respirar hondo y sentarse en la cama.

—Bueno, Hartley. Se acabó la flojera. Nos espera un día muy ajetreado.

Me pongo bocarriba y lo aparto a patadas cuando intenta sacarme de la cama.

—Hoy no tienes entrenamiento.

Él me mira con una sonrisa.

—Tenemos que traer tus cosas.

—¿Hoy?

Él asiente.

—Hoy, Hartley. Por fin he conseguido que digas que sí, y no pienso esperar ni un segundo más.

El corazón me explota de amor, y chillo de risa cuando me levanta de la cama, me carga al hombro y me lleva hasta la regadera.

—A no ser que hayas cambiado de opinión.

—Jamás.

Me sigo riendo, todavía sobre su hombro mientras él abre la llave. Me suelta y lo agarro del cuello, mirando a mi guapo y volátil jugador de hockey.

—Me quedo contigo, Rory Miller.

# Epílogo
# Rory

***Un mes más tarde***

—Esta sala será para las clases de baile —dice Hazel, guiando al grupo a la segunda sala.

A Hazel le dieron ayer las llaves del estudio, y hoy hemos organizado una fiesta en el local para celebrarlo. El cartel todavía no está terminado, pero la página web y las redes sociales ya están activas, y ganando cada vez más impulso e interés.

«Estudio Ember. Desata tu amor por el movimiento».

Ha venido todo el mundo: su familia, mi familia, los jugadores del Storm, los empleados del equipo y sus alumnos de yoga. Alguien sube el volumen de la música, corre el champán y la gente se pasea por delante de los grandes ventanales que dan a las montañas de North Shore, hablando y riéndose.

A mi lado, Hazel sonríe con una mirada nostálgica, como si no pudiera creerse que sea real.

Sé exactamente cómo se siente. Yo todavía tengo que pellizcarme alguna vez cuando pienso que Hazel Hartley se ha enamorado de mí.

—Estoy muy orgulloso de ti, Hartley. —Le doy uno, dos, tres besos en la boca—. Mucho.

—Gracias. —Me coloca las manos en el pecho y me mira mordiéndose el labio—. Te quiero.

Creía que, con el tiempo, dejaría de sentir emoción al escuchar esas palabras, pero no. Cada vez que Hazel Hartley me dice que me quiere, se convierte en el mejor momento de mi vida.

—Yo también te quiero. Muchísimo, Hazel. No tienes una idea.

Me muestra una sonrisa provocadora.

—Alguna idea sí tengo.

Le sonrío con pura arrogancia. Esta mañana, hemos jugado a «cuántas veces puede venirse Hazel antes de rogar piedad», y llevo todo el día pensando en eso. Sobre todo en la parte en la que se puso de rodillas y me chupó la verga tan bien que estoy bastante seguro de que se me salió el alma del cuerpo.

—¿Estás segura? —Le acaricio el cuello con los labios y se estremece—. Porque solo tienes que decírmelo y te lo recuerdo.

—Qué engreído. —Sonríe—. Eres un puto insolente.

Le doy otro beso en el cuello, adicto a ella.

—Ya sabes que sí.

Aparecen mis padres delante de nosotros y nos ponemos derechos.

—Enhorabuena, bonita —dice mi madre dándole un abrazo a Hazel, y cuando se separa, mi padre le da un apretón de manos firme.

—Buen trabajo, Hazel.

Ella sonríe.

—Gracias, Rick.

Él vuelve junto a mi madre y la toma de la mano, sosteniéndola como si temiera que se fuera a ir otra vez. Mi madre me mira a los ojos y luego sonríe al mirar sus manos juntas.

Ver a mis padres de la mano me sigue resultando un poco extraño. Nunca lo hacían, pero tampoco fueron a terapia de pareja, ni salían a cenar, ni se sonreían como lo hacen ahora.

He ido varias veces con ellos a terapia. Poco a poco, están recuperando nuestra familia y haciendo que sea mejor que antes.

—Hazel me ha contado que eres bailarina —le dice mi madre a la madre de Hazel. Se conocieron una noche que Hazel y yo los invitamos a todos a cenar.

—Oh. —Se queda pálida, pero se recupera rápido, riéndose un poco—. Ya no soy la bailarina que era antes. —Traga saliva y Hazel le sonríe—. Pero lo hago por diversión, aunque ya no tenga el mismo aspecto que antes.

Hazel sonríe y le brillan los ojos.

—Exacto.

Nuestras madres hacen planes para ir a comer esta semana, mientras Ken y mi padre le dan conversación a Streicher, y Pippa y Owens se acercan a nosotros.

—¡Qué increíble sitio! —Pippa prácticamente salta encima de Hazel, dándole un abrazo muy fuerte—. ¡Es precioso!

Hazel suspira cuando se separan, mirando el local con esa cara brillante y nostálgica de nuevo. En el último mes, ha dedicado todo su tiempo libre a organizar el estudio.

—Gracias. —Sonríe y nos mira a Owens y a mí—. Me alegro de haber tomado la decisión de seguir en el equipo, aunque tenga mucho trabajo.

Cuando Hazel presentó su renuncia para poder empezar con las obras del estudio, Ward debió de ver que no estaba segura de dejar un trabajo que le gustaba, así que le hizo una oferta. Media jornada, con tantos o tan pocos jugadores como quisiera, y horario flexible. Streicher, Owens y Volkov se ofrecieron voluntarios para venir al local para sesiones de fisio, lo que le facilitó las cosas.

—¡Oooh! —Owens le da un abrazo de oso y la levanta del suelo—. Te vamos a echar mucho de menos en el estadio.

Ella se ríe.

—Me van a ver en los partidos. Seré la que lleva la camiseta de Miller.

Nos sonreímos y el corazón me late con orgullo y afecto.

A Owens le suena el teléfono y lo mira con el ceño fruncido.

—¿Darce? —Se aleja, todavía con el ceño fruncido, escuchando.

Hazel y yo nos miramos. Owens ha estado extrañamente

callado este último mes, y sé que es porque Kit y Darcy se prometieron en fin de año.

Vuelve con cara de preocupación.

—¿Pasa algo? —pregunto.

—No lo sé. —Parpadea, impactado—. Darcy y Kit lo terminaron.

Hazel, Pippa y yo nos quedamos en silencio. Owens se queda mirando el suelo, distraído, y luego sacude la cabeza.

—Me tengo que ir —le dice a Hazel—. Enhorabuena por el local.

Le da un abrazo rápido y se va apresurado a la puerta mientras los dos nos quedamos mirándolo.

—¿Dónde va? —pregunta Pippa.

Hazel levanta los hombros.

—No lo sé.

La conversación que tuve con Owens en el bar la noche que me hice el tatuaje del dragón está un poco difusa, pero me acuerdo de lo más básico, así que cierro la boca y no digo nada. Como si olieran la sangre en el agua, Hazel y Pippa me insisten y me acorralan.

—¿Qué sabes? —pregunta Hazel, atravesándome con la mirada.

Levanto las manos como si fuera inocente de todos los cargos.

—Nada.

—Mentira. —Pippa entrecierra los ojos, pero está sonriendo.

—Está mintiendo muchísimo. —Hazel se pasa el pulgar por el labio de abajo, como si estuviera pensando en los distintos usos que puede darle a la boca después para torturarme.

No sé si es bueno o malo que tengamos planes después de esto.

—Streicher —lo llamo. Me mira, con la boca torcida en una media sonrisa al ver a las hermanas Hartley interrogándome.

—Tu prometida necesita otra copa —digo, poniendo a prueba esa palabra.

Me gusta como suena. Es posible que yo también empiece a usarla pronto.

Streicher se lleva a Pippa. Ella vocaliza «Iré por ti» mientras Hazel y yo nos reímos, y yo agarro a Hazel por los hombros y nos quedamos observando la fiesta: nuestras familias, nuestros amigos, nuestra gente.

—¿Está yendo todo como esperabas, Hartley?

Ella me sonríe, feliz y tranquila.

—Mucho mejor, Miller.

—Nos vamos a meter en un problema —susurra Hazel más tarde esa noche, mientras nos colamos en la pista de hielo al aire libre cerca de nuestro apartamento, iluminada solamente por la luna y las estrellas.

—No nos vamos a meter en ningún problema. —La siento en una banca cercana y le ato los patines.

Los empleados saben que estamos aquí porque planeé esto hace meses. Saben que tienen que estar escondidos, porque si no, fastidiarían la sorpresa.

Me pongo mis patines y Hazel mira las estrellas con una sonrisa melancólica.

—Cada vez que miro a las estrellas una noche fría como esta, pienso en cuando estuvimos patinando al aire libre después del Clásico de Invierno.

Cuando se gira hacia mí, con la mano extendida y esa mirada de adoración, tengo la sensación de que me va a estallar el corazón.

Le doy un beso rápido en la boca, pero me aparto.

—Espera un momento —murmuro. Me acerco al centro de mando y enciendo un interruptor en el que pone «Rory».

Se encienden unas luces parpadeantes por las gradas que iluminan la pista con una luz cálida y brillante.

Hazel se queda quieta y sonríe.

—Rory.

—Hazel. —Vuelvo con ella y extiendo una mano.

Con el corazón latiéndome en la garganta, la ayudo a entrar en la pista y nos deslizamos agarrados de la mano. Mi concentración varía entre la forma en la que le ondea el pelo con el viento, cómo le brillan los ojos bajo esta iluminación y la caja de terciopelo rojo que tengo en la bolsa.

Le giro las manos y se ríe, aferrándose a las mías.

—He estado pensando —empiezo, con la sensación del pulso en los oídos.

Ella me mira con curiosidad.

—Ya tienes tu estudio, yo seguramente siga en el equipo el resto de mi carrera... —Firmé un contrato de siete años unos días después de los rumores de transferencia— y vivimos juntos.

Se le llena la cara con curiosidad y diversión.

—¿Qué es lo siguiente, Hartley?

Espero a que responda, escuchando el sonido de nuestros patines sobre el hielo.

—Me encanta tu sonrisa —dice con un suspiro de felicidad—. Me encanta muchísimo, pienso en ella constantemente.

Se me escapa una risita.

—No me has respondido.

—Vas a pedirme que me case contigo —dice, levantando la barbilla para mirarme a los ojos.

Estallan unas mariposas en mi estómago y tomo aire. La miro con los ojos entrecerrados, provocándola.

—¿Ah, sí?

—Hmmm. —Parece muy segura—. Rory, he visto el anillo. ¿Y ahora esto? —Sonríe aún más.

—¿Has visto el anillo? —Levanto las cejas, pero con una sonrisa.

—No lo encontré a propósito, te lo prometo.

—¿Te gustó? —Llevé a Pippa y a Streicher a la joyería unas diez veces para asegurarme de que la alianza de oro blanco con un conjunto de extraños diamantes azul grisáceo era perfecta, pero si no le gusta, la tiraré por la ventana y le compraré lo que quiera.

—Sí —dice con calma, tragando saliva y mirándome fijamente—. Me encantó.

—¿No es demasiado?

Ella pone los ojos en blanco.

—Sí lo es, pero... —se ríe, levantando los hombros— me recuerda a ti.

Una sonrisa pícara y arrogante me atraviesa la cara.

—¿Enorme, caro y precioso?

Ella sacude la cabeza, con una sonrisa de oreja a oreja, y el corazón se me eleva hasta el cielo estrellado.

—Sí. Todas esas cosas. Y... —se le suaviza la sonrisa y traga saliva— uno entre un millón. Perfecto para mí. Todo lo que no sabía que quería.

—¿No es muy pronto?

Sé que soy imprudente e impulsivo, y seguramente deberíamos ser novios durante un año antes de prometernos, pero Hazel es para mí.

Otra vez, sonríe para sí, sacudiendo la cabeza.

—Para nosotros no.

Hago un ruido, asintiendo con aire despreocupado, como si no estuviera rebosante de emoción.

—Okey, imagínate que te pido que te cases conmigo. ¿Luego qué?

Se le suaviza la mirada.

—Luego diré que sí.

Me muevo para estar cara a cara con ella, patinando hacia atrás, y cuando la agarro por las caderas, freno hasta detenernos, mirándola a los increíbles ojos azul grisáceo.

—¿Estás segura?

—Nunca había estado tan segura de algo en mi vida.

—Puedes cambiar de idea.

Ella sonríe.

—No lo haré.

—Yo tampoco.

—Ya lo sé.

Me acaricia la mano mientras me saco la caja de la bolsa y, cuando me arrodillo, le brillan los ojos.

—Hazel Hartley, ¿me alegrarías la maldita vida casándote conmigo?

¿Su sonrisa? Lo es todo, y voy a recordar este momento para siempre.

—Sí, Rory Miller, me casaré contigo.

Le agarro la mano izquierda y le pongo el anillo en el dedo antes de levantarme y darle un beso a la mujer a la que quiero.

La mujer que me convirtió en mi mejor versión. La mujer de la que me enamoré hace años, y la que por fin se ha enamorado de mí.

La mujer con la que me muero por compartir el resto de mi vida. Casarme. Tener hijos. Nietos.

—Te quiero —me susurra contra la boca.

—Yo también te quiero, Hartley, y nunca dejaré que se te olvide.

# Nota de la autora

¡Gracias por leer *Falso amor*! Si te ha gustado, te agradecería que me escribieras una reseña. Las reseñas ayudan a los lectores a encontrar los libros que les gustan.

Me da un poco de pena despedirme de estos dos. Creo que Rory y Hazel han sido mis personajes favoritos hasta la fecha. Hay una frase de *The Office* que me encanta: «Ojalá hubiera una forma de saber que estás en los buenos tiempos antes de dejarlos atrás». Estoy muy emocionada por escribir la historia de Hayden y Darcy, pero Rory y Hazel tendrán siempre un trocito de mi corazón.

La inspiración para el sueño de Hazel de un centro fitness *body-positive* es de una de mis mejores amigas, Helen Camisa, la propietaria del Fat and Happy Yoga. Helen es una de esas personas de las que te enamoras al instante, porque es divertidísima, inteligente y compasiva. Cuando Hazel dice cosas como «Te mereces sentirte a gusto en tu cuerpo» o «No pasa nada por disfrutar de la comida», es Helen diciéndome que todo el mundo es precioso, y a la mierda lo que nos digan en los medios. Helen, soy increíblemente afortunada por conocerte. Este libro es una carta de amor hacia ti y tu trabajo.

A mis amigas escritoras, Grace Reilly, Brittany Kelley, Olivia Hayle, Lily Gold y Maggie North, gracias por ayudarme a que esta historia fuera lo mejor que podía ser, y a guiarme y hacerme reír en esta increíble carrera profesional.

Mis amigas de la vida real (ja, ja, ja), Sarah, Alanna, Anthea, Bryan: gracias por darme la mano, animarme y dejarme ser yo misma.

Muchas gracias a mis divertidísimas lectoras beta, Maggie, Esther, Wren, Jess, Marcie, Brett, Callan y Nicole, que me hacían partirme de risa con sus comentarios e hicieron que esta historia fuera mucho mejor.

Gracias, Becca Hensley Mysoor, por tu guía sabia y entusiasta para Rory y Hazel, y por la idea genial del dragón de cristal exageradamente caro.

Y a mi marido, el ser humano más amable, bueno y paciente que he conocido en mi vida, que me hace reír más que nadie. Mis libros están llenos de amor porque los escribo pensando en ti.

Y, por último, ¡a mis queridas lectoras! Gracias por leer mis libros, por hablar de ellos con sus amigas y hermanas y madres, por publicar sobre ellos en las redes sociales y por sus correos y mensajes directos tan encantadores, ¡y por permitirme vivir mi sueño!

Hasta la próxima,

Steph

¡CONOCE LA SERIE *VANCOUVER STORM*!